MATHIAS KRESSIG

GÖTTERRACHE

Kriminalroman

in Zusammenarbeit mit

Co-Autorin Denise Jost-Cueni

und Christine Althaus

D1677477

diversum

ISBN 978-3-9524753-1-7
© 2019 by diversum-Verlag, Bonstetten
1. Auflage
Alle Rechte vorbehalten
Printed in Czech Republik 2019
www.diversumverlag.ch
www.mathiaskressig.com
www.kressigbooks.com

Liebe Denise
Viel Spass bei den
Racheaktionen der
götter.

Eine Welt ohne Götter wäre eine sinnlose tote Welt.

Michael D. Eschner

Prolog

Es ist soweit! Endlich kann ich dir etwas zurückgeben! Auf diesen Moment habe ich so lange gewartet! Ich darf dich nach allem, was du für mich getan hast, nicht enttäuschen. Nun bin ich an der Reihe, und ich will dir beweisen, dass du dich auf mich verlassen kannst. Dass du mich stärker gemacht hast. Stark genug, um zu euch zu gehören. Du wirst stolz auf mich sein, und das bedeutet mir alles!

Alles ist gut und bis ins kleinste Detail durchdacht. Sie sollen keine Ruhe haben, bevor wir unser Ziel erreicht haben. Die Menschen hier werden Angst haben, sich nirgends mehr sicher fühlen. Immer auf der Hut sein aus Furcht, selbst zur Zielscheibe zu werden. Angst und Schrecken werden die Region beherrschen, bis endlich jemand dahinter kommt, nach welchem Schema wir die Opfer ausgesucht haben. Das Vertrauen in die Polizei, den Beschützer und Retter, wird verloren gegangen sein.

Wir werden sie alle in der Hand haben. Mit ihnen spielen können. Sie sollen merken, dass sie sich mit den Falschen angelegt haben. Mit uns ist nicht zu spaßen. Das soll ein für alle Mal klar werden.

Und schließlich, wenn wir haben, was wir wollen, sollen sie darum betteln, dass wir aufhören. Dass wir zulassen, dass wieder Ruhe einkehrt. Und man wird noch lange von uns reden. Von uns und von dir.

Diese Briefe dienen dir dazu, unser Handeln zu verstehen. Mir helfen sie, mich zu vergewissern, meine Gedanken zu ordnen, nicht blind zu werden vor Wut. Ich darf das große Ziel jetzt nicht aus den Augen verlieren. Zu lange haben wir tatenlos geduldet, dass sie uns beleidigen.

Unser Plan wird aufgehen. Falls wir aber wider Erwarten scheitern, dann nehme ich mein Schicksal an. Das Leben eines sterblichen Menschen ist wertlos in Anbetracht des großen und ewigen Ganzen.

Kapitel 1: Donnerstag

Aus den überdimensionalen Lautsprecherboxen dröhnte ein Gassenhauer nach dem anderen. Der DJ spielte den Kölschen Hit «Viva Colonia», und alle tanzten und trällerten auf den Tischen mit. Nick Schröder bestellte bei seinem Lieblingskellner wie immer Wodka, der mit Orangenlimonade verdünnt war.

Einmal im Jahr reiste der Kriminalist nach Mallorca. Obwohl er bereits 32 Jahre alt war, genoss er das wilde Treiben am Ballermann in vollen Zügen. Hier an der Playa de Palma konnte er den Alltag hinter sich lassen und sich für ein paar Tage jung fühlen.

Im Gegensatz zu früher erholte sich Schröder nun tagsüber aber auch etwas am Strand von den nächtlichen Aktivitäten. Als er noch jünger gewesen war, wurde die Nacht während des Urlaubs zum Tag gemacht. Folglich hatte er den Strand nur zwei Mal gesehen – als er mit dem Car vom Flughafen zum Hotel transportiert wurde und als die Rückreise anstand.

Er wurde unsanft aus seinen Gedanken gerissen, als ein angetrunkener Jugendlicher ihn leicht touchierte. Aufgrund seines Alkoholpegels konnte sich dieser nicht mehr aufrecht halten und kam ins Stolpern. Der junge Mann, dessen Badehose das Nike-Logo zierte, entschuldigte sich bei Schröder sofort für sein Missgeschick und bot ihm einen Schluck von seinem Drink an. Schmunzelnd lehnte Schröder das Angebot ab. Er hatte sich abgewöhnt, verschiedene hochprozentige Getränke durcheinander zu trinken. Kopfschmerzen waren in solchen Fällen bereits vorprogrammiert.

Die Ereignisse der letzten Monate hatte Schröder noch immer nicht verarbeitet. Seit er einen international gesuchten Verbrecher aufspüren konnte, hatte er kaum noch Zeit für sich gehabt. Termine im Fernsehen standen ebenso an wie unzählige Treffen mit den nationalen Zeitungen. Eigentlich mochte Schröder das Leben in der Öffentlichkeit nicht. Seiner Meinung nach hatte er nichts Besonderes geleistet. Die Presse sah dies aber anders und widmete dem Helden in den Wochen nach der Festnahme Dutzende von Berichten.

Schröders Privatleben wurde dabei mehr durchleuchtet, als ihm lieb war. Auf Mallorca konnte er sich nun unbeschwert bewegen und den Trubel hinter sich lassen.

Lange musste er nicht warten, bis sich ein Mann an seinen Stehtisch gesellte. Letzterer musterte Schröder so offensichtlich, dass dieser nicht darum herum kam, den Unbekannten zu fragen, ob sie sich kennen würden.

Schröder hatte den Mann noch nie gesehen. Er war in diesem Moment aber auch nicht sonderlich überrascht, dass er von einer unbekannten Person angesprochen worden war. Im Urlaub war alles etwas unverfänglicher, und gerade an diesem Ort war er schon öfters mit Touristen in Kontakt gekommen, die er nicht persönlich kannte.

Der Fremde bestellte sich ein kleines Bier.

»Kennen wir uns?«, wollte Schröder nun doch wissen.

»Ich glaube, dass Sie der Mann sind, der erst kürzlich einen berühmten Verbrecher aufgespürt hat.«

Schröder hatte keine Lust, sich über dieses Thema zu unterhalten. Schließlich war er nach Mallorca geflogen, um genau davon Abstand nehmen zu können.

»Die Polizei hat den Mann festgenommen. Ich stand ihr dabei nur unterstützend zur Seite. Allerdings ist die Geschichte bereits wieder kalter Kaffee. Lassen Sie uns auf unseren Urlaub anstoßen.«

Mit einem Lächeln im Gesicht tat der Mann, was ihm Schröder vorgeschlagen hatte.

Für einen Moment kehrte wieder Ruhe ein. Gebannt hörte Schröder dem gerade gespielten Lied zu. Es war sein achter Urlaub am Ballermann, und inzwischen kannte er die Songs, die von den DJs rauf und runter gespielt wurden, auswendig. Während die Gruppe junger Frauen, die sich zu dritt am Nebentisch formiert hatte, lauthals mitsang, verzichtete Schröder wie immer darauf.

Vielmehr musterte er nun den Mann genauer, der ihm gegenüber stand. Er war gegen fünfzig Jahre alt und trug kurz rasierte Haare. Schröder fiel auch der Dreitagebart auf.

Schon komisch, dass er mich ausgerechnet hier erkannt hat. An-
dererseits geisterte mein Foto wochenlang durch die Medien. Da
wird mich die eine oder andere Person sicherlich gesehen haben.
Für einen Moment überkam ihn ein Anflug von Narzissmus.
»Ich werde dann eine Runde weiterziehen«, erklärte der Unbe-
kannte schließlich, nachdem er das Bier in einem Zug hinunterge-
kippt hatte.
»Viel Spaß in Ihrem Urlaub. Genießen Sie ihn noch.«
Kaum hatte der Mann die Worte gesprochen, war er bereits in der
Menschenmasse untergetaucht. Im Biergarten befanden sich auch
an diesem Abend wieder mehrere tausend Besucher, die größten-
teils auf den Stühlen standen und ausgelassen feierten.
Nachdem auch Schröder seinen Krug geleert hatte und gerade das
Lokal verlassen wollte, entdeckte er auf dem Tisch vor sich einen
Bierdeckel, der mit einer Aufschrift versehen war. Der Text war
mit schwarzer Farbe und in lauter Großbuchstaben verfasst wor-
den. Ein kalter Schauer lief über seinen Körper. Sein Herz begann
zu pochen. Nochmals warf er einen Blick auf die kurze Botschaft.
Sie fühlen sich als Held? Sie werden bald beweisen können, wie gut
Sie wirklich sind. Wir sehen uns – bald!
Schröder zweifelte nicht daran, dass die Nachricht an ihn adres-
siert war. Ebenfalls war er sich sicher, dass sie vom Unbekannten
stammte, der ihn Minuten zuvor angesprochen hatte.
Er blickte um sich. Der Mann war längst im großen Durcheinander
verschwunden. Schröder nahm den Bierdeckel, verließ das Lokal
auf direktem Weg und begab sich in sein Hotel.

Kapitel 2: Montag

Als Dirk Weiler das Mehrfamilienhaus am Schlossbergring, unweit
des Schwabentors in Freiburg gelegen, betrat, überkam ihn ein flau-
es Gefühl in der Magengegend. Obwohl er nunmehr 15 Jahre lang
Polizeiarbeit verrichtete und schon manchen Tatort aufgesucht hat-

te, sträubte sich tief in seinem Innern etwas gegen solche Besuche. Als Fallanalytiker beim Landeskriminalamt Baden-Württemberg blieben ihm diese hin und wieder aber nicht erspart. Dies war auch heute so.

Öfters hatte er sich schon gefragt, warum er damals eine Ausbildung bei der Polizei begonnen hatte. Die Antwort lag auf der Hand. Er hatte seine Berufswahl seinem Onkel zu verdanken, der ihm in seiner Jugend immer wieder begeistert von der Arbeit der Gesetzeshüter berichtet hatte. Man könne sich für die Sicherheit der Bevölkerung einsetzen und so etwas Gutes tun, erzählte er ihm immer wieder. Selber hätte er damals aber nicht gedacht, dass er dereinst wirklich in dessen Fußstapfen treten würde. Schon gar nicht hatte er sich aber ausgemalt, einen Job beim LKA zu übernehmen.

Weiler zog sich in der zweiten Etage den Tatort-Schutzanzug an und ließ sich danach von den anwesenden Beamten der Freiburger Polizei zur Leiche führen. Diese lag in der Badewanne. Die verkohlte Haut und die versengten Haare würden die Identifikation erschweren. Nach einem natürlichen Tod sah das nicht aus. Und auch einen Unfall schloss Weiler vorerst aus. Wie immer in solchen Situationen half ihm das Aussprechen beim Ordnen seiner Gedanken.

»Aus irgendwelchen Gründen könnte im Badezimmer ein Brand ausgebrochen sein. Das Opfer hatte sich in einem verzweifelten Rettungsversuch in die mit Wasser gefüllte Badewanne gelegt. Aber dann wäre die Leiche wahrscheinlich nicht in einem solch schlechten Zustand.«

»Wie meinen Sie das?«, wollte ein Polizist wissen.

»Er oder sie wäre an einer Rauchvergiftung gestorben und es wäre trotz der Hitze noch mindestens nass in der Badewanne. Aber der Körper ist ja vollständig verkohlt. Also gab es hier wohl kein Wasser.«

»Entweder wir haben es mit einem Selbstmord zu tun. Oder die Person wurde ermordet.«

»Ich glaube an einen Mord. Diese Methode eines Suizids wäre

kaum durchführbar. Sich selber anzünden und dann noch ruhig liegen bleiben, bis man tot ist?«

»Ich kann Ihnen nicht folgen.« Der junge Beamte, offensichtlich noch nicht lange in diesem Bereich tätig, runzelte die Stirn.

»Schauen Sie doch die Körperhaltung an. Wenn dieser Mensch noch bei Bewusstsein gewesen wäre, als die Flammen ihn erfassten, hätte er sich doch automatisch verrenkt. Dann wären die Arme und Beine kaum so ausgestreckt.«

Weiler, den überforderten Neuling betrachtend, verzichtete darauf, weiter ins Detail zu gehen.

»Dann sind da so seltsame Vertiefungen an seiner Stirn und am Hinterkopf. Die Gerichtsmedizin wird diese sicherlich näher unter die Lupe nehmen. Jedenfalls würde ich darauf wetten, dass wir es hier mit einem Mord zu tun haben. Deshalb bin ich vom LKA auch hier. Die Spurensicherer, die am Nachmittag am Tatort einen ersten Augenschein genommen haben, gehen nämlich auch von einem Tötungsdelikt aus. Dies haben sie uns am Telefon mitgeteilt. Sie werden nachher den Tatort nochmals genauer unter die Lupe nehmen und analytische Untersuchungen durchführen. Ebenfalls muss die Leiche obduziert werden. Sollte sich der Mordverdacht bestätigen, werden wir vom LKA die Freiburger Polizei tatkräftig bei den Ermittlungen unterstützen.«

Weiler fragte sich, wer zu so einer Schandtat fähig war. Die Tat zeugte von großem Hass. Nichts sprach in seinen Augen für einen gewöhnlichen Einbruch, bei dem der Wohnungsinhaber den Eindringling vielleicht überrascht hatte.

Solch grausame Verbrechen wie dies hier waren in der Regel Beziehungstaten. Die Wohnung schien auch nicht nach Wertgegenständen durchsucht worden zu sein. Sie war säuberlich aufgeräumt. Dies stützte seine These.

Einige Minuten nach Weilers Eintreffen kam plötzlich eine Frau in die Wohnung. Auch sie trug den obligaten Schutzanzug, die blauen Handschuhe und die weißen Tatort-Überstiefel. Sie zeigte den anwesenden Beamten ihren Ausweis. Er lautete auf den Namen Iris

Vock. Gemäß dem Dokument arbeitete sie ebenfalls für die Freiburger Polizei.

Weiler nickte der jungen Frau zu und nannte seinen Namen und die Dienststelle. Fasziniert blickte er in die grünen Augen seines Gegenübers. Für einen Moment vergaß er, dass unweit von ihnen eine Leiche lag.

»Eine Leiche in der Badewanne?«, fragte die zierliche Polizistin.

»Opfer und Täter könnten sich gekannt haben«, lautete Weilers Kurzfazit. »Die Tür wurde nicht aufgebrochen. Also muss der Wohnungsinhaber diese entweder arglos geöffnet oder aber den Täter gekannt haben. Einen Einbruch schließe ich aus. Schauen Sie! Dort liegt eine Brieftasche. Daneben befindet sich ein Omega Master Chronometer.«

Sowohl die Uhr als auch die Brieftasche waren von der Spurensicherung bereits in Plastikhüllen gesteckt worden.

»Können Sie mir vielleicht noch sagen, wer zuerst am Tatort erschienen ist?«, erkundigte sich Weiler.

»Kurz nach zehn Uhr heute Morgen ging bei der Feuerwehr ein Notruf ein. Eine Anwohnerin teilte mit, dass es aus ihrer Nachbarswohnung nach Rauch roch. Die Feuerwehr fuhr sogleich los und brach die Tür ein. Also waren deren Einsatzleute die Ersten hier. Danach kamen unsere Leute und die Sanitäter«, sagte ein Beamter der Freiburger Polizei und fügte an: »Wir haben aber schnell gesehen, dass hier nichts mehr zu machen ist. Als wir von Mord ausgehen mussten, kontaktierten wir das LKA.«

Weiler dankte für die Ausführungen und verließ das Badezimmer. Vock und weitere Beamte folgten ihm.

»Was wissen wir über das Opfer?«

Sofort antwortete ein Polizist. »Es handelt sich beim Toten aller Wahrscheinlichkeit nach um Mirko Benhagel. Er hatte sich die Wohnung gemietet und wohnte alleine darin. Seine Nachbarn meinten, er hätte selten Besuch gehabt. Eine Frau oder Freundin hatte er nicht. Benhagel lebte sehr zurückgezogen. Er war 35 Jahre alt und arbeitete für eine Werbeagentur.«

»Gab es in letzter Zeit Streit mit den Nachbarn?«

»Soweit wir dies bereits beurteilen können, nicht. Aber wir haben noch lange nicht alle Nachbarn befragen können. Die meisten sind noch nicht zu Hause.«

Weiler notierte die wichtigsten Dinge in seinen kleinen Notizblock, den er stets bei sich trug. Obwohl viele inzwischen mit Smartphone und Tablets arbeiteten, zog er die alte Methode vor.

»Wie geht es nun weiter?«, fragte die junge Polizistin schließlich.

»Solange kein Obduktionsbericht vorliegt, halte ich mich noch zurück. Erst wenn mit hundertprozentiger Sicherheit feststeht, dass ein Verbrechen vorliegt, wird das LKA die Freiburger Kriminalpolizei bei der operativen Fallanalyse und der Zielfahndung unterstützen.«

»Es ist doch sonnenklar, dass die Person getötet worden ist«, entgegnete Vock sofort. »Sie müssen sich nur diese merkwürdigen Löcher in seiner Stirn und am Hinterkopf anschauen. Das sagt doch alles.«

»Das denke ich auch. Allerdings sind mir in meiner Karriere schon viele seltsame Fälle untergekommen. Deshalb warte ich zuerst die Ergebnisse ab, ehe wir die Arbeit aufnehmen.«

Schließlich verabschiedete sich Weiler, verließ das Gebäude und begab sich Richtung Schwabentor, dem jüngeren der beiden noch erhaltenen Stadttore der einstigen Freiburger Befestigungsanlage. Wenig später verschwand auch Vock aus der Wohnung. Nochmals dachte die Polizistin mit den dunklen, kurzen Haaren an das Treffen mit Weiler zurück. Der LKA-Beamte gefiel ihr irgendwie.

Kapitel 3: Montag

Er erwachte nur langsam aus seinem Delirium. Sein Kopf schmerzte. Er fühlte sich müde und ihm war übel. Sofort versuchte er, sich zu orientieren. Er erkannte schnell, dass er auf dem Boden lag.
Wo bin ich? Und warum sehe ich nichts?

Es war etwas vom Schlimmsten, wenn man erkennen musste, dass die visuelle Wahrnehmung plötzlich versagte. Er merkte, wie sein Herz zu rasen und sein ganzer Körper sich zu verkrampfen begann. Er rang nach Luft. Wenigstens konnte er uneingeschränkt atmen, wenn er schon nichts sehen konnte.

Er versuchte, sich zu beruhigen, seine Gedanken zu ordnen. Was es nun brauchte, war ein kühler Kopf. Jemand hatte ihm mit einem Tuch die Augen verbunden. Instinktiv versuchte er, sich davon zu befreien. Vergeblich! Nur ein kleines Stück konnte er seine rechte Hand bewegen, bis sie blockiert wurde. Handschellen oder eine Art von Fesseln mussten es sein, die sein Vorhaben verhinderten. Auch an den Unterschenkeln konnte er nun spüren, dass ihn jemand mit einer Art von Kette bewegungsunfähig gemacht hatte. Er versuchte, sich zu erheben. Schnell erkannte er, dass dies ein Ding der Unmöglichkeit war.

Im Hintergrund hörte er nun erstmals das leise Vibrieren eines Motors. Er atmete erleichtert auf, als er feststellte, dass er auch Geräusche wahrnehmen konnte.

Wo er sich befand, wusste er nicht. Auch hatte er keine Ahnung, was das Ganze zu bedeuten hatte. Er versuchte sich zu erinnern, was sich zuletzt in seinem Leben abgespielt hatte. Erfolglos. Nicht einmal sein eigener Namen fiel ihm ein.

Immer wieder fragte er sich, warum er sich nicht erinnern konnte, ob Drogen im Spiel waren oder ob er einen Schlag auf den Kopf erhalten und alles vergessen hatte. Kopfschmerzen hatte er keine, also folgerte er daraus, dass sein Gedächtnisverlust auf den Einfluss von Drogen zurückzuführen war.

Er hörte, wie jemand den Raum betrat.

Wer ist die Person, die in den Raum getreten ist? Warum hat sie mich hierher gebracht? Was will sie von mir? Wird sie mich nun töten? Hätte mein Entführer dies gewollt, wäre ich sicherlich schon lange tot. Also muss etwas anderes dahinterstecken.

Unzählige Gedanken schossen durch seinen Kopf. Er wollte sich nicht ausmalen, welches Schicksal ihn nun erwartete.

Er hörte, wie sich jemand ihm langsam näherte. Anhand der Geräusche, die von den Schuhen der Person stammten, schloss er, dass es sich um hohe Absätze handeln musste.

Eine Frau? Habe ich meine Gefangenschaft wirklich einer Frau zu verdanken?

Die Person war nur noch wenige Meter von ihm entfernt. Der fruchtige Duft eines Parfüms schwebte ihm entgegen. Er glaubte, eine Himbeer-Duftnote zu erkennen.

Plötzlich spürte er, wie die Unbekannte ihn sanft an den Händen anfasste. Die Haut seines Gegenübers fühlte sich zart an.

»Ich hoffe, Sie nehmen es uns nicht übel, dass wir Sie hierher gebracht haben.«

Sie sprach ohne Akzent oder deutliche regionale Färbung.

»Sie werden sich vielleicht fragen, wo Sie sich befinden und wem sie das Ganze zu verdanken haben. Schritt für Schritt werden Sie dies herausfinden. Am Ende werden Sie alles verstehen können.«

»Können Sie mich von den Fesseln befreien? Meine Hände schmerzen!«

Die Frau verneinte die Frage.

»Ich kann mich nicht daran erinnern, wer ich bin. Sie haben mir Drogen gegeben!«

»Natürlich. Wir mussten Sie ja an diesen Ort bringen. Wie es scheint, haben Sie keine Ahnung mehr, unter welchen Umständen wir Sie aufgespürt haben?«

In der Tat wusste Schröder dies nicht. Er versuchte, sich an irgendetwas zu erinnern. Jede Kleinigkeit konnte ihm helfen, zumindest ein bisschen Licht ins Dunkel der Angelegenheit zu bringen.

Außerdem waren da noch Fragen zu sich selber. Plötzlich fiel ihm ein, dass er Schröder hieß. So sehr er sich aber auch anstrengte: Näheres über sich oder den Grund, warum er gefangen war, konnte er noch nicht in Erfahrung bringen.

Die Frau verabschiedete sich von dem Kriminalbeamten und verließ den Raum, kurz nachdem sie erschienen war. Erneut wurde es still. Schröder war wieder alleine.

Kapitel 4: Dienstag

Die Bilder des Opfers konnte er so schnell nicht vergessen. Nachdem Weiler am folgenden Morgen aufgestanden war und mit seiner Frau Julia und dem gemeinsamen dreijährigen Sohn gefrühstückt hatte, verließ er seine Vierzimmerwohnung im Herzen Stuttgarts und fuhr wie bereits am Vortag in seinem schwarzen Audi S4 wieder Richtung Freiburg los.

Auf dem Weg dorthin machte er sich Gedanken zum Fall. Die unbekannte Person musste das Opfer wirklich gehasst haben. Ansonsten wäre es kaum so zugerichtet worden.

Als er bereits die halbe Strecke hinter sich gebracht hatte, klingelte sein Handy. Er nutzte die Freisprechanlage und nahm den Anruf entgegen.

»Darf ich Sie kurz stören?«

Weiler erkannte Vocks Stimme sofort. Natürlich durfte sie ihn stören, dachte er sich.

»Sie können Ihre Ermittlungen aufnehmen. Mirko Benhagel wurde ermordet. Das steht fest. Mit großer Sicherheit stellen die Brandverletzungen aber nicht die Todesursache dar. Vielmehr dürften mehrere Schläge auf den Kopf zum Tod geführt haben. Das haben wir gestern bereits angenommen.«

»Dann wollte der Täter auf Nummer sicher gehen. Das Opfer durfte die Tat auf keinen Fall überleben, was meine These wiederum stützt, dass sich der Mörder und Mirko Benhagel gekannt haben.«

»Oder aber wir haben es mit einer psychisch gestörten Person zu tun, die sich bei diesem Mord gar nicht so viel überlegt hat. Vielleicht empfindet der Täter ein positives Gefühl beim Töten.«

»Das ist sicherlich auch eine Option. Jedenfalls haben wir eine postmortale Handlung des Täters. Womöglich stellt das Verbrennen eine Art Ritual dar. Vielleicht kremiert der Täter das Opfer mit dem Akt zugleich.«

»Übernimmt das Landeskriminalamt den Fall?«

»Nein. Wir werden der Freiburger Kriminalpolizei technische

Hilfsmittel zur Verfügung stellen und sie bei der Fallanalyse unterstützen. Die Verantwortung liegt aber vorerst ganz klar beim Freiburger Polizeipräsidium, speziell bei den Beamten der Kriminalpolizeidirektion.«

Während die beiden weiter miteinander sprachen, ergaben sich bei der Untersuchung der Leiche im Institut für Rechtsmedizin an der Albertstraße in Freiburg einige brisante Erkenntnisse.

Die zwei obduzierenden Gerichtsmediziner hatten festgestellt, dass es sich beim Mordinstrument um einen spitzen Hammer handeln musste – und zwar um einen, wie sie beispielsweise Goldschmiede verwendeten. Dies ergab die gründliche Analyse der Verletzungen im Gesichtsbereich und am Hinterkopf. Ob sich DNA-Spuren an der Leiche finden ließen, stand noch nicht fest.

Noch wusste zu diesem Zeitpunkt niemand, dass die Arbeit der Gerichtsmediziner und die gewonnenen Erkenntnisse bald von größter Bedeutung sein würden.

Kapitel 5: Dienstag

Nach einer ungemütlichen Nacht erwachte Schröder abrupt, als er erneut jemanden hörte, der sich ihm näherte. Schnell stellte er aufgrund der Geräusche der Schuhe fest, dass es sich wieder um die gleiche Frau handeln musste, die ihn am Vortag bereits einmal besucht hatte. Der Duft des Parfüms bestätigte seine Annahme.

»Befreien Sie mich von diesen nervenden Handschellen!«, forderte er sogleich.

»Ich werde Ihnen die Handfesseln entfernen, nicht aber jene an Ihren Unterschenkeln. Auch die Augenbinde nehme ich Ihnen ab. Sie werden gleich feststellen, dass ich Ihre metallenen Fußfesseln mit einer zweiten Kette an einem Rohr befestigt habe, so dass eine Flucht unmöglich ist.«

Schröder fragte sich, wie die Frau wohl aussehen würde. Er stellte sie sich groß und rothaarig vor. Rothaarige Frauen hatte er in der

Vergangenheit nie richtig durchschauen können. Zudem strahlten sie in seinen Augen etwas Unheimliches aus.

Wenig später machte sich die Frau an dem Tuch zu schaffen. Noch intensiver konnte er nun den Himbeer-Duft ihres Parfüms riechen. Dann war es soweit.

Schröder blickte direkt ins Gesicht der Entführerin. Zunächst war er enttäuscht. Die Frau trug eine imposante Maske. Sofort erkannte er, welche Figur ihr Gesicht verdeckte.

Es handelte sich bei der Maskierung um die Medusa, ein Fabelwesen mit großen, stechenden Augen. Besonders mächtige und scharfkantige Zähne ragten aus ihrem Mund heraus. Das schuppige Gesicht wirkte blass. Am furchterregendsten waren aber ihre Haare. Schröder bestaunte für einen Moment den übergroßen Kopf mit den sich windenden Schlangen, welche die Haare der Medusa bildeten. Sofort fiel ihm das Logo des italienischen Labels Versace ein, das an Medusa angelehnt war.

Damit sie sich klarer verständigen konnte, hatte die Frau der Maske im Mundbereich eine größere Öffnung verpasst. Ebenso fanden sich zwei Löcher im Augenbereich.

»Ich hoffe, Sie werden nicht enttäuscht sein, dass Sie mein Gesicht noch nicht zu sehen bekommen haben. Vielleicht werde ich mein wahres Ich demnächst enthüllen. Nun geht es aber darum, dass Sie ein paar Antworten erhalten, wobei ich die entsprechenden Fragen stelle.«

Gebannt hörte Schröder der Frau zu, die etwa gleich groß wie er war.

»Die wichtigste Frage ist sicherlich jene nach dem Grund, warum Sie hier sind. Sagen wir es so: Sie haben sich kürzlich etwas weit aus dem Fenster gelehnt. Das hat uns nicht gefallen. Wissen Sie, worauf ich hinaus will?«

Schröder überlegte kurz, ehe er ein leises Nein von sich gab.

»Vor einigen Wochen haben Sie dafür gesorgt, dass ein Drogendealer namens Enrico Parzelli von der Polizei verhaftet worden ist. Sie hatten maßgeblichen Anteil an dieser Festnahme.«

Schleierhaft erschienen einige Bilder vor seinen Augen. Noch konnte er sich nicht an alle Details erinnern.

Der Name Parzelli kommt mir bekannt vor. Ich habe diesen mit Hilfe anderer Polizisten gejagt. Vage erinnere ich mich an einen Mann, der von uns gefasst werden konnte.

Vor seinem geistigen Auge sah er sich bei der Polizeiarbeit beim Bundeskriminalamt.

»Ich bin Polizist beim BKA, richtig?«, wollte Schröder wissen.

»Das ist so. Sie haben mit Ihren Männern einen Drogenring auffliegen lassen. Ihnen ist es gelungen, den Bandenchef hinter Gitter zu bringen. In den Medien haben Sie sich nachher als Held feiern lassen und uns mit abschätzigen Aussagen alt aussehen lassen. Wir seien Hobby-Professionelle, die Fehler an Fehler aneinandergereiht hätten. Nichts sei einfacher gewesen, als unseren Enrico aufzuspüren, haben Sie verlauten lassen.«

»Das soll ich gesagt haben?«

»Genau diese Worte haben Sie gewählt. Die deutsche Presse feierte Sie in den höchsten Tönen.«

Daran konnte sich Schröder nicht erinnern.

»Darum haben Sie mich also entführt?«

»Sie haben uns in ganz Deutschland zur Lachnummer gemacht. Das Land amüsiert sich auf unsere Kosten, was uns gar nicht gefällt. Nun drehen wir den Spieß um und zeigen der Öffentlichkeit, dass wir mehr zu bieten haben, als alle denken. Am Ende unseres Spiels wird die ganze Nation erkennen, welch mörderisches Puzzle wir zusammengestellt haben. Das Finale wird dramatisch, emotional und schockierend sein. Und alle werden dies dank den Medien hautnah mitverfolgen können.«

»Tut mir leid, dass ich Ihre Begeisterung im Moment noch nicht teilen kann«, hielt Schröder emotionslos entgegen.

»Nicht so tragisch! Sie sind der Hauptdarsteller und werden Ihre Rolle schon noch verstehen. Bald werden wir unsere Forderung nennen, damit alle sehen, wie ausgeklügelt unser Plan ist.«

»Wie sieht diese Forderung aus?«

»Ich stelle hier die Fragen und beantworte sie gleich selbst.«

Die Frau setzte sich auf einen Stuhl aus hellem Buchenholz, der mitten im Raum stand.

»Bald werde ich Ihnen verraten, wie wir Sie in unsere Gewalt gebracht haben.«

Ganz blass konnte er sich an einen Urlaub am Meer, an einen mysteriösen Mann und eine Botschaft erinnern. Danach klaffte aber eine große Erinnerungslücke in seinem Gedächtnis.

»Sagen Sie mir, warum ich von Ihnen überwältigt worden bin! Und vor allem wie?«

Die Unbekannte schwieg. Dann verließ sie den Raum wieder.

Kapitel 6: Dienstag

In der Einsatzzentrale der Kriminalpolizeidirektion Freiburg herrschte Hochbetrieb. Die Polizeibeamten kannten an diesem Tag nur ein Thema: Den Mord am Schlossbergring. Inzwischen waren weitere Details zum Tatgeschehen bekannt. Das schreckliche Verbrechen hatte sich am Vortag zwischen neun und zehn Uhr morgens ereignet. Als Todesursache machten die zuständigen Personen die Schläge aus. Entsprechende Verletzungen an der Stirn stützten die Gerichtsmediziner in ihrer Meinung. Das Opfer sei verblutet, hieß es im Obduktionsbericht, der per Mail an die Freiburger Polizei gesendet worden war.

Beim Opfer handelte es sich wie erwartet um den Mieter der Wohnung. Auch wenn die Leiche durch die Verbrennungen übel zugerichtet worden war, konnte das Opfer als Mirko Benhagel identifiziert werden. Er war zwei Jahre zuvor in das Gebäude eingezogen. Etwas Weiteres aus dem Schreiben der Gerichtsmediziner erschien den Kripobeamten spannend. In der Badewanne fand sich ein Haar, das vielleicht nicht von Benhagel stammte. Wem es gehörte, konnte noch nicht festgestellt werden. Jedenfalls wurde eine DNA-Analyse in die Wege geleitet.

Weiler betrat die Einsatzzentrale. Sofort wurde der LKA-Fall-analytiker von den Freiburger Kollegen in das provisorische, mit einem Flip-Chart versehene Büro gebracht.

»Sind Sie allein gekommen?«, wollte Iris Vock wissen.

»Meine Kollegen treffen im Laufe des Tages ein.«

»Wir haben die Eltern des Toten für ein Gespräch aufgeboten. Auch wenn sie im Moment sicherlich andere Sorgen haben, müssen wir mit ihnen sprechen.«

Weiler pflichtete Vock bei, die ihn mit leicht verlegenem Blick anschaute.

Wenig später trafen Klaus und Hilde Benhagel ein. Ein jüngerer Polizist führte die beiden ins Büro, wo sie von Weiler und Vock schon erwartet wurden.

Klaus Benhagel war ein großer, rundlicher Mann. Tiefe Falten zogen sich über sein melancholisches Gesicht. Er wirkte nicht erst seit dem Tod seines Sohnes vom Leben gezeichnet. Seine Frau Hilde war nur unwesentlich kleiner und ebenfalls korpulent. Ihr altmodischer Haarschnitt trug nicht dazu bei, dass sie jünger wirkte, als sie in Wirklichkeit war. Auch sie strahlte eine Lebensmüdigkeit aus, die den beiden Beamten gleich beim ersten Anblick auffiel.

»Es tut uns sehr leid, was mit Ihrem Sohn passiert ist. Wir fühlen mit Ihnen und Ihren Angehörigen mit. Auch entschuldigen wir uns dafür, dass Sie hierher kommen mussten. Aber aus ermittlungstaktischer Sicht haben wir ein paar dringende Fragen an Sie«, leitete Weiler das Gespräch ein. Er hatte als Profiler schon manche Gespräche mit den Hinterbliebenen von Opfern führen müssen und war den Umgang in solchen Situationen gewöhnt.

»Unser armer Mirko. Er war doch immer so freundlich zu allen. Nicht einer Fliege hätte er etwas zuleide tun können«, schluchzte Hilde Benhagel.

»Das glauben wir Ihnen«, antwortete Weiler, während Vock ruhig dem Gespräch folgte.

»Erzählen Sie uns von Mirko.«

»Mirko war unser zweites Kind. Eben erst feierte er seinen 35.

Geburtstag.« Hilde Benhagel musste schluchzend das Gespräch unterbrechen.

»Er hat noch eine ältere Schwester«, fügte Klaus Benhagel an.

»Caro ist drei Jahre älter als Mirko. Wir leben seit der Geburt unserer Kinder in Freiburg. Hier besuchte Mirko auch die Realschule. Nach dem Volksschulabschluss machte er eine Lehre als Werbetexter in einem Betrieb hier in Freiburg. ‚Kessel und Partner' heißt die Werbeagentur, in der er seit Beginn seiner Lehre tätig war. Er liebte seine Arbeit.«

Es folgte eine kurze Pause. Vock bot den Benhagels einen Kaffee an, den diese auch dankend annahmen.

»Sprechen wir über das Privatleben Ihres Sohnes.«

»Das ist eine leidige Geschichte. Aber wir müssen sie Ihnen wohl erzählen. Unser Sohn war ein Einzelgänger. Er pflegte wenig soziale Kontakte. Eine Freundin hat er nie nach Hause mitgebracht. Da ist seine Schwester schon anders. Sie ist oft unterwegs und lernt immer wieder neue Menschen kennen. Mirko saß auch an Wochenenden alleine zu Hause und verbrachte die Stunden vor dem Computer. Wir haben ihm oft gesagt, dass er ausgehen und Leute treffen sollte. Er hat auf unsere Vorschläge jeweils sehr ungehalten reagiert. Also unterließen wir fortan entsprechende Bemerkungen«, erzählte der Vater.

»So hat er sich also auch keine Feinde schaffen können«, hielt Weiler entgegen.

»Wann haben Sie Ihren Sohn das letzte Mal gesehen?«, wollte Vock wissen.

»Gesehen haben wir ihn schon länger als eine Woche nicht mehr«, antwortete Klaus Benhagel. »Allerdings führten wir am Sonntagabend noch ein Telefongespräch mit ihm.«

»Ist Ihnen dabei etwas aufgefallen? War Mirko anders als sonst?«

Weiler registrierte, wie Hilde Benhagel leicht den Kopf hob. Es schien, als zögerte sie, bevor sie zu sprechen begann.

»Ich...«

»Nein, ich denke nicht.« Klaus Benhagels Antwort war kurz und signalisierte den Beamten, dass weitere Nachfragen hier zu keinem Ergebnis führen würden.

»Er hat auch nichts Verdächtiges gesagt?«

Wie erwartet, wurde auch diese Frage verneint.

»Meine Frau und ich kennen wirklich niemanden, der ein Problem mit unserem Sohn gehabt haben könnte.«

»Ich kenne da doch jemanden«, merkte Hilde Benhagel an und blickte entschuldigend zu ihrem Mann.

Nachdem die benötigten Informationen notiert worden waren, war Weiler klar, dass man dieser Person unbedingt einen Besuch abstatten musste.

»Endlich steht ein erster Tatverdächtiger auf der Liste. Ich kann es nicht leiden, wenn wir in einer Ermittlung schon am Anfang steckenbleiben«, bemerkte Vock ungeduldig. Sie konnte kaum verbergen, dass sie am liebsten sofort in einem Streifenwagen losgebraust wäre.

»Na, was ist, gehen wir?«

Weiler war noch in Gedanken. »Ich glaube, es wäre hilfreich, mit Frau Benhagel unter vier Augen zu sprechen. Ich werde den Eindruck nicht los, dass sie noch etwas sagen wollte. Ist dir auch aufgefallen, dass Klaus Benhagel sie unterbrochen hat? Vielleicht hat sie sehr wohl eine Veränderung an ihrem Sohn bemerkt, aber sie konnte ja nicht ausreden.«

»Du meinst, sie weiß etwas?«

»Das wird sich zeigen. Jedenfalls scheint sie mir kooperativer zu sein als ihr Mann. Er sagt uns nur das Nötigste. Wir müssen herausfinden, ob sie etwas für uns Wesentliches verschweigt.«

Kapitel 7: Mittwoch

Gemeinsam saßen sie an einem Tisch. In einem Aschenbecher glühten zwei Zigaretten, und daneben standen zwei bis zum Rand gefüllte Gläser mit einem alten schottischen Whisky darin. Immer, wenn etwas nach Plan lief, gönnten sie sich einen Schluck des hochprozentigen Getränks.

»Wir haben alles im Griff«, resümierte der Mann, während die Frau nickend zustimmte.

»Schröder konnten wir auffinden und gefangen nehmen, und Benhagels Sohn haben wir eliminiert.«

Der Mann mit den kurz rasierten Haaren hatte Schröder auf Mallorca aufgespürt und einen ersten Kontakt hergestellt. Die weiteren Schritte stellten keine große Herausforderung mehr dar.

Nachdem Schröder aus seinem Urlaub zurückgekehrt war, verbrachte er die letzten beiden Ferientage in seiner Wohnung in Mannheim. Dort suchten der Unbekannte, der sich mit einer schwarzen Perücke und einer trendigen Sonnenbrille getarnt hatte, und seine Komplizin Schröder auf. Sie klingelten an der Tür und gelangten unter einem Vorwand in dessen Wohnung. Angeblich waren sie auf der Suche nach einer bestimmten Person, die im Haus wohnen sollte. Eine Rolle zu spielen, fiel den beiden nicht schwer. Nicht zum ersten Mal hatten sie an diesem Sonntag eine neue Identität angenommen.

K.O.-Tropfen hatten die beiden immer dabei. Eigentlich war der Plan, Schröder gemeinsam niederzuschlagen. Nun kam ihnen aber der Zufall zu Hilfe. Schröder war eben am Mittagessen, und ein Glas Wasser stand auf dem Tisch.

Die Unbekannten setzten sich gemeinsam an Schröders Mittagstisch, und der BKA-Beamte begann auf seinem Laptop den von den beiden zuvor genannten Namen im Internet zu suchen. Als Schröder kurz nicht aufpasste, schüttete ihm die Frau K.O.-Tropfen in sein mit Wasser gefülltes Glas. Wenig später sackte er zusammen. Danach brachten die Unbekannten Schröder in ihr Auto. Den Fremden kam dabei gelegen, dass das Gebäude über einen Fahrstuhl verfügte, mit dem der Bewusstlose aus der vierten Etage gut ins Erdgeschoss befördert werden konnte. Schließlich brachten sie ihn an den Ort, an dem er nun gefangen war.

Der Mord an Mirko Benhagel stellte ebenso keine allzu schwierige

Aufgabe dar, da dieser ein Einzelgänger war. Auch er öffnete unvorsichtig die Tür, nachdem die unbekannte Frau geklingelt hatte. Sie hatte sich mehrfach schon gefragt, warum das Opfer so arglos gewesen war. Hatte Mirko Benhagel in diesen frühen Morgenstunden jemanden erwartet? Anders konnte sie sich nicht erklären, warum dieser die Tür geöffnet hatte.

Die Verbrecher wussten schon bei den Vorbereitungen ihrer Aufgabe, dass sie mehr Gewalt als nötig anwenden mussten. Schließlich sollte der Mord einen speziellen Hintergrund haben. Bisher konnte aber noch niemand diesen nur im Ansatz erahnen.

Sowohl der Mann als auch die Frau wussten, dass Mirko Benhagel kein Zufallsopfer war.

Wir haben lange und intensiv recherchiert. Mit Mirko haben wir das perfekte Opfer gefunden. Er hat den Tod mehr als verdient.

Beiden war klar, dass dies erst der Anfang eines mörderischen Puzzles war. Auch waren sie bestens im Bilde, welche Rolle Schröder in der ganzen Angelegenheit haben sollte. Der Plan war wirklich bis ins kleinste Detail durchdacht.

Kapitel 8

Was meinst du zum ersten Akt unseres Racheplans? Das Opfer haben wir wirklich sorgfältig ausgewählt. Wir haben uns lange überlegt, wer das Privileg haben soll, als Erstes an der Reihe zu sein. Ja, es ist ein Privileg, der Erste zu sein, denn lange leiden muss man so nicht. Schließlich bleibt einem die Angst erspart, das langsame Erkennen, dass sich die Schlinge um einen herum immer enger zuzieht.

Es wird wohl eine Weile dauern, bis jemand herausfindet, warum gerade der junge, unscheinbare Mirko Benhagel zu unserem Ziel geworden ist. Sie werden ihn und sein ganzes Umfeld durchleuchten, in allen Akten wühlen, in welchen er erwähnt ist, alle Beziehungen unter die Lupe nehmen, sein Leben bis zum Kindergarten zurückverfolgen. Und doch bin ich mir sicher, dass sie auf nichts Verdächtiges stoßen werden, das einen Mord rechtfertigen würde. Dazu wissen sie zu wenig. Überhaupt weiß niemand etwas. Das heißt, nur wenige wissen Bescheid. Nicht einmal alle Betroffenen kennen das brisante Geheimnis.

Nun knöpfen wir uns einen nach dem anderen vor. Sie sollen sich ihrer Schuld bewusst werden. Für das Unmenschliche, was sie getan haben, büßen. Sie sollen merken, dass es ihnen an den Kragen geht. Auch wenn seither viel Zeit vergangen ist. Keiner darf ungestraft davonkommen, wenn er ein solches Verbrechen begangen hat. Dafür werden wir schon sorgen!

Kapitel 9: Mittwoch

Nachdem es im Auto lange ruhig gewesen war, meldete sich plötzlich Klaus Benhagel zu Wort.

»Ich werde meinen Jungen vermissen. Auch wenn wir ihn zuletzt nicht mehr so oft gesehen haben, war er doch ein Kind, wie es man sich nur wünschen konnte.«

»Er war ein herzensguter Mensch«, entgegnete dessen Ehefrau.

Wieder kehrte für eine längere Zeit Ruhe ein. Zusammen mit ihrer Tochter fuhren die Benhagels das Höllental hinauf Richtung Titisee-Neustadt. Erst wenige Minuten zuvor hatten sie den Ort Kirchzarten hinter sich gelassen und waren in die Wälder des Schwarzwalds eingetaucht.

Der Begriff Hölle ist passend. Dort sind wir nun definitiv angelangt. Irgendwie musste es ja so kommen. Niemand kann seinen Sünden davonlaufen.

Klaus Benhagel versuchte, die negativen Gedanken zu verdrängen. Aber es war sinnlos. Sie hatten sich tief in seinem Gehirn eingenistet. Er schaute zu seiner Ehefrau hinüber, die abwesend aus dem Fenster starrte.

Hinten saß Tochter Caro und blickte ins Leere. Sie hatte es kommen sehen, dieses Unheil, das die Benhagels nun so unvermittelt getroffen hatte.

»Ich habe euch immer gesagt, dass es eines Tages so weit sein würde.«

»Ich möchte nicht, dass wir darüber sprechen. Wir fahren nun an den Titisee, um die Sache zu vergessen«, hielt Klaus Benhagel entschieden fest.

»Ihr wollt Mirko vergessen?«, zeigte sich Caro empört und warf ihrem Vater, der sie im Rückspiegel nun schon längere Zeit musterte, einen verächtlichen Blick zu.

»Dein Vater wollte nicht sagen, dass wir Mirko vergessen wollen, sondern diese andere Sache.«

Caro war von ihren Eltern einmal mehr enttäuscht. Einerseits hatten sie sich nie richtig um Mirko gekümmert. Da half es auch nichts, wenn sie sich nun einredeten, alles für ihn getan zu haben. Auch wenn dieser schon lange erwachsen war, hätte er etwas mehr Zuwendung seitens seiner Eltern brauchen können. Andererseits war da die Sache, welche die Eltern auch jetzt wieder totschwiegen.

Klaus und Hilde Benhagel wussten genau, was ihre Tochter nun hören wollte. Sie hätten auf die eine Sache zu sprechen kommen sollen. Aber es gab Situationen im Leben, die man am besten aus dem Gedächtnis verdrängte. So war das Gespräch bald wieder im Keim erstickt.

Hätten wir Caro die Geschichte niemals erzählen sollen? Hatte sie damals, an diesem Novemberabend nicht ein Recht darauf zu erfahren, was Hilde und mich beschäftigte? Natürlich hat sie schon früh gemerkt, dass etwas nicht stimmte. Deshalb haben wir uns entschieden, Caro reinen Wein einzuschenken. Spätestens jetzt hätten wir sie sowieso aufklären müssen.

Erst als das Auto Hinterzarten erreicht hatte, unternahm Hilde einen Versuch, die angespannte Stimmung zu lösen.

»Mirko ist jetzt an einem besseren Ort. Im Himmel wird er sicherlich nicht mehr der Außenseiter sein, den er hier seit seiner Jugend war.«

»So kann man sich von seiner Schuld natürlich auch reinwaschen.«

»Caro, was willst du von uns? Sollen wir am Tod unseres lieben Mirkos schuld sein?«

»Denkt ihr beiden denn, dass ihr unschuldig seid? Dann hättet ihr jetzt nicht ein dermaßen schlechtes Gewissen, oder?«

»Die eine Sache hat mit seinem Tod nichts zu tun«, hielt Klaus Benhagel unmissverständlich fest.

»Warum habt ihr eigentlich Mirko nicht die Wahrheit erzählt?«

»Er hätte es nicht so gut verstanden wie du.«

»Auch wenn er manchmal etwas naiv war, hatte er ein Anrecht auf die Wahrheit. Ihr habt ihn in der eigenen Familie zum Außenseiter gemacht!«

Wieder kehrte Ruhe ein.

Es gibt mit Sicherheit keinen Zusammenhang zwischen unserem Geheimnis und dem Tod unseres Sohnes. Diese Sache liegt nun schon Jahre zurück. Entsprechend ist sie längst abgehakt. Mirko musste sich mit jemandem angelegt haben, der es nicht gut mit ihm meinte.

Erneut blickte Klaus Benhagel in den Rückspiegel und beobachtete seine Tochter, die geistesabwesend aus dem Fenster hinausschaute. Mit ihrer impulsiven Art war sie ihm sehr ähnlich, was sie auch oft aneinander geraten ließ. Mirko und Hilde gingen unnötigen Konflikten lieber aus dem Weg.

Schließlich verließ man kurz vor Titisee-Neustadt die Bundesstraße 31 und fuhr Richtung See. Im Zentrum angekommen, stellten die Benhagels sofort fest, dass einiges los war. An diesem Sommertag waren viele Touristen da. Es war nicht unüblich, dass an Spitzentagen bis zu 20'000 Menschen den Ort aufsuchten.

Das im typischen Schwarzwaldstil aus Holzschindeln an der Fassade gebaute Hotel, das sie gebucht hatten, lag direkt am See. Sie parkten ihren Wagen und stiegen sogleich aus. Draußen atmeten sie nach der beschwerlichen Fahrt alle kurz und tief durch und betraten dann den Eingang des Viersterne-Hotels.

Einige hundert Meter weiter parkte eine schwarze Limousine. Eine

Person stieg aus und zog ihr Handy aus der Tasche. Sie wählte erneut die für sie so bedeutende Nummer und das sicherlich nicht zum letzten Mal.

Obwohl die unbekannte Person schon seit Freiburg die Benhagels verfolgt hatte, hatten diese keine Notiz von ihr genommen. Vorsicht war eine der wichtigsten Maximen in ihrem Business. Verfolgte sollten nie das Gefühl erhalten, dass man ihnen auf den Fersen war. Es war dies der große Vorteil des Jägers gegenüber dem Gejagten. Der Verfolgte war sich seiner Situation oft nicht bewusst, was ihn zu einem einfachen Opfer machte.

Die Person war sich sicher. Sie würde ihr Vorhaben gleich in die Tat umsetzen können.

Kapitel 10: Mittwoch

Die Idee, für ein paar Tage in den Schwarzwald zu fahren, erfolgte spontan. Klaus Benhagel hatte keine Lust, den Medienschaffenden immer wieder Auskünfte über das Verbrechen geben zu müssen. Besonders nervend waren Fragen zu seiner Befindlichkeit.

Wie kann es uns schon gehen? Wir haben erst vor zwei Tagen unseren Mirko verloren. Deshalb wollte ich auch weg, und zwar mit der ganzen Familie. Hilde hätte es zu Hause nicht mehr lange ausgehalten. Sie macht sich Vorwürfe, auch wenn sie das nicht zugibt. Man sieht ihr von weitem an, wie sie leidet. Ich muss jetzt auf sie aufpassen, sonst verkriecht sie sich wieder, so wie damals nach dieser Sache. Wir müssen zusammenhalten, einander Halt und Kraft geben. Nur so werden wir auch das überstehen. Hier oben haben wir nun Zeit, in Ruhe zu trauern.

Niemandem außer ein paar Polizeibeamten hatten sie von ihrem Vorhaben erzählt, an einem der größten natürlichen deutschen Mittelgebirgsseen etwas zur Ruhe kommen zu wollen.

In dem familiären Hotel bezog man zwei Zimmer. Klaus teilte sich mit seiner Frau einen Raum im ersten Stockwerk, während Tochter

Caro, die ihre Eltern in dieser schwierigen Situation nicht alleine lassen wollte, im zweiten Geschoss untergebracht war. Beide Zimmer verfügten über einen herrlichen Blick auf den See, auf dem viele Touristen mit Tretbooten unterwegs waren. Die älteren Semester gönnten sich eine Rundfahrt auf einem der größeren Schiffe. An den privaten Strandabschnitten der Hotels tummelten sich viele Gäste und nutzten einen Sprung ins Wasser für eine willkommene Abkühlung. Auch an diesem Tag zeigte sich die Sonne von ihrer besten Seite und versprühte allerorts gute Laune: Touristen, Bootsvermieter, Eisverkäufer und die Inhaber der vielen Restaurants. Alle profitierten vom herrlichen Wetter.

Einzig Familie Benhagel hatte trotz Sonnenschein keinen Grund zur Freude. Im Hallenbad des Hotels versuchten sich die drei abzulenken. Immerhin hatten sie hier ihre Ruhe, da sich zu diesem Zeitpunkt alle anderen Gäste draußen aufhielten.

»Es war eine gute Idee, hierher zu fahren«, sagte Hilde zu ihrem Ehemann, der nickend zustimmte.

»Auch wenn es momentan kaum vorstellbar ist. Das Leben wird weitergehen«, hielt Klaus Benhagel fest. »Zusammen schaffen wir das. Jetzt sorgen wir erstmals dafür, dass Mirko eine würdige Abdankungsfeier erhält.«

Hilde blickte an Klaus vorbei aus dem Fenster und schwieg, wie meistens in den vergangenen zwei Tagen. Sie war froh, dass er sich um alles kümmerte und sie einfach trauern ließ. Auch wenn sie wusste, dass er genauso litt, konnte sie ihm auch heute keine Stütze sein.

»Wer hatte einen Grund, Mirko so etwas anzutun? Meinst du, es war wirklich Tobias Jahn, sein Arbeitskollege?«, fragte Klaus seine Ehefrau und riss sie aus ihren Gedanken.

»Ich weiß nicht.«

»Tobias könnte sicherlich einen Grund gehabt haben. Ich weiß noch, als Mirko das erste Mal von ihm erzählte. Von Anfang an war die Beziehung der beiden von Problemen geprägt. Alles begann doch mit dem dubiosen Diebstahl. Tobias hatte Mirko seine

Brieftasche entwendet. Als Mirko dies herausfand, schlug er Tobias nieder und musste danach beim Firmenchef antraben. Unser Sohn bekam einen Verweis. Erinnerst du dich noch daran?«

»Das werde ich nie vergessen, Klaus. Ich sehe Mirko noch vor mir, wie er uns eines Tages von dem Vorfall erzählt hat. Er war so wütend.«

»Ja, aber Mama, das hat sich später geklärt. Die beiden haben sich doch wieder verstanden. Und Mirko hat sich danach nichts mehr zu Schulden kommen lassen, das weiß ich. Er arbeitete eifrig und besuchte mehrere Weiterbildungen. Schließlich wurde ihm dann auch ein besserer Posten im Betrieb zugesichert.«

»Das stimmt, Caro, aber Tobias gefiel Mirkos Beförderung gar nicht. Er sprach ihn darauf an und sagte, dass er dafür sorgen werde, dass er bei seiner neuen Aufgabe nicht glücklich werden würde«, erzählte Klaus Benhagel.

»Und nun hat er vielleicht Mirko auf dem Gewissen«, murmelte Hilde Benhagel leise vor sich hin.

»Deshalb tötet man doch niemanden! Außerdem dürfen wir keine voreiligen Schlüsse ziehen«, folgte Caros Antwort. »Vielleicht ist Tobias unschuldig. Die Polizei wird sicherlich herausfinden, ob er für den Mord verantwortlich ist.«

Für Klaus Benhagel war der Fall klar. Aus Neid hatte Tobias Jahn seinen Sohn ermordet.

»Wir könnten ihn anrufen. Dann wird sich alles aufklären«, schlug Caro vor.

»Was soll das bringen? Sollen wir ihn fragen, ob er Mirko auf dem Gewissen hat? Er wird dies bestimmt verneinen. Lassen wir die Polizei die Ermittlungen führen.«

Die drei verließen das Schwimmbad und schlüpften in ihre Bademäntel. Auf ihren Zimmern wollten sie sich etwas hinlegen und zur Ruhe kommen.

Klaus und Hilde Benhagel stiegen in der ersten Etage aus dem Lift. »Wir sehen uns dann um 18 Uhr vor dem Eingang zum Speisesaal. Schau, dass du dich etwas erholen kannst.« Beim Hinausgehen hatte sich Hilde Benhagel mit einer tröstlichen Umarmung von ihrer Tochter verabschiedet.

Nachdem sich die Tür des Aufzugs ein Stockwerk weiter oben geöffnet hatte, wandte sich Caro Benhagel nach rechts und ging direkt auf ihr Zimmer zu, das am Ende des Flurs lag. Als sie dort ankam, stand die Tür einen Spalt breit offen.

Ich habe doch nicht vergessen, diese ganz zuzuziehen? Ich bin mir sicher, dass ich sie hinter mir geschlossen habe. Da stimmt doch etwas nicht. Obwohl... In der ganzen Aufregung könnte mir das schon passiert sein. Ich bin ständig in Gedanken und gar nie richtig anwesend. Ich wüsste nicht einmal mehr, was ich gefrühstückt habe.

Trotzdem merkte sie, dass ihr Puls sich beschleunigte und ihr augenblicklich der kalte Schweiß ausbrach.

Eigentlich sollte ich auf der Stelle kehrtmachen. Aber meine Eltern haben wirklich gerade andere Sorgen. Sie brauchen nicht noch eine hysterische Tochter, die unter Verfolgungswahn leidet.

Nachdem sie den Gedanken, sich an ihre Eltern zu wenden, verworfen hatte, betrat sie zögernd den Raum. Ängstlich blickte sie nach links ins Badezimmer. Sie konnte niemanden erkennen. Dann schlug die Tür hinter ihr unsanft zu. Ein kalter Schauer erfasste sie, und sie begann vor Anspannung zu zittern. Einen Augenblick später spürte sie einen Gegenstand am Rücken. Bevor sie sich umdrehen konnte, hörte sie schon eine Stimme, die ihr zu verstehen gab, dass sie ruhig bleiben solle. Es hatte sich tatsächlich jemand in ihr Zimmer geschlichen.

»Was ist hier los?«, schrie Caro durch den Raum. Der Eindringling zögerte keinen Moment und verpasste ihr einen Schlag auf den Kopf. Es gelang ihr gerade noch, sich auf den Beinen zu halten.

»Ich habe Ihnen gesagt, dass Sie ruhig sein sollen«, folgte die Antwort der unbekannten Person. Caro fragte sich für einen Moment, ob es die Stimme eines Mann oder einer Frau war.

»Was wollen Sie von mir?«

»Das werden Sie bald erfahren.«

»Wie sind Sie in den Raum gekommen?«

»Sie müssen besser auf Ihren Schlüssel aufpassen.«

Caro versuchte nochmals, sich umzudrehen, wurde aber sofort angewiesen, dies zu unterlassen. Wenige Augenblicke später zog der ungebetene Gast ein Seil aus der Tasche.

Kapitel 11: Mittwoch

Im düsteren Raum lag Schröder am Abend auf dem kalten, staubigen Boden. Eine Öllampe brannte nicht unweit von ihm und sorgte für einen fahlen Lichtschimmer. Inzwischen war ihm einiges, was seine Entführung betraf, wieder bewusst, das Klingeln an der Tür, der Besuch des fremden Paares, das Glas Wasser. Danach aber klaffte eine große schwarze Erinnerungslücke in seinem Gedächtnis.

Als Nächstes war ihm erst wieder der Besuch der unbekannten Frau hier im Keller präsent.

Wer ist sie? Wann wird sie mich wieder besuchen? Was wird überhaupt mit mir passieren? Und warum bin ich in der ganzen Sache der Hauptdarsteller? Was ist das für ein Spiel, bei dem ich hier mitwirke?

Er konnte vor allem nicht verstehen, dass er nur deshalb entführt worden war, weil er mitgeholfen hatte, einen Drogenboss dingfest zu machen. Irgendwie ergab alles keinen Sinn.

Schröder wurde jäh aus seinen Gedanken gerissen, als die Tür aufgestoßen wurde. Eine schwarze Gestalt trat langsam auf ihn zu. Schröder merkte, dass es sich wieder um dieselbe Frau handelte. Noch immer trug sie die Medusa-Maske.

»Hatten Sie eine angenehmen Tag?«, wollte sie von dem Entführten wissen.

»Einen Service wie in einem Fünfsterne-Hotel bieten Sie mir nicht an«, antwortete Schröder kühn. Im Grunde konnte er sich aber nicht beschweren. Die Unbekannte versorgte ihn mit ausreichend

Nahrung, und auch die Matratze hätte von schlechterer Qualität sein können.

»Ein solches Hotel haben Sie auch nicht verdient. Aber lassen wir das. Ich bin gekommen, um Ihnen zu sagen, dass wir für Sie jemanden umgebracht haben.«

Schröder widerte die Art des Dialogs bereits nach den ersten Sätzen an. Wie konnte sie behaupten, dass sie in seinem Namen einen Mord begangen hatten?

»So etwas Dummes! Das macht überhaupt keinen Sinn! Und wer soll das Opfer gewesen sein?«

»Der junge Mann heißt beziehungsweise hieß Mirko Benhagel. Für die Welt ist sein Tod allerdings kein Verlust! Er lebte sehr zurückgezogen und hatte wenige Freunde.«

»Weil er keine Freunde besaß, töteten sie ihn? Er hatte aber sicher eine Familie, die ihn liebte. Was für ein absurdes Handeln!«

Schröder ekelte sich immer mehr vor der Maskierten.

»Warten Sie die Sache doch erst einmal ab! Das Ganze wird früher oder später einen Sinn ergeben, und Sie werden Ihre Rolle noch erkennen.«

»Welche Rolle? In Ihr angebliches Spiel bin ich nicht involviert. Ich bin hier das Opfer. Sie haben mich entführt. Ich glaube Ihnen kein Wort, was den angeblichen Mord betrifft«, gab Schröder genervt zur Antwort.

»Ich denke nicht, dass wir dies ausdiskutieren müssen. Gerne gebe ich Ihnen aber einen Beweis für unsere Tat. Wir haben ein Bild des Toten geschossen. Speziell für Sie als kleine Erinnerung.«

Schröder schaute sich das Foto widerwillig an. Er kannte das Opfer nicht, zumal es völlig entstellt war.

»Da kann man nichts mehr erkennen!«

»Wie gesagt: Es handelt sich um Mirko Benhagel. Dies soll Ihnen als Information ausreichen.« Nach einer kurzen Pause fügte die Frau noch etwas an.

»Wenn Sie sich das Bild genau anschauen, werden Sie vielleicht feststellen, wie das Opfer gestorben ist.«

Ohne groß nachzudenken, antwortete Schröder, der Mann sei verbrannt worden.

»Sie sehen sich als großen Helden, der unseren Chef aufgespürt hat, und können aufgrund dieses Fotos nicht einmal die Todesursache feststellen? Wie ich sehe, scheint die Festnahme unseres Anführers nur ein Glückstreffer gewesen zu sein.«

Die Bemerkungen behagten Schröder zwar nicht. Dennoch ließ er sich nicht provozieren.

»Denken Sie, was Sie wollen. Ich muss niemandem mehr etwas beweisen.«

Damit war das kurze Gespräch beendet. Die Unbekannte nahm einen Fotoapparat aus der Tasche und schoss ein Bild von Schröder und dem daneben liegenden Foto des toten Mirko Benhagel.

»Das Foto werden wir früher oder später der Presse zukommen lassen.«

Auch dies machte in Schröders Augen wenig Sinn. Warum sollten die Verbrecher mit den Printmedien kooperieren?

Bevor sie den Raum wieder verließ, wandte sie sich ein letztes Mal an den Gefangenen.

»Ich heiße übrigens Emilia. Schön, Sie als Gast hier zu haben.«

Murrend schaute Schröder ihr nach. Er mochte sie so wenig wie den Ort, an dem er sich nun befand. Nochmals warf er einen Blick auf das Foto. Erst jetzt erkannte er, dass Emilia recht hatte. Mirko Benhagel starb nicht an den Verbrennungen.

Kapitel 12: Mittwoch

Das Verbrechen im Hotel am Titisee blieb nicht lange unbemerkt. Da Caro Benhagel zum Abendessen nicht erschienen war, suchten ihre Eltern das Zimmer auf. Weil niemand auf das Klopfen an der Tür reagierte, besorgten sie an der Rezeption einen Zweitschlüssel. Klaus Benhagel war der Erste, der das Zimmer schließlich betrat. Als er seine Tochter tot auf dem Bett liegen sah, brach er zusammen. Auch seine Frau erlitt einen schweren Schock und musste, nachdem es ihr noch gelungen war, die Polizei zu verständigen, mit der Ambulanz ins Krankenhaus gefahren werden. Sofort hatte die örtliche Polizei die Freiburger Kripo und das Landeskriminalamt eingeschaltet.

Dirk Weiler hatte sich nach dem Anruf prompt Richtung Titisee aufgemacht. Neben ihm saß Iris Vock, die er zur Unterstützung mitgenommen hatte.

Kurz vor 20 Uhr erreichten die beiden das Hotel, dessen Zufahrtswege bereits großräumig abgesperrt waren.

Weiler zog sich einen Tatortschutzanzug, Einweghandschuhe sowie Tatort-Überschuhe an und zwängte sich, nachdem er seinen Dienstausweis gezeigt hatte, an den Polizisten vorbei. Vock folgte ihm. Auch sie hatte inzwischen alle nötigen Vorkehrungen getroffen, um keine eigenen Spuren zu hinterlassen.

»Wir haben nichts am Tatort verändert«, sagte ein hagerer Polizist. Weiler verschaffte sich einen ersten Überblick, ehe er alle bat, den Raum zu verlassen.

»Frau Vock und ich möchten uns selber ein Bild von der Tat machen.«

Die drei Beamten von der örtlichen Polizei taten, was ihnen befohlen worden war.

»Ist schon grausam, was den Benhagels hier widerfährt. Da starb vorgestern ihr Sohn und heute bringt jemand ihre Tochter um.«

»Ja, du hast recht. Die Tat erscheint unerklärlich«, sagte Vock dem LKA-Beamten.

»Was haben sie getan, dass ihnen jemand derart schaden will?«

Weiler warf einen Blick auf die Leiche auf dem Bett. Die Tote, die mit gestreckten Beinen auf dem Rücken lag, sah friedlich aus, zumal auch bunte Blumen auf dem Bett drapiert waren.

»Wie schön sie geschminkt ist«, staunte Vock. In der Tat wurden Caros Gesichtszüge durch sorgfältig aufgetragene Kosmetika besonders hervorgehoben.

»Die Todesursache ist auf den ersten Blick nicht erkennbar. Wir haben nirgends Blutspuren. Das Opfer wurde also weder erschossen noch erstochen«, fasste Weiler zusammen.

»Das ist richtig. Sie könnte vergiftet worden sein.«

»Vielleicht handelt es sich um Selbstmord. Die Blumen könnten eine Art Abschiedsritual darstellen.«

»Daran habe ich auch schon gedacht. Ich kannte Caro Benhagel aber zu wenig, um zu beurteilen, wie stark sie der Tod ihres Bruders mitgenommen hatte. Wir werden Klaus und Hilde Benhagel befragen müssen. Wir haben ein paar brennende Fragen an sie. Im Moment müssen wir ihnen aber etwas Ruhe gönnen«, erläuterte Vock das weitere Vorgehen.

Weiler hielt kurz inne. Er schien einen Verdacht zu haben. Zielstrebig trat er zum Bett, bückte sich zur Toten hin und zog leicht am Guess Sommerschal, den diese trug, so dass der Halsbereich sichtbar wurde. Sofort deutete er mit seiner rechten Hand auf leichte Rötungen.

»Dachte ich es mir doch. Sie könnte erdrosselt worden sein.«

»Die Gerichtsmediziner werden das später sagen können«, fügte der LKA-Beamte an.

Auch wenn für Weiler die Todesursache feststand: Den beiden blieb nichts anderes übrig, als die weiteren Ermittlungen abzuwarten.

Sie wussten, dass sie am Tatort keinen Schritt weiterkamen, was die Suche nach dem Täter oder den Tätern betraf. Deshalb begannen sie, sich in den benachbarten Zimmern umzuhören. Allerdings waren alle Hotelgäste, die etwas vom Verbrechen hätten mitbekommen können, zur Tatzeit gar nicht im Gebäude gewesen. Entsprechend gab es keine Zeugen. Auch die Befragung der Hotelangestellten brachte keine neuen Erkenntnisse. Die Reinigungskräfte hatten ihre Arbeit bereits am Vormittag erledigt, und alle anderen Mitarbeiter hatten sich nicht auf dieser Etage befunden.

Weiler fluchte innerlich vor sich hin. Gegen einen Zeugen hätte er nichts einzuwenden gehabt.

Kapitel 13: Mittwoch

Obwohl die Leiche aufgrund der Verbrennungen entstellt war, konnte Schröder die Verletzungen an Mirko Benhagels Schädel eindeutig erkennen. Jemand hatte ihn mit einem spitzen Gegenstand erschlagen, ehe man seine Leiche angezündet hatte. Es war zwar nicht ganz auszuschließen, machte aber eigentlich keinen Sinn, dass es umgekehrt abgelaufen war, dass er zuerst angezündet worden war und ihm erst danach die Verletzungen am Hinterkopf zugefügt worden waren. Warum man ihn derart hatte leiden lassen, darauf fand Schröder aber keine überzeugende Antwort.

Immerhin konnte er sich inzwischen an immer mehr Details aus seiner Vergangenheit erinnern. Die Jagd auf die Verbrecherbande hatte er maßgeblich mitgetragen. Seine Männer im Bundeskriminalamt leisteten hervorragende Arbeit.

Monatelang hatten sie in einem gefährlichen Umfeld Personen befragt und so Beweise gesammelt. Schließlich hatten sie genug davon, um Parzelli hinter Gitter bringen zu können. Der Mann war ein Gigant in der nationalen Drogenszene. Als die «Hydra» bezeichnete er sich selber. Warum er diesen Namen besaß, wusste Schröder bis heute nicht. Es interessierte ihn aber auch nicht. Hauptsache war, dass Parzelli in Gewahrsam genommen werden und er die illegalen Machenschaften nun nicht mehr orchestrieren konnte.

Wie der Übergriff auf Parzelli genau erfolgte, daran konnte er sich nur noch vage erinnern.

In einer Bar nahe des Frankfurter Hauptbahnhofs hielt sich der Drogenbaron am Abend mit mehreren Freunden auf. Die Männer feierten im großen Rahmen, bestellten Champagner und vergnügten sich mit einigen leichten Damen, die sie im Laufe des Abends bei einem Escortdienst bestellt hatten.

Als es sich Parzelli mit einer der Frauen in einer Nische gemütlich machte, stürmten die Einsatzkräfte des BKA das Lokal und nahmen nicht nur den Bandenführer, sondern auch dessen Freunde fest. Der Zugriff erfolgte für Parzelli so überraschend, dass er nicht imstande war, darauf zu reagieren.

Die Festnahme war inzwischen drei Monate her, und der Gangsterboss saß immer noch in Untersuchungshaft. Er wartete auf die Gerichtsverhandlung und damit auf seine Verurteilung. Die Beweislast war erdrückend, und angesichts der Schwere seiner Schuld musste er damit rechnen, lebenslänglich zu erhalten.

Nicht in seinen schlimmsten Träumen hätte Schröder gedacht, dass er für diese Verhaftung eines Tages selber büßen müsste. Nun war es also so, dass er von Parzellis Clan gefangen worden war.

Wieder richtete Schröder den Blick auf Mirko Benhagels Foto. Dass ein Opfer zuerst erschlagen und danach angezündet wurde, stellte keine Seltenheit dar. Schließlich konnten Täter durch das Entfachen eines Feuers Spuren am Tatort beseitigen.

Hätte man aber nicht eher in der ganzen Wohnung Feuer gelegt, wenn man Spuren verwischen wollte?

Im Badezimmer waren nicht viele Gegenstände, die für einen flächendeckenden Brand sorgen konnten. Aufgrund des Gesprächs mit der maskierten Frau musste Schröder davon ausgehen, dass mehr dahinter steckte.

Kapitel 14: Mittwoch

Dirk Weiler hatte sich soeben einen Schluck des Ganter Weizens gegönnt, während sich sein Gegenüber mit einem Glas Wasser zufrieden gab. Vock hatte den LKA-Beamten nach der Rückkehr vom Titisee zu sich nach Hause eingeladen, wo sie nun am Wohnzimmertisch saßen. Nachdem sie sich kurz über die Polizeiarbeit generell unterhalten hatten, schlug Weiler der Gastgeberin vor, sich fortan zu duzen, was Vock sofort akzeptierte.

Die beiden stellten fest, dass sie sich gut miteinander verstanden, obwohl sie sich erst etwa 48 Stunden kannten. Vock sprach über ihr Hobby, den Kampfsport, der ihr Selbstbewusstsein stärkte. Sie habe schon manch schwierige Situation in ihrem Leben meistern müssen, erzählte sie Weiler, der ihr aufmerksam zuhörte.

»Allerdings bin ich nie alleine gewesen. Meinem Mitbewohner kann ich alles erzählen, was mich gerade beschäftigt.« Vock lächelte verschmitzt vor sich hin.

»Du hast einen Freund?«

»Habe ich das gesagt?«

Erneut musste Vock schmunzeln.

»Nein, ich meine Argus, meinen Kater.«

Lächelnd nahm Weiler dies zur Kenntnis. Dann widmete man sich wieder der Arbeit. Was die beiden einige Stunden zuvor zu sehen bekommen hatten, schockierte sie noch immer.

»Innerhalb von zwei Tagen zwei Kinder zu verlieren, ist grausam«, stellte Vock stockend fest.

»Wo liegt denn das Motiv für diese beiden bestialischen Morde?«, fragte sich Weiler und gönnte sich einen weiteren Schluck des Weizenbiers. »Speziell finde ich, dass die Todesursachen nicht identisch sind. Dies widerspricht vielleicht etwas der These, dass wir hier den gleichen Täter haben.«

»Da liegst du richtig! Mirko Benhagel wurde erschlagen und dann angezündet. Seine Schwester wurde wahrscheinlich erdrosselt«, hielt Vock entgegen.

»Nicht nur das!«

»Was noch?«, wollte Vock sofort wissen.

»Caro Benhagel wurde sozusagen klassisch hingerichtet. Dem oder den Tätern reichte es anscheinend, sie zu erdrosseln. Allerdings fanden auch bei ihr postmortale Handlungen statt. Der oder die Mörder haben sie geschminkt. Ich nehme an, dass dies erst nach der Tötung passierte. Sie lag friedlich, mit Blumen versehen auf ihrem Bett.«

»Also ging es beim Mord nicht darum, Spuren zu eliminieren.«

Weiler wusste, dass Vock mit ihrer Aussage richtig lag. Wollte man bei Mirko Benhagels Mord Spuren beseitigen, hätte man dies bei Caro Benhagel gleich handhaben müssen.

»Warum aber wurde Mirko denn nach seiner Ermordung noch ver-brannt?«, wollte Vock nun doch genauer wissen.

»Wenn wir dies wüssten, wären wir einen großen Schritt weiter. Ich kann es mir nur so erklären, dass Mirko viel mehr gehasst wur-de als Caro.«

»Wie gehen wir morgen weiter vor?«

Weiler nahm das Weizen zur Hand, aber stellte es sogleich wieder auf den Tisch. Da noch eine längere Autofahrt anstand, wollte er nur wenig Alkohol zu sich nehmen.

»Die Tatwaffe bei Mirkos Ermordung war eine Art Hammer, den beispielsweise Goldschmiede benutzen. Wir müssen uns mit Men-schen unterhalten, die berufsmäßig mit diesem Werkzeug zu tun haben.«

»Also in erster Linie mit Goldschmieden. Gibt es heute eigentlich noch viele, die dieses Handwerk ausüben?«

»Allein in Freiburg gibt es rund zwanzig«, antwortete Weiler postwendend. »Die Suche nach der Person, die den Mordhammer verwendet hat, gleicht also der Suche nach der Nadel im Heuhau-fen. Ein Gespräch mit einem Goldschmied könnte dennoch nicht schaden. Außerdem möchte ich wissen, ob es beim Verbrechen am Titisee brauchbare DNA-Spuren gab. Vielleicht finden sich solche am Schal. Dieser muss nicht zwingend Caro gehört haben.«

Die beiden beschlossen, nicht mehr weiter über ihre Arbeit zu sprechen. Wenig später verließ Weiler Vocks Wohnung und machte sich auf den Heimweg. Es war 22 Uhr. Vor ihm stand noch eine längere Autofahrt nach Mannheim.

Ich muss mir eine Bleibe in Freiburg suchen. Dieses Hin- und Her-fahren macht mich irre. Vielleicht bietet mir Iris ihr Sofa an. Dann kann ich auf die Suche nach einem günstigen Hotel in Freiburg verzichten.

Darum wollte sich Weiler am folgenden Tag kümmern.

Kapitel 15: Donnerstag

Als Dirk Weiler am nächsten Morgen unausgeschlafen im Büro erschien, saßen seine Kollegen des LKA Baden-Württemberg bereits im Besprechungszimmer. Schnellen Schrittes legte Weiler den Weg zu seinen Kollegen zurück und ließ sich schließlich seufzend auf einen Stuhl fallen.

»Verzeihen Sie die Verspätung, aber es wurde gestern Abend doch etwas spät.«

»Weiler, setzen Sie sich und hören Sie mir zu!«, befahl LKA-Chef Ludolf Tanner. Der kleine, smarte Mann im Alter von 53 Jahren verstand es, trotz seiner geringen Körpergröße autoritär zu wirken. Seine Worte tönten resolut. Was er sagte, hatte Gewicht. Niemand traute sich nur annähernd, dem Vorgesetzten zu widersprechen.

»Was den Fall der beiden Morde in Freiburg betrifft, ist die dortige Polizei dafür zuständig. Ich habe vorher kurz mit dem Polizeipräsidenten in Freiburg telefoniert und ihm zugesichert, dass er von uns jede Unterstützung erhalten wird. Ich denke da an weitere kriminaltechnische Untersuchungen und natürlich an eine OFA.«

Operative Fallanalysen hatten ihren Ursprung in den USA. Ziel war es dabei, den Tathergang zu rekonstruieren und damit Rückschlüsse auf Täter und Motiv machen zu können. Die Hilfe des LKA war dabei aber nur von beratender Funktion.

»Falls Sie keine weiteren Fragen haben, nenne ich nun die vier Kollegen, die bei der OFA mithelfen sollen. Ihre Ansprechperson in Freiburg ist Markus Oswald, Leiter der Kriminalpolizeidirektion. Die Kollegen von der Spurensicherung habe ich bereits instruiert.«

Weiler hatte erwartet, dass er sich auf der Liste der ausgewählten Beamten finden würde. Mit drei weiteren Kollegen machte er sich sogleich in seinem schwarzen Audi Richtung Freiburg auf.

Während die vier auf dem Weg Richtung Süden waren, stellte Oswald in Freiburg seine Leute zusammen, die Mitglied der Sonderkommission sein sollten. Im Gegensatz zu LKA-Chef Tanner zögerte er bei der Auswahl. Er wusste, dass keiner seiner Kollegen heiß auf den Job war. Der Einsitz in der Sonderkommission bedeutete einmal mehr Überstunden. Folglich fanden sich auch, wie von ihm erwartet, keine Freiwilligen. Schließlich bestimmte Oswald vier Kollegen und ernannte sich selber zum Leiter der Gruppe. Auch einen Namen hatte Oswald der Kommission schon gegeben. Wie immer zeugte dieser von wenig Kreativität. Oswald galt als pflichtbewusster und stets loyaler Chef, der aber nicht für seine schnelle Entscheidungsfähigkeit bekannt war. Noch weniger durfte er sich geistreich nennen, was seine initiierten Ermittlungsschritte betraf. Schlicht und einfach «Benhagel» lautete der Name der Gruppe, welche die beiden Morde aufklären sollte.

Als die Polizisten nach der kurzen Besprechung in alle Richtung verschwunden waren, blieb einzig Vock im Raum zurück.

»Wir müssen uns mit allen Personen unterhalten, die mit der Goldschmiedekunst zu tun haben«, begann Vock das Gespräch.

»Solche Kolleginnen habe ich gerne, die schon wissen, was zu tun ist, bevor die Sonderkommission offiziell die Ermittlungen aufgenommen hat. Wie ich sehe, gehörst du zu den motivierten Vertretern in unserer Gruppe. Die Idee ist prima.«

»Ich habe mich gestern übrigens noch lange mit Dirk vom LKA unterhalten.«

»Ach, Dirk, klar.« Oswald konnte sich eine provozierende Bemerkung nicht verkneifen.

»Du bist doof. Dirk Weiler ist ein Beamter des LKA und war beide Male schon an den Tatorten. Er ist sehr engagiert und will den Fall so schnell wie möglich aufklären. Das dürfte auch in unserem Interesse sein.«

»Da scheint aber jemand gut auf Dirk zu sprechen zu sein.« Oswald musste kurz schmunzeln, ehe er das Gespräch fortsetzte. »Treffen wir uns gleich in unserem Büro. Dann können wir das weitere Vorgehen besprechen.«

Vock blieb irritiert im Besprechungsraum stehen. Sie erkannte sich selber nicht mehr. Hatte sie gerade von einem ihr fast unbekannten

Mann derart geschwärmt? Erst jetzt realisierte sie, dass sie Weiler am Vorabend zu sich nach Hause mitgenommen hatte. So unsympathisch konnte er ihr also doch nicht sein.

Kapitel 16: Donnerstag

Drei Mal klingelte das Handy. Dann nahm der Mann mit den kurz rasierten Haaren das Gespräch auf dem großen Parkplatz entgegen. »Sie haben mich vorher angerufen? Ich stand gerade unter der Dusche.«

»Ja, das habe ich der Tat. Ich wollte Sie fragen, ob Sie mir ein paar Minuten Ihrer Aufmerksamkeit schenken könnten?«

»Sie schulden mir immer noch mehrere tausend Euro.«

»Sie werden Ihr Geld auf jeden Fall erhalten. Genau deshalb rufe ich Sie an.«

»Ich dulde es nicht, dass Sie mich hinters Licht führen wollen. Ich habe Ihnen Ihre Fragen beantwortet. Jetzt beharre ich auf der Gegenleistung.«

Die beiden Männer legten den Ort und den Ablauf der Geldübergabe fest.

Im Innern des Gebäudes saß Schröder auf dem staubigen Boden, das Foto der verbrannten Leiche neben ihm liegend. Während er das Bild nochmals betrachtete, näherte sich ihm wieder die Frau, die sich Emilia nannte. Wiederum trug sie die Medusa-Maske, die ihr Gesicht unkenntlich machte.

»Ich habe Ihnen wieder ein Foto mitgebracht. Dank Ihnen wurde eine weitere Person in den Hades befördert.«

»Erzählen Sie nicht so einen Unsinn! Ich sitze hier und habe sicherlich niemanden umgebracht.«

»Sie haben aber wegen Parzellis Verhaftung diese beiden Toten zu verantworten. Gerne übergebe ich Ihnen das zweite Foto.«

Schröder erwartete ein ähnliches Bild wie beim ersten Verbrechen. Er rechnete mit einer bis zur Unkenntlichkeit verstümmelten Leiche. Stattdessen bekam er eine tote Frau zu sehen, die friedlich aufbereitet auf einem Bett lag.

»Wollen Sie wissen, wie das Opfer hieß?«

Schröder verzichtete auf eine Antwort.

»Sie wollen wirklich nicht wissen, wessen Leben Sie auf dem Gewissen haben?«

Wieder folgte keine Antwort.

»Ich sage es Ihnen trotzdem. Die Tote hieß Caro Benhagel.«

Schröder stockte der Atem.

»Sie haben…«

»Wir haben Mirkos Schwester umgebracht.«

»Warum? Was haben die beiden Ihnen angetan?«

»Nochmals, Herr Schröder. Wir haben zu den beiden herzlich wenig Bezug. Die beiden Geschwister haben wir für Sie eliminiert.«

Die geisteskranke Frau widerte ihn an.

»Jetzt haben Sie die Gelegenheit, Ihre kriminalistische Genialität unter Beweis zu stellen. Die beiden Tatortfotos helfen Ihnen, der ganzen Sache auf die Spur zu kommen.«

Nochmals warf Schröder einen Blick auf die beiden Fotos. Sie waren gänzlich verschieden. Auf der einen Seite begutachtete er Mirko Benhagels verkohlte Leiche, auf der anderen Seite jene seiner Schwester, die fast schon einen friedlichen Eindruck hinterließ.

Zwei Menschen, die ich nicht kenne, sind tot. Deren Ableben hat etwas mit der Verhaftung von Parzelli zu tun. Aber was genau? Es muss etwas geben, worauf ich noch nicht gestoßen bin.

So sehr er sich auch anstrengte: Einen Zusammenhang zwischen den Bildern konnte er nicht erkennen. Noch nicht.

Kapitel 17: Donnerstag

Nachdem die Besprechung in Oswalds Büro bereits nach fünf Minuten wieder beendet war, rief Vock Weiler vom Büro aus an und verabredete sich mit ihm in der Freiburger Altstadt. Nachdem Weiler seinen Wagen in einem öffentlichen Parkhaus in der Nähe des Bahnhofs abgestellt hatte, eilte er zu Fuß mit seinen drei Begleitern Richtung Innenstadt. Zwei Querstraßen vom Münster entfernt stoppten sie schließlich. Weiler sah sich um. Er konnte Vock nicht auf Anhieb erkennen. Es dauerte einen Moment, bis er sie vor einer Bäckerei stehen sah.

»Iris, wir sind hier!«

Sofort näherte sich Vock mit großen Schritten den wartenden Beamten des LKA.

»Ich bin Iris Vock, Mitglied der Sonderkommission.«

Nachdem sich auch die drei Männer vom LKA vorgestellt hatten, orientierte Vock das Quartett über das weitere Vorgehen.

»Unser Chef findet meinen Vorschlag, uns einmal mit einem Goldschmied zu unterhalten, sinnvoll. Zunächst informiere ich euch aber über den aktuellen Ermittlungsstand.«

In der Sitzung in den Räumlichkeiten der Freiburger Kriminalpolizeidirektion an der Heinrich-von-Stephan-Straße hatte Oswald kurz zuvor erklärt, dass an beiden Tatorten auswertbare DNA-Spuren gefunden wurden, die von der gleichen Person stammten. Wie erwartet hatte die Spurensicherung auch am Sommerschal von Caro verwertbares genetisches Material gefunden.

»Dann hat der gleiche Mann die Geschwister Benhagel umgebracht«, fasste Tristan König zusammen.

»Da liegst du aber vollkommen falsch«, hielt Vock sofort und unmissverständlich entgegen.

Ungläubig blickten sich die vier Männer des LKA an.

»Wie kann es sein, dass nicht der gleiche Mann für die Morde verantwortlich ist, wenn die DNA an den beiden Tatorten doch übereinstimmt?«

»Die DNA-Spur stammt von einer Frau!«

Alle standen verdutzt da. Damit hatten sie nicht gerechnet.

»Gab es keine weiteren DNA-Spuren?«, fragte Weiler nach einer kurzen Pause.

»Doch. Natürlich. In einem Hotelzimmer hat es viele DNA-Spuren. Die einzige identische DNA-Spur, die sich an beiden Tatorten finden ließ, stammt aber von einer Frau.«

»Wenn Frauen zu Mörderinnen werden, spielt oft ihre Vergangenheit eine Rolle.« Bastian Ammacher, Polizeipsychologe in Diensten des LKA, versuchte den anderen kurz zu erklären, warum Frauen töten. »Man darf davon ausgehen, dass Frauen, die zu solchen Taten fähig sind, in der Vergangenheit wahrscheinlich auch zu Opfern von Gewalt geworden sind.«

»Wie meinst du das?«, fragte Weiler interessiert.

»Ganz einfach. Frauen sehen einen Mord oft als eine Art von Befreiung. Vielleicht wurden sie irgendwann in ihrer Vergangenheit gedemütigt und rächen sich nun dafür. Frauen müssen ihre Mordtaten bis ins kleinste Detail planen, um das gewünschte Tatergebnis zu erzielen. Rund 15 Prozent der Morde in Deutschland gehen auf das Konto von Frauen.«

»Ich hätte nicht gedacht, dass es so viele sind«, antwortete Vock.

»Wisst ihr, wer die meisten Opfer sind?«

Ratlos blickten sich die vier gefragten Personen an.

»Ich sage es euch. Es sind die eigenen Kinder.«

»Schrecklich! Das ist widerwärtig!« Vock brachte auf den Punkt, was alle dachten.

»Raubmörderinnen und Sexualmörderinnen stellen eine absolute Ausnahme dar. Meistens handelt es sich bei den Morden, die vom weiblichen Geschlecht begangen werden, um Beziehungstaten. Nur selten ermorden Frauen Fremde.«

»Dann meinst du, wir haben es mit einer Beziehungstat zu tun?«, wollte König wissen.

»Das hätte ich dir auch schon vor Bastians Erläuterungen sagen können«, hielt Weiler etwas genervt fest. »Schließlich sind die beiden Opfer Geschwister.«

Weiler musste sich kurz sammeln. Dann wandte er sich nochmals an Ammacher: »Du sagtest, Frauen ermorden ihre Kinder. Dies passt in unserem Fall wahrscheinlich nicht. Klaus Benhagel gibt seiner Frau nämlich ein stichfestes Alibi.«

»Bist du dir ganz sicher?«, fragte Ammacher. »Vielleicht decken sich die beiden. Ich könnte Dutzende von Beispielen nennen, in denen die Eltern gemeinsam ihre Kinder getötet und sich dann gegenseitig ein Alibi gegeben haben.«

»Ehrlich gesagt, habe ich auch schon an der Echtheit dieses Alibis gezweifelt. Sie verschweigen uns etwas. Mir ist bereits bei ihrer Befragung kurz nach Mirkos Tod aufgefallen, dass Klaus Benhagel seiner Gattin öfter mal ins Wort fällt. Auch scheint sie mir in seiner Anwesenheit etwas unsicher zu sein. Ich werde einfach das Gefühl nicht los, dass sie uns wichtige Informationen vorenthalten. Ich werde mit ihr unter vier Augen sprechen müssen«, resümierte Weiler.

»Wir müssen jedem Verdacht nachgehen. Aber zuerst suchen Dirk und ich einen Goldschmied auf. Danach widmen wir uns Hilde Benhagel und ihrem Alibi«, erklärte Vock das weitere Vorgehen. Das Geschäft des Goldschmieds war nur ein paar Schritte von der Bäckerei entfernt, vor der sie sich befanden.

Kapitel 18: Donnerstag

Emilia und der Mann mit den kurz rasierten Haaren befanden sich in der zweiten Etage eines alten Fachwerkhauses in der Freiburger Innenstadt. Zufrieden saßen sie sich gegenüber und schauten sich mit einem freundlichen Lächeln an. Sie wussten, dass alles nach Plan lief. Weder Schröders Entführung noch die Ermordung der beiden Benhagel-Geschwister bereitete den beiden irgendwelche Schwierigkeiten.

»Für eine unserer nächsten Taten brauchen wir einen ganz bestimmten Gegenstand. Diesen zu beschaffen, ist fast nicht möglich. Deshalb stellen wir diesen selber her«, erklärte Emilia ihrem Gegenüber, der handwerklich sehr begabt war.

Sie war es gewohnt, die Aktionen zu organisieren und die Verantwortung dafür zu tragen.

»So soll das Objekt aussehen.« Emilia zeigte auf das Bild auf ihrem Smartphone. »Am besten wäre es, wenn man den Gegenstand erst vor Ort zusammenschrauben könnte.«

»Dann möchtest du also Einzelteile, die man zusammenfügen kann?«

»Genau. Wir müssen diesen in einem Rucksack transportieren können.«

Auch wenn der Mann die Tat mit einer solchen Waffe für irrsinnig hielt, widersprach er Emilia nicht. Schon oft hatte er nun erfahren dürfen, wie detailgetreu sie ihre Vorhaben plante und wie zielsicher sie diese durchführte.

»Du weißt genau, dass wir einen genialen Plan umsetzen wollen. Dafür benötigen wir dieses spezielle Objekt. Was denkst du? Schaffst du es, dieses herzustellen?«

»Du wirst bald im Besitz davon sein. Du kannst dich auf mich verlassen.«

Eine Widerrede war zwecklos. Wenn Emilia sagte, wie das Ganze abzulaufen hatte, dann war die Sache in Stein gemeißelt.

»Und wo findet die eigentliche Tat statt?«

Sie zog einen Plan aus der Einkaufstasche und breitete diesen auf dem Tisch aus.

»Hier befindet sich der Eingang. Danach müssen wir rund 200 Meter zu Fuß hinter uns bringen, bis wir am Ort angelangt sind, wo die Tat über die Bühne gehen wird. Hier werden wir ihn umbringen!«

Der Mann konnte nicht glauben, was er soeben gehört hatte. Der Plan war wahnsinnig.

Kapitel 19: Donnerstag

Kurz vor 16 Uhr fanden sich Vock und die vier Beamten des LKA wieder in den Räumlichkeiten der Freiburger Kriminalpolizeidirektion ein. Gemeinsam mit Oswald versuchte die Gruppe, die gewonnenen Erkenntnisse zu analysieren.

»Ihr zwei seid also bei einem Goldschmied gewesen«, begann Oswald das Gespräch und blickte Vock und Weiler erwartungsfroh an.

»Das ist so. Wir sind vollumfänglich über den Beruf informiert. Ebenfalls sprachen wir über die Schmiedekunst generell, auch wenn die Tatwaffe wohl nicht jene eines Schmieds, sondern eher eines Goldschmieds war. Viel schlauer sind wir aber nicht geworden, was unseren Fall betrifft. Kurz zusammengefasst: Die Schmiedekunst ist sehr alt. Schon zum Ende der Steinzeit wurden Gold, Silber und Kupfer bearbeitet.«

Vock blickte kurz auf ihre Notizen, die sie in einem kleinen Büchlein festgehalten hatte.

»Um 3000 vor Christus wurden erstmals Gegenstände aus Bronze hergestellt.«

»Das ist für unseren Fall nicht wesentlich. Wir suchen das Werkzeug eines Goldschmieds«, unterbrach Oswald sie.

»Wir haben ja gesagt, dass wir nicht viel schlauer geworden sind, was die beiden Morde betrifft. Vielleicht werden uns die wenigen Notizen bei der Ermittlungsarbeit aber doch etwas weiterbringen. Deshalb haben wir uns auch kurz über die Geschichte der Schmiedekunst unterhalten«, rechtfertigte sich Vock.

»Allerdings«, fügte Weiler an, »gibt es doch noch etwas Spannendes. Wir haben diverse Goldschmiedehämmer betrachten dürfen. Es ist durchaus denkbar, dass das Mordwerkzeug ein solcher gewesen ist. Allerdings lässt sich dies im Moment nicht definitiv beantworten.«

»Der Ansatz ist sowieso der Falsche«, fuhr Vock dazwischen.

»Was hast du gerade gesagt?«, wollte Oswald wissen.

»Ist die Mordwaffe tatsächlich der Hammer eines Goldschmieds, finden wir den Besitzer kaum, da es im Internet hunderte von Anbietern gibt, die solche Werkzeuge verkaufen.«

Dieser Einwand war auch in Oswalds Augen berechtigt.

»Widmen wir uns also nochmals dem Ehepaar Benhagel«, schlug Oswald vor und bat einen Assistenten, die beiden Eheleute im Warteraum abzuholen.

»Lasst mich das Gespräch führen«, bat Ammacher. Als Polizeipsychologe war er es gewohnt, in solch heiklen Situationen, die viel Fingerspitzengefühl erforderten, die Verantwortung zu übernehmen.

»In Ordnung. Wir sind aber dabei«, hielt Oswald fest.

In diesem Moment traten Benhagels durch die Tür. Sie waren komplett in schwarz gekleidet, stützten sich gegenseitig und schienen um Jahre gealtert. Die beiden waren vom Verlust ihrer Kinder schwer gezeichnet.

»Tut mir leid, dass wir Sie schon wieder belästigen müssen«, entschuldigte sich Oswald gleich zu Beginn.

Benhagels blickten auf den Boden, während Ammacher nun die Initiative übernahm.

»Ich habe gehört, dass Sie Tobias Jahn für den Mord an Ihrem Sohn verantwortlich machen. Kann es sein, dass er auch Ihrer Tochter etwas antun wollte?«

»Das glaube ich nicht«, schluchzte Hilde Benhagel leise vor sich hin.

»Sind Sie sich ganz sicher?«

»Unser Sohn Mirko lebte sehr zurückgezogen. Er war eine introvertierte Person, die sehr wenig sprach. Ich glaube nicht, dass er Tobias Caro gegenüber je erwähnt hat. Außerdem war es ein Konflikt zwischen unserem Sohn und seinem Arbeitskollegen. Deshalb glauben wir inzwischen auch nicht mehr, dass Tobias für die Taten verantwortlich ist«, fasste Klaus Benhagel die Situation zusammen.

»Herr Jahn hat kein Alibi für die Zeit, als Ihr Sohn ermordet wurde.« Ammacher blätterte in den Akten herum. »Allerdings konnte er den Mord an Ihrer Tochter nicht begangen haben, da er zu diesem Zeitpunkt in Freiburg war. Für diese Zeit hat er ein stichfestes Alibi. Zudem scheinen die Morde von einer Frau begangen worden zu sein.«

»Von einer Frau?« Klaus Benhagel schien irritiert. Er senkte den Blick.

Eine Frau bringt unsere Kinder um? Was hat das zu bedeuten? Ich werde den Gedanken nicht los, dass es vielleicht doch mit dieser einen Sache zu tun hat. Aber einen Bezug zu einer Frau erkenne ich da auch nicht.

»Wer tut uns so etwas an?«, fragte Hilde Benhagel verzweifelt.

»Das wollen wir herausfinden.« Ammacher nahm tief Luft. »Verzeihen Sie meine nächste Frage. Aber ich muss wissen, wo Sie waren, als Mirko ermordet wurde.«

Klaus Benhagel donnerte mit der Faust gegen die Wand.

»Wie können Sie sich erlauben, uns eine solche Frage zu stellen!« Oswald schaltete sich nun ebenfalls in das Gespräch ein.

»Ich verstehe Ihre Aufregung. In dieser Situation würde ich genauso reagieren wie Sie. Da aber hinter den meisten Morden Beziehungstaten stecken, sind wir verpflichtet, auch Sie nach dem Alibi zu befragen.«

»Sie wissen genau, dass wir zum Zeitpunkt der beiden Morde jeweils zusammen waren. Als unsere Caro getötet wurde, saßen wir eine Etage tiefer in unserem Hotelzimmer. Was aber sonst niemand bezeugen kann…«

Ammacher versuchte, wieder etwas Ruhe ins Gespräch zu bringen.

»Wir sind uns sicher, dass Sie mit den Morden nichts zu tun haben. Sprechen wir doch noch etwas über Ihre Tochter.«

Benhagels blickten sich kurz an. Sie schienen sich zu fragen, ob es richtig war, den Kriminalbeamten detailliert über ihre Familie Auskunft zu geben.

Zögernd begann Hilde: »Sie war viel aufgeschlossener als ihr Bruder.«

Kurz schaute sie ihren Ehemann an, der die Augen auf den Boden gerichtet hatte. Nun musste sie entscheiden, wie viel Informationen sie über ihre Tochter preisgeben wollte. Da es aber darum ging, den Mörder ihrer beiden Kinder zu finden, entschied sie sich, ein möglichst umfassendes Bild von Caro abzugeben.

»Sie war das ältere unserer beiden Kinder. Schon mit neunzehn Jahren zog sie bei uns aus. Sie arbeitete in einem kleinen Betrieb in Müllheim als kaufmännische Angestellte. Sie liebte ihren Job sehr. An Wochenenden ging sie öfters in Diskotheken und lernte dort immer wieder neue Menschen kennen. Auch arbeitete sie hin und wieder an Wochenenden in irgendwelchen Kneipen und Bars. Sie hat da manchmal auch gesungen und sich etwas Geld dazu verdient.«

»Hatte sie einen Freund?«, wollte Ammacher wissen.

»Sie liebte ihr Single-Dasein. Das heißt aber nicht, dass sie wie eine Nonne im Kloster lebte«, sagte Hilde Benhagel.

»Was meinen Sie damit?«

»Sie nahm immer mal wieder einen Mann zu sich nach Hause mit und verbrachte die Nacht mit ihm«, gab Hilde Benhagel seufzend zu Protokoll. Es war nicht zu übersehen, dass ihr Mann über diesen Umstand gar nicht erfreut war.

»Dann könnte dort ein Motiv für den Mord liegen«, stellte Ammacher klar. »Vielleicht war eine alte Bekanntschaft eifersüchtig auf eine neue Eroberung Ihrer Tochter. Morde aus Eifersucht kommen gar nicht so selten vor.«

»Ich habe ihr öfters gesagt, dass sie aufpassen müsse. Heute verkehren genügend zwielichtige Gestalten auf den Straßen. Ich wusste, dass es irgendwann ein böses Ende nehmen würde. In letzter Zeit habe ich mich aber absichtlich zurückgehalten und ihr keine ungebetenen Ratschläge mehr erteilt. Ich wollte, dass sie mir gegenüber immer offen sein und mir alles erzählen konnte, ohne eine Moralpredigt über sich ergehen lassen zu müssen. Vielleicht hätte ich mein ungutes Gefühl nicht einfach ignorieren sollen.« Hilde hielt kurz inne. »Womöglich verbrachte unsere Caro eine Nacht mit einem Mann, der in einer Beziehung war. Vielleicht hat dessen Freundin den Mord begangen.«

»Kann sein, Frau Benhagel.« Oswalds Antwort tönte wenig überzeugend. Schließlich richtete er einen Appell an die beiden. »Bleiben Sie heute bitte zu Hause und verschließen Sie Ihre Türen! Lassen Sie niemanden in Ihre Wohnung! Ab morgen erhalten Sie Personenschutz.«

»Ist das wirklich nötig?«, wollte Hilde Benhagel wissen.

»Auf jeden Fall!«

»Wir sind erwachsene Leute. Wir können auf uns aufpassen. Uns wird schon nichts zustoßen. Wir verzichten auf diesen Schutz.« Klaus Benhagel hatte aus gutem Grund keine Lust, dass er einen Beamten an die Seite gestellt bekam.

Oswalds Antwort tönte resolut. Er duldete in dieser Sache keine Widerrede. Er ahnte, dass auch die Eltern Benhagel in Gefahr zu schweben schienen. Deshalb ließ er die beiden von einem Kollegen nach Hause fahren.

Kapitel 20: Donnerstag

Enrico Parzelli lag in seiner wenige Quadratmeter großen Zelle auf dem Bett und blickte an die Decke. Inzwischen saß er nun bereits 88 Tage in der Justizvollzugsanstalt Mannheim in Untersuchungshaft und wartete sehnsüchtig auf die Gerichtsverhandlung, die in wenigen Wochen beginnen sollte. In diesen fast drei Monaten hatte er keinen Besuch erhalten. Das sollte sich an diesem Donnerstagabend ändern. Von einem Gefängniswärter abgeholt, wurde er in einen videoüberwachten und von einem speziellen Wärter beobachteten Besprechungsraum gebracht. Auf dem Weg durch den Zellentrakt fragte sich Parzelli immer wieder, was der Besucher wohl von ihm wollte. Da es sich um einen Journalisten handelte, hatte Parzelli einem Gespräch zugestimmt. Bald würde er im Bilde sein, was das Anliegen des Gastes betraf. Er trat durch eine Tür und nahm auf einem Stuhl Platz. Am Tisch gegenüber saß der Mann, der um das Gespräch gebeten hatte.

»Ralf Bröker ist meine Name«, stellte sich der Gast vor. »Ich bin Mitarbeiter der Frankfurter Allgemeinen Zeitung. Mein Auftrag ist es, eine Reportage über Sie zu schreiben.«

»Null Bock! Vergessen Sie dies gleich wieder«, sagte Parzelli mit leichtem italienischem Akzent. Optisch hatte sich Bröker den

Gefangenen genau so vorgestellt: Grau-schwarze, nach hinten gegelte Haare und ein klassischer Oberlippenbart kennzeichneten dessen Äußeres.

»Ich finde Sie eine interessante Person«, begann Bröker, in der Hoffnung, mit ein paar schmeichelnden Worten Parzelli zum Reden zu bringen.

Der Wachmann im Hintergrund warf ein Auge auf die beiden Männer. Parzelli saß mit Handschellen versehen unmotiviert da und machte keine Anstalten, etwas zum Gespräch beisteuern zu wollen.

»Wollen Sie nicht mit mir kooperieren? Ich könnte Sie groß herausbringen!«

Parzelli schaute seinem Gegenüber tief in die Augen.

»Lassen Sie die Öffentlichkeit an Ihrer Geschichte teilhaben.«

Noch immer war Parzelli skeptisch. Nach einer Weile entschied er sich aber doch, mit dem Journalisten zu sprechen. Etwas Gesellschaft konnte sicherlich nicht schaden.

»Darf ich das Aufnahmegerät einschalten?«

»Machen Sie, wie Sie wollen!«

Wenig später war das Gerät aufnahmebereit.

»Herr Parzelli, sind Sie zu Recht hier im Gefängnis?«

»Schreiben Sie, dass ich als Drogendealer tätig war. Allerdings bin ich nicht der Anführer des sogenannten Hydra-Syndikats, wie die Polizei mir dies vorwirft. Ich bin da nur ein kleiner Fisch.«

»Was wollen Sie mir damit sagen?«

»Die Leute des Syndikats hören auf einen Mann, dessen Name und Wohnort mir bekannt sind. Allerdings werde ich beides nicht preisgeben. Alle handeln stets im Dienste des großen Anführers.«

Bröker wirkte irritiert. Er wusste nicht, ob er Parzelli dies glauben sollte.

»Beschränken sich die Mitglieder des Syndikats auf Drogenhandel oder sind sie für weitere Verbrechen verantwortlich?«

»Soll ich Ihnen eine Liste erstellen? Mit allen Verbrechen und den verantwortlichen Personen? Was glauben Sie denn? Sie sind wohl noch grün hinter den Ohren! Haben Sie bisher nur romantische Homestories verfasst?«

»Können Sie dies etwas präzisieren?« Bröker ließ sich nicht aus dem Konzept bringen, obwohl sich Parzelli über ihn lustig machte.

»Schauen Sie: Man hat mich eingebuchtet. Dies gefällt den Hydras, den Mitgliedern des Syndikats, ganz und gar nicht. Deshalb werden sie früher oder später entsprechende Maßnahmen in die Wege leiten. Oder sie haben diese schon veranlasst.«

»Sprechen Sie vielleicht von den Benhagel-Morden?«

»Ich weiß nicht, was Sie meinen. Seit ich hier in der Zelle sitze, bekomme ich nicht mehr allzu viel davon mit, was außerhalb der Gefängnismauern abläuft.«

Bröker erzählte Parzelli von den beiden Verbrechen.

»Na ja, möglich ist alles.«

Der Befragte ließ sich nicht anmerken, ob er von den Gräueltaten und deren Hintergrund wusste. Es war auch nicht zu erwarten, dass er in einer aufgezeichneten Befragung seine eigene Organisation belastete.

»Wollen Sie mir erzählen, wie Sie Teil des Syndikats geworden sind und welche Aufgabe Ihnen zugekommen ist?«

Parzelli zögerte kurz. Er verfolgte eine gewisse Absicht. Entsprechend galt es, großen Wert auf die Wortwahl zu legen.

»Sicherlich nicht in allen Details. Aber ein paar Worte kann ich darüber bestimmt verlieren.«

Parzelli erzählte oberflächlich von der Organisation des Syndikats, unterließ es aber, Namen zu nennen. Auf die Frage, ob es eine Beziehung zwischen Nick Schröder und den Benhagels gab, erhielt der Reporter vom Gefangenen keine Auskunft, zumindest keine befriedigende. Parzellis schelmisches Lächeln sprach allerdings Bände. Bröker wusste, dass der einstige Drogenboss mehr wusste, als er nun preisgab.

Mit großem Interesse verfolgte Bröker Parzellis restliche Aussagen. Eine Information, die er dabei vernommen hatte, erschien besonders interessant. Er hoffte auf die erste große Story. Erst einige

Wochen zuvor war Bröker zur FAZ gewechselt. Nun winkte ihm eine Geschichte auf der Titelseite der Tageszeitung.

Knappe zwanzig Minuten später verabschiedete sich Bröker mit einem kräftigen Händedruck. Wie ein einst von Interpol gejagter Verbrecher wirkte Parzelli keineswegs, obwohl er äußerlich den typischen Drogendealer darstellte.

Auf direktem Weg fuhr Bröker in sein Hotel. Er wollte die Geschichte so schnell wie möglich zu Papier bringen und am folgenden Tag seinem Chef vorlegen. Dieser würde mit seiner Arbeit auf alle Fälle zufrieden sein.

Kapitel 21: Donnerstag

Im Konzerthaus Freiburg herrschte Hochbetrieb. Dennoch war die Warteschlange am Eingang überschaubar. An diesem Abend stand die «Matthäuspassion» von Johann Sebastian Bach auf dem Programm. Aufgeführt wurde das Werk vom Freiburger Bachchor und dem Freiburger Bachorchester.

Mitten unter den wartenden Personen befanden sich auch Klaus und Hilde Benhagel, die sich nicht an die Abmachung von Oswald gehalten hatten, den Abend in den eigenen vier Wänden zu verbringen. Ihnen kam gelegen, dass der Polizist, der sie nach Hause begleitet hatte, wieder verschwunden war, nachdem sie sicher in der Wohnung angekommen waren.

Bleiben Sie zu Hause. Öffnen Sie niemandem die Tür. Und seien Sie vorsichtig. Ab morgen werden Sie einen Polizeischutz erhalten, hatte der Polizist ihnen gesagt. Aber was denken die sich? Wir haben doch vor niemandem Angst. Und schon gar nicht lassen wir uns in unseren eigenen vier Wänden einsperren.

Sie wollten sich etwas ablenken und entschieden deshalb kurzfristig, die Aufführung im Rolf-Böhme-Saal zu besuchen. Das Werk erschien geradezu passend. Die «Matthäuspassion» berichtete vom Leiden und Sterben von Jesus Christus nach dem Matthäus-Evangelium. Leiden und Sterben – diese beiden Begriffe beherrschten aktuell das Leben der Benhagels.

Die beiden traten in das Foyer, wo sie inmitten der Besucher untertauchen konnten. Sie waren froh, dass bisher noch niemand von der Presse auf sie zugekommen war. Allerdings wussten sie aber auch, dass es nur eine Frage der Zeit war, bis die Boulevard-Blätter an sie herantreten würden.

Klaus Benhagel blickte auf die Uhr. Um 20 Uhr sollte das Konzert beginnen. Auch wenn das Werk in wenigen Augenblicken anfangen sollte, standen noch mehr als ein Dutzend Personen im Vorraum versammelt und diskutierten rege miteinander.

»Willst du schon einmal vorgehen? Ich möchte noch kurz die Toilette aufsuchen.« Klaus Benhagel forderte seine Frau auf, sich an ihren Sitzplatz im Oberrang zu begeben. Alleine nahm sie die Treppe Richtung Empore in Angriff. Die 760 Sitzplätze im Oberrang waren rund zur Hälfte besetzt. Die Mehrheit hatte sich, wie auch Klaus und Hilde Benhagel, für die Empore und damit gegen die Seitenränge entschieden. Nachdem sie ihren Platz gefunden hatte, blickte sie zum Parkett nach unten. Die dortigen Plätze waren gut besucht. Die 33 Reihen waren sicherlich zu drei Vierteln besetzt. Wie zu erwarten war, hatten sich vornehmlich ältere Semester hier eingefunden.

Die Freiburger waren stolz auf ihr Konzerthaus, das zugleich als Kongresszentrum diente. Vor allem der Rolf-Böhme-Saal galt als architektonische Meisterleistung. Die verschiedenen Bestuhlungen ließen sich durch Knopfdruck in den Raum fahren.

Hilde hatte bei einer Führung einmal erfahren dürfen, wie sich der Raum verwandeln ließ. Die Verantwortlichen hatten damals demonstriert, wie der Saal an drei Seiten offen mit dem Foyer verbunden werden konnte. Dazu hatte man die Seitenränge nach oben gezogen. Während sie die Führung in Gedanken Revue passieren ließ, erreichte ihr Mann die Toilettenanlage. Sie war verlassen.

Kurz nach Klaus Benhagel näherte sich eine weitere Person. Vorsichtig öffnete sie die Tür einen Spalt weit und blickte hinein.

Außer der Zielperson schien sich niemand in der Toilette aufzuhalten. Unbemerkt öffnete die Person die Tür komplett und betrat den hell erleuchteten Raum.

Ein letztes Mal blickte sie in den Spiegel. Die Gesichtszüge, die sich darin spiegelten, zeugten von tiefer Entschlossenheit. Nur ein paar Meter weiter war Klaus Benhagel gerade dabei, die Hose wieder zu schließen. Dann krachte es. Der Getroffene sank zu Boden und die Tatwaffe zerbrach in hundert Einzelteile. Mit Fußtritten wurde Benhagel, der sofort das Bewusstsein verloren hatte, weiter malträtiert. Schließlich ließ die Gestalt vom Opfer ab, knipste noch schnell ein Foto, zog die Kapuze des Sweatshirts wieder über den Kopf und montierte die Brille. Danach trat sie aus der Männertoilette hinaus. Sie verließ das Gebäude und fand sich einige Augenblicke nach der Tat im Freien wieder.

Währenddessen saß Hilde Benhagel im Publikum und lauschte der Musik. Erst nachdem ihr Gatte zehn Minuten nach Beginn des Konzerts noch immer nicht aufgetaucht war, begann sie sich zu sorgen. Sie verließ ihren Platz und begab sich auf direktem Weg ins Foyer. Dort bat sie einen Mann, der auf jemanden zu warten schien, kurz in der Männertoilette nach dem Rechten zu schauen. Ohne nachzufragen, warum er dies tun sollte, machte sich dieser auf. Was er in der Toilette zu sehen bekam, schockierte ihn derart, dass er einige Momente wie angewurzelt stehen blieb. Nachdem er aber dann doch realisiert hatte, was passiert war, rannte er hinaus. Wortlos eilte er an der wartenden Hilde Benhagel vorbei und zog wenige Meter von ihr entfernt sein Handy aus der Tasche. Er wählte die Nummer der Polizei.

»Bitte kommen Sie schnell ins Konzerthaus! Da liegt eine Leiche in der Toilette!«

Nachdem Hilde Benhagel das Wort Leiche vernommen hatte, wurde ihr schwarz vor Augen. Als sie rund eine halbe Stunde später aufwachte, lag sie im Wagen des Notarztes. Zwei Sanitäter kümmerten sich um sie.

Nicht weit entfernt beobachtete die Frau die vorbeifahrenden

Polizei- und Rettungswagen. Soeben hatte sie den dritten Mord begangen. Sie wusste bestens, dass das mörderische Spiel noch lange nicht zu Ende sein würde. Noch ahnte die Öffentlichkeit nicht, welch tödliches Puzzle sich hinter der ganzen Sache verbarg. Noch war aber die Zeit nicht gekommen, um die Öffentlichkeit und die Medien über die Sache aufzuklären.

Kapitel 22: Donnerstag

Vock und Weiler waren die Ersten, die am Tatort erschienen waren. Gleich nachdem der Anruf bei der Polizei eingegangen war, hatte sich die Kriminalbeamtin zusammen mit dem LKA-Beamten zum Konzerthaus aufgemacht.

Während Weilers drei Kollegen in einer kleinen Pension am Rande Freiburgs untergebracht waren, hatte Weiler Vocks Angebot des Gästezimmers angenommen. Er musste die zierliche Polizistin nicht einmal darauf ansprechen. Sie hatte von sich aus die Übernachtungsmöglichkeit in ihren vier Wänden angeboten. Noch immer fühlte sich Vock irgendwie zum LKA-Mann hingezogen. Was er so Spezielles an sich hatte, konnte sie nicht sagen. Auch Weiler genoss die Zweisamkeit mit der dunkelhaarigen Kriminalistin. Allerdings wusste er aber auch, dass er aufpassen musste. In seiner Stuttgarter Wohnung warteten Ehefrau Julia und Sohn Lukas auf den Familienvater. Auf keinen Fall wollte er seine Ehefrau betrügen.

Erst kürzlich wäre er beinahe in eine Affäre geschlittert. An einer Betriebsfeier hatte er im Laufe des Abends eine LKA-Beamtin kennengelernt, die ihm am Ende des Anlasses angeboten hatte, die Nacht bei ihr zu verbringen. Für einen Moment dachte er über das verlockende Angebot nach, wies dieses aber freundlich zurück.

Nun standen Vock und Weiler im Konzerthaus, das inzwischen evakuiert worden war. Nachdem die Leiche entdeckt worden war, wurde die Aufführung sofort abgebrochen. Den Zuschauern wurde mitgeteilt, dass es einen Zwischenfall gegeben hätte, der dazu führen würde, dass das Konzert nicht beendet werden könne. Man entschied, nichts vom Toten auf der Toilette zu erzählen, um nicht unnötig Panik zu verbreiten.

»Da drinnen liegt die Leiche!«, erklärte Ehrhoff aufgebracht.

»Haben Sie also die Person gefunden?«, wollte Weiler wissen, noch bevor er selber den Fundort aufgesucht hatte.

»Ja… Aber… Ich...« Colin Ehrhoff stammelte vor sich hin.

»Jetzt setzen Sie sich zunächst einmal hin und beruhigen sich etwas. Ich werde in der Zwischenzeit einen Blick in die Toilette werfen.« Während sich Vock um Ehrhoff kümmerte, trat Weiler durch die Tür. Wenige Sekunden später stand er bereits wieder im Foyer. »Der Tote sieht schrecklich aus.«

»Hoffentlich ist die von uns alarmierte Spurensicherung bald da.« Nach einer kurzen Pause setzte Weiler das Gespräch mit Ehrhoff fort.

»Ist Ihnen etwas aufgefallen? Haben Sie eine Person gesehen, die aus der Toilette gekommen ist?«

»Nein. Ich habe niemanden gesehen. Mir ist auch nichts Verdächtiges aufgefallen.«

»Wie lange standen Sie schon im Foyer?«

»Etwa eine Minute. Ich wartete auf meine Freundin. Wir wollten uns die Matthäus-Passion anhören.«

»Und wo bleibt Ihre Freundin?«

»Sie ist nicht gerade die Pünktlichkeit in Person. Sie verstehen?« Weiler nickte.

»Eine Frau hat mich übrigens darum gebeten, die Toilette aufzusuchen«, fügte Erhoff stotternd an.

»Die Frau, die vorher mit dem Notarztwagen abtransportiert worden ist?«, wollte Weiler wissen.

Ehrhoff nickte.

»Ich möchte, dass Sie später zu uns auf das Präsidium kommen. Wir brauchen Ihre Aussage noch schriftlich. Zudem werden wir womöglich Ihre DNA prüfen lassen.«

»Sie meinen… Ich hätte...« Ehrhoff stammelte wieder vor sich hin.

»Das ist eine Routinemaßnahme. Wenn Sie sich nichts zu Schulden haben kommen lassen, müssen Sie auch nichts befürchten.«

Weiler verabschiedete sich von Ehrhoff, der niedergeschlagen zum Ausgang schlich. Draußen erwartete ihn bereits seine Freundin, die das Gebäude nicht hatte betreten können. Ehrhoff war klar, dass er ihr einiges zu erzählen hatte. Schließlich wollte sie als Erstes wissen, warum man ihr den Zutritt ins Gebäude verwehrt hatte.

»Handelt es sich wirklich um Klaus Benhagel?«, erkundigte sich Vock im Foyer.

»Definitiv. Das Hemd… Es ist jenes, das Klaus Benhagel am Nachmittag bei unserem Gespräch getragen hat.«

»Dann wäre der Personenschutz heute schon nötig gewesen«, seufzte Vock, erhielt aber von Weiler keine Antwort.

Weitere Polizeibeamten erschienen im Konzerthaus.

Weiler führte seine Kollegin etwas weg vom großen Trubel.

»Ich finde das Ganze sehr merkwürdig«, begann er. »Es scheint so, als ob Klaus Benhagel mit einer Geige erschlagen worden ist!«

»Was sagst du da? Mit einer Geige?«

»Wenn ich dir das doch sage. Da liegt eine zerschmetterte Geige neben der Leiche.«

Einige Polizeikräfte begannen, den Zugang zur Toilette mittels Absperrband zu verriegeln. Die Spurensicherer sollten gleich in Ruhe ihrer Aufgabe nachkommen können.

»Ein außergewöhnliches Mordinstrument! Von einer Tat mit einer Geige habe ich noch nie gehört!« Vock konnte ihre Verwunderung nicht verbergen.

»Das riecht nach Ärger. Sobald die Presse Wind davon kriegt, wird die Frage laut werden, warum wir Klaus Benhagel nicht besser beschützt haben. Wir mussten damit rechnen, dass auch er in Gefahr schwebt.«

»Das lassen wir lieber unseren Chef erklären«, entgegnete Vock.

Auch die restlichen drei Beamten des LKA hatten sich inzwischen zu Weiler und Vock gesellt.

»Das sieht nach einer Nachtschicht aus«, blickte Roland Grimm voraus.

»Vor allem nach viel Schreibarbeit.« Auch Tristan König rechnete nicht damit, bald wieder in der Pension zu sein.

Soeben hatten die fünf begonnen, das weitere Vorgehen zu besprechen, da wurden sie von Weiler jäh unterbrochen.

»Das darf doch nicht wahr sein!«

Kapitel 23

Ich gebe mir große Mühe, fair zu sein. Je mehr Schuld man auf sich geladen hat, desto länger lebt und zittert man. Trotzdem habe ich im Nachhinein fast Mitleid mit Mirko. Er war ja wirklich unschuldig, aber wenn man das große Ganze betrachtet, kommt es auf den einzelnen eben nicht an. Und es soll uns niemand vorwerfen können, wir hätten die Sache nicht gründlich durchdacht.

Die Idee mit dem Konzerthaus war genial, nicht? Ermordet mit einer Geige. Wie kreativ! Und passenderweise kam mir dieser Einfall beim Hören von Tschaikowskys Schwanensee. Ich habe mir nämlich gerade Tickets für dieses Ballett bestellt, als ich den Mord plante.

Weißt du noch, als du mich zum ersten Mal in eine Oper mitgenommen hast? In Mailand musste ich mir nach all den Sehenswürdigkeiten noch Nabucco ansehen. Ich konnte mir damals nichts Langweiligeres vorstellen und habe dich missmutig begleitet.

Und ich habe es vom ersten Ton an geliebt! Ich habe es dir am Anfang nicht geglaubt, aber klassische Musik ist ein Faszinosum. Die Stücke sind so unglaublich gut konstruiert. Diese Komponisten waren wahre Architekten. Ich mag diese Klarheit: Es gibt keine Zufälle, keine Überraschungen, keine Improvisationen, keine Unsauberkeiten. Und keine Sprache kann die Dramatik wohl besser ausdrücken als die italienische.

Wenn ich Klassik höre, merke ich augenblicklich, wie sich mein

Gehirn entspannt und gleichzeitig meine Konzentration steigt. Ich bin viel produktiver, effizienter und zu wahren gedanklichen Meisterleistungen fähig, wenn ich von klassischer Musik inspiriert werde. Faszinierend! Inzwischen würde ich mich sogar schon fast zu den Kennern zählen. Ich weiß, welche Kompositionen sich zum Entspannen und Einschlafen eignen, welche meine Stimmung heben und welche mir beim Denken helfen. Und natürlich auch, welche die Mordlust in mir wecken. Tschaikowsky sei Dank! Ich werde sie alle beseitigen!

Kapitel 24: Donnerstag

Ralf Bröker saß in der Lobby seines Hotels und telefonierte mit dem diensthabenden Redaktor. Während er ihm ruhig vom Gespräch mit Parzelli erzählte, blickte er auf den Bildschirm seines Laptops, auf dem er die ersten Sätze seines Artikels aufgesetzt hatte. Erst gerade hatte er damit begonnen. Angesichts der Brisanz hinter der Geschichte konnte er es aber nicht abwarten, die Redaktion zu informieren. Dabei bat er den diensthabenden Redaktor um den Aufhänger auf der Titelseite.

»Wir haben aber schon einen Artikel über den Besuch unserer Bundeskanzlerin in einem Fastfood-Restaurant auf der Front.«

Bröker schlug vor, diesen Artikel auf eine andere Seite zu verschieben. Nochmals erklärte er in allen Details, was er bei Parzelli vernommen hatte.

»Und du sagst wirklich, dass der BKA-Beamte Nick Schröder entführt worden ist?«

»Parzelli hat mir in allen Details erzählt, wie er die Entführung geplant hat.«

»Er hat sie nur geplant?«

»Parzelli sitzt seit fast drei Monaten in der JVA Mannheim in Untersuchungshaft. Also kann er bei der Entführung nicht selber mitgewirkt haben. Aber er habe die Sache in die Wege geleitet, als er sich noch auf freiem Fuß befand, erzählte er mir. Es war eine Art Vorkehrung für den Ernstfall.«

»Dann weißt du nicht zu hundert Prozent, ob die Sache mit Schröder stimmt?«

»Ich habe Schröder vorher auf dem Festnetz zu erreichen versucht. Allerdings habe ich ihn nicht erreichen können.«

»Dann bleibt offen, ob die Sache mit der Entführung wahr ist. Er muss den Abend ja nicht zwingend zu Hause in seiner Wohnung verbringen. Hast du schon beim BKA angerufen?«

»Nein, das habe ich noch nicht.«

»Du kannst mir deine Geschichte mailen, sobald du sie beendet hast. Ich werde mit dem Chefredaktor Rücksprache nehmen, und dann entscheiden wir gemeinsam, ob wir deine Geschichte morgen schon bringen werden.«

Bröker wusste, was zu tun war. Er wollte es mit seiner Geschichte unbedingt auf die Titelseite schaffen. Entsprechend motiviert war er, daran weiterzuschreiben. Er packte seinen Laptop in die Tasche und nahm den Aufzug, um in sein Hotelzimmer zu gelangen.

Er ging davon aus, dass Schröder wirklich entführt worden war. So wie er Parzelli einschätzte, setzte dieser seine Vorhaben in die Tat um. Diesen Eindruck hatte Bröker im kurzen Gespräch mit dem Drogenboss gewonnen. Auch wenn Parzelli selber an der Entführung nicht beteiligt gewesen sein konnte, da er in Untersuchungshaft saß, hatte er doch seine Männer, die diese Arbeit für ihn übernahmen.

Im Zimmer angekommen, zog der Journalist den Laptop aus der Tasche und legte ihn auf den kleinen Tisch. Nochmals las er, was er bisher geschrieben hatte:

Morde gehen auf das Konto des Hydra-Syndikats

Dieser Titel erschien ihm passend und sollte den Leser animieren, weiterzulesen. Auch der Untertitel hatte es in sich:

BKA-Beamter Nick Schröder ist offensichtlich entführt worden

Bröker musste schmunzeln. Noch vor Jahren hätte er nicht gedacht, dass er jemals im Journalismus Fuß fassen würde. Damals versuchte er noch, für verschiedene Unternehmen Versicherungen an den Mann zu bringen. Er tat dies mehr schlecht als recht. Aufgrund seines Faibles für die deutsche Sprache, das er schon in seiner Jugendzeit hatte, entschied er sich für einen Wechsel in den Journalismus und erhielt dank einem befreundeten Kollegen, dem er ein Jahr zuvor eine Fahrzeugversicherung verkauft hatte, schon bald Aufträge als freier Journalist. Seine ersten Artikel veröffentlichte er in einer kleinen Kreiszeitung mit einer Auflage im tiefen fünfstelligen Bereich.

Die Chance, nun bei einer großen deutschen Zeitung einsteigen zu können, wollte er sich auf keinen Fall entgehen lassen. Er tippte weiter in die Tasten.

Kapitel 25: Freitag

Die Wanduhr im Großraumbüro der Freiburger Kriminalpolizeidirektion zeigte wenige Minuten vor sechs. Der Geruch von frischem Kaffee breitete sich zu dieser frühen Morgenstunde flächendeckend im ganzen Raum aus. Ohne Kaffee war ein Weiterarbeiten undenkbar. Zu müde wirkten die meisten Polizeibeamten. Also sorgte Oswald dafür, dass es seinen Leuten nicht am koffeinhaltigen Getränk mangelte. Er selber ging unruhig im Raum umher und schaute dem Treiben genau zu. Seine Leute saßen zumeist vor ihren Computern und hielten fest, was einige Stunden zuvor im Konzerthaus geschehen war. Andere wiederum suchten im Internet nach Hinweisen. Was sie aber genau zu finden wünschten, wussten sie selber nicht. Oswald erkannte schnell, dass er jedem einen klaren Auftrag geben musste. Deshalb trommelte er in diesem Moment noch einmal alle zusammen.

»Wichtig ist, dass wir erstens keine Ermittlungsergebnisse an die Öffentlichkeit tragen und wir zweitens dafür sorgen, dass Hilde Benhagel nichts angetan wird. Ich bin mir sicher, dass sie uns in der Sache noch wesentlich weiterhelfen können wird.«

Oswald dankte in diesem Zusammenhang Weiler für sein schnelles Handeln. Er hatte noch im Konzerthaus veranlasst, dass Hilde Benhagel Polizeischutz erhielt. Kaum im Krankenhaus angekommen, standen bereits zwei Polizisten vor der Notfallstation der Freiburger Uniklinik.

»Allen dürfte nun klar sein, dass wir uns genauer mit Benhagels auseinandersetzen müssen. Es muss ein Familiengeheimnis geben, das wir nicht kennen. Es kann doch nicht sein, dass eine ganze Familie ausgelöscht wird und es keinen Grund dafür gibt. Sie wird nicht ohne Grund zur Zielscheibe geworden sein. Vielleicht wird uns Frau Benhagel nun Auskunft geben, jetzt wo ihr Mann doch tot ist. Wir müssen ebenfalls noch abwarten, was die DNA-Analyse von gestern Abend ergeben wird. Noch weiß ich nicht, ob überhaupt verwertbares Material gefunden wurde. Weitere relevante Fragen drehen sich um die Tatwaffen. Wir haben beim ersten Mord wahrscheinlich den Hammer eines Goldschmieds und beim gestrigen eine Geige. Beide sind ziemlich exotisch«, fasste Oswald zusammen.

Während eine rege Diskussion darüber entbrannte, was es mit der Geige auf sich hatte, klingelte Weilers Telefon. Es meldete sich ein Mann, der ihn stets mit Informationen belieferte. Weiler revanchierte sich jeweils bei ihm, indem er ihn zwei Mal im Jahr bei einem Italiener zum Essen einlud. Alle Polizisten im Raum beendeten ihre Gespräche sofort. Alle versuchten, einen Teil der Unterhaltung mitzuverfolgen, da sie davon ausgingen, dass Anrufe zu dieser Uhrzeit eine große Bedeutung hatten. Nachdem Weiler das Gespräch beendet hatte, hielt er kurz inne.

»Ein Freund hat mir soeben mitgeteilt, dass in der heutigen FAZ etwas Spannendes zu lesen ist.«

»Hat es also schon die Runde gemacht, dass wir Klaus Benhagel nicht beschützen konnten?«, wollte Oswald wissen.

»Ich glaube nicht. Die Information erreichte die Zeitung wohl nicht mehr bis Redaktionsschluss. Allerdings steht angeblich auf der ersten Seite, dass Nick Schröder entführt worden ist.«

»Es wird immer mysteriöser. Dann weiß die Presse wieder mehr als wir«, hielt Oswald genervt fest.

»Kann es sein, dass die Morde mit Schröders Entführung zusammenhängen?«, fragte Vock in die Runde.

»Noch wissen wir nicht, ob das mit der Entführung stimmt. Ich werde sofort das BKA anrufen. Diese werden sicherlich wissen, wo sich Schröder zurzeit aufhält und wann er zuletzt bei der Arbeit war. Dass es aber einen Zusammenhang zwischen den Benhagel-Morden und dieser Entführung gibt, schließe ich nicht aus, auch wenn es derzeit unwahrscheinlich scheint.« Sogleich wählte Oswald die interne Nummer des BKA. Wenig später wusste er mehr.

Kapitel 26: Freitag

Im Universitätsklinikum hatte das Ärzteteam weitere Untersuchungen bei Hilde Benhagel durchgeführt. Aufgrund ihres Zustands entschieden sich die Mediziner, der Patientin ein Beruhigungsmittel zu verabreichen. Die Wirkung trat binnen weniger Minuten ein. Hilde Benhagel fiel in einen tiefen Schlaf. Schon am Vorabend wurde ihr, nachdem sie kurz aufgewacht war, noch im Notarztwagen ein Mittel intravenös eingeführt, das sie wegtreten ließ. Erst gegen den Morgen wachte sie in einem Einzelzimmer wieder auf.

Zusammen mit einem Psychologen und den beiden Polizisten vor Ort, die für Hilde Benhagels Schutz zuständig waren, wurde das weitere Vorgehen diskutiert.

»Markus Oswald möchte unbedingt mit der Patientin sprechen«, erklärte einer der beiden Polizisten.

»Das geht im Moment nicht! Sie braucht Ruhe.« Psychologe Norbert Linden konnte den Wunsch nicht gutheißen. »Sie haben ja mitbekommen, dass wir Frau Benhagel starke Benzodiazepine verabreicht haben. Sie ist derzeit nicht vernehmungsfähig.«

»Wir müssen aber mit ihr sprechen«, insistierte der gleiche Polizist, während der andere etwas gelangweilt auf einem Stuhl saß.

»Es bleibt dabei. Solange Frau Benhagel medikamentös behandelt wird, gibt es keine Gespräche mit ihr. Damit ist alles gesagt.« Linden bat den Polizisten, das Krankenzimmer zu verlassen.

»Darf ich fragen, was Frau Benhagel zum Mord an ihrem Mann gesagt hat?« Der Polizist blieb hartnäckig.

»Frau Benhagel weiß noch nichts davon. Sie hat uns gefragt, warum sie im Krankenhaus liege und wo ihr Mann sei. Wir haben ihr gesagt, sie soll sich zuerst ausruhen. Antworten bekäme sie noch früh genug.«

»Sie muss doch wissen, dass ihr Mann tot ist!«

»Überlassen Sie bitte uns, wie wir dies handhaben. Ich erkläre Ihnen auch nicht, wie Sie Ihre Arbeit verrichten müssen.«

Nochmals bat Linden den penetranten Polizisten aus dem Zimmer, was ihm dieses Mal auch gelang. Als sie draußen waren, schloss er die Tür hinter sich und forderte die beiden Polizisten auf, niemanden in den Raum zu lassen. Gemächlichen Schrittes ging er Richtung Aufzug.

Kaum war der Psychologe im Aufzug verschwunden, näherte sich ein mit Fotoapparat versehener Mann dem Zimmer von Hilde Benhagel.

»Meik Walker, Newsredaktor bei der FAZ. Ich muss in dieses Zimmer.« Die Worte tönten resolut.

»Wir dürfen niemanden hineinlassen.« Auch der zweite, einen Kopf größere Polizist wirkte nun nicht mehr so lethargisch.

»Hier ist mein Presseausweis! Lassen Sie mich nun ins Zimmer hinein!«

»Sie können sich Ihren Ausweis sonst wohin stecken!« Der kleinere Polizist, der wesentlich muskulöser daherkam als sein Partner, ließ seiner Empörung freien Lauf. »Nur weil Sie einen Presseausweis haben, heißt das nicht, dass Sie das Zimmer betreten dürfen. Und jetzt machen Sie sich vom Acker!«

Walker dachte nicht daran, sich abwimmeln zu lassen.

»Ich kann in meinem Artikel auch schreiben, dass Sie nicht kooperationsbereit waren.«

Der kleinere Polizist hatte genug gehört. Er packte den Medien-schaffenden am Kragen und zerrte ihn an die Wand, so dass ein Bild, auf dem ein Oberarzt abgebildet war, auf den Boden fiel und dort in Einzelteile zerschmetterte.

Sofort eilten zwei Ärzte herbei und trennten die beiden Unruhe-stifter.

»Wir sind hier in einem Krankenhaus und nicht im Boxring. Ent-weder Sie benehmen sich nun oder ich stelle Sie vor die Tür! Ist das klar?«

Die beiden Streithähne murmelten etwas, das halbwegs nach einer Entschuldigung tönte, vor sich hin.

Schließlich ergriff nochmals der kleinere Polizist das Wort, wobei er sich an Walker wandte.

»Sie sind festgenommen. Ich werde gleich Verstärkung anfordern!«

»Was bin ich? Sie haben wohl nicht mehr alle Tassen im Schrank! Was habe ich denn getan?«

»Sie haben die drei Benhagels getötet!«

Ein kalter Schauer lief Walker den Rücken hinunter. War er nun wirklich soeben wegen Mordverdachts festgenommen worden?

Kapitel 27: Freitag

Die aktuelle Ausgabe der FAZ lag vor ihnen. Die Mitglieder der Sonderkommission blickten auf den Artikel auf der ersten Seite. Darin erklärte Parzelli, warum er verhaftet worden war und dass sich der Anführer des Hydra-Syndikats für dessen Festnahme rä-chen werde.

Danach waren Einzelheiten zu den Morden an Mirko und Caro Benhagel zu entnehmen. Der zweite Teil des Artikels behandelte die mutmaßliche Entführung von Nick Schröder.

Neben den Polizisten saß auch Meik Walker am Tisch. Nach dem Zwischenfall im Krankenhaus war er sofort ins Büro der Freibur-ger Kriminalpolizeidirektion gebracht worden.

»Warum bin ich hier?«, wollte Walker abermals wissen. Dieses Mal erhielt er auf seine Frage eine Antwort.

»Gerne würden wir erfahren, was Sie im Krankenhaus zu suchen hatten. Wir müssen nämlich davon ausgehen, dass Sie Frau Benhagel aufgesucht haben, um sie zu töten. Damit wäre die ganze Familie Benhagel ausgelöscht gewesen.«

»Warum sollte ich dies tun?«

»Das wissen Sie bestimmt besser als wir.«

»Ich wollte Frau Benhagel nichts antun. Wir sind verpflichtet, dem Leser News zu liefern. Da gehört auch eine seriöse Recherche zum Mord an Klaus Benhagel dazu.«

»Sie haben Kenntnis von dem Mord?«, fuhr Vock dazwischen.

»Natürlich! Ein guter Journalist ist immer über alles informiert.«

»Woher haben Sie von dem Mord erfahren?«, wollte Vock nun doch etwas genauer wissen.

»Von einem Kollegen. Es ist auch egal, woher ich meine Informationen habe. Vielmehr stellt sich die Öffentlichkeit sicherlich die Frage, warum die Polizei nicht in der Lage ist, die Familie Benhagel zu schützen und warum Journalisten von der Polizei tätlich angegriffen werden. Das wirft ein schlechtes Licht auf diesen Laden.«

Die Masche, drohend den Polizisten gegenüberzutreten, war oft von Erfolg gekrönt. Meistens lenkten die Polizisten in der Hoffnung ein, dass gewisse Dinge nicht in der Zeitung veröffentlicht würden.

Walkers Vorpreschen schien in diesem Fall aber nicht zielführend zu sein. Die Kriminalisten ließen sich nicht aus der Reserve locken.

»Ich möchte nicht, dass Sie von einem Laden sprechen. Sie befinden sich hier in den Räumen der Freiburger Kripo. Und nun haben wir ein paar Fragen an Sie, die Sie uns bitte wahrheitsgetreu beantworten. Wo waren Sie gestern Abend gegen 19 Uhr?«, wollte Oswald wissen.

»Ich hatte Abenddienst auf der Redaktion in Frankfurt.«

»Dieses Alibi werden wir überprüfen.«

»Tun Sie das nur. Rund ein Dutzend Personen werden Ihnen bestätigen können, dass ich bis kurz vor Mitternacht in der Redaktion meiner Arbeit nachkam.«

»Um kurz vor neun heute Morgen waren Sie bereits wieder aktiv. Da sind Sie nur mal schnell von Frankfurt angereist, um im Krankenhaus vorbeizuschauen«, fasste Oswald zusammen.

»Bin ich jetzt angeklagt, weil ich motiviert meiner Arbeit nachgehe?« Er blickte die Polizisten streng an. »Wenn dies also alles ist, warum ich hier bin, meine ich, dass ich wieder gehen kann.«

Oswald und seine Leute mochten den arroganten Journalisten nicht. Sie hatten aber nichts gegen ihn in der Hand. Also mussten sie ihn laufen lassen. Zuvor hatte ihn der Leiter der Sonderkommission noch gebeten, die Sache mit dem Polizisten im Krankenhaus nicht an die große Glocke zu hängen.

Nachdem Walker verschwunden war, kam Oswald nochmals auf Nick Schröder zu sprechen.

»Bevor ich euch ein paar Stunden Schlaf gönne, möchte ich festhalten, dass wir nicht nur die drei Morde aufklären, sondern auch Schröders Entführung im Auge behalten müssen. Grundsätzlich ist es natürlich nicht unsere Aufgabe, dessen Verschwinden zu klären. Sollte es aber tatsächlich einen Zusammenhang zu unserem Fall geben, ist klar, dass wir der Sache nachgehen müssen. Wie mir mitgeteilt wurde, war Schröder nun einige Tage nicht mehr im Büro. Da er hin und wieder zu Hause arbeitet, kam das Ganze niemandem verdächtig vor. Inzwischen haben seine Kollegen ihn zu erreichen versucht. Dies ist ihnen aber nicht gelungen. Sie gehen auch davon aus, dass etwas passiert sein muss, da er normalerweise Anrufe auf dem Handy immer entgegennimmt. Wir treffen uns am frühen Nachmittag wieder. Dann widmen wir uns eingehender Nick Schröder.«

Jedem war klar, dass die Zeit für eine Verschnaufpause ungünstig war. Schließlich schien es so, als ob ein Berufskollege entführt worden war und dringend Hilfe brauchte. Andererseits konnte niemand erwarten, dass die Polizeibeamten mehr als 24 Stunden lang am Stück Polizeiarbeit leisteten. Unausgeschlafen war man in der Regel nicht sehr produktiv. Deshalb waren alle froh, ein paar freie Stunden zu erhalten. Auch dieses Mal zog es Weiler vor, sich bei Vock statt in einem Hotel etwas aufs Ohr zu legen.

Kapitel 28: Freitag

Das Foto, das Schröder in seinen Händen hielt, hatte er Augenblicke zuvor von Emilia erhalten. Erneut war darauf eine Leiche zu sehen.

Das Blut war im ganzen Raum verteilt. Auch über die Tatwaffe konnte sich Schröder ein Bild machen. Es handelte sich anscheinend um eine Geige, die zerschmettert auf dem Boden lag.

»Warum zeigen Sie mir diese Bilder? Ich interessiere mich nicht dafür!«

»Das sollten Sie aber«, entgegnete Emilia, die wieder ihre Medusa-Maske trug. »Sie können am Ende besser verstehen, was das Ganze soll, wenn Sie ebenfalls Ihren Anteil leisten.«

»Ich soll etwas leisten? Was habe ich davon?«, wollte Schröder wissen.

»Als Genie in Reihen des BKA, als das Sie sich ausgeben, sollte es Ihnen nicht schwerfallen, die Sache aufzuklären. Sagen Sie mir, was Sie auf den Tatortfotos erkennen können.«

Eigentlich hatte er nicht im Sinn, lange zu diskutieren. Allerdings interessierte er sich schon dafür, was sich genau hinter der Mordserie verbarg.

»Sie haben diese drei Personen auf dem Gewissen, die alle der gleichen Familie entstammen.«

»Ich habe Ihnen bereits mitgeteilt, dass es sich bei den Opfern um Klaus Benhagel und dessen beide Kinder handelt.«

»Ich kenne diese Personen nicht.«

»Die Familie haben wir damit fast komplett ausgelöscht. Einzig Hilde Benhagel lebt noch.«

»Dann werden Sie diese als Nächstes liquidieren.«

»Liquidieren tönt etwas zu grausam. Aber Sie liegen mit Ihrer Annahme fast richtig. Bald werden wir Hilde Benhagel beseitigen.«

»Sie sind krank! Sie haben sich einen regelrechten Mordplan zurechtgelegt. Dieser ist aber nicht logisch. Rein zufällig trifft es die Benhagels. Wie viele Menschen sollen grundlos noch sterben?«

»Es liegt in Ihren Händen, wann die Mordserie ein Ende hat.«

Schröder wusste nicht, was die maskierte Frau damit meinte. Er war also die Hauptfigur, die der Sache ein Ende bereiten konnte. Emilia schlug Schröder einen Deal vor.

»Wenn Sie durchschauen, nach welchem Muster die Mordserie abläuft, lassen wir Sie frei und Sie können draußen ermitteln.«

Das macht alles keinen Sinn. Warum sollten mich die Verbrecher entführen, dann willkürlich einige Leute ermorden und mich dann schließlich wieder auf freien Fuß setzen? Die Frau muss psychisch gestört sein.

Der Gefangene konnte sich keinen Reim auf die Sache machen.

»Und wenn mir dies nicht gelingt?«, wollte Schröder dann doch wissen, wobei er die Antwort bereits vermutete.

»Dann werden auch Sie das Zeitliche segnen!«

Schröder hatte mit dieser Antwort gerechnet.

»Ich habe es also in den Händen, ob weitere Menschen sterben?«

»Ein wenig können Sie sich auch selber anstrengen, anstatt Ihrerseits immer nur Fragen zu stellen. Etwas möchte ich nun doch noch von Ihnen wissen. Mögen Sie Hunde?«

Ungläubig blickte Schröder die maskierte Frau an. Er verstand nicht, was die Frage zu bedeuten hatte.

Kapitel 29: Freitag

Weiler zog sich die Hose hoch und strich sich mit der rechten Hand durch sein Haar, während Vock ihn dabei beobachtete. Zufrieden lächelte sie ihn an. Der LKA-Beamte hatte die letzten Stunden auf dem Sofa im Wohnzimmer verbracht. Nachdem er ins Badezimmer verschwunden war, begab sich Vock zum Fenster. Sie schaute auf das rege Treiben auf den Straßen der Innenstadt. Sie mochte ihre Wohnung im Herzen von Freiburg, in die sie vor einigen Jahren gezogen war. Hier genoss sie die städtische Anonymität, aber spürte trotzdem den ländlichen Flair des Breisgaus. In Freiburg wollte sie dereinst mit einem attraktiven und beruflich erfolgreichen Mann ihr Leben Seite an Seite verbringen.

Nachdem Weiler wieder aus dem Bad gekommen war, verließen die beiden Vocks Wohnung. Bevor sie ins Büro gingen, entschieden sie sich für einen kurzen Abstecher in ein Café in der Nähe des Martintors. Draußen setzten sie sich hin. Die Nachrichten hatten berichtet, dass die 30-Grad-Grenze im Laufe des Tages überschritten werden würde. Dies war definitiv der Fall.

Seicht plätscherte das Wasser der Freiburger Bächle wenige Meter vor ihren Füßen vorbei. Für einen Moment dachte sie daran, Weiler aus Jux hineinzustoßen. Natürlich wusste sie genau, was die Stadtlegende erzählte: Wer in die Rinne hineinfiel, musste eine Freiburgerin oder einen Freiburger heiraten. Doch Vock glaubte nicht an solche Geschichten. Gegen eine Abkühlung hätte aber auch sie nichts einzuwenden gehabt. Gerade in hektischen Zeiten wirkte ein Fußbad im kühlen Nass erholend.

Ich möchte aber nicht, dass er die Sache falsch auffasst. Vielleicht findet er solche spontanen Aktionen alles andere als lustig. Vielleicht wage ich es ein anderes Mal, wenn ich ihn besser kenne.

Sie musste sich nun aber auf den Fall konzentrieren. Schließlich standen wichtige Ermittlungen an.

Weiler und Vock hielten sich entsprechend nicht lange im Café auf. »Ich hoffe, ihr konntet euch etwas ausruhen.« Oswald hatte die beiden bereits erwartet. »Ich bin froh, dass ihr schon hier seid. Dann können wir unter sechs Augen kurz besprechen, wie wir weiter vorgehen werden.«

Weiler musste nicht lange überlegen. Sofort lenkte er das Gespräch auf den angeblich Entführten.

»Nick Schröder kennen wir bestens. Seit Parzellis Verhaftung ist er landesweit bekannt. Auch in Talkshows wurde er mehrfach eingeladen und durfte über seinen Ermittlungserfolg berichten. Allerdings dürften seine Auftritte nicht allen gefallen haben. Er hat sich sehr mit seinem Erfolg gebrüstet.«

»Das ist so, Dirk. Schröder wurde in wenigen Wochen zu einem Star.« Oswald hatte auch mitbekommen, dass sich Schröder selber in allen Medien präsentieren wollte. Entsprechend wenig überraschte es ihn nun, dass er sich dabei eine Menge Ärger eingehandelt hatte. »Wenn wir dem Schreiber des Artikels Glauben schenken dürfen, sind Parzellis Leute nicht nur für die Morde an den Benhagel-Kindern, sondern auch für Schröders Entführung verantwortlich«, resümierte Vock.

»So einfach ist das nicht. Parzelli sitzt in Haft. Er hat keine Verbindungen nach draußen. Also kann er weder die Morde noch die Entführung geplant und schon gar nicht durchgeführt haben.« Oswalds Analyse überzeugte die beiden nur bedingt.

»Er könnte die Entführung schon vorher veranlasst haben, beispielsweise für den Fall, dass er verhaftet werden würde. Das wäre dann ein genialer Schachzug von ihm gewesen. In der Zeitung stand, dass es möglich sei, dass die Morde auf das Konto des Hydra-Syndikats gehen«, hielt Weiler fest.

»Und Schröders Entführung hat Parzelli im Zeitungsartikel sogar angeführt, obwohl noch niemand davon Kenntnis haben konnte.« Auch Vock war überzeugt davon, dass in der ganzen Angelegenheit der große Drogenboss seine Finger im Spiel haben musste.

»Ich glaube ja auch, dass Parzelli in die Sache involviert ist. Irgendwie muss es ihm gelungen sein, dass er vom Gefängnis aus nach draußen kommunizieren konnte. Wir müssen sowieso in alle Richtungen ermitteln.« Oswalds übliche Floskeln kannte Vock bereits.

Sie schlugen ihrem Chef vor, dass eine Gruppe sich nun eingehender mit Parzelli befassen sollte. Oswald hieß diese Idee sofort gut.

»Meine Recherchen haben ergeben, dass Meik Walker seinerzeit mehrere Artikel über Schröder verfasst hat. Holen wir Walker in unser Boot. Er soll mit uns kooperieren. Und dann wäre da noch die Sache mit der DNA-Analyse von gestern.« Noch kannten Weiler und Vock das Resultat nicht.

»Ihr seid wohl nicht erstaunt, dass es wieder die gleiche weibliche DNA war.«

In der Tat waren weder Weiler noch Vock überrascht.

»Hat jemand die ominöse Frau eigentlich zu Gesicht bekommen?«, wollte Vock wissen.

»Bei den ersten Morden haben wir keine Zeugen. Im Hotel hat niemand eine verdächtige Frau gesehen. Beim gestrigen Mord sieht die Sache etwas anders aus.«

Weilers ernster Gesichtsausdruck hellte sich auf.

»Es gibt einen Zeugen, der die Frau gesehen hat«, erklärte Oswald weiter.

»Dann haben wir ein Phantombild?«

»Nicht so hastig, Dirk! Der Mann hat die Frau beim Verlassen des Gebäudes kurz gesehen. Allerdings konnte er keine gute Beschreibung von ihr abgeben, da sie eine Kapuze trug. Nicht einmal die Haarfarbe ist uns bekannt. Also bringt uns ein Phantombild keinen Schritt weiter.«

Erschöpft ließ sich Weiler in einen der Bürostühle fallen. Er wusste, dass sie noch keinen Schritt weitergekommen waren.

Kapitel 30: Freitag

Obwohl er als Newsredaktor tätig war, wollte sich Walker persönlich der Geschichte annehmen. Schließlich hatte er drei Stunden vorher am Telefon nochmals mit Oswald gesprochen und mit ihm einen für beide Seiten interessanten Deal vereinbart. Er unterstützte die Beamten der Sonderkommission und fühlte hierbei Parzelli auf den Zahn. Im Gegenzug erhielt er das Versprechen, zukünftig vermehrt relevante Informationen von der Polizei zu erhalten. Beide Seiten erhofften sich, von dieser nicht ganz legalen Abmachung zu profitieren.

Als Walker im Untersuchungsgefängnis in den Besprechungsraum geführt wurde, hatte er sich den Schlachtplan für das Gespräch bereits zurechtgelegt. Schließlich hatte ihm Oswald einige Fragen, die er Parzelli stellen sollte, schriftlich mitgegeben.

Walker musste sich noch ein wenig gedulden. Er blickte an das verspiegelte Glas auf der einen Seite des Raums und fragte sich, ob dahinter jemand saß, der das Gespräch beobachtete. Zumindest im Fernsehen war dies jeweils der Fall.

Als Parzelli schließlich eintrat, stand Walker einem rund 45-jährigen, stark gebräunten Mann gegenüber. Das Tattoo auf dem rechten Oberarm zeigte eine Hydra, ein schlangenähnliches Tier mit vielen Köpfen. Parzelli wirkte nervös. Er setzte sich nicht auf einen der beiden freien Stühle, sondern ging im Raum auf und ab.

»Bitte nehmen Sie Platz«, wies Walker Parzelli an. »Mein Name ist Meik Walker. Ich bin von der FAZ.«

Parzelli blickte Walker vertraut an.

»Kürzlich war ein Kollege von Ihnen hier«, erklärte der Drogenboss dem Journalisten freundlich.

»Dies war mein Kollege Ralf Bröker. Er hat einen Artikel über Sie und Ihr Syndikat geschrieben. Ich habe den Bericht hier.«

Walker legte ihn auf den Tisch. Parzelli begann zu lesen.

»Wir haben nicht so viel Zeit.«

»Ich habe alles gesagt, was zu sagen ist«, konterte Parzelli.

»Sie haben Brökers Fragen beantwortet. Dieser ist aber für die Berichterstattung nun nicht mehr zuständig. Das ist eine Angelegenheit für die erfahrenen Journalisten. Deshalb bin ich hier.«

Parzelli überflog den Rest des Artikels, während Walker dessen tätowierten Oberarm musterte. Erst jetzt bemerkte der Gefangene, wie Walker seine Hautbemalung bewunderte.

»Eine Hydra als Symbol unserer Vereinigung«, begann er. »Die Wasserschlange hat neun Köpfe und gilt als eines der schrecklichsten Ungeheuer der griechischen Mythologie. Von den neun

Schlangenköpfen waren acht sterblich und einer unsterblich. Die Hydra war eigentlich nicht zu bezwingen, denn immer, wenn man ihr einen Kopf abschlug, wuchsen zwei neue nach. So ist es auch bei uns. Wir sind nicht zu eliminieren und vermehren uns immer weiter. Die Hydra wuchs übrigens in den Sümpfen im Süden Griechenlands auf. Um Viehherden zu zerreißen oder Felder zu verwüsten, verließ sie hin und wieder das Wasser. Auch wir agieren im Untergrund und kommen für unsere Taten aus unseren Verstecken heraus.«

Parzelli züngelte zwei Mal, was Walker erschrocken zurückweichen ließ.

»Kommen wir wieder zum Thema.« Der Journalist wirkte wegen der bizarren Geste leicht irritiert.

»Darf ich die Zeitung behalten?«, fragte Parzelli.

»Deshalb habe ich sie Ihnen mitgebracht. Im Artikel steht, dass Nick Schröder entführt worden ist. Wissen Sie etwas darüber?«

»Nick Schröder hat dafür gesorgt, dass ich nun hinter Gitter sitze. Unser Syndikat wird sich dafür rächen. Wann dies der Fall ist, kann ich Ihnen nicht sagen. So wie es aber aussieht, sind einige Verbrechen bereits geschehen.«

»Das verstehe ich nun wirklich nicht. Ralf Bröker haben Sie erzählt, dass Sie die Entführung geplant hätten, als Sie noch draußen waren.«

»Bröker war sehr naiv und hat mir alles geglaubt, was ich ihm erzählt habe.«

»Warum haben Sie ihn angelogen?«

»Ich wollte mich wichtiger machen, als ich bin.«

»Schröder ist wirklich entführt worden. Von wem? Sie wissen doch sicher, wer dafür verantwortlich ist.«

»Ich kann es mir gut vorstellen. Allerdings sehe ich keine Veranlassung, Ihnen das mitzuteilen.«

»Sie machen sich strafbar, wenn Sie die Verantwortlichen nicht nennen.«

Parzelli lachte laut.

»Stört mich nicht weiter. Was wollen Sie nun tun? Mich hinter Gitter bringen? Ach ja, stimmt, da bin ich schon.«

»Was muss ich tun, damit Sie mit mir kooperieren?«

»Ich will alles wissen, was draußen im Zusammenhang mit Schröder und den Benhagels passiert.«

»Die Tageszeitungen können Sie haben.«

»Das ist mal ein Anfang. Ich will auch Einsicht in die Polizeiakten haben. Nur dann kann ich Ihnen helfen.«

»Ich kann Ihnen keine Einsicht gewähren. Schließlich habe ich keinen Zugang zu diesen Dokumenten.«

»Sie wollen, dass ich Ihnen helfe. Also müssen Sie mir schon entgegenkommen.«

»Ich schaue, was ich tun kann.« Es folgte eine kurze Pause. »Welche Beziehung besteht zwischen Nick Schröder und der Familie Benhagel?«

»Darauf kann ich Ihnen keine Antwort geben. Geben Sie mir einen Computer mit Internetzugang. Dann kann ich es Ihnen vielleicht sagen!«

»Sie wissen genau, dass es eine Verbindung gibt. Aber welche? Sie kennen sie!«

Parzelli züngelte wieder zwei Mal. Dann öffnete er den Mund, als ob er zu einem Biss ansetzen würde. Säße der Mann nicht mit Handschellen versehen im Gefängnis, hätte Walker mit Sicherheit schon längstens aus Furcht das Weite gesucht.

»Auf jeden Fall haben wir es hier mit einem Serientäter zu tun«, resümierte Parzelli.

»Das sagen Sie.«

»Dies erkennt doch jedes Kind.«

»Sie meinen also, wir haben es im vorliegenden Fall mit einer modernen Version von Jack the Ripper zu tun?«, erkundigte sich der Journalist lapidar.

Natürlich wusste Walker, dass der Vergleich deplatziert war. Jack the Ripper ermordete fünf Prostituierte und galt unter den Serienmördern als kleiner Fisch. Seine Popularität verdankte der

Aufschlitzer aus dem Londoner East End seiner unbekannten Herkunft. Die Liste an Verdächtigen war lang. Selbst Kriminologen wurden immer wieder verdächtigt, hinter Jack the Ripper zu stecken. In der vorliegenden Mordserie stammten die Opfer aus der gleichen Familie. Also musste es sich um Beziehungstaten handeln. Ein Vergleich mit Jack the Ripper war also unpassend. Walker hoffte, durch den wenig überzeugenden Vergleich Parzelli zum Reden zu bringen.

»Ich sehe den Mörder eher als eine Wiedergeburt von Harold Frederick Shipman. Sie werden diesen Namen womöglich nicht kennen. Er gilt als der größte Serienmörder der Geschichte.«

Der Journalist wollte den Dialog nun doch nicht mehr länger fortführen. Erstens war sein Interesse an der Geschichte von Serienmördern verschwindend klein, andererseits hatte er aber auch das Gefühl, dass Parzelli nicht viel von der ganzen Sache wusste. Außerdem waren dessen Anliegen nur schwer zu erfüllen. Weder die Einsicht in die Akten noch einen Computer mit Internetzugang würden die Verantwortlichen dem Schwerverbrecher zugestehen.

Entsprechend konnte Walker das Untersuchungsgefängnis wieder verlassen. Der Redaktor verabschiedete sich kurz und herzlos vom Gefangenen und verließ den Raum. Parzelli blieb mit dem Gefängniswärter zurück. Zufrieden lächelte er vor sich hin. Angesichts der Tatsache, dass er hinter Gittern saß, lief die ganze Sache gar nicht so schlecht.

Kapitel 31: Freitag

Kurz nach 18 Uhr begaben sich Weiler und Vock noch in die Freiburger Innenstadt. Während er sich die wichtigsten Hygieneartikel und zwei neue T-Shirts besorgte, machte sie sich in der berühmten Kaiser-Josef-Straße in verschiedenen Warenhäusern auf die Suche nach einem Geburtstagsgeschenk für das Kind ihrer Schwester. Das Präsent wollte Vock ihrer Schwester noch am gleichen Abend übergeben. Schließlich trafen sich die beiden Schwestern und Weiler vor dem Italiener zwischen dem Bertholdsbrunnen und dem Martinstor.

»Schön dich wieder zu sehen, Meg«, begann Alexandra Martens das Gespräch mit ihrer Schwester.

Iris Vock grüßte kurz zurück, während Weiler etwas irritiert seine Arbeitskollegin anschaute.

»So nennt mich meine Schwester immer«, entgegnete sie.

Weiler nickte, ohne aber verstanden zu haben, was es mit dem Namen auf sich hatte. Dies hatte für ihn aber auch keine Relevanz. Er fühlte sich von Vock angezogen, unabhängig davon, ob sie einen, zwei oder fünf Spitznamen hatte.

»Wie geht es eigentlich unserem lieben Schwesterchen? Ist sie immer noch die gleiche Furie?«

Alexandra musste schmunzeln. »Du bist immer noch wie früher. Wir haben gestern miteinander telefoniert. Sie lässt dich grüßen.«

Vock dankte Alexandra für den übermittelten Gruß. Dann überreichte sie ihrer Schwester einen Karton, in dem sich eine Liebeskind-Tasche befand.

»Übergib dies bitte Sara und wünsche ihr alles Gute zum Geburtstag.«

»Mache ich. Nun muss ich aber gehen«, entschuldigte sich Alexandra. »Schließlich wollen wir heute Saras Geburtstag in kleinem Rahmen noch feiern.«

Nachdem sich die beiden Schwestern mit einer herzlichen Umarmung und dem Versprechen, sich dieses Mal schneller wieder zu treffen, verabschiedet hatten, machten sich Weiler und Vock zum Rathaus auf, wo sie sich eine leckere Waffel gönnen wollten.

Vock mochte das kleine Eiscafé auf dem einstigen Franziskanerplatz, wie der Rathausplatz früher hieß. Sie setzten sich draußen an einen der wenigen freien Tische. Von hier hatten sie einen direkten Blick auf das emsige Treiben. Ein LKW-Fahrer, der seine Güter kurz zuvor auf dem Rathausplatz abgeladen hatte, zirkelte in diesem Moment sein tonnenschweres Gefährt Richtung Rathausgasse.

»Das wird ganz schön eng werden«, stellte Weiler sofort fest.

»Es wäre nicht das erste Mal, dass die Erkerfigur rasiert wird.«
Erst jetzt erkannte der LKA-Beamte an der Südostecke des Neuen
Rathauses die Figur, deren Gesicht nach unten gerichtet war.

»Hattet ihr hier also auch schon Polizeieinsätze, weil die Figur beschädigt worden war?«

»Das ist eine schier unendliche Geschichte. Die Figur hat tatsächlich ein Problem mit ihrer Nase, die immer mal wieder zur Zielscheibe eines Attentats durch einen LKW wird«, scherzte Vock.
Tatsächlich war es schon mehrfach vorgekommen, dass LKW-Fahrer die Nase, den Bart und die Augen der Figur beim Einbiegen in
die enge Rathausgasse beschädigt hatten.

»Für die Steinmetze bedeutet dies immerhin etwas Arbeit.« Weiler
versuchte, der Sache etwas Positives abzugewinnen.

»So kam die Figur immer mal wieder zu einer Art von Face-Lif-
ting.« Vock konnte sich eine weitere humorvolle Bemerkung nicht
verkneifen.

Weiler wusste, dass Material ersetzbar war. Die Figur hatte im Gegensatz zu den Menschen unendlich viele Leben. Zudem wurde das
Gesicht der Figur im Jahr 2012 durch einen Abguss ausgetauscht,
weshalb man seither auf teure Instandstellungsarbeiten verzichten
konnte.

»Wir haben nur das eine Leben, das manchmal viel zu früh endet«,
seufzte der LKA-Beamte. Er musste an Hilde Benhagel denken,
die eigentlich alles verloren hatte.

Für einen Moment kehrte Ruhe ein. Vock erkannte, dass Weiler in
sich gekehrt war. Er schien intensiv über etwas nachzudenken.

*Wo liegt das Motiv? Die Beantwortung dieser Frage ist der Schlüs-
sel zur Aufklärung. Irgendwo muss sich doch ein Hinweis verstecken, der uns einen Schritt weiterbringt.*

Weiler wurde unsanft aus seinen Gedanken gerissen, als eine kos-
tümierte Person vor dem Eiscafé erschien. Die Frau trug ein ver-
lottertes Kleid und machte einen verwahrlosten Eindruck. Mehrere
Personen folgten ihr.

»Du machst einen verwirrten Eindruck. So sind wir Freiburger eben.«

Vock lächelte Weiler verlegen an. Er hatte sich die Breisgauer optisch sicherlich etwas anders vorgestellt.

»Schau nicht so! Das sind unsere Stadtführungen, die von kostümierten Schauspielern durchgeführt werden. Du kannst auf diesen Touren viel Wissenswertes über unsere schöne Stadt erfahren. Es lohnt sich, einmal eine solche Reise in unsere Vergangenheit zu unternehmen.«

»Ich denke darüber nach.«

»Mach das. Hast du deine Frau eigentlich schon darüber informiert, dass du nicht im Hotel übernachtest?«, wollte sie wissen.

»Wir müssen keine schlafenden Hunde wecken«, antwortete Weiler etwas verlegen.

»Sie hat ein Recht darauf zu wissen, wo du schläfst.«

»Ich werde sie vielleicht noch darüber informieren.«

Weiler hatte kein Interesse, über seine Familie zu sprechen. Er wusste, warum er dies vermeiden wollte. Zuletzt waren sich seine Frau Julia und er immer wieder in die Haare geraten. Sie ärgerte sich darüber, dass er so viele Überstunden machen musste.

Auch für ihn war nicht klar, wie es weitergehen sollte. Zwar liebte er seinen Sohn Lukas und auch seine Frau. Die ewigen Streitereien sorgten aber dafür, dass er sich schon mehrfach Gedanken über ihre Beziehung gemacht hatte. Keinesfalls wollte er aber seine Frau betrügen. Bevor er etwas mit einer anderen anfangen würde, hätte er sich von Julia getrennt. Noch war es aber nicht soweit. Er wollte seine Ehe retten und war entsprechend bereit, seiner Frau bezüglich der Überstunden ein Stück entgegenzukommen.

»Was steht morgen im Büro an?«, wollte Vock wissen, die bemerkt hatte, dass sie das Thema nicht hätte anschneiden sollen.

»Meik Walker, der Journalist, wird bei uns vorbeischauen. Er hat heute Enrico Parzelli besucht. Ich bin gespannt, was er uns erzählen wird. Das ist das eine Thema, das wir angehen müssen. Auf der anderen Seite sind da die DNA-Spuren, die wir haben. Leider haben wir keinen Treffer in der Datenbank. Also hat sich die Frau noch nichts zu Schulden kommen lassen oder wurde bisher noch nicht erwischt. Es gäbe da vielleicht die Möglichkeit eines Massengentests.«

»Das empfinde ich noch als etwas zu früh. Wir müssten das Spektrum der Täter etwas einengen können. Bis jetzt wissen wir einzig, dass mit Sicherheit eine Frau an den drei Morden beteiligt war.«

»Vielleicht ist Frau Benhagel in der Lage, vernommen zu werden«, sagte Weiler.

»Ich glaube kaum, dass dies möglich sein wird. Sie hat ihre drei engsten Angehörigen verloren. Entsprechend wird ihr Gemütszustand sein. Kannst du dir eigentlich die verschiedenen Tatwaffen erklären?«

»Sie wurden wohl bewusst gewählt. Beim Goldschmiedehammer konnte man noch von einem Zufall sprechen. Aber spätestens die Geige ist so speziell, dass die Auswahl der Tatwerkzeuge nicht zufällig sein kann.«

»Wo siehst du einen Zusammenhang zwischen einer Geige und einem Goldschmiedehammer?«

»Es gibt keinen offensichtlichen«, musste Weiler enttäuscht feststellen.

»Vielleicht suchen wir einen Goldschmied, der in seiner Freizeit Geige spielt.«

»Du vergisst, dass wir eine Frau suchen!«

»Es gibt vielleicht einen Komplizen, der diesen Beruf ausüben und dieses Instrument spielen könnte. Gehen wir aber davon aus, dass die Frau im Mittelpunkt steht, engt das den Personenkreis stark ein. Nicht sehr viele Frauen sind als Goldschmiedin tätig. Auch Geigenspielerinnen, die hier in dieser Gegend leben, gibt es nicht viele. Ich denke, dass Frauen, die beide Eigenschaften vereinen, an einer Hand abzuzählen sind.«

»Wer sagt denn, dass sie diese Tätigkeiten auch ausübt? Sie muss lediglich Zugang zu den Mordinstrumenten gehabt haben. Dieser

Umstand vergrößert die Zahl der in Frage kommenden Personen, also Frauen meine ich, erheblich. Zudem dürfen wir die Möglichkeit nicht außer Acht lassen, dass mit diesen ausgesuchten Werkzeugen absichtlich eine falsche Fährte gelegt wurde«, gab Weiler zu bedenken.

»Du hast recht. Das sind alles nur Vermutungen, und eigentlich wissen wir noch immer nichts über die Täterin. Aber ein Versuch wäre es doch wert, nicht? Wir treten mit einer Suchanfrage an die Öffentlichkeit!«

Die Idee tönte Erfolg versprechend. Im allerbesten Fall würde die verantwortliche Person schneller als angenommen gefasst sein. Manchmal fragte sich Weiler, woher seine Kollegin diese schier unendliche Energie und diesen unbekümmerten Optimismus nahm. Er sah momentan jede Menge Ungereimtheiten und Fragezeichen. *Vielleicht bremsen mich mein ständiges Hinterfragen und meine Gründlichkeit. Sollte ich auch etwas mehr ins Blaue hinaus ermitteln? Gut möglich, dass Iris mit ihrer Methode schneller an brauchbare Ergebnisse kommt. Trotzdem, ich bin einfach gerne gründlich. Aber vielleicht macht uns gerade dieser Gegensatz zu einem erfolgreichen Team.*

Weiler und Vock schauten sich lächelnd in die Augen. Dann verließen sie das Lokal. Sie verbrachten die Nacht gemeinsam in Vocks Wohnung.

Kapitel 32: Samstag

Als Weiler und Vock an diesem frühen Nachmittag im Büro erschienen, erwartete sie Oswald bereits. Der Chef der Sonderkommission wirkte sehr aufgebracht.

»Wir müssen sofort losfahren! Kommt mit!«

»Wo fahren wir hin?«, wollte Vock wissen, die noch immer den Kaffee in der Hand hielt, den sie sich kurz zuvor in einem kleinen Shop gekauft hatte.

»Steigen wir zunächst in mein Auto. Ich erkläre euch später alles. Wir haben eine kurze Fahrt vor uns. Hoffentlich hält sich der Verkehr in Grenzen.«

Während sich die drei auf den Weg machten, passierten die Besucher bereits in Scharen den Eingang zum Rummelplatz. An diesem Samstag war der Ansturm besonders groß. Einerseits lockte das sonnige Wetter und die warmen Temperaturen den einen oder anderen Besucher mehr an. Andererseits fanden sich an Wochenenden zwangsläufig mehr Personen als unter der Woche an der Freiburger Kirmes auf dem Messegelände ein. Dies machte die anstehende Aufgabe keinesfalls einfacher.

In Oswalds Privatwagen ging es in rasanter Fahrt durch die Innenstadt. Der Freiburger Kripochef wollte keine Sekunde verschwenden. Noch vom Auto aus wies er alle verfügbaren Männer an, sich unverzüglich Richtung Messegelände aufzumachen.

Nachdem sie ihren Wagen auf einem Parkplatz abgestellt hatten, rannten sie dem Eingang entgegen.

»Wir müssen das Messegelände großräumig abriegeln. Niemand darf das Kirmesgelände verlassen. Ebenfalls sollen keine weiteren Personen dieses betreten«, forderte Oswald.

»Das ist nur schwer umsetzbar. Es gibt ja keinen stichhaltigen Grund, die Besucher nicht mehr hineinzulassen, oder doch?«, fragte Vock.

Diese wollte endlich wissen, warum sie Minuten zuvor in hohem Tempo durch die Stadt gerast waren und nun vor dem Messegebäude standen.

»Dieses Schreiben fanden wir heute in unserem Postfach. Was hältst du davon?«

Oswald, der Weiler inzwischen auch duzte, zeigte diesem die Karte, die in schlichtem Weiß daherkam und neben einem kurzen Text und zwei Bildern auch ein brisantes Logo enthielt. Dass die Botschaft an sie gerichtet war, erkannte Weiler sofort.

»Da siehst du das Symbol des Hydra-Syndikats.« Weiler zeigte auf das Schlangensymbol in der rechten oberen Ecke des Papiers.

»Aber was soll dieser Spruch bedeuten?«

Weiler las die Zeilen nochmals durch, wusste aber auf Anhieb keine Antwort auf Oswalds berechtigte Frage. Dann steckte er die doch sehr sonderbare Karte in seine Jeanstasche. Sie hatten im Moment andere Probleme.

Schließlich wies er Vock an, jemanden vom Messepersonal aufzusuchen, der ihnen unterstützend zur Seite stehen konnte.

»Vielleicht handelt es sich um ein Ablenkungsmanöver oder die Sache ist ein schlechter Scherz.« Oswald versuchte, etwas Licht ins Dunkel zu bringen.

»Beides ist denkbar. Es wäre allerdings das erste Mal, dass uns die Kriminellen einen Hinweis auf den Tatort geben. Warum sollten sie dies tun? Das macht doch keinen Sinn. Wir müssen die Sache trotzdem ernst nehmen. Sollte hier auf dem Gelände etwas passieren, würde das ein denkbar schlechtes Licht auf uns werfen, da man behaupten wird, dass wir informiert waren. Auf eine totale Absperrung des Areals sollten wir verzichten. Es gilt nämlich, eine Massenpanik zu verhindern.«

Weiler pflichtete Oswald bei. Derweil fanden sich immer mehr in zivil gekleidete Polizeibeamte ein.

»Wir werden wie folgt vorgehen: Ein Großteil von euch wird auf dem Gelände sein und Augen und Ohren offen halten. Ich will, dass ihr alle verdächtigen Personen befragt und deren Personalien aufnehmt. Geht aber möglichst unauffällig vor. Alle anderen werden hier im Eingangsbereich bleiben und ebenfalls jene Besucher kontrollieren, die verdächtig wirken. Achtet euch vor allem auf Personen, die auffällige Gegenstände mittragen. Es lohnt sich, bei manchen genauer in die Taschen oder Rucksäcke zu schauen«, erklärte Oswald.

Inzwischen war auch Vock wieder zurückgekehrt. Im Schlepptau hatte sie einen jüngeren, muskulösen Mann. Mit seiner Igelfrisur wirkte er männlich und smart.

»Darf ich euch Till Luginger vorstellen? Er ist vom Sicherheitsdienst der Messe Freiburg. Er hilft uns gerne weiter.«

»Darf ich fragen, was Sie genau machen?«, fragte Oswald zögerlich.

»Mein Aufgabengebiet ist sehr vielfältig. So stehe ich Gästen zur Verfügung, wenn sie Fragen oder Probleme haben. Weiter bin ich für die Sicherheitskontrollen auf dem Gelände mitverantwortlich.«

»Dann kennen Sie das Messegelände in- und auswendig?«, wollte Weiler wissen.

»Das kann man so sagen.«

Oswald wollte von Luginger wissen, wie denn die Sicherheitskontrollen genau ablaufen würden. Dieser antwortete, dass man die Besucher beim Betreten des Areals kanalisieren würde, um stichprobenartige Kontrollen durchführen zu können. Man könne unmöglich jeden Besucher überprüfen. Durch ihre Präsenz könne man für etwas mehr Sicherheit sorgen, mutmaßte Luginger und fügte an, dass seit den Anschlägen auf den Weihnachtsmarkt in Berlin oder in Straßburg die Kontrollen strenger geworden seien.

»Natürlich kann man mit solchen Kontrollen einen Amoklauf nicht wirklich verhindern«, gab Luginger offen zu.

Danach breitete er eine Karte des Messegeländes auf dem Boden aus.

»Es gibt insgesamt 27 Fahrgeschäfte. Sie liegen alle in diesem Bereich.« Er deutete mit einem Kugelschreiber auf einen Kartenausschnitt. »Ein besonderes Erlebnis ist der Breakdancer.«

»Breakdancer?« Oswald wirkte ratlos.

»Das ist eine Attraktion, bei der die Besucher wild durch die Lüfte gewirbelt werden. Ich durfte letztes Jahr den Breakdancer testen. Ich kann euch sagen, da steigt der Puls in den Himmel. Da wird ordentlich Adrenalin ausgeschüttet«, sagte ein junger Polizist, der die Diskussion etwas abseits mitverfolgt hatte.

Luginger erklärte den Kriminalbeamten, dass die Freiburger Kirmes in der Regel im Frühjahr und Mitte Oktober stattfand. In diesem Jahr entschieden die Veranstalter, erstmals eine Sommer-Kirmes durchzuführen. Man wollte schauen, ob der Besucherandrang in den warmen Monaten ähnlich groß war.

»Können wir unsere Arbeit aufnehmen?«, wollte eine Polizistin wissen.

»Ihr könnt gehen! Wir bleiben in Kontakt!«

Ein Großteil der Beamten passierte den Eingangsbereich und verteilte sich danach in alle Richtungen. Vock blieb mit Oswald, Weiler, Luginger und einigen weiteren am Eingang zurück.

»Müssen wir uns Sorgen machen?«, wollte Luginger wissen.

»Wollen Sie die Wahrheit hören?« Oswald reagierte mit einer Gegenfrage.

Luginger schwieg. Er wusste, was Oswalds Antwort zu bedeuten hatte.

Kapitel 33

Vor vielen Jahren hast du mir versprochen, dass du dich um mich kümmern und mich wie deine Tochter beschützen wirst. Kurze Zeit später, ich spürte gerade wieder diese zerreißende innere Unruhe, habe ich heimlich in einem deiner Etablissements gearbeitet. Nicht lange, höchstens zwei Wochen. Aber glaube mir, das waren zwei sehr unschöne Wochen. Glücklicherweise hast du bald Wind von der Sache gekriegt und mich nach einem bösen Streit vor die Tür gesetzt. Ich habe dich noch nie so wütend gesehen, und ich schäme mich heute noch dafür, dass ich dich hintergangen habe. Du wolltest immer nur das Beste für mich, und ich habe dich belogen. Bis heute habe ich dir verschwiegen, was mir in diesen Tagen widerfahren ist. Nur eine einzige Person weiß davon. Du wärst rasend geworden vor Wut, du hättest den Mann bedroht, und wahrscheinlich wäre es nicht bei einer Drohung geblieben. Vor allem aber hättest du wohl jegliche Achtung vor mir verloren. Nun habe ich davor keine Angst mehr. Besser als jetzt kann ich dir nicht beweisen, was du mir bedeutest.

Jedenfalls hatte ich damals eine traumatische Begegnung mit einem jungen Mann. Er schien ganz nett. Ich hatte anfangs sogar

Mitleid mit ihm. So unförmig und unattraktiv wie er war, konnte er ja nirgendwo anders eine Frau abkriegen. Ich dagegen war blutjung und schön und habe mich ihm überlegen gefühlt, schließlich bezahlte er mich dafür. Vielleicht behandelte ich ihn herablassend, vielleicht war meine Verachtung für ihn sonst irgendwie spürbar. Plötzlich rastete er aus. Es begann mit einem Schlag ins Gesicht. Wie es endete, erzähle ich dir lieber nicht. Ich musste danach für ein paar Tage untertauchen, vortäuschen, dass ich bei einer Freundin in einer anderen Stadt bin. Wenn du mich so gesehen hättest…

Als ich wieder einigermaßen auf den Beinen war, schwor ich mir, dass mir so etwas nie wieder passieren wird. Dass ich nie wieder wehrlos sein werde. Dass ich mir keinerlei Übergriffe mehr gefallen lassen würde. Ich war derart wütend, dass ich erstmals Mordlust verspürte. In meiner Rage wurde mir klar, dass nicht jedes Leben schützenswert ist. Man kann sein Recht auch verwirken, und mit solchen Menschen kenne ich kein Erbarmen. Ich begann Kampfsport zu betreiben. Nicht der jugendliche Ehrgeiz, nicht das Streben nach einem trainierten Körper trieben mich an, anfänglich war es nur die reine Rachelust.

Allmählich merkte ich, dass mir dieser aggressive Sport auch hilft, mich besser zu spüren, die innere Unruhe zu dämpfen. Ich habe beim Kämpfen gelernt, mich zu beherrschen, meine Emotionen zu zügeln, sie zu kontrollieren. In einem Kampf, auch wenn er nur Trainingszwecken dient, ist meine volle Konzentration gefordert. Ich kann mir dann keine Zerstreuung erlauben. Ich muss mich vollkommen unter Kontrolle haben.

Meinen Freund musste ich nicht davon überzeugen, dass dieses für mich traumatische Erlebnis Motiv genug für einen Mord ist. Und ich denke, du wirst das genauso sehen. Aber nein, ich werde ihn nicht mit bloßen Händen töten. Das passt nicht ins Schema, und auf dieses bin ich wirklich stolz. Außerdem ist unsere Serie noch lange nicht zu Ende, und ich will nirgendwo Spuren hinterlassen. Wir haben uns etwas viel Perfideres überlegt.

Kapitel 34: Samstag

Emilia wusste, wie sie ihr Äußeres verändern konnte, so dass sie nicht mehr erkannt wurde und eine Identifizierung später nicht mehr möglich sein würde. Sie beherrschte es perfekt, in eine andere Rolle zu schlüpfen.

Zusammen mit ihrem Partner hatte sie sich eine ganz spezielle Kleidung für diesen Tag ausgesucht. Noch war diese in ihrem Rucksack verstaut, den sie zuvor unbemerkt an den Sicherheitskontrollen vorbeigeschleust hatten. Die Verkleidung war wichtig. Schließlich standen an diesem Tag die nächsten Aktionen im mörderischen Puzzle an. Spätestens heute sollten die Polizisten erfahren, nach welchem Schema die Opfer beseitigt werden. Sie wollten damit ihren Gegnern eine Chance geben. So gab es das tödliche «Spiel» vor.

Wir wollen mit ihnen spielen, sie unsere Überlegenheit spüren lassen. Nur so kann das große Ziel erreicht werden.

Dies war Emilia klar.

Die beiden saßen auf einer kleinen Mauer nahe der Autoscooter, auf denen sich auch viele Erwachsene vergnügten. Dahinter lag die Pegasus, ein Überkopf-Hochfahrgeschäft, das an keiner Kirmes fehlen durfte.

Emilia erinnerte sich an den letzten Ausflug mit ihrem Freund. Es war erst einige Wochen her, als sie sich anlässlich der Frühjahrs-Kirmes ebenfalls hier eingefunden hatten. Ihr Freund musste sich damals unbedingt in einen Autoscooter setzen und sich dann in seinem Gefährt gegen jugendliche Angriffe verteidigen. An diesem Abend reifte die Idee, diesen Ort in ihr «Spiel» einzubinden.

Nicht weit entfernt befand sich der Eingang zum Geisterhaus, aus dem unheimliches Gelächter nach außen drang. Wie konnte man freiwillig solche Orte aufsuchen, fragte sich Emilia immer wieder. Als kleines Kind war sie einmal in einem Vergnügungspark zu einem Besuch in einer Geisterbahn verdonnert worden. Die schreckliche Fahrt und die Albträume in den folgenden Nächten hatte sie lange nicht vergessen. In ihrer Jugend hielt sie sich von solchen Fahrgeschäften entsprechend lieber fern. Heute war dies anders. Einer mehrfachen Mörderin konnte ein Geisterhaus keinen Schrecken mehr einjagen.

Emilia beobachtete ein kleines Mädchen, das sich fest an seine Mutter geschmiegt hatte. Anscheinend hatte die Tochter Angst vor allem Gruseligen, das sie gleich erwartete. Schließlich nahmen beide, nachdem die Mutter dem Kind längere Zeit zugeredet hatte, die Fahrt durch die Geisterbahn in Angriff. Für einen kurzen Moment hatte Emilia mit dem Mädchen sogar etwas Mitleid.

Sentimentalitäten waren in diesem Augenblick aber fehl am Platz. Sie durften sich nicht von ihren Gefühlen leiten lassen. Sie mussten ihre volle Aufmerksamkeit auf die anstehenden Aufgaben lenken.

Die Kirmes-Eindrücke überwältigten Emilias Partner dennoch jedes Mal wieder aufs Neue. Nicht nur, was er zu sehen bekam, sondern auch die Geräuschkulisse und die Gerüche von diversen Messespezialitäten waren etwas Spezielles. Es duftete nach gebrannten Mandeln, orientalischen Gewürzen, Magenbrot, Zuckerwatte und Lebkuchen. Hätten sie nicht ihren Plan umsetzen müssen, wäre er gemütlich über das Messegelände geschlendert und hätte es sich gut gehen lassen.

Der Blick auf die Uhr verriet Emilia, dass sie nicht mehr lange Zeit hatten. Um halb drei hatten sie sich mit dem Klienten an einem ganz bestimmten Ort verabredet. Emilia wusste, dass es zwei weitere Mordopfer geben würde, sollte an diesem denkwürdigen Tag alles nach Plan verlaufen.

Der Zufall wollte es, dass genau in diesem Moment Oswald und seine Begleiter hastig an ihnen vorbeieilten. Folglich ging Emilia davon aus, dass die Polizei ihre Einladung erhalten hatte. Ob die Kriminalbeamten aber das entsprechende Rätsel gelöst hatten, wusste sie nicht mit Sicherheit.

Als sie die Gruppe der Polizisten aus den Augen verloren hatten, erhoben sich die beiden von der Steinmauer. Sie gingen am Kettenkarussell vorbei und begaben sich Richtung Spiegellabyrinth.

Bei einer Toilettenanlage hielten sie. Unbemerkt betraten sie diese, und sie zogen sich darin um. Auf den T-Shirts, die sie nun trugen, war die Aufschrift «Messe Freiburg – Technischer Dienst» zu lesen. Auch die Namensschilder mit dem Messe-Logo wirkten täuschend echt. Das Werkzeug, das sie gleich einsetzen wollten, führte Emilias Begleiter ebenfalls im Rucksack mit sich. Die beiden würden sicherlich nicht als falsche Angestellte der Messe erkannt werden. Da waren sie sich sicher.

Kapitel 35: Samstag

Am Eingang zum Riesenrad blieb das Quartett stehen.
»Gibt es eine Möglichkeit, dass wir nicht so lange hier warten müssen? Die Warteschlange ist relativ lang.« Luginger nickte Oswald zu. Dann begab er sich zum Kassenhaus, in dem eine junge Frau Tickets verkaufte. Nach einem kurzen Gespräch deutete er Oswald, Weiler und Vock an, sich zu ihm zu begeben.
»Ich denke, dass es Sinn macht, wenn zwei Personen in den kommenden Stunden vom Riesenrad aus versuchen, sich einen Überblick zu verschaffen. Ich habe der Frau gesagt, dass sie euch einen Freifahrschein ausstellen soll. Wir werden über unsere Funkgeräte miteinander in Verbindung sein. Von da oben hat man einen guten Überblick über das Messegelände.«
Vock blickte nach oben.
»Ich hoffe, du bist schwindelfrei.«
Vock bejahte Oswalds Frage. Dann schlug er vor, dass sich Weiler und Vock der Aufgabe auf dem Riesenrad widmen sollten. Nach ein paar weiteren Anweisungen saßen die beiden bereits in der Kabine, die sich langsam in Bewegung setzte. Schon bald hatten sie einige Meter an Höhe gewonnen.
»So stelle ich mir den Tag nach einer gemeinsamen Nacht vor. Eine romantische Fahrt auf dem Riesenrad. Wie toll! Vielleicht gewinnst du für mich noch ein Plüschtier an der Schießbude?«

»Wir sind nicht hier, um romantische Stunden zu verbringen. Wir haben einen Auftrag.« Weiler galt als sehr verlässlich und äußerst pflichtbewusst. Ohnehin wusste er, dass Vock ihn mit ihrer letzten Bemerkung hochnehmen wollte.

»Denkst du, dass sich die Täter hier befinden? Es wäre schon relativ naiv, wenn man der Polizei mitteilt, wo man einen Mord verübt.«

»Zumindest zeugt es von großer Selbstsicherheit, sollte das Schreiben echt sein.«

»Was genau stand darin?«, fragte Vock interessiert.

Weiler zog das zusammengefaltete Papier aus seiner Jeanstasche. Irritiert blickte die Polizistin ihr Gegenüber an. Sie hatte nicht damit gerechnet, dass Weiler das Schreiben bei sich hatte.

Die weiße Karte im Format DIN-A5 zeigte auf der Vorderseite zwei Gebilde aus dem Weltraum. Darunter stand eine computergeschriebene Botschaft.

An der Freiburger Kirmes wird ihr Glanz vergehen,
und ihr Licht wird die strahlende Kraft für immer verlieren.

»Was soll das bedeuten?«

»Das ist eine Prophezeiung«, antwortete Weiler lapidar.

»Was du auch sagst. Aber was ist damit gemeint?«

»Wenn wir dies wüssten, wären wir einen großen Schritt weiter.«

»Welche Himmelskörper zeigen die beiden Bilder?«, wollte Vock wissen.

Die beiden betrachteten sie näher. Ihnen war klar, dass das eine Bild einen Planeten zeigte. Ob dieser aus dem Sonnensystem stammte, wussten sie nicht. Auf dem anderen waren verschiedene Sterne zu sehen. Das entsprechende Sternbild kam ihnen irgendwie bekannt vor. Vock wollte von Weiler wissen, wie gut er sich mit Himmelskörpern auskannte.

»Eine Klausur darüber möchte ich nicht schreiben. Das gäbe kein gutes Ergebnis.«

»Da haben wir etwas gemeinsam. Astronomie ist so gar nicht mein

Ding. Auch Astrologie nicht. Vielleicht müssen wir uns kurz im Internet etwas schlau machen.« Vock nahm ihr Handy aus der Hosentasche.

Minuten später glaubten sie zu wissen, welche beiden Himmelskörper zu sehen waren.

Bei der blauen Kugel handelte es sich wohl um Neptun, den nach neuer Definition letzten Planeten im Sonnensystem.

Etwas länger brauchten die beiden, um dem Sternbild auf die Spur zu kommen, auch wenn sie dieses bereits mehrfach gesehen hatten. Letztlich stand dann doch mit großer Sicherheit fest, dass es sich beim besagten Himmelsgebilde um Orion handeln musste.

Ob Neptun und Orion aus astronomischer Sicht etwas gemeinsam hatten, wussten Weiler und Vock nicht.

»Um das herauszufinden, brauchen wir einen Astronomen oder zumindest eine Person, die sich mit unserem Himmel und dem Universum auskennt«, stellte Vock fest.

Die Kabine hatte inzwischen zum dritten Mal den höchsten Punkt erreicht. Weiler und Vock blickten über die Stadt. Nur wenige Kilometer entfernt konnten sie den Münsterturm sehen. Auch den 60 Meter hohen Bahnhofsturm und den Westarkaden Tower konnte man in südlicher Richtung erkennen.

Zu diesem Zeitpunkt saß Schröder alleine in dem Keller. Die Bilder der Tatorte konnte er nicht mehr vergessen. Er sah sie eindeutig vor sich. So sehr er sich aber auch anstrengte: Er konnte das Puzzle nicht zusammensetzen. Einerseits gab es eine Verbindung zwischen allen drei Opfern. Sie stammten aus der gleichen Familie. Was die Sache aber mit ihm zu tun hatte, konnte er nicht verstehen. Schröder kannte die Benhagels nicht. Außerdem glichen sich die Morde in keiner Weise. Schröder fragte sich, ob es nicht möglich gewesen wäre, alle Benhagels auf einen Schlag zu eliminieren.

Er erinnerte sich daran, dass Emilia von einem mörderischen Puzzle gesprochen hatte und dass auch er eine Rolle bei dem Spiel einnehmen sollte. Diese Rolle galt es, herauszufinden. Letztlich war da noch die Frage, ob er Hunde mochte. Sie stand in keinem Verhältnis zu den Sachen, die zuvor diskutiert worden waren. Also nahm er an, dass die Bemerkung von großer Wichtigkeit war.

Eine letzte Frage erschien ihm wesentlich. Wo wurde er gefangen gehalten? Über ihm hing eine alte Öllampe, die den Raum nur matt erleuchtete. In den Ecken des Raums hingen überall Spinnweben. Ein privater Keller war es mit Sicherheit nicht. Dafür war die Grundfläche zu groß. Vielleicht saß er im Untergeschoss eines ehemaligen, stillgelegten Fabrikgebäudes. Angesichts der Tatsache, dass man nichts hörte, sich also niemand in der Nähe aufhielt, war dies durchaus möglich.

Kapitel 36: Samstag

Die Polizisten rannten mit großen Schritten durch die Menschenmassen. Dabei wurde auch einem jungen Mann seine Crêpe aus der Hand geschlagen, so dass diese auf den Boden fiel. Die Polizeibeamten ignorierten das laute Fluchen des Mannes ebenso wie die Drohgebärden mit den Händen.

Schließlich entdeckten sie den in zivil gekleideten Beamten, der ihnen mit beiden Armen zuwinkte. Er deutete auf einen Mann mit einer Mütze und einer Sonnenbrille. Auch bei rund 30 Grad trugen einige heutzutage winterliche Kopfbedeckungen.

Es war die Verbindung des auffälligen Rucksacks mit der Mütze, die den Polizisten hatte aufmerksam werden lassen. Aus dem Hintergrund hatte er den etwa 25-jährigen Mann beobachtet. Die verdächtige Person wirkte nicht sonderlich groß, eher hager und hatte ein blasses Gesicht.

Als er sich vom Beamten beobachtet fühlte, versuchte er, sich von diesem zu distanzieren. Spätestens ab diesem Zeitpunkt war dem Polizisten klar, dass er den Verdächtigen kontrollieren musste. Heimlich war er ihm gefolgt, während er Oswald und seine Leute informierte.

Sie beschlossen, sich dem Unbekannten von verschiedenen Seiten zu nähern. Wenig später standen sie vor dem Mann und baten ihn, Mütze und Sonnenbrille abzulegen.

»Ich möchte wissen, wie Sie heißen. Zeigen Sie mir bitte Ihren Personalausweis und öffnen Sie dann Ihren Rucksack.«

In diesem Moment warf er seinen Rucksack einige Meter zur Seite und nutzte seine Chance. Schnell hatte er sich einige Meter Vorsprung verschafft. Vorbei am Dönerstand wandte er sich Richtung Wellenflug. Soeben wollte er hinter den Stand mit den handgeschnitzten Schwarzwälder Kuckucksuhren verschwinden, da geschah es.

Fynn Neumann lag auf dem Boden und wand sich vor Schmerzen. Der Beamte, der urplötzlich hinter dem Stand erschienen war, hatte sich auf Neumann gestürzt und diesen zu Boden gedrückt. Dabei schlug dieser so unglücklich auf dem Beton auf, dass er sich das linke Handgelenk brach.

Wenige Momente später traf auch Oswald mit dem Rucksack ein. Der passionierte Velofahrer hatte sich bei der Verfolgung ganz auf seine Kollegen verlassen. Ohnehin verspürte er zuletzt immer wieder Schmerzen im linken Knie, so dass er nicht böse war, nicht als Erster dem Verdächtigen nachstürmen zu müssen.

Während sich Neumann langsam aufraffte, öffnete Oswald den Rucksack. Was er darin entdeckte, überraschte ihn. Sofort bat er einen Kollegen, Neumann mit aufs Revier zu nehmen. Er wusste, dass man dem Gefassten ein paar wichtige Fragen stellen musste.

Auf dem Riesenrad hatten Weiler und Vock die Verfolgungsjagd aus luftiger Höhe mitverfolgen können.

Weiler beschloss, eine Kollegin anzurufen. In seiner Kindheit war Meike Pohlmann eine gute Freundin von ihm gewesen. Tür an Tür waren sie aufgewachsen, auch hatten sie die gleiche Schule besucht.

Weiler erinnerte sich an Abende, an denen Meike und er den Sternenhimmel anschauten und sie ihm die verschiedenen Sternbilder zu erklären versuchte. Romantisch waren diese Abende nicht, zu sehr interessierte sich Pohlmann für den Sternenhimmel.

Erst kürzlich hatte er sie beim Einkaufen in Stuttgarts Innenstadt zufällig wieder getroffen. Sie sprachen kurz miteinander und tauschten auch die Handynummern aus. Ob sich Pohlmann immer noch für Astronomie interessierte? Weiler war fest entschlossen, es herauszufinden. Er wählte die Nummer und hatte Erfolg. Nicht nur hatte er Pohlmann erreicht, sondern sie hatte auch Zeit, ihm seine vielen Fragen zu beantworten.

Während er mit ihr sprach, wiederholte er immer wieder ihre Aussagen, so dass Vock das Wichtigste auf einem Notizblock festhalten konnte.

Weiler war klar: Pohlmann hatte sich nicht geändert. Astronomie war ihr Ein und Alles.

Kapitel 37: Samstag

Norbert Linden saß im Zimmer 219 neben dem Bett und beobachtete die aus ihrem Delirium erwachende Hilde Benhagel. Die Ärzte hatten einige Stunden zuvor, auch auf Wunsch der ermittelnden Beamten, die starken Beruhigungsmittel abgesetzt.

»Wo bin ich?«

Linden kannte diese Frage. Viele Patienten, denen Benzodiazepine verabreicht worden waren, brauchten einen Moment, um zu realisieren, wo sie sich befanden.

»Ich bin im Krankenhaus, nicht wahr?«

»Stimmt. Wissen Sie auch, warum Sie hier sind?«

Hilde Benhagel dämmerte es vage. Nur langsam realisierte sie, was alles passiert war. Sie sah die Bilder ihrer toten Kinder und ihres Mannes vor ihrem geistigen Auge.

»Dann war das alles kein Traum. Mein Mann und meine Kinder sind tot.«

Sie schloss die Augen.

»Ich heiße übrigens Norbert Linden. Ich bin Psychologe an der Uniklinik Freiburg. Möchten Sie ein wenig mit mir reden?«

»Ich bin sehr müde.«

»Das weiß ich, Frau Benhagel. Aber es wäre gut, wenn wir etwas miteinander sprechen könnten. Es ist wichtig, dass Sie den Ermittlern bald Auskunft geben können. Die haben ein paar dringende Fragen an Sie.«

Eine Krankenschwester betrat den Raum und brachte frisches Wasser.

»Wir möchten gerne wissen, warum Ihre Familie so leiden muss.«

»Ich habe keine Ahnung.« Wieder schloss die Patientin ihre Augen.

»Ich lasse Sie gleich wieder etwas schlafen. Dennoch muss ich Ihnen ein paar wichtige Fragen stellen. Mir ist nicht ganz klar, warum Sie zusammen mit Ihrem Mann im Konzerthaus waren. Ihnen wurde gesagt, dass Sie sich zu Hause einschließen sollten, solange noch kein Personenschutz da ist.«

»Sie können das nicht verstehen.«

»Dann erklären Sie es mir.«

Hilde schluchzte. Dann liefen ihr ein paar Tränen über die Wangen.

»Musik ist meine Passion. Sie hatte eine Zeit lang einen großen Stellenwert in meinem Leben.«

Gebannt hörte Linden zu. Er unterließ es, nachzufragen, um sie nicht zu unterbrechen.

»Von Kindsbeinen an war ich sehr musikalisch. In der Schule besuchte ich den Chor, und auch später blieb die Musik ein ständiger Begleiter. Nicht nur, dass ich gut singen konnte, nein, ich war eine überaus begabte Pianistin. Ich träumte von einer Karriere und auch davon, dass mir die Musik ermöglicht, von zu Hause wegzukommen. Sie sollte mir Zugang zur großen, weiten Welt gewähren. Ich machte nie einen Hehl daraus, dass es mein Traum war, eines Tages mit der Musik Geld zu verdienen.«

»Das hat nicht geklappt?«, wollte Linden wissen, obwohl er die Antwort auf seine Frage bereits ahnte.

»Ich sollte meine Chance bekommen. Eines Tages, ich war damals Anfang vierzig, rief mich ein Mann an, der mir eine große Karriere prophezeite. Er hatte mich in einem Chor spielen gehört, dem ich mich bereits mit achtzehn Jahren als Pianistin angeschlossen hatte. Er war begeistert und lud mich zum Vorspielen ein. Lange hatte ich mein Spiel perfektioniert. Als der Anruf kam, fühlte ich mich zum ersten Mal richtig bereit, allen zu zeigen, was ich kann. Dieses Ereignis sorgte im Chor für große Aufregung. Schließlich gab es unter den Sängerinnen die eine oder andere, die darauf hoffte, endlich entdeckt zu werden und groß raus zu kommen. Und so kam es, dass bereits am nächsten Tag das halbe Dorf Bescheid wusste. Natürlich wurde ich von allen belächelt. Ein Landei wie ich könne doch nicht Berufsmusikerin werden, hieß es immer wieder. Und dann noch in dem Alter. Mit zwei kleinen Kindern. Ich wurde überall verspottet.«

»Wie verlief das Vorspielen?«

Hilde musste sich kurz sammeln, ehe sie dem Psychologen antworten konnte.

»Es kam nicht dazu. Ein paar Wochen vor dem wichtigsten Termin in meinem Leben hatte ich erfahren, dass ich wieder schwanger war. Für mich brach eine Welt zusammen. Ich wollte doch diese einmalige Chance nutzen.«

Es folgte eine kurze Pause, ehe Hilde fortfuhr.

»Jetzt verstehen Sie auch, warum wir das Konzert besucht haben. Wir hatten die Konzertkarten schon lange vorher gekauft.«

»Welche Beziehung hatte Ihr Mann zur Musik?«

»Klaus wollte mich eigentlich unterstützen. Aber er hatte berechtigterweise Bedenken. Schließlich hatten wir zwei kleine Kinder, um die sich jemand kümmern musste. Er musste arbeiten, damit wir ein regelmäßiges Einkommen hatten. Meine Karriere wäre nicht mit unserer Familiensituation vereinbar gewesen.«

»Tut mir sehr leid. Sprechen wir noch kurz über die Taten. Gibt es Gründe, warum ausgerechnet Ihre Familie so angegriffen wurde?«

Hilde Benhagel dachte kurz nach, ehe sie eine Gegenfrage stellte.

»Sie wissen bereits so viel über unsere Familie, mehr als die meisten anderen Menschen. Gerne würde ich Ihnen mehr von unserer Familie erzählen, aber ich traue mich nicht.«

»Ich stehe unter Schweigepflicht.«

Hilde Benhagel erzählte ein lange gehütetes Geheimnis. Linden hörte gebannt zu.

»Das ist eine unglaubliche Geschichte. Das dürfen Sie nicht für sich behalten, sonst behindern Sie die Ermittlungen. Ich bin mir sicher, dass die Kripobeamten genau solche Informationen dringend brauchen.«

»Nein! Dieses Geheimnis werde ich niemals preisgeben!«

Kapitel 38: Samstag

Oswald, Weiler und Vock saßen zusammen in einem speziellen Kastenwagen der Polizei. Dieser diente als mobile Einsatzzentrale und war mit allem ausgerüstet, was für die Polizeiarbeit notwendig war. Oswald bezeichnete das Fahrzeug immer wieder als sein persönliches Wohnzimmer.

An einem kleinen Tisch besprachen die drei nun das weitere Vorgehen. Zunächst berichtete Oswald, was man in Neumanns Rucksack entdeckt hatte.

Darin fand sich eine größere Menge an Cannabis. Neumann hatte gehofft, der Polizei zu entkommen. Während er abgeführt wurde, betonte er immer wieder, dass die deutsche Drogenpolitik gescheitert sei und man sich ein Beispiel an Kanada nehmen müsse, das im Jahr 2018 den Konsum des Rauschmittels legalisiert habe.

»Ein Kollege wird Neumann auf dem Präsidium gleich befragen. Für uns ist die Sache nicht von Bedeutung. Wir müssen uns weiter mit dieser Botschaft herumschlagen.«

Weiler legte das Schreiben auf den Tisch.

An der Freiburger Kirmes wird ihr Glanz vergehen,
und ihr Licht wird die strahlende Kraft für immer verlieren.

»Vergesst diese Botschaft! Das ist ein dummer Jungenstreich!« Oswald war inzwischen zur Erkenntnis gelangt, dass sie der Sache keine Bedeutung zumessen sollten.

»Wahrscheinlich sind die Mörder nun irgendwo anders, vielleicht auf einer anderen Kirmes oder im Europa-Park und lachen sich ins Fäustchen, weil ihr Ablenkungsmanöver funktioniert hat. Wir sollten unsere Leute von hier abziehen.« Für den Chef der Sonderkommission war klar, dass sie das Messegelände gleich wieder verlassen würden.

»Die Sicherheit der Besucher geht über alles. Wir müssen das Schreiben ernst nehmen.« Weiler war nicht bereit, die Sache ad acta zu legen.

»Dann sag mir, was wir noch machen können.«

Der LKA-Beamte erzählte Oswald vom Telefonat mit Meike Pohlmann. Mithilfe der Notizen, die Vock angefertigt hatte, konnte Weiler die wesentlichen Punkte zusammenfassen.

Neptun war der achte Planet im Sonnensystem und hatte eine dichte Atmosphäre, die Wasserstoff, Helium und Methan beinhaltete. Obschon als blauer Planet bezeichnet, sah dieser durch das Fernrohr grünlich aus. Er hatte eine Temperatur von minus 200 Grad und wurde von dreizehn Monden begleitet.

»Das war das Wichtigste?«, wollte Oswald wissen.

»Nein, es geht ja darum, dass wir den Zusammenhang zwischen Neptun, Orion und diesem verwirrenden Satz aufklären«, sagte Vock.

»Dann sag uns nun, was ihr zu Orion erfahren habt und wie ihr das Ganze bewertet.«

»Das Sternbild Orion kann der Betrachter sowohl auf der Nord- als auch auf der Südhalbkugel sehen und ist sehr einfach am Himmel zu erkennen. Es gehört zu den bekanntesten und schönsten Wintersternbildern. Zum Jahresende erreicht Orion im Süden seinen höchsten Punkt. Der hellste Stern von Orion ist der bläulich schimmernde Rigel. Mit einem Fernglas kann der Beobachter auch den Orionnebel, ein berühmtes Sternentstehungsgebiet, erkennen«, erklärte Weiler.

Er wollte seine Ausführungen fortsetzen, wurde aber von Oswald jäh unterbrochen.

»Ich will endlich wissen, was Neptun und Orion gemeinsam haben.« Der sonst so besonnene Oswald wirkte gereizt. Eine Eigenschaft, die man von ihm nicht gewohnt war.

»Leider nicht sehr viel.« Nun schaltete sich auch Vock in die Diskussion ein. »Neptun ist ein Planet, Orion ein Sternbild bestehend aus mehreren Sternen, wobei die meisten etwa das gleiche Alter aufweisen. Orions größter Stern Rigel hat eine bläuliche Farbe, genauso wie Neptun.«

»Eine Farbe als Gemeinsamkeit?« Oswald war ratlos.

Während sich die drei das Gehirn darüber zermarterten, standen Emilia und ihr Begleiter vor einem Fahrgeschäft. Eine Figur mit Flügelschuhen, Reisehut und Heroldstab blickte sie an. Die Figur stellte den römischen Gott Merkur dar. Im Fahrgeschäft, das sie gleich aufsuchen wollten, gab es zunächst einen ägyptischen, dann einen griechischen, schließlich einen römischen und ganz am Ende einen germanischen Raum mit Thor als wesentlichem Element.

Emilia blickte ihren Partner entschlossen an. Dann schlichen sie unbemerkt in das Innere des Fahrgeschäfts. Mit einer Taschenlampe ausgerüstet, erreichten sie in den ersten Raum.

Kapitel 39: Samstag

In Scharen strömten Medienschaffende dem Kirmeseingang entgegen, nachdem sich die Nachricht wie ein Lauffeuer verbreitet hatte. Eine unbekannte Person hatte der deutschen Presseagentur einen Hinweis übermittelt, wonach auf dem Freiburger Messegelände etwas Einmaliges bevorstünde. Warum alle großen Medien ihre Leute in den Breisgau beorderten, wussten sie wohl selber nicht. Aber einmal mehr wollte keine Zeitung und kein Fernsehsender etwas verpassen.

Was genau passieren sollte, darüber konnte nur spekuliert werden.

Ein König oder Prinz einer europäischen Monarchie würde die Kirmes besuchen, munkelten die einen. Andere sprachen gar davon, dass vielleicht der Papst Freiburg seine Ehre erweisen würde. Auf jeden Fall brodelte die Gerüchteküche. Die wildesten Spekulationen verbreiteten sich in Windeseile, auch wenn diese so unrealistisch waren wie die übermenschlichen Kräfte eines Herakles.

Die Kamerateams und die Journalisten positionierten sich gleich beim Eingang. Sie hofften, dass der große Gast noch nicht gekommen war. Dass ein Besuch einer Persönlichkeit anstand, darüber gab es wenig Zweifel.

Christian Renker von der Freiburger Polizei wandte sich schließlich an einen der Medienschaffenden.

»Was wollt ihr hier?«

»Dann stimmt es also«, sagte der Mann mit dem Notizblock. »Wenn so viele Polizeibeamte hier sind, steht also doch hoher Besuch an. Sagen Sie schon! Wer wird hier gleich aufkreuzen?«

»Hier taucht niemand auf! Und jetzt verschwindet von hier!«

Was die Polizei gar nicht brauchen konnte, waren umherschnüffelnde Journalisten. Allerdings konnten sie niemandem etwas vormachen. Angesichts des Polizeiaufgebots war klar, dass etwas Außergewöhnliches anstand. Im Gegensatz zu den meisten Einsatzkräften auf dem Gelände war die Mehrheit der Polizisten vor dem Messeareal uniformiert.

Die Kameramänner stellten ihre Aufnahmegeräte direkt vor den Eingang, der auch als Ausgang fungierte. Sie wollten möglichst Bilder ergattern, auf denen gezeigt wurde, wie die prominente Person das Kirmesgelände betrat. Immer mehr Equipment wurde hergeschafft und in Betrieb genommen.

Renker nahm das Handy zur Hand und informierte seinen Chef über den unerwünschten Besuch.

Immerhin schienen die Journalisten nicht wegen der Benhagel-Morde hier zu sein.

Kapitel 40: Samstag

Die beiden Mörder waren hinter einer Pyramide aus Styropor in Deckung gegangen. Im ersten Raum, der den ägyptischen Göttern gewidmet war, fand sich neben der imposanten Pyramide eine Puppe. Sie stellte Anubis, den Totengott des Alten Ägyptens, dar: Ein Schakal mit gespitzten Ohren und stehendem Schwanz. Im Raum fanden sich auch einige Hunde und Füchse, die an Gräbern scharrten und sich an den Toten vergingen. Anubis' Aufgabe bestand darin, die Verstorbenen ins Jenseits zu führen. Auch war er zuständig für die Einbalsamierung. So konnte man im ersten Raum eine mumifizierte Leiche erkennen. Sie stellte anscheinend den Totengott Osiris dar, dessen Mumifizierung Anubis durchgeführt haben soll. Vor Osiris' Totengericht wurden die Herzen der Verstorbenen, stellvertretend für ihren Lebenswandel, gewogen. War das Herz schwerer als die Feder der Göttin Maat, so sorgte Ammit, die Verschlingerin, für einen endgültigen Tod. Somit waren auch alle Erinnerungen an den Toten gelöscht. Bei Ammit handelte es sich um ein Wesen mit dem Rumpf eines Löwen, dem Hinterteil eines Nilpferds und dem Kopf eines Krokodils. War das Herz leichter als die Feder, konnte der Tote im Totenreich weiterleben und wurde selbst zu Osiris. Neben einer grässlichen Figur, die Ammit darstellte, lag ein Herz auf einer Waagschale.

Emilia und ihr Begleiter schauten auf die Uhr. Noch hatte ihr Gast die Fahrt nicht in Angriff genommen. Da die Pyramide ein besseres Versteck war als der spätere Tatort, verharrten sie noch etwas länger im ägyptischen Reich. Hier nahmen sie nun mehrere Eisenteile aus ihrem Rucksack heraus. Ruhig schraubte der Mann mehrere von ihnen zusammen. Das ganze Objekt war schnell fertiggestellt. Er hatte es gemäß ihren Plänen angefertigt. Das letzte der fünf Teile war indessen das wichtigste. Es bestand aus drei messerscharfen Spitzen.

Nochmals blickte Emilia auf die Uhr. Die Zeit war gekommen. Entschlossen nickte sie ihrem Partner zu.

Gleich kann das Spektakel losgehen. Dieses Mal wird es besonders grausam.

Im zweiten Raum erreichten sie die nachgebildete Stadt Troja mit ihren Schiffswracks und eingestürzten Häusern. Hier sollte das Verbrechen über die Bühne gehen.

Ausführlich hatten sie sich zuletzt über das Opfer informiert und es auch an die Kirmes gelockt. Auch war es ihnen gelungen, dass die Zielperson genau jetzt auf der «Rache der Götter» saß. Sie sollte, wenn sie zu früh am Zusteigeort war, die anderen Fahrgäste passieren lassen.

Dass sich der Mann nicht gefragt hat, warum es so bedeutend ist, genau um die vereinbarte Minute in den Wagen zu steigen, überrascht mich nicht. Was man nicht alles für die Liebe macht! Er ist wirklich total vernarrt in mich.

Emilia hatte dem Mann auf einer Partnervermittlungsbörse im Internet eine Nachricht hinterlassen, wonach sie fortan in Kontakt standen. Sie hatte ihn dann gebeten, am heutigen Tag auf die Kirmes zu kommen und sich genau jetzt auf die «Rache der Götter», eine Schienenfahrt in kleinen Wagen durch verschiedene Räume, zu begeben. Sie würde beim Ausgang auf ihn warten. Schon nur die Idee empfand sie als unsinnig. Aber der Mann konnte offenbar nicht anders und ließ sich von dem falschen Foto, das eine blonde Schönheit aus einem zweitklassigen Hollywoodfilm zeigte, täuschen. Warum er zuerst eine Fahrt auf der «Rache der Götter» unternehmen sollte, hatte er sich nur kurz gefragt. Schließlich hatte er einen weiteren Blick auf das Foto mit der atemberaubend schönen Frau geworfen. Er war wirklich verliebt in sie. Das konnte Emilia aus den Nachrichten herauslesen, die sie von ihm in den letzten Tagen erhalten hatte.

Emilia und ihr Begleiter stiegen über einige große Gesteinsbrocken aus Styropor und erreichten ihren Zielort. Hinter einem alten Schiffswrack waren sie nicht mehr zu sehen.

Wenig später sah sie den Wagen kommen. Sie erkannte den jungen Mann sofort.

Er ist also wirklich in die Falle getappt!

Sie wagte sich aus dem Versteck heraus. Der etwas übergewichtige Mann mit den rötlichen Haaren hatte Emilia noch nicht bemerkt. Als der Wagen mit den vier Personen ihre Position erreicht hatte, zog Emilia den Dreizack hervor und stieß zu. Während sie die Tat vollzog, knipste Emilias Begleiter erneut ein Foto des Opfers.

Lautes Geschrei ertönte, während das Blut aus der Brust des Mannes spritzte.

Die Frau an der Kasse draußen hatte noch nicht realisiert, dass es einen Zwischenfall gegeben hatte. Die drei Passagiere, die mit dem Opfer im gleichen Wagen saßen, versuchten den Bügel, der sie sicherte, hochzuheben. Verzweifelt zerrten sie daran herum. Vergeblich. Stattdessen mussten sie mitansehen, wie das Blut des Verletzten unentwegt auf den Boden des Gefährts tropfte. Die Blutlache wurde immer größer. Zusammen mit dem Opfer ging die Fahrt durch die folgenden Räume weiter.

Auch die Passagiere des zweiten Wagens, der dicht hinter dem ersten folgte, hatten das Attentat miterleben müssen. Auch sie schrien lauthals um Hilfe. Da aber durch die Lautsprecheranlagen vor der «Rache der Götter» laute Musik ertönte, konnte draußen niemand ahnen, welches Drama sich im Innern abspielte.

Emilia und ihr Begleiter hatten inzwischen den ersten Raum wieder erreicht. Nochmals blickten sie sich um. Das Totengericht war wirklich schäbig dargestellt. Da hatten sich die Verantwortlichen nur wenig Mühe gegeben. Die Mörder verließen schließlich, nachdem sie noch die blutbespritzten Kleider gewechselt und eine Botschaft auf dem Rücken von Anubis hinterlassen hatten, unbemerkt das Fahrgeschäft und drängten sich zwischen den ahnungslosen Wartenden vorbei. In diesem Moment fuhr der Wagen mit dem Toten durch das Ausgangstor der «Rache der Götter». Als die Menschen draußen die blutüberströmte Leiche entdeckten, brach Panik aus. Die beiden Mörder tauchten in der Menschenmasse unter. Sie machten sich keine Gedanken darüber, ob sie dieses Mal genetische Spuren hinterlassen hatten.

Sollten die Beamten DNA von uns finden, ist dies nicht von Bedeutung. Die Polizei wird sowieso bald erfahren, mit wem sie es zu tun hat. Entsprechend dürfen sie unsere genetischen Fingerabdrücke gerne in ihre Datenbank aufnehmen.

Immer mehr Polizisten rannten ihnen entgegen und begaben sich Richtung Tatort, in der Hoffnung, ein weiteres Verbrechen verhindern zu können. Dass aufgrund der Massenpanik niemand auf die Idee gekommen war, das Gebiet großräumig abzuriegeln, kam den Mördern entgegen.

In der Nähe des Ausgangs kämpfte sich ein Notarztwagen im Schritttempo durch die Menschenmassen. Die Sanitäter würden jedoch zu spät kommen. Der Mann war mit Sicherheit bereits tot.

Kapitel 41: Samstag

Oswald erreichte mit Weiler und Vock die «Rache der Götter». Auch Luginger war inzwischen eingetroffen.

»Was ist passiert?« Noch hatte sich der Chef der Sonderkommission keinen Überblick verschaffen können.

Vor dem Fahrgeschäft herrschte weiterhin große Aufregung. Leute schrien, während einige Schaulustige die Handys zückten und Fotos schossen.

»Machen Sie bitte für den Rettungsdienst Platz!« Weiler versuchte, die Menschen etwas zurückzudrängen. Einige weitere Polizisten halfen ihm dabei.

»Wo bleibt der Rettungswagen?« Luginger hatte Minuten zuvor medizinische Unterstützung angefordert.

In der Ferne konnte man das Martinshorn bereits hören. Gleich würden die ersten Sanitäter vor Ort sein.

Die Leiche lag noch immer im Wagen. Die Frau an der Kasse hatte den Toten zuvor notdürftig mit einem Tuch zugedeckt.

Hysterisch versuchte eine weibliche Person, deren Bluse blutdurchtränkt war, den Polizisten zu erklären, was passiert war.

»Diese Frau… Diese Mitarbeiterin der Messe hat…« Die Frau schlug wild um sich, nachdem Weiler versucht hatte, sie zu beruhigen, indem er sanft ihre Schulter berührte.

Die Polizisten hatten alle Hände voll zu tun, um die Lage unter Kontrolle zu bringen.

»Kannst du dich um die Frau kümmern?«, fragte Weiler Oswald. Dieser nickte.

Danach wandte sich der LKA-Beamte an die anderen Zeugen. Viele waren ebenfalls hysterisch, andere hatten Tränen in den Augen.

»Ärzte werden gleich da sein«, erklärte er.

Weitere Polizeibeamte versuchten derweil, das unmittelbare Gebiet um das Fahrgeschäft abzusperren. Auf eine Überprüfung der Personalien der Besucher, die sich auf dem Messegelände aufhielten, verzichtete die Polizei. Man wollte eine noch schlimmere Massenpanik verhindern. Andererseits befanden sich wohl gegen tausend Menschen auf dem Messegelände, was eine Überprüfung aller Personalien sowieso unmöglich machte.

Die aufgebrachte Frau hatte sich inzwischen bei Oswald eingefunden.

»Ich habe die Mörderin gesehen.«

»Sie sagten Mörderin?«, fragte Oswald nach.

»Ja, es war eine Frau. Ich werde dieses Gesicht nie mehr vergessen. Voller Hass stand sie vor uns und stach mit diesem Gegenstand zu.«

»Welchen Gegenstand meinen Sie?«

»Es war eine Lanze mit drei Spitzen.«

»Was können Sie mir zur Frau sagen?«

»Sie trug ein T-Shirt mit der Aufschrift ‚Technischer Dienst‘. Ich denke, sie ist eine Mitarbeiterin der Messe.«

»Welche Haarfarbe hatte sie?«

»Das kann ich Ihnen nicht sagen. Ich bin total verwirrt. Sie müssen das verstehen. Ich kann mich aber an ein Muttermal am Kinn erinnern.«

»War die Frau alleine da?«

»Ich habe keine andere Person gesehen.«

»Und das Opfer?«

»Kenne ich nicht.«

»Was meinen Sie damit?«

»Ich war alleine unterwegs. Der junge Mann hat sich zufällig zu mir in die vorderste Reihe gesetzt.«

»Sie saßen also vorne?«

Die Frau bejahte. In diesem Moment trafen die ersten Sanitäter ein. Oswald verabschiedete sich von der Zeugin mit der Bitte, am Tatort zu verbleiben, und ließ die Rettungssanitäter ihre Arbeit verrichten. Er wollte zu einem späteren Zeitpunkt nochmals bei ihr vorbeischauen. Da sie die Täterin gesehen hatte, konnte sie ihm vielleicht ein Phantombild erstellen.

Der Freiburger Kripochef konnte nicht verstehen, warum der Mord ausgerechnet hier stattgefunden hatte. Auch über das Opfer war noch nichts bekannt.

Vor der «Rache der Götter» versuchten die Ärzte vergeblich, den jungen Mann zu reanimieren.

»Wir können nichts mehr für ihn tun«, stellte einer der Notärzte konsterniert fest. »Ihr könnt die Spurensicherer kommen lassen, sobald die Leiche weg ist.«

»Wir müssen uns etwas einfallen lassen«, sagte Oswald, der sich wieder zu Weiler und Vock gesellt hatte.

»Ansatzpunkte haben wir dieses Mal viele. Wir kennen die Kleidung der Täterin, ein besonderes Merkmal ihres Gesichts und wohl auch die Tatwaffe. Außerdem haben wir sieben Zeugen, welche die Tat miterlebt haben.«

»Wir kennen die Tatwaffe?«, wollte Oswald von Weiler wissen.

»Anscheinend handelt es sich um eine Lanze mit drei Spitzen. Deshalb das viele Blut im Wagen.«

Während die drei über die weiteren Schritte nachdachten, begaben sich einige Spurensicherer ins Innere des Fahrgeschäfts. Es dauerte nicht lange, und eine Frau kehrte nach draußen zurück. Sofort wandte sie sich an Oswald.

»Ihr werdet es nicht glauben, was jemand auf den Rücken des Schakals im ersten Raum geschrieben hat.«

Sofort nannte die Frau von der Spurensicherung das entsprechende Wort. Weiler vergegenwärtigte sich nochmals alle Fakten. Er wusste, dass er kurz vor einem wesentlichen Ermittlungsschritt stand. Dann sprudelte es aus ihm heraus: »Das ist es!«

»Was hast du herausgefunden?«, wollte nun auch Vock wissen, die zuvor teilnahmslos dem Gespräch gefolgt war.

»Der Dreizack! Die Botschaft! Neptun! Orion!«

Um sich zu vergewissern, dass er richtig lag, nahm Weiler sein Handy und gab zwei Begriffe ein. Einen der ersten Links, die auf dem Display erschienen, öffnete er. Oswald, der Weiler über die Schulter geschaut hatte, erbleichte.

»Wir hätten den Mord verhindern können«, konstatierte Oswald erschüttert.

Während nun auch er erkannt hatte, worauf Weiler gestoßen war, stand Vock irritiert da. Wenig später war auch sie im Bilde, was das Mordschema betraf.

Die Verbrecher gingen ganz perfide vor. Sie hatten alles bis ins kleinste Detail geplant.

Oswald wusste, dass es sich hier um Profis handelte. Lagen die Beamten mit ihrer Annahme richtig, hatten sie ein riesiges Problem.

Kapitel 42: Samstag

Längst hatte sich herumgesprochen, dass jemand getötet worden war und dass sich der Täter womöglich noch irgendwo auf dem Messegelände aufhielt. Entsprechend panisch reagierten die Besucher auf diese Information. Planlos rannten sie umher. Die meisten waren auf dem Weg zu ihren Fahrzeugen. Nur weg wollten sie in diesem Moment, den Ort des tödlichen Angriffs verlassen. Zusammen mit einem Mörder wollten sie sich nicht auf dem gleichen

Areal aufhalten. Dass es sich tatsächlich um eine Mörderin handelte, wussten nur die wenigsten.

Emilia und ihr Begleiter hatten das Messegelände verlassen. Von den wartenden Medienleuten im Eingangsbereich hatten sie Notiz genommen und festgestellt, dass ihre Nachricht ihre Wirkung nicht verfehlt hatte. Alle waren sie gekommen. Emilia hatte die Lastwagen mit den Logos vieler deutscher Fernsehstationen erkennen können. Anscheinend hatten auch die Medien inzwischen erfahren, dass sie wegen eines Mordes heranzitiert worden waren.

Emilias Begleiter blickte auf die Uhr und verdeutlichte seiner Freundin mit ernster Miene, dass die Zeit reif war. Bei ihrem Fahrzeug angekommen, öffnete der Mann den Kofferraum und zog zwei Gegenstände hervor. Er hatte sie selbst hergestellt, um damit Emilia einen weiteren Dienst zu erweisen. Ebenfalls verstaute er den Rucksack mit dem blutverschmierten Dreizack und den Kleidern im Kofferraum. Dann stiegen sie in ihren koreanischen Wagen und fuhren los.

Die Fahrt führte nicht weit. Nach wenigen Minuten hatten sie ihr Auto bereits wieder geparkt. Die beiden befanden sich unweit vom Messegelände, vor der Technischen Fakultät. Nun galt es nur noch, auf die Zielperson zu warten.

Auf dem Messegelände versuchten sich die Kamerateams derweil Zugang zur «Rache der Götter» zu verschaffen. Mehrere Dutzend Polizeibeamte sorgten dafür, dass niemand in den abgeriegelten Teil gelangen konnte. Folglich bildete sich schnell eine Ansammlung von Medienschaffenden vor einem Absperrband. Mittels Megafon wandte sich Oswald an die Journalisten und die Teams der Fernsehstationen.

»Wir möchten gerne, dass Sie uns unsere Arbeit verrichten lassen. Haben Sie Verständnis, dass wir Ihnen im Moment keine detaillierten Angaben zum Vorfall machen können. Fakt ist, dass es einen Mordanschlag auf einen jungen Mann gegeben hat.«

Sofort drängten die Kamerateams mit den Tonverantwortlichen nach vorne. Oswald wurden unzählige Mikrofone hingehalten.

»Weder zum Täter oder den Tätern noch zum Opfer können wir Ihnen im Moment etwas sagen. Wir bitten Sie, dies zu respektieren. Sobald wir mehr wissen, werden wir Ihnen die entsprechenden Informationen zukommen lassen.«

»Gibt es Bezüge zu den Benhagel-Morden?«, wollte ein Mann einer großen deutschen Fernsehstation wissen.

»Ich kann Ihnen im Moment wirklich nicht mehr sagen.« Oswald verabschiedete sich freundlich. Er war froh, für einen Moment etwas Ruhe zu haben. Die Kamerateams versuchten weitere Auskunftspersonen zu finden, stießen aber bei den Polizisten wie auch bei den meisten Besuchern auf taube Ohren.

Weniger als einen Kilometer entfernt fuhr gleichzeitig ein blauer Personenwagen vor. Aus dem Innern stieg ein rund 50-jähriger Mann mit einer Stirnglatze. Er trug billige Kleider. Die beige Stoffhose passte farblich überhaupt nicht zum karierten Sakko und dem braunen Baumwollhemd darunter.

»Wir sind verabredet«, begrüßte der Erschienene Emilia und ihren Begleiter.

»Sie haben uns einen großen Dienst erwiesen. Dank Ihrer Hilfe konnten wir viele Dinge, die wir uns vorgenommen haben, in die Tat umsetzen. Entsprechend fällt uns dies nun schwer«, sprach Emilia emotionslos.

»Was meinen Sie damit? In Ihrem Anruf haben Sie mich gebeten, Ihnen noch weitere Fragen zu beantworten.«

In diesem Moment zog Emilia einen Pfeilbogen aus der Sporttasche, spannte den spitzen Metallpfeil ein und zielte auf den Mann, der wie versteinert dastand.

Er war weder dazu in der Lage, einen Fluchtversuch zu starten noch um Hilfe zu rufen. Es dauerte eine Weile, bis der Mann etwas entgegnen konnte.

»Ich verstehe nicht, was das soll!«

Emilia wusste, dass Küster keine Chance hatte.

»Wir müssen Sie töten. Wir bedauern dies sehr. Sie können uns das glauben. Sie haben uns wirklich geholfen. Allerdings sind Sie

Teil eines mörderischen Puzzles, weshalb Sie von der Bildfläche verschwinden müssen.«

Mehr Informationen sollte der Mann nicht erhalten. Sie ließ den aufgespannten Pfeil los, der sofort losschnellte und sich kurz darauf mit großer Wucht in Küsters Stirn bohrte.

Nachdem der Getroffene niedergesackt war, legte ihm Emilia ein am gleichen Tag auf dem Messegelände gekauftes Lebkuchenherz mit der Aufschrift «Ich liebe dich» um den Hals. Schließlich musste sie der Polizei eine Chance geben, der Sache auf den Grund zu kommen. Der Hinweis war so einleuchtend, dass die Gesetzeshüter die Hintergründe nun endlich durchschauen sollten. Erneut schoss ihr Komplize ein Foto des Opfers.

Kurz blickten sich die beiden an. Emilia musste lächeln. Es lief wirklich alles nach Plan.

Mit der Karte, auf der Neptun und Orion zu sehen waren, hatten die Kriminalisten eine reelle Chance gehabt, die Taten zu verhindern. *Sie werden nun sicherlich erkannt haben, dass wir mit ihnen spielen. Sie werden unsere Überlegenheit bald anerkennen. Spätestens dann werden wir unser Ziel erreicht haben.*

Gedanklich fühlte sie sich bereits als Gewinnerin.

Kapitel 43: Samstag

Die Nachricht von der nächsten Leiche war Oswald von einer Kollegin übermittelt worden, als dieser zusammen mit Weiler und Vock soeben dabei war, in einem Gespräch unter sechs Augen einige Unklarheiten im Zusammenhang mit dem Mord auf der Kirmes beiseite zu räumen.

Weiler hatte erkannt, dass sich Neptun und Orion gar nicht auf die Sternbilder bezogen hatten, sondern dass Neptun das römische Pendant zum griechischen Gott Poseidon, dem Herrscher über das Meer, war. Orions Herkunft war etwas widersprüchlich. Zumeist wurde er als Poseidons Sohn angesehen. Er war ein riesenhafter

Jäger der griechischen Mythologie und wurde von Eos geliebt. Ein von Artemis aus Neid geschickter Skorpion tötete ihn.

Oswald wusste, dass die Tat vielleicht vermeidbar gewesen wäre, hätten sie in die richtige Richtung ermittelt.

Nun hatten sie eine weitere Leiche zu beklagen. Eine Polizistin hatte zuvor einen Anruf von einer Dozentin der Technischen Fakultät Freiburg erhalten. Darin hatte diese völlig aufgebracht erzählt, dass auf einem Hinterhof der universitären Einrichtung eine Leiche liege. Inzwischen waren Oswald und sein Team vor Ort.

»Verdammter Mist! Das wäre dann der fünfte Tote. Jetzt müssen wir Resultate liefern. Die zuständige Staatsanwältin macht schon Druck!«

Oswald hatte inzwischen realisiert, dass sie weitere Unterstützung anfordern mussten.

»Das wird jetzt ein Fall fürs BKA. Das Ganze hat nun einen überregionalen Bezug. Es geht nicht mehr nur um die Familie Benhagel. Zudem ist anscheinend auch Parzelli in die Sache involviert. Da das BKA ihn bereits einmal gejagt hat, könnte es die Ermittlungen wieder übernehmen«, erklärte Oswald den Polizisten.

»Wieder ein zufälliges Opfer!«, resümierte Vock.

»Das glaube ich nicht«, antwortete Weiler.

»Wie kommst du darauf?«, wollte Oswald wissen.

»Um diese Uhrzeit ist niemand an der Universität. Hier herrscht samstags wenig Betrieb. Da muss jemand absichtlich hingelotst worden sein. Aber wer begeht hier schon einen Mord? Und warum?«

»Auf den ersten Blick sieht es wie eine persönliche Abrechnung aus! Schaut mal das Tatwerkzeug an.«

Jedermann wusste, worauf sich der Polizist, der sich etwas im Hintergrund hielt, bezogen hatte.

»Ich würde gerne der Dozentin einige Fragen stellen.«

Oswald gab nickend seine Zustimmung. Weiler verschwand und kehrte fünf Minuten später mit wenig neuen Erkenntnissen zurück. Die Frau hatte keine Hilfeschreie gehört. Sie sei auf die Leiche gestoßen, als sie auf dem Weg zu ihrem Fahrzeug war. Vorher habe sie in ihrem Büro gearbeitet und habe nichts Verdächtiges vernommen.

Weiler ging davon aus, dass die Person, die nun tot auf dem Boden lag, an diesen Ort bestellt worden war.

»Haben wir es überhaupt mit der gleichen Tätergruppe zu tun?«, wollte Vock von Weiler wissen.

»Vielleicht findet sich am Tatwerkzeug oder an der Leiche verwertbares DNA-Material. Dann hätten wir womöglich den Beweis für die gleiche Täterschaft. Allerdings gehe ich bereits jetzt stark davon aus, dass wir den oder die gleichen Mörder am Werk haben. Schließlich wurde der Mord auf der Kirmes von einer Frau begangen, was schon sehr selten ist. Zudem wäre es ein riesiger Zufall, wenn zwei verschiedene Tätergruppen innerhalb von einer halben Stunde weniger als einen Kilometer entfernt zwei voneinander unabhängige Tötungsdelikte begehen würden.«

»Das Opfer wurde übel zugerichtet.«

Weiler konnte Vock nicht widersprechen. In der Stirn des Opfers steckte immer noch der Metallpfeil.

»Lasst uns die Leiche wegbringen, bevor wir von Paparazzi umgeben sind!«

Oswald wusste, dass es nicht lange dauern würde, bis die Presseleute Wind von der Sache bekamen. Deshalb war schnelles Handeln angesagt.

»Jetzt ist das Fass voll! Wir haben inzwischen fünf Tote, und wir tappen noch immer im Dunkeln.« Oswald schien zu resignieren.

»Der oder die Täter haben heute einige Spuren hinterlassen. Diese werden uns sicherlich weiterbringen«, antwortete Weiler und versuchte den niedergeschlagenen Oswald etwas aufzumuntern. »Wir müssen auch diesen Tatort von der Spurensicherung untersuchen lassen.«

»Unsere Männer sind immer noch auf dem Rummelplatz auf der Suche nach verwertbarem Material«, erklärte Oswald.

»Und haben sie schon etwas gefunden?«

»Ich habe vorher eine Nachricht erhalten, wonach im Fahrgeschäft eine auffällige Locke entdeckt worden ist. Anscheinend hat jemand diese dort bewusst hingelegt, meint die Spurensicherung. Sie werden eine DNA-Analyse durchführen lassen. Dann wissen wir, wem die Locke gehört, sofern die Person in der Datenbank registriert ist.«

Weiler konnte sich auch darauf keinen Reim machen.

»Wir brauchen hier mehr Leute!«

Oswald zog sein Handy aus der Hosentasche und wählte die Nummer des BKA. Nachdem er sein Anliegen erklärt hatte, erhielt er sofortige Hilfe zugesichert. Bis die Ermittler des BKA Wiesbaden vor Ort sein würden, würde es allerdings noch einige Stunden dauern. Noch lag die Verantwortung in Oswalds Händen.

»Was sollen wir tun?«, wollte Oswald schließlich von Weiler wissen.

»Auf keinen Fall in Panik geraten. Wir müssen den Anschein erwecken, als ob wir die Situation unter Kontrolle hätten!«

Dazu gehörte auch eine Information an die Medienleute. Oswald bat die Dozentin, ihnen einen Raum für eine Pressekonferenz zur Verfügung zu stellen. Die Frau erfüllte den Wunsch. Keine zehn Minuten später war der Raum bereits eingerichtet. Die Pressekonferenz sollte beginnen, sobald sich die Journalisten, die inzwischen auch vom zweiten Mord gehört hatten, in der Technischen Fakultät eingefunden hatten.

Zuerst galt es aber sicherzustellen, dass die Journalisten nicht auf die Leiche trafen. Also entschied man, die Medienleute durch einen Hintereingang ins Gebäude zu führen.

Kapitel 44: Samstag

Schröder hatte soeben begonnen, einen der trockenen Kekse zu verschlingen, als die maskierte Frau die Tür aufstieß und den Raum betrat.

»Wir haben zwei neue Leichen.« Emotionslos erklärte Emilia dem Gefangenen, dass weitere Tote zu verzeichnen waren.

»Haben Sie noch weitere Familienangehörige der Benhagels getötet?«

»Nein, Benhagels sind schon genug gestraft. Wir haben diese Person hier getötet.« Emilia zeigte ein Foto, auf dem einem Mann ein Dreizack in die Brust gestoßen worden war.

»Ich kenne den Mann nicht«, sagte Schröder.

»Alle Opfer werden gezielt ausgewählt. Jeder bekommt in seinem Leben nämlich, was er verdient.«

Die grausame Erklärung widerte Schröder an. »Sie sind eine Psychopatin!«

Im Grunde wusste Schröder dies schon lange. Er hatte sich entschieden, nicht mehr länger ein Blatt vor den Mund zu nehmen.

»Unser Werk ist genial. Das werden Sie bald schmerzvoll erfahren. Sollten Sie die Gemeinsamkeiten hinter den Morden erkennen, sind Sie ein freier Mann.«

»Dann hat Ihnen meine Entführung nicht viel gebracht.«

»Mehr als Sie im Moment denken können. Übrigens wurde auch diese Person getötet.« Emilia überreichte Schröder ein zweites Foto.

»Onkel Willi!«

Schröder hatte die Person sofort erkannt.

»Ihr Schweine!«

»Tun Sie nicht so! Sie hatten ja nicht so einen engen Kontakt zu ihm.«

»Woher wollt ihr wissen, wie eng mein Kontakt zu Willi war?«

»Wir haben uns ein paar Mal miteinander unterhalten. Wir wissen alles über Sie und Ihre Familie. Onkel Willi, wie Sie ihn nennen, hat uns vieles erzählt. Auch über sich selbst hat er einiges preisgegeben. Sein Hobby finden wir durchaus interessant. Als Hobbyhistoriker wusste er vieles zu berichten. Leider hat ihm dies den Tod nicht erspart.«

»Widerlich, was ihr ihm angetan habt!«

»Wir mussten ihn auf diese Weise töten.«

»Ihr musstet ihn töten? Wer hat euch dies gesagt? Gott? Oder eine innere Stimme?«

»Mit Gott liegen Sie gar nicht so falsch. Oder doch wohl eher unser mörderischer Plan?«

Schröder blickte die maskierte Frau irritiert an. Eigentlich hatte er keine Lust mehr, sich weiter mit ihr zu unterhalten. Mehrfach hatte sie ihm nun schon signalisiert, dass es ein Muster oder einen Plan hinter den Morden gab.

»Werfen Sie ruhig nochmals einen Blick auf die fünf Opfer. Erkennen Sie, was sie gemeinsam haben? Sie sind der legendäre Nick Schröder, der problemlos Enrico Parzelli hinter Gitter gebracht hat. Dann wird Ihnen die Gemeinsamkeit doch gleich ins Auge stechen.«

Nochmals schaute sich Schröder die Fotos der Toten an. Er warf zunächst einen Blick auf Mirko Benhagel, der mit einem Hammer erschlagen und dann verbrannt worden war. Danach folgte der Mord an Caro Benhagel, die erdrosselt und danach hübsch aufbereitet worden war. Das Bild von Klaus Benhagel zeigte neben dessen Leiche eine Geige. Die beiden neuen Fotos hatte er Minuten zuvor das erste Mal gesehen. Das erste der beiden Bilder zeigte den unbekannten Mann, der in einem Kirmeswagen wohl mit einer dreizackigen Lanze erstochen worden war. Auf dem zweiten Foto war Wilhelm Küster abgebildet, in dessen Stirn ein Pfeil steckte. Erst jetzt erkannte Schröder, dass sein Onkel ein Lebkuchenherz mit einem Schriftzug um seinen Hals hatte.

»Dieses Herz«, sagte Schröder, »habt ihr ihm nach dem Mord umgehängt. Nicht die einzige postmortale Handlung an den Leichen. Richtig?«

Emilia nickte zustimmend.

»Außerdem… Dieses Bild stammt von einem Rummelplatz.«

Schröder zeigte auf den Toten im Wagen.

»Sie machen Fortschritte.«

»Dann ist es kein Zufall, dass ihr den Mord dort begangen habt.

Würde es sich nicht um eine regelrechte Inszenierung handeln, hätte der Mord auch im Geheimen stattfinden können. Ihr gingt ein großes Risiko ein.«

»Ich liebe es, Ihnen zuzuhören.«

»Der Dreizack. Wohl nicht ganz zufällig gewählt!«

Noch hatte Schröder das letzte Puzzleteil nicht richtig angeordnet. Abermals schaute er sich die anderen Tatortbilder an.

Das gibt es nicht! Ich hab's! Das ist ja heimtückisch, was hier veranstaltet wird!

Schröder ließ die Katze aus dem Sack.

»Ich denke, ich weiß, nach welchem Schema ihr die Morde begangen habt.«

»Ich bin gespannt auf Ihre Antwort.«

»Griechische Götter! Ihr imitiert griechische Götter! Das ist es!«

Emilia schaute Schröder einige Sekunden an, ehe sie das Gespräch fortsetzte.

»Können Sie dies präzisieren?«

»Die Lanze mit den drei Spitzen stellt Poseidons Dreizack dar.«

»Und Mirko Benhagel?«

»Hephaistos, Gott der Schmiedekunst und des Feuers. Ihr habt ihn mit einem Hammer erschlagen und ihn dann angezündet. Ich wäre nicht überrascht, wenn es sich beim Tatwerkzeug um einen Goldschmiedehammer handeln würde.«

»Gut. Wie sieht es mit Caro Benhagel aus?«

»Aphrodite. Göttin der Liebe und der Schönheit. Auch nach ihrem Tod besticht Caro durch ihre Schönheit. Genau wie Aphrodite.«

»Bleiben Klaus Benhagel und Ihr Onkel.«

»Bei Klaus Benhagel gibt es einen Bezug zu Apollon, Gott der Dichtkunst und des Gesangs! Die Geige spielt auf diesen griechischen Gott an, auch wenn das Instrument nicht wirklich passend erscheint. Da wäre eine Leier geeigneter gewesen. Onkel Willis Tod geht auf das Konto von Liebesgott Eros. Der Liebespfeil traf ihn zwar nicht ins Herz, sondern in die Stirn. Der Bezug zur Liebe basiert auf dem Lebkuchenherz, das Willi trägt.«

Schröder dachte kurz nach, bevor er das Gespräch weiterführte.

»Wer hat diese Taten begangen?«

»Ich will ehrlich sein. Für alle fünf Taten sind mein Freund und ich verantwortlich.«

Schröder war schon lange davon ausgegangen, dass Emilia nicht alleine handelte, sondern einen Komplizen hatte.

»Wieso macht ihr so etwas?«

»Sie haben Enrico Parzelli in den Knast gebracht!«

»Dafür tötet ihr unschuldige Menschen? Onkel Willis Tod ist der einzige, der mir plausibel erscheint.«

»Sie verstehen die ganze Tragweite immer noch nicht! Aber wir geben Ihnen die Chance, der Sache auf den Grund zu gehen.«

»Was heißt das?«

»Wir lassen Sie frei.«

»Einfach so?«

»Einfach so. Allerdings werden wir Ihnen ein Schlafmittel verabreichen, damit Sie nicht wissen, wo Sie gefangen waren. Wir werden diesen Platz für das große Finale noch einmal brauchen.«

»Ihr werdet mir kein Schlafmittel geben, sondern mich töten.«

»Das hätten wir schon längst tun können, nicht wahr? Ich verspreche Ihnen, dass Sie das Ganze überleben werden. Geben Sie uns noch bis morgen Zeit. Dann sind Sie uns los und wieder auf freiem Fuß.«

Emilia drehte sich von Schröder weg und ging Richtung Tür. Kurz bevor sie diese erreichte, ließ sie die Maske fallen. Schröder erkannte vage ihr dunkles, welliges, langes Haar.

Kapitel 45

Ja, ich weiß, die letzten beiden Opfer sind quasi am selben Ort ums Leben gekommen. Das ist aber alles andere als einfallslos. Erstens ist das doch sehr effizient, und zweitens ist die Wirkung einfach sensationell! Nach den drei Benhagel-Morden konnte sich jeder zusammenreimen, dass es sich wahrscheinlich um Beziehungstaten handelt. Ich musste etwas unternehmen, um dieses allgegenwärtige Gefühl der Angst wieder zu beleben. Was eignet sich da besser als ein öffentlicher Tatort? Und zwar einer, der von hunderten von Menschen besucht wird. Nicht wie beim Konzerthaus nur von einer ganz bestimmten Gruppe von Menschen. Nein, von möglichst vielen ganz unterschiedlichen. Nun ist wieder jedermann ein potenzielles nächstes Opfer oder ein potenzieller künftiger Zeuge. Eine Horrorvorstellung! Aber nicht für uns. Bis unser Freund und Helfer das Schema durchschaut hat und die Bevölkerung beruhigen kann, stehen die Ermittler unter unsäglichem Druck. Und die Erwartungen an sie sind enorm. Da können sie nur versagen, und uns spielt das in die Karten. Warum Kramer dran glauben musste, habe ich dir bereits erklärt. Erkennst du das Schema hinter unseren fantasievollen Taten bereits? Wahrscheinlich schon, du hast ja mehr als genug Zeit, darüber nachzudenken.

Unser letztes Opfer war ein Verräter. Zweimal hat er seine engste Familie verraten. Man könnte zu seiner Verteidigung anbringen, dass er zumindest beim ersten Mal vielleicht davon ausging, dass er zum Wohle aller Beteiligten handelt. Und trotzdem: Was sie mit seiner Hilfe getan haben, lässt sich nicht entschuldigen. Das war selbstsüchtig und soll auf keinen Fall ungesühnt bleiben.

Aber beim jüngsten Ereignis dürfte ihm klar gewesen sein, welche Konsequenzen folgen würden. Wir mussten ihm nur ein bisschen Honig um den Bart schmieren und schon erzählte der Alte Dinge, die nie jemand hätte erfahren dürfen. Wenn er wirklich so intelligent war, wie er uns weismachen wollte, dann hätte ihm doch klar sein müssen, was er damit anrichtet. Nicht einmal die Tatsache, dass wir ihm für die Informationen Geld geboten haben, hat ihn irritiert. Er war so damit beschäftigt, uns von sich und seinen Qualitäten zu überzeugen, dass wir ihn wohl um alles hätten bitten können. Aber so sind die Menschen: eitel und eingebildet. Ein bisschen Schmeichelei und sie verraten in ihrer Selbstverliebtheit ihr eigen Fleisch und Blut. Es hat also genau den Richtigen getroffen!

Kapitel 46: Samstag

Vom Messegelände waren Weiler und Vock gemeinsam nach Hause gefahren. Noch am Morgen hätten sie niemals gedacht, dass sie am Abend zwei weitere Opfer beklagen würden. Die Pressekonferenz, an der die beiden als Zuschauer teilgenommen hatten, dauerte fast eine Stunde. Oswald musste den Medienschaffenden zu verschiedenen Aspekten des Falls Auskunft geben. Insbesondere zu den Gemeinsamkeiten zwischen den fünf Morden wollten die Journalisten Informationen. Oswald hatte stets betont, dass er noch keine Verbindung sehe. Dies war gelogen. Sie hatten nach dem Mord an dem noch immer unbekannten Mann auf der «Rache der Götter» das Mordschema erkannt. Das Verbrechen bei der Technischen Fakultät hatte ihre Theorie schließlich bestätigt. Bei den Taten wurden griechische Götter nachgeahmt.

Weiler schaltete in Vocks Wohnung den Fernseher ein, während sich Iris ins Badezimmer begab. Die Sender berichteten von der Pressekonferenz in der Technischen Fakultät. Weiler wollte sich das Ganze nicht ansehen. Er zappte durch die Kanäle auf der Suche nach etwas Ablenkung. Vergeblich.

Ablenkung sollte für ihn aber in anderer Hinsicht folgen. Nachdem Vock geduscht hatte, verließ sie das Bad, wobei ihr Handtuch nur den unteren Teil ihres Körpers bedeckte. Weiler musterte ihren Oberkörper. Was er sah, gefiel ihm.

»Dich stört es doch nicht, dass ich oben ohne bin?«

»Nein«, konnte Weiler nur gebannt herausbringen, während Vock ins Schlafzimmer verschwand.

Er konnte nicht anders. Auch wenn er sich dagegen wehrte, war dies doch zwecklos. Weiler folgte ihr bezirzt. Iris hatte ihn definitiv auf andere Gedanken gebracht.

Oswald verbrachte den Abend in seiner Dreizimmer-Altbauwohnung in der Freiburger Altstadt, nachdem er auf dem Heimweg noch mit Staatsanwältin Patricia Schaltenbrand gesprochen hatte. Diese war verärgert über den Ermittlungsstand und donnerte entsprechend los. Oswald war es nicht gewohnt, dass Schaltenbrand so aufbrausend reagierte. Ohnehin hatte er nur sporadisch mit ihr Kontakt und wenn, nur in Fällen, in denen eigentlich alles rund lief. In der vorliegenden Angelegenheit konnte man dies nicht behaupten. Weder zu dem oder den Tätern noch zum Motiv der Taten hatte man Genaueres in Erfahrung bringen können. Einzig der Bezug zu den griechischen Göttern war bekannt. Oswald verzichtete darauf, lange zu lamentieren.

»Ich denke, dies wird ein Fall fürs BKA werden. Wir haben es hier mit einer Mordserie zu tun. Da wir uns über das Motiv nicht im Klaren sind, kann jedermann das nächste Opfer sein. Damit erhält der Fall eine überregionale Komponente. Die Staatsanwaltschaft wird sich darum kümmern«, hatte Schaltenbrand Oswald am Telefon versprochen.

Während Oswald in seiner Wohnung die neuen Vorfälle protokollierte, warf er immer wieder einen Blick auf den Fernseher. Er sah sich bei der Pressekonferenz am späten Nachmittag Rede und Antwort stehen. Sein Auftreten hinterließ einen professionellen Eindruck. Trotzdem war er froh, dass er den Fall in andere Hände geben konnte. Auch wenn das BKA vor allem bei internationalem Terrorismus, bei schweren Fällen von Computersabotage, bei internationalem Drogen- und Waffenhandel oder bei der Herstellung und Verbreitung von Falschgeld zugezogen wurde, würde es auch im vorliegenden Fall nun die Federführung übernehmen. Der Bundesinnenminister hatte im Fernsehen schon bestätigt, dass das BKA den Fall übernehmen würde, da es wohl auch Bezüge zu einem international tätigen Drogenring gäbe, mit dem man sich erst kürzlich beschäftigt habe.

Trotz allem wusste Oswald, dass noch ein Berg an Arbeit auf ihn wartete. Schließlich musste er den Beamten des BKA erklären, was er alles schon in die Wege geleitet hatte und worauf er und seine Leute schon gestoßen waren.

Meik Walker saß derweil in einem Frankfurter Vorort in seiner Wohnung. Nochmals dachte er über den Vortag nach. Ob er Parzellis Wunsch nach Einsicht in die Polizeiakten und einem Internetzugang nachkommen konnte, wusste er nicht. Allerdings würde es sehr schwierig sein, die Polizei davon überzeugen zu können. Walker wollte aber nicht mehr länger warten und wählte die Nummer des Pressesprechers des LKA Baden-Württemberg. Er kannte die Nummer bereits auswendig. Mindestens einmal pro Woche rief Walker dort an, um an exklusive Informationen zu gelangen. Nachdem er sein Gegenüber begrüßt hatte, kam er direkt zur Sache.

»Wie weit seid ihr im Moment im Zusammenhang mit den Benhagel-Morden und Schröders Entführung?« Unter Medienleuten war es üblich, sich zu duzen.

Der Pressesprecher des LKA verwies auf das laufende Verfahren und betonte, dass er deshalb keine Auskünfte geben könne.

»Ihr seid also noch nirgends!«

»Unsere Ermittlungen laufen. Mehr kann ich dazu nichts sagen.«

»Wie ihr sicherlich schon erfahren habt, weiß Parzelli, wer Drahtzieher hinter der Sache ist. Er hat mir einen Deal vorgeschlagen, der auch für euch von Bedeutung sein könnte.« Walker informierte den Medienbeauftragten des LKA über Parzellis Wünsche. Nur zu gerne hätte er ihm auch von der geheimen Abmachung berichtet. Aber dies war zu diesem Zeitpunkt in seinen Augen kontraproduktiv.

»Ich kann dir da keine großen Hoffnungen machen. Wir werden einem Schwerverbrecher sicherlich keine Einsicht in interne Akten gewähren. Das kannst du ziemlich sicher vergessen. Aber weil du es bist, werde ich dein Anliegen weiterleiten.«

Walker bedankte sich und beendete das Gespräch. Er blickte zum Fenster hinaus und erkannte in der Ferne die beleuchtete Frankfurter Skyline. Noch wohnte er außerhalb der City. Eines Tages würde aber auch er eine moderne Wohnung in der Frankfurter Innenstadt besitzen. Er wandte seinen Blick vom Fenster weg und schaltete den Fernseher ein. Die Nachrichten berichteten soeben über zwei Morde auf dem Freiburger Messegelände. Polizei und Kirmesangestellte kamen ebenso zu Wort wie Zeugen.

Walker war beeindruckt. Parzelli schien wirklich alles im Griff zu haben. Fünf Tote waren nun bereits zu beklagen. Der Journalist ahnte, dass dies noch lange nicht das Ende der Mordserie war.

Kapitel 47: Sonntag

Eine Ratte knabberte an ein paar Brotkrümeln, die auf dem Boden lagen. Mülltonnen, bis zum Anschlag gefüllt, dominierten die beiden Seiten der engen Gasse, die von der Hauptstraße in Richtung des Innenhofs führte. Die Fassaden der beiden Häuserreihen wirkten so, als ob sie mehrere Jahrzehnte nicht mehr saniert worden wären. Der Umstand, dass einige Fenster zerbrochene Scheiben aufwiesen, unterstrich das Gefühl, dass er sich in keiner sehr noblen Wohngegend befand. Hier lebten mit Sicherheit nicht die gut situierten Freiburger.

Langsam kam Nick Schröder zu sich.

Wo bin ich? Und warum dröhnt es so in meinem Kopf?

Sich zu orientieren, fiel ihm schwer. Nur schwach konnte er sich daran erinnern, was passiert war. Wo er sich genau befand, wusste er nicht.

»Verschwinden Sie von hier! Wir wollen keine Obdachlosen in unserer Straße.« Eine Frau in einem grauen Pyjama rief von einem Balkon herunter.

Schröder wollte ihr antworten, unterließ es dann aber doch. Er konnte es der Frau nicht verübeln, dass sie dachte, er sei eine obdachlose Person. Er raffte sich mühevoll auf und richtete seinen Blick gegen die Straße. Es herrschte wenig Verkehr.

Unsicher schritt er die Gasse entlang. Er wirkte müde. Als er die Hauptstraße erreicht hatte, reckte er beide Arme in die Höhe und versuchte, eines der Autos zum Halten zu bringen. Beim vierten Wagen hatte er Erfolg. Ein älterer Mann hielt an.

»Bringen Sie mich sofort ins Büro der Kripo!«, befahl Schröder schroff.

»Was ist passiert?«

»Ich bin entführt worden!«

Der Mann am Steuer erblasste. Er fragte sich in diesem Moment, ob es richtig war, den Unbekannten mitzunehmen. Nun war es allerdings schon zu spät. Die Person saß längst in seinem Auto. Für einen Moment dachte der ältere Mann an den Thriller, den er einige Abende zuvor im Fernsehen gesehen hatte. Ein Anhalter erwies sich dort als Massenmörder. Es beruhigte ihn, dass der Film erstens in den USA spielte und zweitens nur eine fiktive Geschichte war. Er entschied sich, mit dem Unbekannten zu kommunizieren, und erhoffte sich durch etwas Vertrautheit ein Gefühl von Sicherheit.

»Sie sagten, sie seien entführt worden.«

»Ja. Bereits vor einiger Zeit.«

Mehr wollte Schröder dem Mann nicht preisgeben. Deshalb ging er auf alle weiteren Fragen des Fahrers nicht ein. Stattdessen wies er ihn an, sich zu beeilen. Dieser drückte aufs Gaspedal. Nach zehn Minuten erreichten die beiden das Kripogebäude.

Schröder bedankte sich beim Mann für seine Hilfe und schritt eilig direkt Richtung Eingang. Kaum hatte er das Gebäude betreten, kam ihm schon ein hilfsbereiter Polizeibeamter entgegen.

»Wie kann ich Ihnen helfen?«, wollte der junge Polizist wissen.

»Ich bin entführt worden.«

»Sind Sie sich da ganz sicher?« Der Polizeibeamte hatte an Sonntagen schon manches erlebt. Nicht wenige der Personen, welche die Polizeiwache aufsuchten, hatten am Vorabend einen über den Durst getrunken. Auch im vorliegenden Fall hielt er das für möglich. Der Besucher sah aus, als ob er eine wilde Nacht erlebt und nicht nur ein alkoholfreies Bier konsumiert hatte.

»Ich bin Nick Schröder.«

Der Polizist sah ihn kurz irritiert an. Dann erbleichte er. Natürlich war allen Gesetzeshütern im Land der Name Schröder seit kurzem ein Begriff. Auch über dessen Verschwinden waren alle Polizeibeamten in Kenntnis gesetzt worden.

»Ich rufe gleich meinen Vorgesetzten!«

Kapitel 48: Sonntag

Die Nachricht machte schnell die Runde. Nachdem der junge Polizist Oswald benachrichtigt hatte, orientierte dieser gleich seine Kollegen der Sonderkommission.

Auch Weiler hatte inzwischen telefonisch Kenntnis davon erhalten, dass Schröder wieder aufgetaucht war. Er freute sich über diese Nachricht und versprach, sich im Laufe des Morgens im Büro einzufinden.

Was ihn in diesem Moment aber viel mehr beschäftigte, war die Tatsache, dass er am Morgen im gleichen Bett wie Vock aufgewacht war. Diese lag noch immer neben ihm.

»Gut geschlafen, Dirk?«

»Geht so!«

Sogleich versuchte er, sich wieder auf seinen Job zu konzentrieren. Schnell wollte er die letzte Nacht, die er im Bett seiner Kollegin verbracht hatte, vergessen. Deshalb orientierte er Vock kurz über den Anruf.

Die Nachricht interessierte sie nur mäßig. Vor ihrem geistigen Auge ließ sie den letzten Abend und schließlich die Nacht nochmals Revue passieren: die auf dem Heimweg in einer Imbissbude besorgten Pizzen, der billige Rotwein für Weiler, der auch entsprechend schmeckte, sie unter der Dusche und alles, was dann folgte. Sie hatte damit gerechnet, dass sie ihn noch herumkriegen würde. Dass es aber ausgerechnet an dem Tag geschah, an dem gleich zwei Menschen getötet worden waren, passte irgendwie nicht in ihr Bild von Romantik.

»Lust auf einen Kaffee, bevor wir uns gleich ins Büro aufmachen müssen?«

Weiler antwortete nicht. Er schämte sich dafür, dass er seine Frau nun doch betrogen hatte.

»Möchtest du über unsere gemeinsame Nacht reden?«

»Nein, ich möchte nichts mehr davon hören. Am liebsten würde ich sie ungeschehen machen!«

Weiler zog sich an und begab sich ins Wohnzimmer, wo er sich seufzend auf das Sofa fallen ließ. Dort schaltete er erneut den Fernseher ein und überflog die Nachrichten im Teletext. Natürlich wurde über die Morde des Vortages berichtet. Er las davon, dass die Polizei noch keine heiße Spur habe und auch ein Beamter des BKA vermisst werde.

Zumindest das Zweite traf nun nicht mehr zu. Nachdem sich auch Vock angezogen und notdürftig geschminkt hatte, saßen die beiden in Weilers Wagen und fuhren zur Dienststelle. Als sie dort eintrafen, waren die meisten Kollegen schon da. Oswald kam direkt auf die beiden zu.

»Nick Schröder ist wieder da. Es geht ihm den Umständen entsprechend gut. Wollt ihr mit ihm sprechen?«

Die Frage war überflüssig. Natürlich wollten die beiden mit ihm reden.

Oswald brachte sie in ein kleines Büro, aus dem bereits der Geruch von Kaffee und frischen Croissants nach außen drang. Weiler betrat den Raum, gefolgt von Vock und Oswald. Nachdem sich alle kurz vorgestellt hatten, konnte das Gespräch beginnen. Man hatte sich darauf geeinigt, sich zu duzen.

»Wie geht es dir?«, wollte Weiler wissen.

»Den Umständen entsprechend gut. Allerdings habe ich noch nicht richtig realisiert, dass mein Onkel tot sein soll.«

»Wer ist dein Onkel?«, fragte Oswald.

»Wilhelm Küster. Er wurde gestern mit einem Pfeil erschossen.«

»Das wissen wir und es tut uns sehr leid. Weißt du, wer hinter der ganzen Sache steckt?«

»Die Person heißt Emilia. Sie gehört dem Clan von Parzelli an.«

»Also doch! Parzelli hat also nicht gelogen«, stellte Oswald fest.

»Ihr habt mit Parzelli gesprochen?«

»Ja«, antwortete Weiler. »Das haben wir. Er meinte, dass du dafür büßen musst, weil du ihn festnehmen konntest. Er hat seine Leute draußen, die für ihn die Arbeit verrichten. Wir müssen sie schnellstmöglich stoppen, bevor es weitere Tote gibt.«

»Wie es aussieht, konnten wir damals nicht Parzellis ganzen Clan aufspüren. Neben Emilia gibt es noch einen Mann, der sie unterstützt. Er ist auch derjenige, der mich auf Mallorca im Biergarten angesprochen hat. Allerdings weiß ich nicht mehr genau, wie er aussieht und auch nicht, wie er heißt.«

»Dann kannst du uns zumindest beim Erstellen eines Phantombilds von Emilia helfen.«

»Das kann ich. Allerdings trug sie meistens eine Medusa-Maske.«

»Medusa?«, fragte Oswald etwas irritiert.

»Medusa ist eine der drei Gorgonen, also eine der geflügelten Schreckensgestalten, die Schlangenhaar tragen. Sie verwandeln jeden, der ihnen in die Augen schaut, in Stein. Auch hier haben wir einen Bezug zur griechischen Antike und den Göttern. Gestern hat Emilia ihre Maske für kurze Zeit abgenommen. Sie hat dunkles, welliges, langes Haar. Mehr kann ich aber nicht sagen.«

»Wir haben Emilias DNA«, fügte Oswald an. »Allerdings gibt es keinen Treffer in der Datenbank. Sie hat sich bisher also nichts zu Schulden kommen lassen.«

»Oder man hat sie noch nicht erwischt«, hielt Schröder entgegen.

Oswald pflichtete dem Einwand nickend bei.

»Was den Ort betrifft, an dem ich festgehalten worden bin, kann ich sagen, dass es sich um einen Keller handelt. Er schien zuletzt nicht mehr benutzt worden zu sein. Oder man hat ihn nie gereinigt. Jedenfalls hingen viele Spinnweben an den Wänden. Ich hörte permanent das Geräusch eines Motors. Es stammte wohl von der Heizung. Obwohl der Raum düster wirkte, war es verhältnismäßig warm. Ein Keller eines Hauses war es mit Sicherheit nicht. Dafür war der Raum viel zu groß. Ich tippe auf das Untergeschoss eines verlassenen Fabrikgebäudes.«

»Wir müssen dieses Versteck finden!«, forderte Oswald.

»Lass uns noch etwas über die Benhagels sprechen«, wünschte Weiler und blickte Schröder an, der etwas überrascht den Kopf schüttelte.

»Ich kenne sie nicht. Schon während meiner Gefangenschaft zerbrach ich mir den Kopf darüber, warum ausgerechnet sie getötet worden sind. Emilia sagte mir immer wieder, dass ich das Ganze früher oder später verstehen werde. Ich hätte die Benhagels auf dem Gewissen.«

»Es muss doch eine Beziehung zwischen dir und der Familie Benhagel geben«, stellte Weiler fest.

»Ich sehe keine.«

Oswald legte ein Bild auf den Tisch, das die Familie Benhagel zeigte. Es stammte vom letzten gemeinsamen Familienurlaub. Das Bild hatte Hilde Benhagel den Polizisten einige Tage zuvor übergeben. Auch die Betrachtung des Fotos weckte in Schröder keine Erinnerungen. Er war sich sicher: Die Benhagels hatte er noch nie gesehen.

Kapitel 49: Sonntag

Emilia und der Mann mit den kurz rasierten Haaren saßen auf einer Bank am Rheinufer. Sie blickten auf die sanften Wellen des Flusses, die leise gegen den Uferbereich schlugen. Die Idylle an diesem Platz ließ sie für wenige Augenblicke ihren teuflischen Plan vergessen. Die beiden waren oft gemeinsam draußen unterwegs und genossen die Zweisamkeit in der Natur.

Seit nunmehr drei Jahren waren sie ein Paar. Beide konnten sich noch gut an das erste Treffen erinnern. Es fand in einer Bar in Berlin Mitte statt. Emilia war damals – es war ein wunderbarer Sommertag im Juli – zum ersten Mal in Deutschland. Zu verdanken hatte sie die Reise Enrico Parzelli.

Sie musste nicht lange überlegen, als sie eines Abends von ihm über seine Pläne in Kenntnis gesetzt worden war. Schließlich wusste sie nur zu gut, wie es abzulaufen hatte. Alle hatten stets betont, in welch berüchtigter Familie sie aufwachsen würde und dass das Schicksal es wollte, dass ihr weiterer Werdegang bereits vorbestimmt war.

Immerhin war sie nun 35 Jahre alt, und Parzelli hatte inzwischen das Gefühl, dass sie bereit war, in seinem Clan mitzuwirken. Der erste Auftrag sollte denn auch keine allzu schwierige Sache werden. So war es immer. Jeder Bäcker bäckt am Anfang kleine Brötchen. So war es bei ihm, so sollte es auch bei Emilia sein.

Sie musste bei einem Mittelsmann eine Drogenlieferung in Empfang nehmen und diese einem Freund von Parzelli weiterreichen. Alles klappte nach Plan, und Emilia hatte damit ihre Reifeprüfung bestanden. Sie wurde so zu einem vollwertigen Mitglied des Clans.

Weil Parzelli mit Emilias Arbeit sehr zufrieden war, lud er sie am gleichen Abend zu einem Essen ein. Danach ließ man den für Emilia schicksalsträchtigen Tag in einer Bar ausklingen. Parzelli war es gewohnt, erfolgreiche Geschäfte gebührend zu feiern. Auch am besagten Abend war dies so. Eine Flasche Champagner jagte die nächste, und schon bald war Emilia vom Alkohol beduselt.

Langsam neigte sich der Abend dem Ende zu, als plötzlich nur noch Parzelli, Emilia und ein weiterer Gast in der Bar saßen. Der Unbekannte setzte sich zu den beiden, und sie kamen ins Gespräch. Man unterhielt sich rege über das Berliner Nachtleben, das so manches zu bieten hatte.

Da Parzelli seine Geschäfte in der Regel von anderen erledigen ließ, konnte er im Hintergrund agieren. Entsprechend war es ihm möglich, sich auch in die Öffentlichkeit zu wagen.

Schon bald hatte Emilia gemerkt, dass der Unbekannte nicht nur ein angenehmer Gesprächspartner, sondern auch eine durchaus attraktive Person war, obwohl er sicherlich zwanzig Jahre älter als sie war. Nach zwei weiteren Drinks, die der Unbekannte spendiert hatte, verließen Parzelli und Emilia gemeinsam die Bar.

Noch lange musste Emilia in dieser Nacht an den Unbekannten denken. Auch wenn Parzelli ihr eingetrichtert hatte, dass sie keine Beziehung zu einem Mann außerhalb des Clans aufbauen durfte, fühlte sie in dieser Nacht zum ersten Mal das Gefühl des Verliebtseins. Zum ersten Mal fragte sie sich, ob sie dieses Leben eigentlich wollte.

Habe ich nicht auch das Recht auf ein Privatleben, auf die Suche nach einem Partner, den ich hingebungsvoll lieben kann? Will ich nicht irgendwann in Weiß einen Mann heiraten, mit dem ich bis ans Ende meines Lebens glücklich sein kann?

Angesichts der Umstände blieb ihr dies verwehrt. Oder etwa doch nicht? Sie wollte den Mann, den sie an diesem Abend kennengelernt hatte, um jeden Preis wiedersehen.

Deshalb suchte sie einige Tage später erneut die Bar auf. Der Unbekannte saß am gleichen Platz. Schon bald waren die beiden wieder in ein tiefes Gespräch verwickelt, das schließlich in Rons Wohnung fortgesetzt wurde. Kurze Zeit später waren Ron Schindler und sie ein Paar.

Obwohl Parzelli anfänglich keine Freude daran hatte, dass Emilia eine Beziehung mit einem Mann außerhalb des Clans und erst noch mit deutscher Nationalität eingegangen war, fand er an Ron zusehends Gefallen. Nach einigen Monaten band er ihn in seine Organisation ein.

»Meinst du, Schröder hat die Nachricht schon entdeckt?«, fragte Ron.

»Ich hoffe es doch. Er hat ja nur bis Donnerstag Zeit. Dann werden wir sein Leben endgültig zerstören.«

»Sein Leben ist schon ruiniert.«

»Schröder weiß nicht, was ihm noch blüht. Deshalb geben wir ihm mehr als drei Tage Zeit, um die Sache aufzuklären und weiteres Unheil abzuwenden.«

»Meinst du, wir kriegen Parzelli aus dem Gefängnis heraus?«, wollte Ron von Emilia wissen.

»Unser Plan wird aufgehen. Die Person, die wir dafür benötigen, frisst uns jedenfalls schon aus der Hand.«

Die beiden blickten auf den Fluss, der vor ihnen lag. Bis zum bitteren Ende für Schröder würde noch viel Wasser den Rhein hinunterfließen.

Im Kapitel 50: Sonntag

Vock wollte soeben für die Kollegen beim Asiaten nebenan ein Mittagessen holen, als Stefan Aregger vom BKA die Kriporäumlichkeiten betrat. Irgendwas hatte er an sich, dass sofort alle ihre Arbeit beiseitelegten und auf die ersten Worte des Ankömmlings warteten.

Aregger galt beim Bundeskriminalamt als einer der Besten seines Fachs. Er war eher klein und sehr gepflegt. In seinem schwarzen Anzug und dem weißen Hemd darunter wirkte er adrett. Seine Kollegen bezeichneten ihn als Gewinnertyp, der die Karriereleiter im Eiltempo erklommen hatte.

Auch im Sport hatte er früher große Erfolge feiern können. So gehörte er im Schwimmen dem Nationalkader an, bevor er sich entschied, bei der Polizei Karriere zu machen. Allerdings galt er aber auch als ungeduldig und als Kontrollfreak, da er grundsätzlich jedem gegenüber misstrauisch war.

»Ich bin im Namen des BKA hier. Wir übernehmen nun den Fall!« Ohne einen Gruß an die Anwesenden zu entrichten, hatte er bereits das Zepter an sich gerissen.

»Der Bundesinnenminister persönlich hat uns den Auftrag erteilt. Da Parzelli anscheinend in die Sache verstrickt ist und das BKA sich vor einigen Wochen bereits mit ihm auseinandergesetzt hat, sind wir nun gefordert.«

Rauschgiftkriminalität im größeren Stil und auch italienisch organisierte Kriminalität waren in der Regel Deliktsbereiche des BKA.

»Wer ist Oswald?«, wollte Aregger, der den meisten schon nach wenigen Augenblicken unsympathisch erschien, sofort wissen. Auch hier hatte es nicht lange gedauert, bis er seinem Ruf gerecht wurde. Man sagte, er sei sehr arrogant.

Nachdem sich Aregger kurz vorgestellt hatte, erklärte er, dass er zusammen mit Schröder selber die Ermittlungen übernehmen werde.

Etwas irritiert blickten sich die anwesenden Kriminalbeamten an.

Sollten sie nun erstmals einen neuen Chef erhalten? Alle mochten Oswald, der als loyaler Vorgesetzter galt. Nur selten wurde er laut. Seine Aussagen waren stets durchdacht.

Oswald hingegen konnte es nur recht sein. Endlich konnte er die Verantwortung für den Fall abgeben. Normalerweise hatten sie es mit größeren Diebstählen oder mittelschweren Gewaltdelikten zu tun. Eine Mordserie war für seine Männer dagegen eindeutig eine Nummer zu groß.

Aregger zitierte Oswald und Schröder in eines der Besprechungs-zimmer, während alle anderen im Großraumbüro zurückblieben. Auf dem Weg dorthin fragte sich Oswald, wie Aregger wohl reagieren würde. Er wäre nicht überrascht gewesen, wenn sich der BKA-Beamte gleich lauthals über den Ermittlungsstand beschwe-ren würde.

»Die Situation ist klar. Wir haben mehrere Tote. Weitere Opfer darf es nicht geben. Die Verunsicherung in der Gesellschaft ist groß, spätestens seit klar ist, dass es nicht mehr nur um die Familie Ben-hagel geht. Jeder kann Opfer des Serienkillers werden.«

»Oder der Serienkiller?«, präzisierte Oswald.

»Immerhin. Soweit habt ihr also auch schon gedacht. Lasst uns dies herausfinden«, fügte Aregger bissig an.

»Ich kann dir durchaus etwas zum Fall berichten.« Oswald wollte nicht wie ein Clown dastehen. Es war ja nicht so, dass sie noch nichts herausgefunden hatten.

»Möglich«, murmelte Aregger vor sich hin.

»Wir müssen uns fragen, was unseren Tätertyp ausmacht«, erklärte Schröder in der Hoffnung, dass sich Aregger wieder etwas beru-higte.

»Hast du mit dieser Sorte von Verbrechern Erfahrung?«, fragte Os-wald Schröder.

»Ich habe in der Vergangenheit auch schon Serienmörder gejagt und mich mit deren Eigenschaften auseinandergesetzt. Die typi-schen Serienmörder gibt es leider nicht. Ihre Taten sind unbegreif-lich. Vielleicht geht genau deshalb eine solche Faszination von ihnen aus. Das FBI teilt sie übrigens nach dem Grad ihrer Planungen ein«, erklärte er.

»Was bedeutet das?«, wollte Oswald wissen.

»Es gibt organisierte und unorganisierte Täter. Gerade bei Letzteren gelingt oft eine schnelle Festnahme, weil sie spontan handeln und Spuren hinterlassen. Dieser Typus ist allerdings eher selten.«

»Dann haben die meisten Serientäter einen regelrechten Mordplan?«, fragte Oswald nach.

»Ja. Der typische Täter ist sich der Auswirkungen seiner Taten bewusst. Er wählt seine Opfer niemals zufällig, sondern aufgrund bestimmter Merkmale.«

»Das ist in unserem Fall bestimmt so!«

»Genau, Markus. Das bietet uns gewisse Ermittlungsmöglichkeiten. Allerdings ist es bei vielen Serientätern leider nur schwer möglich, das Motiv hinter den Verbrechen zu rekonstruieren.«

Für einen Moment kehrte Ruhe ein. Dann ergriff erneut Schröder das Wort.

»Eine britische Kriminalpsychologin hat sich intensiv mit diesem Thema auseinandergesetzt. Sie hat das Psychogramm verschiedener Serientäter miteinander verglichen. Dabei hat sie Bemerkenswertes festgestellt. Nahezu alle der untersuchten Personen waren Vorzeigebürger. Sie sind die netten Typen von nebenan, die gut in der Gesellschaft integriert sind. Sie sind überaus hilfsbereit. Weil sie so charmant wirken, ist es ihnen möglich, die Mitmenschen in ihren Bann zu ziehen. Das macht sie umso gefährlicher, da sie auch in der Lage sind, in andere Rollen zu schlüpfen. Oft geben sie sich auch als Polizisten aus. Weiter sind sie sehr egozentrisch und prahlen mit ihren Taten. Sie sind stolz auf das, was sie gemacht haben und wollen ihr Handeln anderen mitteilen. Dies könnte auch in unserem Fall so sein. Das ist die Achillesferse des Täters. Dies würde uns eine kleine Chance lassen, ihm auf die Spur zu kommen. Auf jeden Fall manipulieren sie ihre Mitmenschen und spielen diese gegeneinander aus. Es ist ihnen möglich, andere nach ihrer Pfeife tanzen zu lassen. Um nach außen ihre Rolle perfekt zu praktizieren, lesen sie auch aktuelle psychologische Forschungsliteratur«, führte Schröder weiter aus.

»Dann müssen wir in Erfahrung bringen, wer solche Bücher kauft«, schlug Oswald vor.

»Vergiss es. Im Internet findet man unzählige solcher Texte. Das wäre nur eine Sisyphusarbeit. So kommen wir nicht weiter.«

Aregger wirkte weiterhin sichtlich genervt.

Nachdem Schröder alles erzählt hatte, lag es an Aregger, die weiteren Schritte einzuleiten.

»Wir brauchen unsere Profiler, da wir auf eine operative Fallanalyse angewiesen sind«, hielt er fest. »Wisst ihr hier in der Provinz, was das ist?«

Oswald schluckte Areggers erneute verbale Entgleisung. Menschen, die ihn vom hohen Ross herab behandelten, mochte er nicht. Und der BKA-Mann gehörte zweifelsfrei zu dieser Sorte.

»Mir ist immer noch unklar, ob ich nur deshalb Opfer geworden bin, weil ich Parzelli hinter Gitter gebracht habe. Ich werde in meinem Umfeld etwas recherchieren. Vielleicht gibt es da etwas, was uns einen Schritt weiterbringt. Da wäre noch Parzelli. Ich muss mit ihm sprechen. Lieber heute als morgen!«, erklärte Schröder.

»Dann ist ja alles klar!« Aregger sprang aus seinem Sessel hoch, dankte Oswald kühl für seine bisherige Arbeit und verließ den Raum.

Oswald und Schröder blieben noch eine Weile im Raum zurück. Während Schröder Areggers direkte und forsche Art kannte und damit umzugehen wusste, war Oswald von Areggers Verhalten angewidert.

»Ich kann diesen Typ nicht ausstehen. Er meint wohl, etwas Besseres zu sein, nur weil er beim BKA arbeitet.«

»Sich aufzuregen, bringt nichts! Lass uns nach vorne zu den anderen gehen. Es tut mir gut, wenn ich wieder etwas unter Menschen sein kann.«

Kurz darauf verließen die beiden den Raum. Auf dem Weg zu den anderen kam Oswald nochmals auf Aregger zu sprechen.

»Kennt ihr euch gut?«

»Wir hatten ein paar Mal miteinander zu tun. Dies aber nur telefonisch. Also, nein. Ich weiß nur von Kollegen, dass er sehr ambitioniert ist und Tag und Nacht arbeitet. Er liebt seinen Job.«

»Aber muss er so einen Aufstand machen und uns wie Dilettanten dastehen lassen?«

»Natürlich nicht. Aber wer beruflich so verbissen ist, dem fehlt oft der Blick für das Menschliche.«

»Da könntest du recht haben.«

Kapitel 51: Sonntag

»Und, sagst du es Julia?«, wollte Vock nach der gemeinsamen Nacht wissen. Die beiden standen etwas abseits, wobei sie eine Plastikbox in Händen hielten. Der Geruch des Currys breitete sich langsam aber stetig im ganzen Raum aus.

»Ich weiß es nicht«, flüsterte Weiler Vock zu, während er ihr kurz tief in die Augen blickte. Den beiden war bewusst, dass sie Gefühle füreinander entwickelt hatten. Ob Weiler aber bereit war, seine Familie zu verlassen, war Vock nicht klar. Sie streichelte Weiler zärtlich über dessen Hand. »Ich finde dich echt eine interessante Person.«

»Interessant? Das ist aber ein nettes Kompliment«, antwortete Weiler etwas spöttisch.

»Du weißt, wie ich es meine. Wir verstehen uns wirklich super. Und optisch bist du absolut mein Typ. Nie hätte ich dich von der Bettkante stoßen können.«

»Ist das jetzt ein weiteres Angebot?«, wollte er wissen. Er schien leicht irritiert zu sein. Vor allem wusste er nicht, wie sehr Vock wirklich an ihm interessiert war.

Will sie mich nur erobern, mich noch ein paar Mal ins Bett kriegen und dann links liegen lassen? Oder ist sie wirklich an einer echten Beziehung interessiert?

Er hatte in diesem Moment keine Lust, sich darüber groß den Kopf zu zerbrechen.

»Nenne es, wie du möchtest. Ich habe dir gesagt, dass wir gerne weitere Nächte gemeinsam verbringen können. Und damit meine ich übrigens nicht, dass du auf meinem Sofa schläfst.« Sie zwinkerte ihm zu. Weiler erwiderte den Blick nur kurz. Er war sich unschlüssig.

»Gib mir etwas Zeit. Ich mag dich ja auch. Aber du weißt bestimmt, dass Beziehungen zwischen Arbeitskollegen gefährlich sind.«

»Ja, das weiß ich. Aber wir könnten wirklich viel Spaß miteinander haben. Du hast unsere gemeinsame Nacht doch auch genossen.«

Genau in diesem Moment näherte sich Schröder den beiden.

»Alles klar bei euch?« Er wartete kurz und stellte dann eine weitere Frage: »Seid ihr eigentlich ein Paar?«

Weiler blickte Schröder entsetzt an. Auch Vock konnte ihm für einen Moment nichts mehr entgegen.

»Entschuldigt mich! Ich wollte nicht indiskret sein. Es geht mich auch nichts an. Aber ihr wirkt sehr vertraut.«

»Wir sind froh, dass du wieder auf freiem Fuß bist. Das Ganze muss schlimm für dich gewesen sein.« Vock versuchte mehr schlecht als recht, auf ein anderes Thema auszuweichen.

Schröder entging diese Absicht nicht. Er beherrschte das «Zwischen-den-Zeilen-lesen» perfekt. Er ließ sich dies aber nicht anmerken und erzählte sehr detailliert, wie er seine Gefangenschaft erlebt hatte und welches Mordschema hinter der Sache steckte.

»Wieso ausgerechnet griechische Götter?«, fragte Weiler, der sich immer noch schlecht fühlte, weil er dachte, dass Schröder vielleicht etwas von der Affäre mitbekommen hatte.

»Darüber habe ich natürlich ebenfalls nachgedacht«, begann Schröder. »Vielleicht ist der Mörder Grieche. Allerdings ist diese Erklärung wohl zu naheliegend.«

»Hast du eine bessere?«, wollte Vock wissen.

»Es könnte sein, dass es eine Beziehung zwischen den Benhagels und einer oder mehreren griechischen Personen gibt. Aber auch dieses Mordmotiv würde mich überraschen. Welcher Mörder legt absichtlich Hinweise, die auf seine Spur führen?«

»Vielleicht eine psychisch kranke Person? Oder aber er möchte mit der Polizei spielen.«

»Das ist die einzig mögliche Erklärung, Iris. Nur ein Irrer würde so handeln«, bestätigte Schröder. »Oder...«

»Es handelt sich um eine Beziehungstat«, platzte es aus Vock heraus.

Natürlich war die Erklärung, es handle sich um eine psychisch gestörte Person, zu einfach. Man musste trotz allem auch eine Beziehungstat in Betracht ziehen. Von den fünf ermordeten Personen stammten schließlich drei aus der gleichen Familie.

»Dein Onkel ist ja auch tot«, fügte Weiler an und hoffte, dass ihm Schröder dazu eine logische Erklärung abgeben würde.

»Ja, und genau das verstehe ich nicht. Wenn es sich um eine Beziehungstat handelt, müsste es eine Verbindung zwischen den Benhagels, dem Opfer auf der Kirmes und meinem Onkel geben. Also stützt dies vielleicht doch meine These des psychisch kranken Täters.«

»Was die Suche nicht einfacher macht«, bilanzierte Vock kurz und knapp.

»Da hast du recht. Es sei denn, der Täter verliert die Kontrolle über sein Werk. Dann haben wir reelle Chancen, ihn zu fassen. Bei Beziehungstaten sind übrigens oft gescheiterte Beziehungen ein Motiv. Dies macht die Suche nach einem Täter einfacher. Auch Streitereien können zu Beziehungstaten führen. Bei der Aufklärung spielt die DNA-Untersuchung eine entscheidende Rolle. Deshalb müssen wir im Umfeld der Opfer DNA-Abgleiche machen.«

Schröder verabschiedete sich nach diesen Worten schließlich von den beiden und zwinkerte ihnen beim Weggehen dezent zu. Weiler und Vock wussten, dass Schröder wohl mehr von ihrem Techtelmechtel wusste, als ihnen lieb war.

Kapitel 52: Sonntag

Den Gast, den beide erwarteten, hatten sie an diesem Sonntag-
vormittag unter einem Vorwand nach Mannheim bestellt. In einer
Gelateria in der Innenstadt wollte man sich treffen und eine bedeutende Sache besprechen. Emilia und Ron waren wie immer einige
Minuten früher am vereinbarten Ort eingetroffen. Die beiden hass-
ten nichts mehr als Unpünktlichkeit. Für sie war es ohnehin von
immenser Wichtigkeit, Zeiten einzuhalten. Schließlich durften sie
die Zielperson auf keinen Fall verpassen.
Der Ort, an dem sie sich befanden, hatten sie bewusst ausgewählt.
Die beiden hofften, dass sie inmitten der vielen Familien, die sich
an diesem heißen Sommertag ein Eis gönnten, nicht auffallen würden. Man verzichtete darauf, sich abseits von jeglicher Zivilisation
zu treffen. Der eingeladene Gast sollte keinen Verdacht schöpfen.
Ungeduldig blickte Emilia zur Eingangstür, dann zur Theke. Dort
hatte sich inzwischen eine lange Warteschlange gebildet, die bis
nach draußen reichte. An warmen Tagen florierte Enzos Gelateria.
Ron wies seine Partnerin an, kühlen Kopf zu bewahren.
*Warum ich so nervös bin, weiß ich wirklich nicht. Im Gegensatz zu
meinen letzten Missionen stellt diese hier einen Klacks dar, zumal
keine Person getötet werden muss. Vielleicht bin ich gerade deshalb so aufgeregt. Kann es sein, dass mir das Töten einfacher fällt
als ein wichtiges Gespräch zu führen?*
Sie verzichtete darauf, sich darüber das Gehirn zu zermartern.
»Du weißt, was zu tun ist.«
Emilia nickte ihrem Freund zu.
Beide wussten im Grunde nicht viel von der Person, die sie eingeladen hatten. Erst einen Tag zuvor hatten sie deren Namen in
Erfahrung gebracht. Nach einigen Diskussionen hatten sie sich entschieden, den Mann zu kontaktieren. Es konnte nur in Parzellis Interesse sein, dass sie der Person auf den Zahn fühlten. Ein Vorwand
für das Gespräch war schnell gefunden.
Emilia hatte dem Mann am frühen Morgen am Telefon unter fal-

schem Namen ein Jobangebot gemacht, das dieser unmöglich ausschlagen konnte. Folglich signalisierte er sofort seine Bereitschaft, dem Treffen beizuwohnen. Dafür hatte der Mann auch die Bahnfahrt von Frankfurt nach Mannheim in Kauf genommen.

Als ein großer, hagerer Mann in einem Polo-Shirt hereinkam, vermutete Emilia sofort, dass dies ihr Mann war, auch wenn sie sein Foto am Morgen im Internet trotz intensiver Suche nicht gefunden hatte. Er trug eine Ray-Ban Sonnenbrille und hatte eine braune Ledermappe dabei. Der suchende Blick verriet ihr, dass ihr Klient soeben das Lokal betreten hatte. Emilia erhob sich aus ihrem Sessel und näherte sich vorsichtig.

»Ich denke, wir haben am Morgen telefoniert«, begann Emilia das Gespräch.

»Freut mich, Sie kennenzulernen.«

»Hatten Sie eine gute Anreise?«

»Alles hat nach Plan geklappt. Es ist bei der Deutschen Bahn nicht immer der Fall, dass man rechtzeitig am gewünschten Ort ankommt.«

»Darf ich Sie meinem Partner vorstellen? Das hier ist Leo Anderegg.« Emilia deutete in die hintere Ecke des Lokals. Sie hatte dem Mann nicht den richtigen Namen ihres Partners gesagt. »Setzen Sie sich bitte! Wir haben Ihnen ein Angebot zu machen.«

Gebannt hörte der Mann den Ausführungen zu. Was er zu hören bekam, deckte sich zwar nicht mit den Erwartungen, die er nach dem Telefongespräch am Vormittag gehegt hatte. Dennoch klang die Sache, die er soeben vernommen hatte, interessant. Er konnte sich mit einem kleinen Dienst eine fünfstellige Eurosumme verdienen. Dafür musste er den beiden nur einen kleinen Gefallen erweisen. Warum er dies tun sollte, darüber durfte er keine Fragen stellen. Dies war Teil der Abmachung. Angesichts einer Vorauszahlung von fünftausend Euro, die er bar auf die Hand erhalten würde, machte ihm dieses Verbot nichts aus. Am Ende verabschiedeten sich die beiden Parteien im Wissen, dass alle von der Sache profitieren würden.

Das Geld sollte dem Mann helfen, sein Problem ein Stück weit zu lösen. Er verließ das Lokal auf direktem Weg und machte sich an die Arbeit. Emilia und Ron Schindler blieben noch eine Weile sitzen und genossen Enzos Eis, das sie nicht zum ersten Mal verzehrten. Enzo machte das beste Eis der Stadt. Als Italienerin war dies Emilia klar.

Kapitel 53: Sonntag

Es war bereits nach 19 Uhr, als Nick Schröder das Büro von Aregger aufsuchte. Man hatte am Nachmittag vereinbart, sich abends zu einer Standortbestimmung zu treffen. Die Räumlichkeiten des BKA in Wiesbaden wirkten an diesem Sonntagabend wie ausgestorben. Areggers Büro lag in der zweiten Etage.

»Hast du dich schon etwas erholen können?«

»Ja, mir geht es eigentlich ganz gut. Ich stelle mir weiterhin die Frage, warum ich zum Opfer geworden bin.«

»Dies ist nur eine Frage, die es aufzuklären gilt. Dazu brauchen wir aber noch ein paar Informationen von dir.« Aregger wollte nicht lange um den heißen Brei herumreden. »Was kannst du mir über den Ort berichten, an dem du gefangen gehalten worden bist?«

Als Kriminalbeamter war es Schröder gewohnt, sich alle Details einzuprägen. Es war Teil der Ausbildung, dass das genaue Beobachten geschult wurde. Jedes Detail konnte eine Ermittlung ein gehöriges Stück weiterbringen. Auch in diesem Fall gelang es ihm, sich ein paar markante Dinge zu merken.

»Ich hörte andauernd das leise Vibrieren eines Motors. Der Raum hatte keine Fenster. Ich gehe davon aus, dass ich irgendwo in einem Untergeschoss festgehalten worden bin. Der Raum war relativ groß. Eine genaue Angabe kann ich leider nicht machen. Es handelte sich wohl um das Untergeschoss einer alten Fabrikhalle. Das sagt mir aber nur mein Gefühl. Ich habe ja nur den Raum gesehen, in dem ich gefangen gehalten wurde.«

»Hast du irgendwelche Geräusche wahrnehmen können? Vielleicht vom Verkehr einer Straße oder einer Eisenbahn?«

»Nein. Da war nichts zu hören. Mir ist noch aufgefallen, dass es sehr warm war.«

»Hatte es Gegenstände im Raum?«

»Außer einer Matratze und einem Bettbezug habe ich nichts erkennen können. Die Farbe der Bettwäsche war mehrheitlich blau. Es hatte aber auch einige weiße Streifen darauf.«

Akribisch tippte Aregger alle Informationen in seinen Computer ein. Schließlich erklärte er Schröder, was er am Nachmittag herausgefunden hatte.

»Unsere Männer waren heute sehr aktiv. Sie fanden noch etwas Wichtiges heraus. Benhagels waren letztes Jahr in Griechenland im Urlaub. Sie mieteten eine Ferienwohnung auf Kreta und verbrachten zwei Wochen dort. Soweit wir wissen, gab es mit dem Vermieterehepaar Probleme. Es soll um offene Geldfragen gegangen sein.«

»Dann könnten sie deshalb umgebracht worden sein?«

»Möglich ist es. Klaus und Hilde Benhagel waren zusammen mit ihren beiden Kindern da. Wir haben Fred Müller nach Griechenland geschickt. Er soll sich mit dem Vermieterehepaar unterhalten und herausfinden, ob es etwas mit den Morden zu tun hat.«

»Wann wird Fred da sein?«

»Er sitzt schon im Flugzeug. Er wird sich gleich morgen früh mit Familie Zappas unterhalten.«

»Wie geht es eigentlich Frau Benhagel?«

»Man hat ihr Benzodiazepine verabreicht. Dadurch schläft sie sehr viel. Ich konnte heute trotzdem kurz mit ihr sprechen. Dabei hat sie mir von ihrem Familienurlaub in Griechenland erzählt.«

»Weitere Erklärungen für die Morde hat sie nicht?«

»Auf jeden Fall erzählt sie uns nichts davon. Ich habe allerdings den Verdacht, dass mehr hinter der Sache steckt, als wir im Moment annehmen. Wir werden sie morgen nochmals im Krankenhaus besuchen.«

»Wir?«

»Ich will, dass du mich begleitest, Nick. Du bist auch zum Opfer geworden. Vielleicht erkennst du während des Gesprächs noch etwas, das mir bis anhin entgangen ist.«

»In Ordnung. Ich werde morgen dabei sein!«

Schröder verließ das Büro und schritt eilig Richtung Treppe. Durch den Haupteingang gelangte er auf den Parkplatz vor dem BKA-Gebäude. Als er bei seinem Wagen eintraf, fasste er in die Hosentasche seiner Jeans, da er den Autoschlüssel herausholen wollte. Erst jetzt bemerkte er, dass etwas darin steckte. Er zog ein zusammengefaltetes Stück Papier heraus, öffnete es und begann zu lesen: *Am Donnerstag, um 12.00 Uhr, werden wir Ihr Leben endgültig zerstören. Sie werden spätestens dann die ganze Bedeutung der Angelegenheit zu spüren bekommen. Die Hölle ist im Gegensatz dazu ein Paradies. Wir geben Ihnen aber noch einige Tage, bis wir unser göttliches Werk vollenden. Und vergessen Sie nie: Wir hätten Sie zuletzt ohne Weiteres beseitigen können.*

Er war sich sicher. Die Notiz musste von den Entführern stammen. Und mit den Worten lagen sie durchaus richtig: Sie hätten ihn jederzeit in diesem verlassenen Keller eliminieren können. Niemand hätte davon Wind gekriegt, und er hätte vielleicht für immer als verschollen gegolten. Die Vorstellung ließ ihn erschaudern. Gleichzeitig fragte er sich, warum er nicht getötet worden war. Eine Antwort auf diese Frage sollte er nicht bekommen. Noch nicht.

Kapitel 54: Montag

Der Fahrer des Taxis drückte vehement aufs Gaspedal. Fred Müller war es nicht gewohnt, so schnell durch die Gegend chauffiert zu werden. Mehrmals wies er den Fahrer an, das Tempo zu mäßigen. Er tat es vergeblich. Zwar drückte der Fahrer kurz danach auf die Bremse, doch keine Minute später zeigte der Tachometer bereits wieder mehr als hundert Stundenkilometer an.

Müller hatte gar keine Zeit, die imposante Küstenlandschaft zu bestaunen. Zu sehr war er darauf fokussiert, den Fahrer und die Geschwindigkeit zu kontrollieren. Als sie in der Ferne erste Häuser erkennen konnten, verringerte der Fahrer das Tempo, worauf sich Müller lapidar bedankte.

»Wir sind hier im Süden«, erklärte der Fahrer in verhältnismäßig gutem Deutsch. »Da fahren alle etwas schneller als bei Ihnen in Deutschland.«

»Sie wissen, dass ich aus Deutschland stamme?«, fragte Müller etwas irritiert.

Obwohl er dies nie erwähnt hatte, hatte der Fahrer dies sofort bemerkt.

»So wie Sie sich kleiden, müssen Sie aus Deutschland kommen!« Müller versuchte, die Sache nicht persönlich zu nehmen, auch wenn ihn der Satz sehr störte. Klischeehafte Gedanken! Nichts hasste er mehr. Trotzdem verzichtete er auf eine Antwort.

»Bald sind wir in Chersonissos! Soll ich bei einem der besten Pubs stoppen?«, wollte der Fahrer wissen.

»Nein, halten Sie am Ortsausgang. Von dort finde ich den Weg«, antwortete Müller kurz.

Er hatte keine Lust, mehr als nötig mit dem braungebrannten Fahrer zu sprechen. Schließlich hatte Müller eine kurze Nacht hinter sich.

Nach dem rund vierstündigen Flug von Frankfurt nach Heraklion hatte Müller ein Hotel ganz in der Nähe des Flughafens bezogen und sich dort abends an der Hotelbar noch auf das anstehende Gespräch vorbereitet. Müller musste sich in die Akten einlesen und einige wichtige Fragen notieren, die er gleich stellen wollte.

Das Taxi passierte in diesem Moment den Ortskern. Überall wimmelte es von Souvenirläden, die Tiefstpreise versprachen, und kleinen Restaurants.

Von der Familie, die hier am Meer einen klassischen Strandurlaub erlebte, über Singles, die in kleinen Gruppen einen Partyurlaub genossen, bis hin zu landschaftlich und kulturell interessierten Personen, die er an den Kameras und den Rucksäcken erkannte, fand man in Chersonissos alles.

Am Ende des Ortes bezahlte Müller den Fahrer und stieg aus. Von seinem Handy ließ er sich an die gesuchte Adresse navigieren. Nach zwei Minuten stand er vor einer Villa. Das große Tor am Eingang, hinter dem sich zunächst ein kleiner Garten und danach das Wohngebäude befanden, war mit blau-weißer Farbe analog den griechischen Nationalfarben gestrichen worden.

Müller klingelte an der Pforte, woraufhin sich ihm wenige Augenblicke später ein kleiner, rundlicher Mann mit Sonnenbrille näherte. Er trug über seinen dunklen, welligen Haaren eine Baseballmütze mit unbekanntem Emblem. Müller schätzte den Mann auf etwa fünfzig Jahre.

»Willkommen in Griechenland. Ich hoffe, Sie hatten eine gute Anreise.«

Theo Zappas gab sich betont freundlich.

»Ich bin froh, dass Sie Deutsch sprechen. Meine Griechischkenntnisse halten sich in Grenzen.«

»Ich habe zwei Jahre meines Lebens in Köln verbracht, wo ich mit einem Kollegen eine kleine Taverne betrieben habe.«

Zappas bat Müller herein. Er führte ihn durch das Wohnzimmer auf eine Dachterrasse. Nicht unweit konnte man das himmelblaue Meer sehen. Eine erfrischende Brise wehte Müller entgegen. Am Morgen war es hier noch nicht so heiß.

»Wo ist Ihre Frau?«

»Sie besucht ihre Schwester in einem kleinen Dorf an der südlichen Küste. Darf ich Ihnen einen Ouzo anbieten?«

»Nein danke, ich bin im Dienst.«

»Einen Kaffee?«

Diesen lehnte Müller nicht ab. Zappas begab sich in die Küche. Schließlich kehrte er mit einem Kännchen Kaffee, etwas Milch und Zucker auf die Terrasse zurück.

»Ich danke Ihnen nochmals, dass Sie sich Zeit für mich nehmen. Wie schon am Telefon gesagt: Wahrscheinlich werden Sie mir nicht weiterhelfen können. Allerdings habe ich dennoch ein paar Fragen an Sie.«

»Sofern ich Ihnen diese beantworten kann, gebe ich gerne Auskunft.«

Zappas zeigte sich zumindest nach außen hin kooperativ.

»Es geht um Familie Benhagel.«

Zappas quittierte den Namen mit einem tiefen Seufzer.

»Ach, die lieben Benhagels. Sie haben uns eine Menge Ärger bereitet.«

»Wie meinen Sie das?«

»Sie wissen sicher, dass ich mir hier ein kleines Imperium aufgebaut habe, was Ferienwohnungen betrifft. Ich hatte das Glück, von meinen Eltern viele Liegenschaften geerbt zu haben. Im Laufe der Zeit habe ich mir weitere Objekte hinzugekauft, die ich alle an Touristen vermiete. Wir können uns so einen gewissen Wohlstand in unserem Leben leisten.«

Zappas deutete mit seiner Hand durch die Scheibe auf die wertvollen Gemälde an der Wand und die goldene Statue in einer Vitrine.

»Der Wert des goldenen Löwen kann man nur schwer beziffern. Er dürfte eine halbe Million Euro gekostet haben.«

»Und Sie stellen diesen hier öffentlich zur Schau?«

»Jeder weiß, dass wir vermögend sind. Alle haben aber auch Respekt, da ich gewisse Leute kenne, mit denen man sich nicht anlegen sollte. Verstehen Sie?«

Müller mimte den Ahnungslosen.

»Ich spreche von ein paar Kleinkriminellen, die hier auf der Insel zu Hause sind.«

Müller notierte sich dies sofort.

Ist dies der Schlüssel zur Auflösung des Falles? Hat Zappas vielleicht mehr mit der Mordserie zu tun, als ich zu Beginn noch gedacht habe?

Entsprechend interessiert zeigte sich Müller nun.

»Kommen wir zu den Benhagels zurück. Sie sollen sie bedroht haben.«

»Bedroht? Ich war wütend auf sie, weil sie einen Gegenstand aus der Mietwohnung mitgehen ließen. Es handelte sich um eine antike Vase. Der Wert des Objekts war gering. Aber es ging mir um das Prinzip. Hatten sie das Recht, diese einfach mitzunehmen?«

»Ich kann nicht beurteilen, ob die Benhagels die Vase entwendet haben. Ich war nicht dabei.«

»Wenn ich es Ihnen doch sage! Benhagels sind Diebe. Also rief ich sie an und forderte sie auf, mir die Vase umgehend zurückzusenden oder sie mir zu bezahlen. Sie meinten, sie hätten diese nicht. Also sagte ich ihnen, ich würde Maßnahmen einleiten, um die Vase wieder zu beschaffen.«

»Also haben Sie ihnen doch gedroht!«

»Wenn Sie dies als Drohung ansehen, dann ja!«

»Das ist mit Sicherheit eine Drohung. Nochmals zu Ihrer Aussage zurück: Wie sehen denn diese Maßnahmen aus, von denen Sie gesprochen haben?«, wollte Müller schließlich doch noch genauer wissen.

Zappas begann zu erzählen. Sein Gegenüber hörte aufmerksam zu, während er sich einige weitere Notizen machte.

Als Zappas seinen Monolog beendet hatte, resümierte Müller: »Ich muss Ihnen mitteilen, dass Klaus, Mirko und Caro Benhagel tot sind. Aufgrund Ihrer Ausführungen denke ich, dass Sie ab sofort zu den Hauptverdächtigen zählen.«

Zappas erblasste. Er hatte zwar gewisse Dinge in die Wege geleitet, hoffte aber nun, dass die beauftragte Person nicht zu weit gegangen war.

Kapitel 55: Montag

Hilde Benhagel lag weiterhin im Zimmer 219 in der zweiten Etage des Freiburger Universitätsklinikums. Noch immer standen zwei Polizisten vor ihrer Tür und schoben Wache. Man wollte unter allen Umständen verhindern, dass sie in eine gefährliche Situation geriet. Als Aregger und Schröder an diesem Montagmorgen kurz nach zehn vor dem Zimmer erschienen, wurden sie von den Wachen sofort erkannt.

Hilde Benhagel lag in ihrem Bett und starrte ins Leere. Sie hatte erst nach wenigen Sekunden von den beiden Kriminalisten Notiz genommen.

»Da wäre ich wieder. Guten Morgen, Frau Benhagel.«

Es dauerte einen Moment, bis sie erkannte, wer vor ihr stand.

»Wir konnten uns gestern ja schon etwas unterhalten. Neben mir steht Nick Schröder. Er arbeitet auch beim Bundeskriminalamt in Wiesbaden.«

Unsicher blickte Hilde Benhagel den Polizisten an. Als sie merkte, dass Schröder sie ebenfalls anschaute, wich sie seinem Blick schnell aus.

»Tut mir leid. Ich wollte Sie nicht so anstarren«, entschuldigte sich Schröder bei der Patientin.

»Kein Problem. Man hat mir Medikamente verschrieben, die mich beruhigen sollen. Deshalb bin ich etwas neben der Spur.«

»Wir haben noch ein paar Fragen an Sie. Ich hoffe, Sie sind in der Lage, uns diese zu beantworten. Die Zeit eilt. Wir müssen verhindern, dass es noch weitere Opfer gibt.«

»Ich verstehe«, antwortete sie kurz und trocken, ehe Aregger das Gespräch weiterführte.

»Nachdem Sie gestern erzählt haben, dass Sie letztes Jahr in Griechenland gewesen sind und daraufhin einen Drohanruf ihres Ferienwohnung-Vermieters erhalten haben, haben wir nun einen Mann nach Chersonissos geschickt. Er soll prüfen, ob die von Ihnen genannte Person etwas mit den Morden zu tun hat.«

Hilde Benhagel nickte, um zu signalisieren, dass sie verstanden hatte.

»Weiter möchte ich Sie nochmals fragen, ob Sie Wilhelm Küster kennen.«

»Wen?« Hilde Benhagel wirkte leicht verlegen.

»Wilhelm Küster. Er ist einer der Toten, der anscheinend nicht in einer Beziehung mit Ihrer Familie steht. Zumindest gehe ich derzeit davon aus.«

»Ich kenne ihn nicht. Vielleicht liegt es auch an den Medikamenten, dass ich mich an den Namen nicht erinnern kann. Ich kann Ihnen in diesem Punkt also nicht wirklich weiterhelfen.«

Aregger ließ es nicht auf sich bewenden und hakte nach: »Dann gibt es wirklich keine Verbindung zwischen Ihrer Familie und Wilhelm Küster?«

»Wenn ich es Ihnen doch sage: Ich kenne diese Person nicht.«

»Und wie sieht es mit Joshua Kramer aus?«

»Wer?«

Erst jetzt realisierte Aregger, dass Kramers Name noch gar nicht veröffentlicht worden war.

»Gestern wurde auf einer Bahn auf der Freiburger Kirmes ein junger Mann getötet.«

»Ich kenne die Person nicht.«

Aregger merkte, dass er nicht weiterkam. Einen Bezug zwischen den Benhagels und den beiden anderen Opfern gab es scheinbar wirklich nicht. Er gab aber noch nicht auf.

»Ist Ihnen zuletzt etwas aufgefallen, das anders als sonst war? Fühlten Sie sich beobachtet? Trafen Sie Personen, die sich merkwürdig verhielten? Bemerkten Sie Fahrzeuge, die Sie zuvor noch nie gesehen hatten? Jeder noch so kleine Hinweis kann entscheidend sein.«

Obwohl sich Hilde Benhagel bemühte: Sie konnte sich an nichts Ungewöhnliches erinnern.

»Werden Sie morgen an der Beerdigung Ihrer Familienangehörigen teilnehmen? Entschuldigen Sie meine Frage. Ich möchte es deshalb wissen, weil wir allenfalls Maßnahmen ergreifen müssen, um Sie zu schützen«, erklärte Aregger.

»Ich habe mir fest vorgenommen, morgen dabei zu sein. Es ist das Letzte, was ich für meine Lieben tun kann.«

Die Gerichtsmediziner hatten die Obduktionen inzwischen abgeschlossen und die Leichen freigegeben. Deshalb stand einer Abdankungsfeier nichts mehr im Weg.

Aregger glaubte zu erkennen, dass Hilde Benhagel noch gar nicht realisiert hatte, was eigentlich vorgefallen war, dass sie ihre drei engsten Familienmitglieder verloren hatte. War es der Schock? War es eine Reaktion des Unterbewusstseins, das imstande war, schlimme Nachrichten zu verdrängen? Oder lag es ganz einfach an den Benzodiazepinen?

Aregger wusste, dass sie alles Erdenkliche tun mussten, um Hilde Benhagel zu beschützen.

»Dann werden wir Sie morgen auf Schritt und Tritt verfolgen. Die Abdankungsfeier findet im Freiburger Münster statt. Viele Außenstehende werden wohl auch an der Messe teilnehmen wollen, da Ihr Schicksal ganz Deutschland berührt. Auch die Medien werden sicherlich anwesend sein und über die Abdankungsfeier berichten.«

»Am liebsten hätte ich mich persönlich ohne Gäste verabschiedet.«

»Das glaube ich Ihnen«, antwortete Aregger. »Das kann ich sehr gut nachvollziehen.«

Danach verabschiedeten sich die beiden Kriminalisten. Vor der Tür hielten sie an und diskutierten das weitere Vorgehen. Eines war sicher: Hilde Benhagels Schutz hatte höchste Priorität. Man musste damit rechnen, dass auch sie noch Ziel eines Mordanschlags werden würde. Aber warum war dies so? Die Antwort auf diese Frage war der Schlüssel zur Auflösung des Falles.

Aregger und Schröder verließen das Krankenhaus und setzten sich in ihre Fahrzeuge. Während Aregger sofort losfuhr, zog Schröder die Notiz, die er am Vortag entdeckt hatte, wieder aus der Tasche. Nochmals las er sie. Noch hatte er rund 72 Stunden Zeit, um Gegenmaßnahmen zu ergreifen.

Die Hölle ist im Gegenteil ein Paradies dazu.

Die Entführer sprechen von der Hölle. Was hat dies zu bedeuten?

Er las weiter.

Wir geben Ihnen aber noch einige Tage, bis wir unser göttliches Werk vollenden.

Welches Werk? Wie kann man bei fünf Morden von einem Werk

sprechen? Und erst noch von einem göttlichen? Das ist reiner Irr-
sinn.

Der letzte Satz hingegen war logisch.

Und vergessen Sie nie: Wir hätten Sie ohne Weiteres beseitigen
können.

Die Entführer hatten recht. Sie hätten ihn wirklich problemlos
töten können.

Als er schließlich losfahren wollte, klingelte sein Handy. Er nahm
den anonymen Anruf entgegen. Was er erfuhr, konnte er nicht glauben.

Kapitel 56

Heute Morgen hatte ich eine meiner regelmäßigen Untersuchun-
gen. Gerade jetzt! Der Zeitpunkt hätte nicht schlechter sein kön-
nen. Ich bin mit der ganzen Sache so beschäftigt, dass ich keine
Zeit für ein Geplänkel über mein Befinden und meinen Alltag habe.
Aber das durfte ich mir auf keinen Fall anmerken lassen. Kannst
du dir das vorstellen? In meinem Kopf rattert und raucht es seit
Tagen, ich bin total angespannt und gehe in Gedanken alle Plä-
ne wieder und wieder durch, in der Angst, irgendwo einen Feh-
ler gemacht zu haben. Selbstsicherheit und Zweifel wechseln sich
schneller ab, als ich mich darauf einstellen kann. Ich höre Furcht
einflößende Stimmen, die mich verhöhnen, weil ich es nicht einmal
auf die Reihe kriege, mich bei meinem Lebensretter angemessen
zu revanchieren. Sie lachen mich aus, finden immer wieder Lücken
und Unlogisches in meinen Plänen, hinterfragen jedes Detail und
machen sich darüber lustig, wenn ich aufgrund dessen alles noch
ein weiteres Mal überprüfe. Wenn sie da sind, werde ich aggres-
siv, kann mich nur schwer beherrschen, und manchmal schlage
ich auch um mich in meiner Ohnmacht und meiner Wut. Dann, so
plötzlich wie sie aufgetaucht sind, verstummen sie, lassen mich als
kleines, unsicheres Häuflein Elend zurück und überlassen mich mir

selbst. Und wenn ich glaube, nun wirklich am Ende meiner Kräfte zu sein, nehme ich aus dem Nichts die so sehnlichst erwarteten und weichen anderen Stimmen wahr, die mir wieder Mut zusprechen, die mir den Glauben an mich selbst zurückgeben und mich zum Weitermachen ermuntern. Sie geben mir Hoffnung und Zuversicht. Ich sitze auf Nadeln, weil auf keinen Fall etwas schieflaufen darf und weil für mich alles, wirklich alles auf dem Spiel steht.

Und dann saß ich dort, in diesem weichen dunkelgrünen Samtsessel, trank Tee und bemühte mich, absolut entspannt zu wirken. Vor jeder Antwort tief Luft holen, alle Wörter langsam und deutlich aussprechen, nur keine unpassenden Begriffe verwenden. Alles muss stimmig sein. Ich musste ruhig und ausgeglichen erscheinen. Schon am Vorabend begann ich, mich mit Meditation, klassischer Musik – natürlich italienischer – und Konzentrationsübungen zu beruhigen und auf dieses Verhör vorzubereiten. Und siehe da, es klappte. Ich hinterließ den gewünschten Eindruck. Der Arzt fiel auf mein Schauspiel herein und freute sich aufrichtig darüber, wie stabil ich bin. Bin ich so gut oder ist er so schlecht? Da stellt sich doch wirklich die Frage, wer von uns beiden Hilfe benötigt. Für mich ist das natürlich ein Triumph, und es nimmt mir die Selbstzweifel, die mich in den vergangenen Tagen fast zerfressen haben. Ich werde es schaffen. Ich kann bis zum Ende durchhalten. Es liegt ja schon fast zum Greifen nah. Wenn wir es hinter uns gebracht haben, muss ich mich endlich nicht mehr verstellen. Dann kann ich endlich sein, wie ich bin. Ich will keine Medikamente mehr, die mich verändern und aus mir einen faden und langweiligen Abklatsch meiner selbst machen. Sie machen mich teilnahmslos, emotionslos, desinteressiert, demotiviert und träge. So bin ich nicht, das weißt du! Ich bin von Natur aus energiegeladen und unternehmungslustig. Ich bin für jeden Spaß zu haben und manchmal kaum zu bremsen in meiner Euphorie. Dieses Lebensgefühl wünsche ich mir zurück, auch wenn ich dafür die dunklen Stunden in Kauf nehmen muss. Besser ein ständiges Schwanken zwischen Extremen als eine andauernde, lähmende Gleichgültigkeit.

Gerade eben habe ich diesen Brief noch einmal gelesen. Darin steckt so viel Klarheit, so viel Offenheit. Ich habe dir die tiefsten Abgründe meiner Seele offengelegt. Du bist der einzige, der nun diese Seite von mir kennt. Ich war erst einmal kurz davor, mich jemandem zu offenbaren. Das werde ich dir in meinem nächsten Brief genauer erklären.

Ich hoffe sehr, dass mein Geheimnis bei dir sicher ist und dass du mich nach wie vor lieben kannst, so wie ich bin.

Kapitel 57: Montag

Ralf Bröker saß in seinem Hotelzimmer niedergeschlagen vor dem Computer. Auf dem Tisch stand eine Flasche Martini, die er Augenblicke zuvor geöffnet hatte. Im Aschenbecher glimmte eine Zigarette vor sich hin. Er wusste, dass er in eine missliche Situation geraten war.

Warum bin ich so naiv gewesen? Wie konnte ich auf die beiden Kriminellen hereinfallen? Sie haben mich benutzt. Das ist mir inzwischen klar geworden.

Noch vier Stunden zuvor war die Welt in Ordnung gewesen. Ohne schlimme Vorahnung hatte er um einen neuerlichen Besuch bei Enrico Parzelli gebeten. Dieser wurde ihm von den Verantwortlichen des Untersuchungsgefängnisses gewährt. Was er schließlich von Parzelli erfahren hatte, hatte sein Leben auf eine nachhaltige Weise beeinflusst. Er war in eine Falle getappt.

Die Frau und der angebliche Leo Anderegg hatten ihm am Vortag den Auftrag gegeben, Parzelli aufzusuchen und ihm einen Briefumschlag zu überbringen. Nachdem dieser einen Blick in den Umschlag mit mehreren Briefen geworfen hatte, lächelte er Bröker zufrieden an.

Schließlich nannte er sein Anliegen. Bröker sollte einen Artikel schreiben, dessen Inhalt Parzelli selber bestimmte. Sollte er die Polizei einschalten oder den Artikel nicht wie abgemacht veröffentlichen, würde Parzelli dafür sorgen, dass Bröker von der Bildfläche verschwinden würde. An die Polizei konnte sich der Journalist nicht mehr wenden, da er von den Verbrechern Geld angenommen hatte. Er musste doch davon ausgehen, dass bei einem derartigen Lohn für einen kleinen Dienst keine koschere Sache dahinter stecken konnte. Also blieb ihm nichts anderes übrig, als den Text so zu verfassen, wie ihn Parzelli diktiert hatte.

Er blickte auf den Text auf seinem Bildschirm. Er hatte länger als üblich für dessen Vollendung gebraucht. Mit einem Klick würde er ihn gleich an den am Abend diensthabenden Redaktor übermitteln. Wie abgemacht hielt dieser die erste Seite für die Parzelli-Story bereit. Ein Foto sollte die Titelseite visuell abrunden.

Nochmals begann er, den Artikel mit dem reißerischen Titel «Hydras regieren am Oberrhein» zu lesen.

Enrico Parzelli, auch die Hydra genannt, wartet in Untersuchungshaft auf seine Verhandlung. Im schlimmsten Fall droht dem Drogenboss, der in der nationalen Rauschgiftszene eine hohe Stellung eingenommen hat, eine lebenslange Haft. Doch Angst davor hat die Hydra nicht. »Ich habe weiterhin alles unter Kontrolle.« Was zunächst wie eine leere Drohung tönt, lässt Böses erahnen. Parzelli blufft nicht! Aus seiner Zelle zieht er die Fäden und lässt seine Gefolgsleute nach seiner Pfeife tanzen. Er kennt den tödlichen Plan hinter der Mordserie in Süddeutschland in allen Details. Er verweist darauf, dass die Taten nach einem bestimmten Schema geschehen. Sie erfolgen durch griechische Götter: Hephaistos, Aphrodite, Apollon, Poseidon und Eros. »Ich weiß, wer als Nächstes umkommt, welchen griechischen Gott wir imitieren werden. Zuerst die drei Benhagel-Morde, dann Joshua Kramer und schließlich Wilhelm Küster. Wir werden weiter morden, bis ich wieder frei bin. Am Donnerstag, um zwölf Uhr, beenden wir das Leben von Nick Schröder. Sollte ich sofort auf freien Fuß kommen, nimmt die Sache hier und jetzt ein Ende. Ansonsten wird noch viel Blut fließen«, erklärte Parzelli. Jede und jeder kann ein zukünftiges Opfer sein. Es gibt nur einen Ausweg: Der einstige Drogenboss muss freikom-

men. Angesichts von bereits fünf Toten ist Parzellis Freilassung der einzig sinnvolle Schritt. Die Verbrecherbande konnte es sich sogar leisten, BKA-Mitarbeiter Nick Schröder aus seiner Gefangenschaft freizulassen. »Wir haben ihm vorerst das Leben geschenkt.« Gemäß Parzelli war dies eine Demonstration ihrer Macht. Man hätte sich problemlos an ihm rächen können. Doch bisher verzichtete man darauf. »Wir spielen mit unseren Opfern. Das sollte der Bevölkerung und vor allem der Polizei zu denken geben.«

Bröker kippte den Martini in einem Schluck hinunter. Schließlich las er weiter. Im weiteren Verlauf schrieb er kurz davon, wie es Schröder gelungen war, Parzelli hinter Gitter zu bringen. Schließlich waren dem Text auch einige Informationen zu den Opfern zu entnehmen. Warum aber ausgerechnet diese Personen hingerichtet wurden, darüber gab der Artikel keine Auskunft.

Bröker wusste nach dem Gespräch am Nachmittag genau, dass von Parzelli auch von der Zelle aus eine große Gefahr ausging.

Für ihn selber stand einiges auf dem Spiel. Er war am Vortag von einer Verbrecherbande infiltriert worden, hatte Schmiergelder von ihr angenommen und setzte sich nun für deren Anliegen ein. Der Polizei wollte er nichts von der Sache erzählen.

Irgendwie gab es für ihn keinen Ausweg mehr, zumal er das offerierte Geld gut brauchen konnte. Schließlich wollte er seinem Bruder eine Krebstherapie in den USA ermöglichen. Er war es Benni schuldig.

Vieles in seinem Leben hatte er nämlich seinem Bruder zu verdanken. Jetzt konnte er sich bei ihm revanchieren. Die Therapie in Übersee war die letzte Chance für ihn. Die Ärzte in Deutschland hatten ihm noch ein halbes Jahr gegeben. Maximal. Umso mehr hoffte er nun, dass die Therapie in den USA anschlagen und sein Bruder wieder gesund werden würde.

Eines wusste Bröker aber genau: Er konnte nur noch verlieren.

Kapitel 58: Montag

Weiler hatte soeben das Telefongespräch mit seiner Frau beendet, als Vock das Wohnzimmer betrat.

»Wie geht es deiner Frau?«, wollte sie wissen.

»Sie möchte mich mal wieder sehen. Sie vermisst mich.«

»Dann solltest du nach Hause fahren. Der Fall ist nun abgeschlossen für uns. Das BKA hat die Sache übernommen. Wir werden morgen noch an der Beerdigung gebraucht. Dann trennen sich unsere Wege wohl.«

»Ich würde aber gerne noch etwas hier bleiben.«

»Du fürchtest dich vor dem Gespräch zu Hause, nicht wahr?«

»Für mich standen schon angenehmere Unterhaltungen an.«

»Und du wirst ihr nichts von uns sagen?«, wollte Vock nochmals wissen.

Die zwei hatten am Nachmittag ein weiteres Mal über ihre Situation gesprochen. Beide waren zum Schluss gekommen, dass es für sie keine gemeinsame Zukunft gab. Für Vock war dies schwieriger zu akzeptieren als für Weiler. Dennoch stand auch sie letztlich hinter der Entscheidung. Etwas anderes blieb ihr aber auch nicht übrig.

Weiler und Vock waren am späten Nachmittag darüber informiert worden, dass sie am folgenden Tag zusammen mit weiteren LKA-Beamten für den Schutz von Hilde Benhagel zuständig sein würden.

Nach intensiven Abklärungen hatten die Verantwortlichen entschieden, dass das Requiem im Freiburger Münster gehalten werden sollte. Die Polizeikräfte hatten vorgängig den lokalen Klerus darum gebeten, die Trauerfeier in der römisch-katholischen Stadtpfarrkirche durchführen zu dürfen. Dies war letztlich auch der Wunsch von Hilde Benhagel gewesen, auch wenn sie sich ursprünglich eine kleine Trauerfeier gewünscht hatte.

Die Kriminalisten hatten sich ihrerseits aus Sicherheitsgründen für eine Totenmesse im Münster ausgesprochen, weil das Gebiet rund um das imposante Gebäude gut abgesichert werden konnte. Eine Gedenkfeier in der berühmtesten und größten Freiburger Kirche begrüßte auch ein Großteil der Medien. Die Zeitungen und auch diverse Fernsehsender begannen deshalb ebenfalls Druck auf die zuständigen Geistlichen auszuüben, so dass diesen gar nicht viel anderes übrig blieb, als den Wünschen nachzukommen.

Angesichts des grausamen Schicksals, das Hilde Benhagel erleiden musste, hatten die klerikalen Verantwortlichen den Entscheid für das Requiem im Münster schnell getroffen, auch deshalb, weil Klaus Benhagel ein engagiertes Mitglied im Münsterverein gewesen war. Als Handwerker hatte er immer wieder zur Verfügung gestanden, wenn es darum ging, Renovationsarbeiten an der Kirche vorzunehmen. Der gemeinnützige Verein war seit 1890 für die Bauerhaltung des Münsters verantwortlich. Ebenfalls betrieb der Verein die Münsterbauhütte.

Zufrieden zeigten sich auch die Medienvertreter. Die Fernsehstationen, die sich zahlreich angemeldet hatten, fanden rund um das Münster genug Platz vor, um dort ihre Kameras für die Liveübertragungen einzurichten.

Das Gebiet sollte weiträumig abgesperrt werden. Man versuchte, die Wege zum Gotteshaus zu kanalisieren. Es sollte nur auf einem Weg möglich sein, die letzten paar hundert Meter zur Kirche hinter sich zu bringen. So war es einfacher, die Besucher zu kontrollieren. Die Trauerfeier sollte um vierzehn Uhr beginnen. Eine Lagebesprechung war um zehn Uhr vorgesehen. Oswald hatte Weiler am Nachmittag über das weitere Vorgehen informiert.

Für den gleichen Zeitpunkt hatte Müller in Köln ein Gespräch mit einem Griechen vereinbart. Noch auf dem Weg zurück zum Flughafen in Heraklion hatte er telefonisch unter falschem Namen um ein Treffen gebeten. Er wollte nicht, dass sich die Person über Nacht aus dem Staub machte. Deshalb zog er es vor, sich für einen Tag eine andere Identität zuzulegen. Müller dachte noch immer, dass Zappas etwas mit den Morden zu tun hatte, vor allem seit er erzählt hatte, dass er seinen Geschäftspartner in Deutschland beauftragt hatte, Benhagels eine Abreibung zu verpassen. Diese sah eigentlich einen Vandalenakt an Benhagels Fahrzeug vor. Von Körperverletzung oder gar Mord war angeblich nie die Rede gewesen. Ob alles außer Kontrolle geraten war?

Dies war schwer vorstellbar. Auch machte Zappas nicht den Eindruck, dass er wegen einer Lappalie gleich einen Auftragsmord in die Wege leiten würde. Zudem gab es keinen Bezug zu den anderen beiden Opfern und schon gar nicht zu Nick Schröders Entführung. Das Ganze machte überhaupt keinen Sinn.

Zufrieden saßen Emilia und Ron in ihrer Dreizimmerwohnung im Herzen von Mannheim. Für sie lief alles nach Plan. Dank Bröker hatten sie nun eine Kontaktperson zu Parzelli. An der Abdankungsfeier am nächsten Tag wollten die beiden auch teilnehmen. Schließlich galt es, einen weiteren Plan in die Tat umzusetzen. Dafür mussten sie aber noch in der folgenden Nacht einige Dinge in die Wege leiten. Minutiös bereiteten sie auch ihr neues Vorhaben vor. Die Öffentlichkeit sollte noch einmal erfahren, dass mit ihnen nicht zu spaßen war. Man wollte abermals die eigene Macht demonstrieren, und zwar auf eine ganz perfide Art und Weise.

Die beiden gingen die Liste mit den Dingen, die sie brauchten, nochmals genau durch. Sie durften sich keinen Fehler erlauben: Schließlich sollte ihr mörderisches Spiel solange durchgezogen werden, bis Parzelli frei war.

Kapitel 59: Montag

Der Kaffee hatte einen fahlen Geschmack. Ob es aber am Getränk selber lag oder ob vielmehr der anstehende Anruf bei Staatsanwältin Patricia Schaltenbrand daran schuld war, dass er ihm nicht schmeckte, konnte er nicht abschließend beantworten. Aregger wusste, dass die Staatsanwaltschaft auch von ihm Ergebnisse erwartete. Zudem musste er die Staatsanwältin über das Sicherheitskonzept an der Beerdigung in Kenntnis setzen.

Aregger wollte soeben den inzwischen kalt gewordenen Kaffee in den Abfluss leeren, als das Telefon kurz vor 21 Uhr läutete. Er stellte die Tasse auf seinen Mahagonitisch und begann das Gespräch, indem er nach einer kurzen, aber freundlichen Begrüßung signalisierte, dass sie alles unter Kontrolle hätten.

»Dann bin ich beruhigt«, sagte die Staatsanwältin.

»Seit das BKA das Zepter übernommen hat, gab es keine weiteren Toten. Das spricht dafür, dass wir Herr der Lage sind.«

»Wenn Sie meinen.« Schaltenbrand tat gar nicht so, als ob sie Aregger dies glauben würde.

»Ich garantiere Ihnen: Morgen wird es keine negativen Zwischenfälle geben. Da haben Sie mein Wort.«

»Erzählen Sie mir lieber, was die DNA-Analysen ergeben haben. Ich bin da leider nicht mehr auf dem aktuellen Stand.«

»Die Situation ist Folgende: Bei den ersten drei Morden an den Benhagels haben wir drei Mal die DNA-Spur einer Frau. Allerdings haben wir beim Verbrechen an Klaus Benhagel auch massenweise Hinweise auf andere Personen erhalten. Stellen Sie sich vor, wie viele Menschen eine Toilette aufsuchen. Da kommen schon einige genetische Spuren zusammen. Schließlich müssen alle mal auf das stille Örtchen gehen.«

»Das verstehe ich. Wie sieht es beim Mord auf der Kirmes aus?«

»Natürlich gibt es auch hier viele DNA-Spuren. Spannend ist, dass wir im Fahrgeschäft eine Spur jener Frau haben finden können, die bereits an den ersten drei Morden in Freiburg beteiligt gewesen war. Ob sie aber allein handelte, können wir nicht abschließend beantworten. Beim Mord an Schröders Onkel haben wir bisher leider noch keine verwertbaren Hinweise gefunden, die uns weiterbringen. Allerdings hat uns Nick Schröder ja verdeutlicht, dass die Frau ihm gegenüber die Beteiligung an den Morden zugegeben hat.«

»Stimmt. Das heißt aber noch lange nicht, dass sie auch dabei war. Dies wird erst durch ihre DNA an den Tatorten wirklich deutlich. Was wissen wir über die Opfer? Über Benhagels bin ich im Bild.

Da stand einiges in den Medien. Aber zu Joshua Kramer wurde nicht viel publik.«

»Eine interessante Person. Hat sich schon so einiges zu Schulden kommen lassen. Geboren wurde er 1995 in der Nähe von Donaueschingen. Er wuchs in einem richtig kleinen Kaff auf, wenn ich dies so sagen darf. Ein durchschnittlicher Schüler, der danach eine Lehre in einem mittelgroßen Unternehmen absolvierte, das mit Rohstoffen handelte. Bis dahin tönt alles unspektakulär.«

»Jetzt bin ich aber gespannt, was noch folgen wird. Das kann nicht alles gewesen sein.«

»Nun beginnen die merkwürdigen Dinge. Dieser Joshua Kramer scheint eine verzweifelte Person gewesen zu sein. Wie wir in Erfahrung bringen konnten, schaltete er Anzeigen auf Internetseiten, in denen man gezielt einen Partner sucht.«

»Das nennt sich Datingplattform«, erklärte die Staatsanwältin belehrend.

»Nennen Sie es, wie Sie wollen.«

»Es ist sein gutes Recht, diese Seiten zu besuchen«, hielt Schaltenbrand entgegen.

»Er hat sich parallel mit mehreren Frauen getroffen. Das haben wir bei der Analyse seines Profils auf der entsprechenden Seite herausfinden können.«

»Also könnte Eifersucht ein Thema sein.«

»Stimmt, wenn da nicht noch etwas viel Wichtigeres wäre.«

Nachdem die Staatsanwältin über Kramer größtenteils ins Bild gesetzt worden war, nahm der Fall eine höchst brisante Dimension an.

Schaltenbrand legte sich ins Bett und entschied, am folgenden Morgen gedanklich nochmals alles durchzugehen. Spätestens dann sollten die offenen Fragen geklärt werden. Jetzt wollte sie nach einem ereignisreichen Tag nur noch schlafen.

Kapitel 60: Dienstag

Unbemerkt schlichen Emilia und ihr Freund in den frühen Morgenstunden durch die Buttergasse, vorbei am Museum für Stadtgeschichte. Am liebsten hätte Ron Schindler einen kurzen Abstecher in die Ausstellungsräume gemacht und sich die präsentierten Objekte näher betrachtet. Da aber etwas viel Wichtigeres bevorstand, verwarf er den Gedanken sogleich wieder. Wenig später ragte vor ihnen schon das Freiburger Münster empor.

Ron wusste alles über die im romanischen und gotischen Stil erbaute römisch-katholische Freiburger Stadtpfarrkirche, von der Entstehungsgeschichte um etwa 1200 nach Christus bis hin zu den vielen durchgeführten Restaurationen.

Emilia und Ron nahmen direkt ihren Zielort ins Visier. Auf dem Weg dorthin passierten sie zahlreiche Fenster, die teilweise noch aus der Gründerzeit stammten und von Handwerkerzünften gestiftet worden waren. Einen Einbruch durch ein Fenster hatten sie geprüft, doch die Idee schnell wieder verworfen. Entweder lagen die Fenster zu hoch, waren zu klein oder aber ein Metallgitter davor verhinderte einen Einstieg. Außerdem lagen die Fenster sehr exponiert.

Seit einigen Jahren waren intensive Renovierungsarbeiten am Chor des Freiburger Münsters im Gange. Die Verantwortlichen der Münsterbauhütte wollten den aus 13 Kapellen bestehenden Chor aufpolieren und diesen in seiner ganzen Pracht zeigen. Entsprechend galt es, die mittelalterliche Bausubstanz schonend zu erneuern.

Uns kommt gelegen, dass sich die Bauarbeiten noch Jahre hinziehen werden. Die Gerüste und die provisorischen Hütten bieten uns einen perfekten Sichtschutz.

Mit einem Brecheisen gelang es den beiden schnell, eine Tür zu öffnen und hinter die provisorisch errichtete Absperrung zu gelangen.

Der Einstieg ins Innere der Kirche war ein Kinderspiel. Leitern standen unzählige da, und auch das massive Metallgitter, das an den Fenstern einen Einbruchschutz bot, war aufgrund der Sanierungsarbeiten bereits entfernt worden. So genügte ein Schlag mit einem Hammer, und das Fensterglas zerbrach in tausend Scherben. Auf einer Leiter kletterte Emilia auf der anderen Seite wieder hinunter.

Wenig später stand sie in der südlichen Kaiserkapelle und sprayte die Abkürzung «SCF» an eine Wand. Für jeden Freiburger war klar, wofür die Buchstaben standen. Der lokale Fussballclub war bei den Breisgauern äußerst beliebt.

Jetzt wird jeder davon ausgehen, dass ein paar verrückte Fußballfans ins Innere der Kirche eingedrungen sind und ihre Spuren hinterlassen haben. So fanatische Fans hat jeder Verein. Zudem werden allfällige Abklärungen in diesem Bereich des Münsters erfolgen, so dass unser eigentlicher Plan nicht durchschaut werden wird.

Emilia war sich sicher. Es würde alles klappen. Schließlich widmete sie sich ihrem eigentlichen Auftrag.

Nach weiteren zehn Minuten war der Plan in die Tat umgesetzt, und sie erreichte Ron, der draußen hinter der Absperrung gewartet hatte.

»Hast du alles am richtigen Platz anbringen können?«

»Ja, habe ich. Die Kapellenwand zieren jetzt die drei Großbuchstaben 'SCF'.«

Sie traten durch die aufgebrochene Tür. In diesem Moment fuhr eine Polizeistreife auf den Münsterplatz. Sofort entdeckten die beiden im Auto sitzenden Beamten Emilia und ihren Partner. Langsam, das Licht inzwischen ausgeschaltet, näherten sie sich den Zielpersonen.

Erst jetzt hatten Emilia und Ron den Polizeiwagen entdeckt. Sofort sprinteten sie los. Sie nahmen die nächstgelegene Gasse, die vom Münster wegführte, wobei der Polizeiwagen nun mit Blaulicht und Sirene die Verfolgung aufnahm.

In der nächsten Querstraße bogen Emilia und Ron links ab und verschwanden in einer wenig beleuchteten Seitengasse. Sie hofften, nicht in eine Sackgasse eingebogen zu sein.

Die Polizisten mussten ihr Fahrzeug parken und zu Fuß die Verfolgung aufnehmen.

Kapitel 61: Dienstag

Das Frankfurter Rotlichtmilieu kannte Joshua Kramer bestens. Bei den Inhabern der berüchtigten Etablissements war der übergewichtige Mann mehrheitlich beliebt, ließ er doch an den Abenden, an denen er dem schnellen Vergnügen nachging, stets einige hundert Euro liegen.

Der Rotlichtbezirk der hessischen Metropole lag unweit des Bahnhofs, was Kramer sehr entgegenkam, da er es vorzog, mit der Bahn anzureisen. Er mochte es nicht, in den Städten lange nach einem Parkplatz Ausschau halten zu müssen. Zudem waren ihm die öffentlichen Parkhäuser zu teuer.

Staatsanwältin Schaltenbrand schüttelte den Kopf. Sie fragte sich, wie man auf der einen Seite an einem Abend mehrere hundert Euro für sexuelle Dienstleistungen ausgeben konnte, auf der anderen Seite aber nicht bereit war, ein paar Euro für einen Parkplatz zu bezahlen.

In einem Bordell in der Taunusstraße war Kramer Stammgast. Er zog die kleineren Lokale den großen Laufhäusern vor. Das kleine Bordell, das Kramer öfters besuchte, hieß «Venus-Club» und gehörte nicht zu den berühmteren in der Gegend. Auch hatte es nicht so eine lange Tradition wie andere Lokale, die bereits kurz nach dem Zweiten Weltkrieg entstanden waren. Noch wusste Kramer nicht, wem die Lokalität gehörte. Hätte er nur ansatzweise geahnt, wer der große Mann im Club war, wäre er dort wohl nie eingekehrt.

Das Publikum im «Venus-Club» war nach Aussagen von Aregger gemischt, vom Geschäftsmann bis zu jungen Männern, die hier ihren Junggesellenabschied feierten, konnte man hier jeden treffen. Allerdings gab es auch Kleinkriminelle, die in kurzer Zeit zum großen Geld kommen wollten. Entsprechend gab es immer wieder Razzien der Polizei. Schaltenbrand konnte sich noch gut an einen Großeinsatz einer Sonderkommission erinnern. Im Anschluss gab es im Frankfurter Rotlichtmilieu mehrere hundert Festnahmen. Die Anklagepunkte reichten von Schwarzarbeit, Steuerhinterziehung bis hin zu Menschenhandel.

In diesem gefährlichen Umfeld bewegte sich Kramer anscheinend nun schon seit Jahren. Areggers Leute hatten herausgefunden, dass Kramer Probleme mit einigen Zuhältern hatte. Der junge Mann hatte sich in eine slowakische Prostituierte namens Svetlana verliebt. Er überredete sie, das Bordell zu verlassen und ihn zu begleiten. Auch war er bereit, ihrem Zuhälter dafür mehrere tausend Euro zu überreichen. Natürlich lehnte Letzterer dies ab und machte Kramer klar, derartige Avancen zu unterlassen, zumal auch der Betrag absolut indiskutabel war. Kramer insistierte weiter, versprach der dunkelhaarigen, äußerst mageren Frau Dinge, die er gar nicht einhalten konnte. Wiederum wandte sie sich an ihren Zuhälter, der ihr klar verdeutlichte, dass ein hoher fünfstelliger Betrag erforderlich sei, wollte sie den Club verlassen.

Als Kramer dies erfuhr, versprach er ihr anscheinend, alles in die Wege zu leiten, um sie aus dem Bordell herauszubekommen. Dem Zuhälter war allerdings von Anfang an klar, dass er Svetlana niemals diesem Kramer verkaufen würde.

Zu viel Negatives war ihm im Zusammenhang mit dem übergewichtigen Mann zu Ohren gekommen. Es hieß, dass Kramer die Freudenmädchen schlecht behandelte und es sogar zu Gewaltexzessen gekommen sei. Einem solch schäbigen Typen wollte Parzellis Zuhälter Svetlana auch für den von ihm genannten Betrag nicht übergeben. Schließlich verfolgte das Hydra-Syndikat mit seinen Lokalen ganz andere Pläne: Zwar vermittelte das Bordell nach außen den Eindruck, dass es dort in erster Linie um käufliche Liebe ging, doch hinter den Kulissen diente es vor allem als Drogenumschlagplatz.

Äußerst naiv zu denken, dass man ein Mädchen freikaufen kann. Kramer hat wohl zu viele schlechte Krimis gesehen, dachte sich Schaltenbrand in diesem Moment.

Kramer habe in der Tat versucht, das Geld aufzutreiben, hatte Aregger ihr an diesem Dienstagmorgen bereits um kurz nach sieben telefonisch erklärt. So bat Kramer zunächst den Chef seiner Firma, in der er angestellt war, um eine Lohnerhöhung. Dieser lachte nur höhnisch und verdeutlichte ihm klipp und klar, dass er zunächst bessere Arbeit abliefern müsse, bevor er überhaupt bereit sei, darüber nachzudenken. Bei seinen Kollegen in der Firma galt Kramer nicht als sonderlich fleißig, und auch die Kunden waren nicht immer zufrieden. Dies war auch seinem Chef nicht entgangen, der ihn mehrfach zu gewissenhafterer Arbeit aufgefordert hatte.

Seine Eltern waren die nächste Anlaufstelle. Als diese erfuhren, wofür er das Geld benötigte, stellten sie ihn vor die Tür mit der Anweisung, erst wieder aufzukreuzen, wenn er die Sache mit der Prostituierten wieder vergessen habe und sich auf normalem Weg eine Freundin angeln wolle. Seit diesem Zwischenfall hätten die Eltern nichts mehr von ihm gehört, hatte Aregger Schaltenbrand mitgeteilt.

Bei einem weiteren Besuch in einem Bordell in der Elbestraße, in einem Club, der nur durch einen Innenhof erreicht werden konnte und der vielen Freiern gar nicht bekannt war, nahm das Unglück dann endgültig seinen Lauf. Dass auch dieses Etablissement Parzelli gehörte, ahnte Kramer nicht. Hier lernte er einen Türsteher kennen, der sich Thanatos nannte. Als dieser erfuhr, um wen es sich beim Gast handelte, war ihm sofort klar, dass Kramer von der Bildfläche verschwinden musste. Schließlich hatte dieser in einem Bordell eine Thanatos äußerst nahestehende Person schwer misshandelt.

Schaltenbrand schien nun klar, warum Kramer zum Opfer geworden war. Sie fragte sich in diesem Moment, was sich wohl die Benhagels zu Schulden hatten kommen lassen, dass auch sie auf der Abschussliste standen.

Die Staatsanwältin schaltete den Computer ein und wartete auf Areggers Mail. Sie hatte ihn gebeten, ihr die gewonnenen Erkenntnisse zu übermitteln.

Es dauerte einige Minuten, bis im Posteingang eine neue Nachricht aufleuchtete. Sie öffnete den Anhang und begann sofort zu lesen. Kramer war wirklich mit allen Wassern gewaschen.

Kapitel 62: Dienstag

Ralf Bröker saß in einem Büro der Freiburger Kripo und wartete darauf, dass ihn jemand aufsuchte. Am frühen Morgen hatte er von einem Polizisten, dessen Namen ihm entfallen war, einen Anruf erhalten. Er wurde gebeten, sich sofort auf der Wache einzufinden. Insgeheim wusste Bröker, warum er auf die Polizeistation zitiert worden war. Das Ganze konnte nur mit seinem Artikel zu tun haben, der an diesem Dienstag in der Zeitung erschienen war.

»Dieser verdammte Journalist…«

Bröker konnte hören, wie sich jemand lauthals über ihn beschwerte. Kurz darauf wurde die Tür aufgestoßen und Aregger, ein richtiger Morgenmuffel, erschien im Raum.

»Jetzt hören Sie mir mal zu, Bröker! Dieser Mist, den Sie geschrieben haben, kotzt mich echt an!«

»Ich darf um etwas Respekt bitten! Es heißt immer noch Herr Bröker und nicht Bröker. Und jetzt erzählen Sie mir, warum Sie sich so ungehalten aufführen.«

Aregger warf die Zeitung auf den Tisch.

»Hier, dieser Artikel! Was erlauben Sie sich eigentlich, so eine Schmierenkomödie zu veröffentlichen? Dieser Text hat weder Hand noch Fuß. Er erzählt ein Lügenmärchen, wie ich es noch nie gelesen habe.«

»Alles, was hier steht, habe ich aus zuverlässiger Quelle erfahren.«

»Sie meinen von Parzelli, diesem verlogenen Mistkerl. Der erzählt doch irgendwelche Dinge, die frei erfunden sind.«

»Es liegt nicht an mir zu bewerten, was stimmt und was nicht. Parzelli hat mir alles so erzählt, wie es im Artikel steht.«

»Eine etwas ausgewogenere Berichterstattung hätte ich Ihrem Blatt aber schon zugetraut. Wo bleibt die andere Seite? Wir hätten gerne auch etwas zum Sachverhalt hinzugefügt. Sie schüren in ihrem Text Angst. Die Öffentlichkeit könnte glatt meinen, wir hätten nichts mehr unter Kontrolle, und jede Person könnte das nächste Opfer sein.«

»Sind wir denn alle sicher?«

»Ich sage nur, dass wir mehr wissen, als viele annehmen. Wir haben die Situation unter Kontrolle.«

»Dann wird es keine Toten mehr geben?«, wollte Bröker wissen.

»Eine absolute Sicherheit wird es nie geben. Aber ich verdeutliche gerne nochmals, dass wir wirklich alles in unserer Macht Stehende tun werden, um weitere Morde zu verhindern. Ich frage Sie nochmals: Welche Intention steckt hinter dem Bericht? Ist dies ein typisches Beispiel von Sensationsjournalismus?«

»Mein Job ist es, möglichst viele Leser mit meiner Geschichte anzusprechen. Das habe ich damit wohl geschafft, wenn sogar die Polizei meine Story für wichtig erachtet.«

»Fühlen Sie sich nicht zu sicher. Wir werden Sie weiter beobachten. Und vor allem verbieten wir Ihnen, nochmals so einseitig zu berichten. Sonst werden wir rechtliche Schritte gegen Sie einleiten. Haben wir uns verstanden? Und jetzt verlassen Sie das Büro. Ich will Sie nicht mehr sehen!«

Bröker verschwand wie angewiesen. Für ihn war das Gespräch besser gelaufen, als er befürchtet hatte. Aregger hatte nicht Verdacht geschöpft und nicht gemerkt, dass Bröker mit Parzelli unter einer Decke steckte.

Aregger betrat das nächste Büro, wo ihn Oswald bereits erwartete.

»Du hast mich hierher gebeten«, begann der BKA-Mann das Gespräch.

»Wir hatten einen Einbruch in das Freiburger Münster diese Nacht.«

»Nein! Das kann doch nicht wahr sein! Muss ich mich nun auch noch darum kümmern?«

»Wahrscheinlich drangen zwei Jugendliche durch ein Seitenfenster ins Innere ein. Sie zerstörten ein wertvolles Fenster«, fasste Oswald die Situation zusammen, ohne Areggers Frage zu beantworten.

»Wurde etwas geraubt?«

»Das ist derzeit Bestandteil von Abklärungen. Auf den ersten Blick wurde nichts entwendet. Wir gehen davon aus, dass es sich bei den Einbrechern um Fans des SC Freiburg handelt.«

»Das ist kein Kavaliersdelikt mehr. Ich möchte, dass sofort vier Mann zum Münster fahren und dafür sorgen, dass es bis heute Nachmittag keine unliebsamen Überraschungen mehr geben wird. Ich hoffe, Ihre Crew ist dieser Aufgabe gewachsen.«

Auch wenn sich Aregger wieder einmal massiv im Ton vergriffen hatte, unterließ es Oswald, sich bei ihm darüber zu beschweren. Er betonte kurz und trocken, dass sich seine Leute darum kümmern würden.

Inzwischen war auch Schröder eingetroffen.

»Nick, du wirst Personenschutz erhalten.«

Mit Areggers Aussage war Schröder alles andere als einverstanden.

»Ich brauche keine Kindermädchen, die auf mich aufpassen. Das kann ich alleine.«

»Deine Sicherheit hat oberste Priorität. Wir müssen damit rechnen, dass dir etwas zustoßen wird.«

»Das denke ich nicht. Man hat mir klar signalisiert, dass ich bis Donnerstag Zeit habe, um den Fall zu lösen. Die Täter werden diese Frist einhalten. Schließlich hätten sie mich schon längst eliminieren können.«

Schröders Argumentation überzeugte auch Aregger.

»Dann wird eine unserer wichtigsten Aufgaben darin bestehen, Frau Benhagel zu beschützen. Ich werde mich persönlich um ihre Sicherheit kümmern.«

Aregger präsentierte Schröder und Oswald seinen Plan, welcher sofort auf Zustimmung stieß.

»Weiter werden wir uns auch die Frage stellen müssen, nach welchem Muster der nächste Mord erfolgen wird. So viele griechische Götter bleiben nicht mehr übrig.«

»Kannst du dir denken!«

Schröder hatte inzwischen einiges zum Thema recherchiert.

»Grundsätzlich gibt es hunderte griechische Götter. Betrachtet man die Sache etwas enger, zählen nur jene zu den Göttern, die auf dem Olymp wohnen. Neben Zeus gehören demnach einige weitere Olympier zu den Göttern. Es handelt sich dabei um Zeus' Geschwister und Kinder.«

»Passt diese Erkenntnis zu den bisherigen Taten?«, wollte Aregger wissen.

»Ja, eigentlich schon. Beim ersten Mord wurde Hephaistos, ein Sohn von Zeus und seiner Gattin Hera, nachgeahmt. Danach folgte Aphrodite, ebenfalls ein Kind des Göttervaters. Sie ist aber nicht die Tochter von Hera, sondern von Dione. Bei Mord Nummer drei ging es um Apollon, Sohn von Zeus und seiner Geliebten Leto. Poseidon, im Mittelpunkt des vierten Mordes, war schließlich ein Bruder des Göttervaters.«

»Du sagtest eigentlich?«

Oswald war nicht entgangen, dass Schröder nicht vollkommen überzeugt war.

»Das Problem liegt beim letzten Mord an meinem Onkel. Dort sollte Eros imitiert werden. Allerdings gilt dieser nicht als einer der Hauptgötter!«

»Dann haben die Täter nicht sehr gut recherchiert«, bilanzierte Aregger.

»Oder sie planen mehr Taten, weshalb ihnen die Hauptgötter nicht ausreichen.«

Diesen Aspekt hatte bisher noch niemand ins Auge gefasst. Sollte es so sein, waren die fünf Morde erst der Anfang.

Kapitel 63: Dienstag

Als sie den Text zu Ende gelesen hatte, schüttelte sie ungläubig den Kopf. Sie verstand nun, warum Parzellis Leute Joshua Kramer hingerichtet hatten. Noch weniger als vorher konnte Staatsanwältin Schaltenbrand nun aber die Morde an den Benhagels nachvollziehen. Da fehlte in jeder Hinsicht ein Motiv, was man bei Kramer nicht behaupten konnte. Auch beim Mord an Schröders Onkel gab es womöglich ein Motiv.

Vielleicht haben sich die Mörder für die Verhaftung von Parzelli gerächt. Hätte es dann aber nicht mehr Sinn gemacht, Schröder hinzurichten, statt ihn nach ein paar Tagen wieder laufen zu lassen?

Diese Frage konnte die Staatsanwältin zum jetzigen Zeitpunkt nicht beantworten.

Nochmals ging sie Teile des Protokolls durch, das noch immer vor ihr auf dem Bildschirm flimmerte.

«Erich Trochowski, regelmäßiger Gast im Venus-Club, berichtet: Joshua Kramer ist nicht oft im Club gewesen. Ich bin mir aber sicher, dass er vor Kurzem da gewesen ist. Ist ein Besucher zum ersten Mal hier, fällt mir dieser auf, da ich Neue jeweils kritisch mustere (der Befragte bestätigt, dass der Mann auf dem Foto im Club Gast war). Joshua Kramer fiel mir an diesem Abend speziell auf. Er nahm von Anfang an gleich die Frauen ins Visier. Normalerweise setzen sich die Kunden zuerst an die Kontaktbar und genehmigen sich einen Drink. Dann gesellen sich unsere Damen zu den Herren, die dann die Möglichkeit haben, den Mädchen ein Glas Champagner zu offerieren. Kramer ging direkt auf eine der Frauen zu, sprach kurz mit ihr und verschwand dann in eines der Zimmer. Ich kann sogar sagen, wie die Dame hieß, die Kramer an diesem Tag beglückt hat. Svetlana hat ihn auf das Zimmer begleitet. Nach etwa einer Viertelstunde kehrte er zurück und setzte sich zu uns an die Bar. Was er trank, kann ich nicht sagen. Ich bin mir aber sicher, dass er sich an diesem Abend auch rege mit einem Mann unterhalten hat. Seinen richtigen Namen kenne ich nicht. Alle kennen ihn nur unter dem Decknamen Thanatos. Allerdings weiß ich, dass dieser ein aktives Mitglied der Frankfurter Drogenszene ist. Er handelt mit Kokain und stand wohl auch in Kontakt mit Leuten vom Parzelli-Clan. Ich habe an diesem Abend mitgekriegt, dass die beiden ein Geschäft vereinbart haben und Kramer diesen Thanatos in einem anderen Club, in dem dieser Türsteher gewesen sein soll, besuchen wollte. Ich meine, gehört zu haben, dass Kramer Kokain verkaufen sollte.»

Schaltenbrand überflog Teile der Stellungnahme einer zweiten Person.

«Svetlana berichtet: Joshua Kramer war sehr zuvorkommend. Er sprach mich direkt an, nachdem er im Club erschienen war. Er bezahlte die 150 Euro wie alle anderen Freier am Anfang. Nach etwa fünfzehn Minuten war unser Schäferstündchen beendet. Ich mochte ihn. Auch sagte er mir, dass er sich in mich verliebt habe und alles in Bewegung setzen würde, um mich aus dem Club herauszuholen. Jetzt ist er tot. Ich habe ihn geliebt.» (Das Gespräch wurde von einem Dolmetscher übersetzt.)

Andere Protokolle zeigten hingegen die Kehrseite. Dort war zu vernehmen, dass Kramer die Frauen schlug, wenn sie seinen perversen Plänen nicht nachkommen wollten.

Ich kann mir nicht vorstellen, dass man sich nach einer Viertelstunde in jemanden verlieben kann. Da scheint diese Svetlana nicht die ganze Wahrheit zu sagen. Aber das ist im Moment nicht von zentraler Bedeutung.

Schaltenbrand fragte sich, was wohl letztlich den Ausschlag für die Tat gegeben hatte.

Hielt sich Kramer bei den Drogengeschäften nicht an die Abmachungen und wurde deshalb von Parzellis Leuten hingerichtet? Oder war es doch der Versuch, Svetlana aus dem Bordell freizukaufen? Solche Aktionen sehen die Zuhälter nicht gerne. Ebenso gefiel vielen Kramers Umgang mit den Frauen nicht. Diese beschwerten sich reihenweise über dessen Gewaltexzesse. Dass viele Etablissements Parzellis Leuten gehörten und Kramer demnach Parzellis Frauen misshandelte, darin lag sicherlich ein mögliches Motiv.

Nachdem sie gefrühstückt hatte, griff sie zum Hörer und wählte eine Nummer.

»Ich bin es wieder.«

»Haben Sie Sehnsucht nach mir?«, spöttelte Aregger, der sich nach dem Gespräch mit Bröker wieder beruhigt hatte.

»Ein bisschen«, antwortete sie ebenso keck.

»Hat die DNA-Analyse im engeren Umfeld von Benhagels schon etwas ergeben?«

»Bis anhin noch nicht«, erklärte Aregger.

»Wir müssen uns übrigens mit diesem Thanatos unterhalten. Er hatte ein Motiv für den Mord. Erich Trochowski soll ein Phantombild erstellen, das wir dann in den Medien veröffentlichen werden.«

»Nicht so schnell, werte Frau Staatsanwältin. Daran haben wir auch schon gedacht. Wir sind bereits im Besitz des Phantombildes. Und wissen Sie was? Wir haben nicht schlecht gestaunt, als wir das Foto zum ersten Mal gesehen haben.«

Kapitel 64: Dienstag

Die griechische Taverne lag unweit des Kölner Doms direkt am Rheinufer. Morgens war hier noch nicht viel los. Eisverkäufer standen gelangweilt an ihrer Diele und warteten vergeblich auf Kunden. Auf dem Rhein fuhr soeben ein großer Tanker vorbei.

Müller ging an ein paar leeren Tischen vorbei und betrat das schlicht gehaltene Lokal: Eine hölzerne Theke, ein paar IKEA-Barhocker davor, zudem in die Jahre gekommene Art-Déco-Tische. Die Einrichtungsgegenstände waren wenig aufeinander abgestimmt.

Im Innern wurde er gleich von einem rund fünfzig Jahre alten Mann mit einem dunklen Pferdeschwanz willkommen geheißen.

»Sie sind unser erster Gast heute. Nicht viel los im Moment.«

»Dann haben Sie sicherlich etwas Zeit für mich«, hielt Müller entgegen.

Noch hatte der Inhaber der Taverne nicht verstanden, was Müller damit sagen wollte.

»Natürlich habe ich ein offenes Ohr für meine Gäste.«

»Dann lassen Sie uns über Herrn Zappas sprechen. Ich habe Sie gestern ja angerufen und Ihnen gesagt, dass ich kurz mit Ihnen reden möchte.«

Müller nahm am Stammtisch Platz. Bevor er das Gespräch weiterführte, bestellte er ein Glas Wasser.

»Woher kennen Sie Theo?«, wollte Konstantinos Meraklis wissen.

»Ich habe gestern mit ihm gesprochen.«

»Das glaube ich Ihnen nicht. Theo ist in Griechenland.«

»Das weiß ich. Ich war gestern in Chersonissos.«

Meraklis musste davon ausgehen, dass Müller wirklich mit Zappas gesprochen hatte. Worum es in diesem Gespräch aber ging, dies wusste er noch nicht.

»Darf ich fragen, was Sie mit Theo zu tun haben?«

»Ich bin wegen Familie Benhagel bei ihm gewesen.«

»Dann haben Sie mit dieser Familie auch Probleme?«

Müller entschied sich, es mit einem Täuschungsmanöver zu probieren.

»Ich bin im Besitz von einigen Immobilien, die ich vermiete. Auch ich wurde von dieser Abzocker-Familie über den Tisch gezogen.«

»Dann stimmt es also, was Theo erzählt hat.«

»Sie wussten von diesen Problemen?«

»Er hat mir vom Ärger mit den Benhagels berichtet. Aber Sie sind sicherlich nicht nur wegen ihnen zu mir gekommen.«

»Eigentlich schon«, log Müller.

»Was kann ich also für Sie tun?«

»Das Gleiche, was Sie für Zappas getan haben.«

»Ich verstehe nicht, was Sie meinen.«

»Haben Sie ihm nicht einen Gefallen erwiesen?«

»Ach, daher weht der Wind. Sie wollen, dass ich Benhagels eine

Lektion erteile. Kommt darauf an, was für mich dabei heraus-springt.«

Müller hatte das Gefühl, dass Meraklis noch gar nicht wusste, was den Benhagels widerfahren war, obwohl die Medien lang und breit über die Sache berichtet hatten.

»Wegen des Geldes werden wir uns sicherlich einigen. Die Frage lautet vielmehr, was Sie imstande sind, zu tun.«

Meraklis schaute Müller verwundert an. Er erwies zwar ab und zu einem Kollegen einen Gefallen, der nicht ganz sauber war. Aber die Art und Weise, wie Müller an ihn herangetreten war und wie er jetzt sprach, verwunderte ihn.

»Sie sind doch nicht ein Bulle?«

Müller störte sich zwar am Vergleich mit dem Tier, unterließ es aber, seinen Unmut darüber zu äußern.

»Doch, doch! Sie haben aber wohl noch nicht erfahren, dass Klaus Benhagel und seine beiden Kinder tot sind.«

»Tot?«, stammelte Meraklis vor sich hin. »Damit habe ich nichts zu tun! Glauben Sie mir bitte! Ich sollte die Karosserie von Benhagels Auto etwas demolieren. Mehr nicht!«

»Haben Sie dies getan?«

»Nein, habe ich nicht. Noch hat mir Theo das Geld nicht überwiesen. Ich handle stets erst, wenn ich meinen Lohn bekommen habe.«

»Dann hätten Sie es aber getan?«, wollte Müller wissen.

»Weiß nicht.«

»Wir werden Ihr Alibi prüfen. Sollte es hieb- und stichfest sein, vergessen wir unser Gespräch. Aber bitte unterlassen Sie künftig solch dumme Aktionen. Sonst sehen wir uns schneller wieder, als Ihnen lieb ist.«

Müller verabschiedete sich, nachdem er erfahren hatte, wo sich Meraklis zum Zeitpunkt der Taten aufgehalten hatte. Er war jeweils in seiner Taverne und bediente dort die Gäste. Ein besseres Alibi konnte er nicht haben. Müller war sich sicher: Mit den Morden hatte Meraklis nicht zu tun. Trotzdem wollte er das Alibi noch genau überprüfen.

In Freiburg saßen Emilia und Ron in ihrem Wagen und erholten sich von der turbulenten Nacht. Nur mit Glück war es ihnen gelungen, den Polizisten zu entkommen. Hätten die Beamten gewusst, um wen es sich beim Ganoven-Pärchen gehandelt hatte, hätten sie sicherlich Verstärkung angefordert. So aber hatten sie selber versucht, die beiden Flüchtenden zu stellen.

In der dunklen Gasse hatten Emilia und Ron Stunden zuvor ein Tor zu einem Innenhof erreicht, von wo sie durch eine offene Tür in ein Treppenhaus gelangen konnten. Dort hatten sie die Treppe in den Keller genommen. Nachdem sie einen Fahrrad-Abstellraum passiert hatten, entdeckten sie eine Tür, die auf der anderen Seite des Gebäudes in die Freiheit führte. Von dort waren sie unerkannt entkommen.

Die beiden wussten, dass sie nochmals Glück gehabt hatten, da sie diesen Fluchtweg nicht ins Auge gefasst hatten. Ein zweites Mal wollten sie ein derartiges Risiko nicht mehr eingehen. Schließlich hatten sie noch große Pläne, die es zu verwirklichen galt.

Kapitel 65: Dienstag

Aregger hatte alle versammeln lassen, um ihnen letzte Anweisungen zu geben. Schließlich sollte in rund anderthalb Stunden alles nach Plan laufen. Er fragte in die Runde, ob es noch Anmerkungen zur Vorgehensweise gebe. Da sich niemand äußerte, entließ er seine Leute, nicht ohne ihnen aber nochmals die Bedeutung der anstehenden Aufgabe vor Augen geführt zu haben.

Als alle den Raum verlassen hatten, wandte sich Aregger an Schröder und Oswald, die im Raum sitzen geblieben waren.

»Diesen Mann suchen wir.« Aregger legte das Phantombild auf den Besprechungstisch vor ihnen. Nochmals hielt Schröder fest, was er schon mehrfach gesagt hatte.

»Das ist der Mann, der mich auf Mallorca angesprochen hat.«

»Hundertprozentig?« Aregger schaute Schröder erwartungsvoll an.

»Ganz sicher.«

»Dann ist Thanatos Emilias Komplize. Nun werden die Zusammenhänge immer klarer«, bemerkte Aregger treffend.

»Was meinst du damit?«, wollte Oswald wissen, der sich im Beisein der beiden BKA-Kollegen etwas unterlegen fühlte.

»Hast du den Begriff immer noch nicht gegoogelt? Thanatos ist definitiv kein Familienname. Das weiß doch jedes Kind.« Aregger wirkte angesichts Oswalds Ahnungslosigkeit genervt.

»Das tönt irgendwie südländisch«, sagte der Freiburger Kripochef verlegen.

»Genau genommen griechisch.«

»Schon wieder dieses Griechisch!« Oswald war empört.

»Du willst sicherlich wissen, was es mit dem Namen auf sich hat. Nicht wahr?«

Oswald nickte.

»Dann beginnen wir mal von vorne: Die Verbrecher haben wirklich an alles gedacht. Schon mehr als einen Monat vor meiner Entführung legten sie sich eine Strategie zurecht. Als Motto, wenn man das so nennen darf, wählten sie die griechische Antike, speziell deren Götter. Thanatos ist diesbezüglich ein bewusst gewählter Name und sollte auf alles verweisen, was noch kommen würde.«

»Also der Name eines Gottes?«, fuhr Oswald dazwischen.

»Nicht der Name irgendeines Gottes. Thanatos ist der Gott der Toten«, erklärte Aregger.

»Ich dachte, das sei Hades.«

»Auch. Thanatos lebt in Tartaros, einer Unterwelt, die noch unter jener von Hades liegt. Der Sage nach brauchte ein Amboss neun Tage, um Tartaros zu erreichen, als er von der Erde hinunterfiel. Tartaros ist der Ort der Bestrafung in der Unterwelt.«

»Was wisst ihr über Thanatos selber?«

»Er ist der Gott des sanften Todes«, hielt Schröder fest.

»Sanfter Tod?« Oswald hatte noch nie etwas davon gehört. Prompt erhielt er von Aregger eine belehrende Antwort.

»Ich habe mich auch erst im Internet schlau machen müssen. Der

Begriff Euthanasie setzt sich aus den Worten eu, was gut bedeutet, und thanatos zusammen, was wiederum für den Tod steht. Heute wird Euthanasie als Synonym für einen schmerzlosen Tod verwendet. Thanatos hat übrigens eine berühmte Schwester, nämlich Ker. Wer sich etwas mit griechischer Mythologie befasst, dürfte wissen, dass sie die Göttin des gewaltsamen Todes ist. Auf Abbildungen ist oft auch Hypnos, der Gott des Schlafes, zu sehen. Hypnos ist sein Bruder. Thanatos soll ein eisernes Herz und einen erbarmungslosen Sinn haben.«

»Sonst noch etwas, das ich wissen muss?«, fragte Oswald, der immer unsicherer wurde.

»Es heißt, er soll einen finsteren Blick haben. Zudem soll er seinen Opfern mit einem Messer eine Locke vom Kopf schneiden«, fügte Schröder an.

»Eine Locke? Großer Gott!« Aregger erkannte nun, was Schröder bei seiner Recherche herausgefunden hatte. »Die Locke… Ihr erinnert euch, dass wir in der Nähe des Tatorts eine Locke gefunden haben! Die DNA-Analyse hat erst kürzlich ergeben, dass es sich um Haare von Joshua Kramer handelte. Es scheint so, als ob die Mörder auf irgendeine Art in den Besitz von Kramers Haaren gekommen sind und diese bewusst im Fahrgeschäft auf der Kirmes abgelegt haben. Er selber saß während der Tat im Wagen. Folglich mussten die Täter schon im Besitz der Locke sein. Wie sie das wohl angestellt haben?«

»Ich habe da eine Vermutung«, sagte Schröder. »Ich denke, dass Emilia und dieser ominöse Thanatos Kramer aufgefordert haben, ihnen eine Locke zukommen zu lassen. Kramer schien für Frauen vieles zu machen. Vielleicht stellte dies für ihn einen Liebesbeweis dar, nachdem er von Emilia kontaktiert worden war.«

»Dann war dies eine Art Todeslocke«, resümierte Oswald.

Alle waren sich darin einig.

»Diese Bastarde haben die Taten von langer Hand geplant! Alles hängt zusammen.« Aregger überlegte sich für einen kurzen Moment, wieso er den Fall angenommen hatte. Er tat dies ja freiwillig.

Als man in die Runde fragte, wer Ressourcen hätte, um sich darum zu kümmern, hatte er sich gemeldet. Schließlich wollte er einmal mehr allen beweisen, was für ein guter Kriminalist er inzwischen war.

»Ihr könnt euch sicher sein! Die nächsten paar Jahre werde ich keinen Urlaub mehr in Griechenland verbringen. Und nun machen wir uns an die Arbeit! Thanatos muss warten. Jetzt stehen erst einmal die Beerdigung und der Schutz aller Anwesenden an.«

Aregger wusste, dass die Abdankungsfeier reibungslos ablaufen musste.

Kapitel 66: Dienstag

Kurz nach halb zwei fuhr eine schwarze Limousine auf den Platz vor dem Freiburger Münster vor, wobei das Fahrzeug von einem Streifenwagen eskortiert wurde. Die Sicherheitsvorkehrungen waren immens. Bis auf einen Zugang waren alle Wege zur Pfarrkirche abgesperrt.

Der eine Weg, den alle Besucher passieren mussten, war bestens bewacht. So musste sich jede Person ausweisen, und die Einsatzkräfte der Polizei hielten alle Namen schriftlich fest. Weiter wurde auch jede Person abgetastet und mit einem Metalldetektor durchsucht. Nur eine ausgewählte Gruppe von Besuchern durfte mit dem Fahrzeug vor das Münster vorfahren. Alle anderen mussten sich aus Sicherheitsgründen zu Fuß zum Gotteshaus begeben. Schließlich standen mit Maschinengewehren bewaffnete Polizisten rund um das Münster herum. Die Sicherheitskräfte hofften, mit diesen Vorkehrungen die Lage unter Kontrolle zu haben.

Die Freiburger Stadtpfarrkirche war bis auf den letzten Platz besetzt. Draußen hatten zahlreiche Fernsehstationen ihre Kameras positioniert und hofften, möglichst gute Filmsequenzen drehen zu können.

Im Innern hatte Hilde Benhagel inzwischen in der ersten Sitzbankreihe Platz genommen. Begleitet wurde sie an diesem Tag von ihrer Schwester und deren beiden Kindern. Zu ihrer Rechten saß Aregger, der durch einen Sender im Ohr stets im Bilde war, was draußen und hinter ihm vor sich ging. Oswald stand ganz hinten und versuchte, möglichst auf alle und alles einen Blick zu werfen. Eine Bankreihe hinter Hilde Benhagel hatte sich Schröder eingefunden. Er hatte auch hier im Gotteshaus auf einen speziellen Personenschutz verzichtet.

Punkt zwei erschien der Priester in seinem Messgewand und einer schwarzen Stola über seinen Schultern und schritt langsam zum Altar. Bevor er die Abdankungsfeier eröffnete, hielt er vor dem Altar kurz inne und warf einen Blick auf die drei Urnen, die von viel Blumengedeck umrahmt vor ihm standen. Er hatte schon manche Beerdigung miterleben müssen. Eine solche wie heute war aber auch für ihn etwas Besonderes. Drei Menschen der gleichen Familie mussten innerhalb von wenigen Tagen sterben, und alle waren einem Gewaltverbrechen zum Opfer gefallen.

Was hat die Familie Böses getan, dass Gott gleich drei Mitglieder zu sich geholt hat?

Priester Behrens hatte nicht lange Zeit, sich darüber Gedanken zu machen. Er begann die Messe mit der klassischen liturgischen Eröffnung, ehe er ein paar persönliche Worte an die Trauergemeinde richtete.

»Ich möchte Sie zu dieser Abdankungsfeier herzlich begrüßen. Die Trauerfamilie äußerte den Wunsch, mit einem Lied zu beginnen. Generell wird die Messe sehr musikalisch daherkommen. Familie Benhagel liebte die Musik. Den Wünschen komme ich natürlich gerne nach. Wir starten mit dem Lied 'Over the Rainbow', einst von Judy Garland im Jahr 1939 gesungen.«

Aus den Lautsprechern ertönte die Instrumentalversion des Liedes, die allen bekannt war. Mit dem Lied konnten sich die Gäste gedanklich und emotional auf die Trauerfeier vorbereiten.

Plötzlich geschah das Unerwartete! Kaum hatte das Lied begonnen, ertönte ein kurzes, aber äußerst heftiges Krachen. Der Knall war ohrenbetäubend. Sofort machte sich Panik breit. Erste Gäste sprangen von ihren Bänken empor und blickten mit angsterfüllten Blicken um sich.

Hatte jemand einen Anschlag auf die Trauerfeier verübt? Waren womöglich Attentäter im Innern der Kirche?

Nun breitete sich zusätzlich Rauch aus. Fluchtartig strömten die Gäste Richtung Ausgang. Aregger war inzwischen zum Altar gestürmt und wollte per Mikrofon versuchen, die Gäste zu beruhigen. Aber auch er hatte den Überblick verloren. Einerseits war die Rauchentwicklung derart immens, dass er keine fünf Meter weit mehr sehen konnte. Andererseits war der Tumult so groß, dass es unmöglich erschien, Ruhe zu bewahren.

Während die Trauergäste nach draußen stürmten, versuchten die Kamerateams ins Innere zu gelangen. Das Chaos war perfekt. Noch hatten die Medienteams nicht erfahren, was drinnen genau vorgefallen war. Oswald versuchte beim Haupteingang, die Situation unter Kontrolle zu kriegen. Vergeblich!

Auch Hilde Benhagel hatte sich mit ihrer Schwester und deren Kindern auf den Weg zum Ausgang begeben. Schröder begleitete sie.

»Ich bleibe noch hier drinnen. Gehen Sie nach draußen und wenden Sie sich an einen der Polizisten. Er soll Sie von hier wegbringen.«

»Pass auf dich auf, Nick!«, flehte Hilde Benhagel Schröder an.

Draußen hatten die Verantwortlichen seitens der Polizei sofort entschieden, die flüchtenden Personen nicht aufzuhalten, obwohl sich darunter wahrscheinlich diejenigen befanden, die für die Vorgänge im Münster verantwortlich waren. Man wollte eine noch größere Massenpanik verhindern.

Während Hilde Benhagel, ihre Schwester und die beiden Kinder das Münster verließen, kämpfte sich Schröder durch den Qualm. Er wollte sich vergewissern, dass alle den Ausgang gefunden hatten, und ging deshalb von Sitzbank zu Sitzbank von hinten langsam Richtung Altar.

Unvermittelt stieß er auf Aregger, der von vorne nach hinten ebenfalls jede Reihe nach Personen durchsucht hatte. Der Rauch hatte sich inzwischen im ganzen Raum verflüchtigt, so dass die beiden langsam wieder einen Überblick gewannen.

»Was war das?«, wollte Aregger wissen.

»Die Sache wird immer merkwürdiger. Hoffentlich haben wir keine weiteren Toten zu beklagen.«

»Da muss ich dich wohl enttäuschen. Schau mal!«

Entsetzt blickten die beiden in den hinteren Bereich der Kirche. Dort lag eine Person am Boden. Sofort wies Aregger via Mikrofon Rettungskräfte an, sich in das Innere zu begeben, während Schröder die Kamerateams, die sich Zutritt verschafft hatten, vehement nach draußen beorderte.

»Es gibt hier nichts zu sehen!«

»Dort liegt doch eine Leiche!«, schrie ein Kameramann.

»Verlassen Sie den Raum! Sofort!«

Schröder stieß einen Mann des Fernsehens um, fluchte ihn an und wies ihn eindringlich darauf hin, nun endlich das Münster zu verlassen. Die Medienleute taten schließlich, was ihnen befohlen worden war.

»Wir brauchen wohl keine Sanitäter mehr. Der Mann ist tot.«

In seiner Brust steckte ein kurzes Schwert.

»Ein Werk von Parzelli und seinen Leuten?«

»Ganz klar! Das Tatwerkzeug weist auch eindeutig auf einen griechischen Gott hin, nämlich Ares, den Kriegsgott«, erklärte Schröder.

Aregger konnte es nicht fassen. Man hatte inzwischen den sechsten Toten zu beklagen.

»Ein gefundenes Fressen für die Medien! Wir waren nicht in der Lage, das Münster zu sichern. Vor allem darf nicht an die Öffentlichkeit gelangen, dass wir in dieser Nacht einen Einbruch hatten. Wie es aussieht, hatten wir keine jugendlichen Einbrecher am Werk, sondern Parzellis Leute. Sie haben den Einbruch wohl einzig und allein dazu genutzt, überall Rauchbomben zu verteilen, um heute während der Messe für Panik zu sorgen. So konnten sie dann nahezu unbehelligt einen weiteren Mord verüben.«

»Immerhin haben wir eine Liste mit allen Personen, die hier waren. Also müssen auch die Namen der Täter auf dieser Liste zu finden sein.«

Schröder hatte inzwischen wieder etwas Hoffnung geschöpft. Vielleicht waren sie dem oder den Tätern tatsächlich einen Schritt näher gekommen.

Kapitel 67: Dienstag

Aregger hatte eine halbe Stunde, nachdem er zusammen mit Schröder den Tatort verlassen hatte, in den Räumlichkeiten der Kripo eine Lagebesprechung angeordnet.

»Die Täter spielen mit uns ein Katz-und-Maus-Spiel. Sie fühlen sich überlegen, wiegen sich in Sicherheit. Überhebliche Täter machen Fehler. Das ist unsere Chance.«

Aregger griff nach dem sprichwörtlichen Strohhalm. Nach einem halben Dutzend Morde blieb ihm nicht mehr viel anderes übrig.

»Vieles spricht dafür, dass der Einbruch ins Münster diese Nacht nicht von zwei Jugendlichen begangen worden ist. Wir sind uns ziemlich sicher, dass Parzellis Leute eingedrungen sind und die Rauchbomben positioniert haben. Diese wurden per Funk gezündet. Das haben die Spurensicherer gleich auf den ersten Blick erkannt. Weitere Untersuchungen der Rauchbomben laufen noch. Man kann davon ausgehen, dass es sich beim Erbauer um eine technisch versierte Person handelt«, fasste Schröder die Situation zusammen.

»Was hat es mit dem Vandalenakt auf sich?«, wollte Weiler wissen. Er war zum Zeitpunkt der Tat bei der Personenkontrolle draußen eingesetzt.

»Das war wohl nur ein Ablenkungsmanöver. Wir haben uns in die Irre führen lassen und stehen nun wie Anfänger da«, ärgerte sich Aregger. »Wir hätten das Münster vorher besser durchsuchen müssen. Angesichts der Größe des Gebäudes und der anderen Sicherheitsmaßnahmen, auf die wir Wert legten, verwarfen wir diesen Gedanken leider wieder.«

»Ich habe den Täter gesehen«, entfuhr es Weiler.

»Was sagst du?«

Aregger wollte sofort wissen, was Weiler damit meinte.

»Um zum Münster zu gelangen, gab es nur den einen Weg, der an uns vorbeiführte. Ich muss den Täter also gesehen haben. Zudem haben wir von allen Gästen die Personalien aufgenommen.«

»Wie viele Personen waren in oder vor dem Münster?«, wollte Oswald wissen.

»Zwischen 700 und 800 Personen haben unsere Kontrollstelle passiert. Vor allem sollten wir uns auf die Frauen fokussieren. An den meisten Tatorten fand man ja bisher die DNA einer Frau.«

Weilers Vorschlag erntete Zustimmung. Aregger forderte sofort die Liste an und gab fünf von seinen Männern den Auftrag, sich schnellstmöglich mit dieser auseinanderzusetzen.

»Kommen wir zur Tatwaffe, einem Schwert. Typisch ist dieses Attribut für Ares, den Kriegsgott. Er ist der Geliebte von Aphrodite. Eros soll ein Sohn der beiden gewesen sein«, erklärte Schröder.

»Ich will wissen, wo man ein solches Schwert herkriegt. Es scheint mir sehr speziell zu sein. Außerdem sollt ihr in Erfahrung bringen, ob es auf der Tatwaffe Fingerabdrücke oder DNA-Spuren hat. Das Mordwerkzeug hat der Täter ja liegen gelassen.« Areggers Anweisungen tönten plausibel.

Zwei Beamtinnen erklärten sich bereit, der Sache nachzugehen.

»Dann möchte ich alles zum Opfer wissen. Haben wir es mit einem Zufallsopfer zu tun? Oder wurde wie bisher gezielt eine Person getötet? Wer ist der Mann, der ermordet wurde? Was hat er gearbeitet? Hat er etwas mit Drogen zu tun? Ich frage deshalb, weil er ein Kunde von Parzelli gewesen sein könnte. Wir müssen alles in Betracht ziehen.«

In diesem Moment betrat Melanie Riemer, eine LKA-Beamtin, das Büro. Auch sie hatte sich während der Messe um die Sicherheit von Hilde Benhagel gekümmert.

»Ich komme soeben aus dem Hotel Mercure. Wir haben Hilde Benhagel, ihre Schwester und die beiden Kinder dort untergebracht und zwei Polizisten vor Ort postiert.«

»Wie geht es Hilde Benhagel?«, wollte Oswald wissen.

»Sie fragen sich natürlich alle, wer ein Interesse daran haben konnte, die Trauerfeier zu sabotieren. Frau Benhagel geht es sehr schlecht. Sie hatte gehofft, sich im Rahmen der Abdankungsfeier von ihren Liebsten verabschieden zu können. Selbst dies war ihr nicht vergönnt«, erzählte Riemer.

»Weißt du zufällig, ob der Tote aus dem Umfeld der Benhagels stammt?«, fragte Aregger.

»Frau Benhagel hat ihre Verwandten und engeren Bekannten auf dem Weg ins Hotel sofort alle kontaktiert. Wir können wohl ausschließen, dass das Opfer eine familiäre Verbindung zu Hilde Benhagel hat.«

»Und du möchtest weiterhin keinen Schutz?«, richtete Aregger abermals die Frage an Schröder.

»Nein, ich habe noch fast zwei Tage Zeit, bevor ich hingerichtet werde. Bis dann werde ich die Täter aufgespürt haben.«

»Sei dir nicht zu sicher. Und pass auf dich auf!«, sagte Vock besorgt.

Schröder verabschiedete sich von allen und verließ schließlich das Büro. Er hatte den anderen mitgeteilt, dass er sich kurz hinlegen wolle. Nach ihm verschwanden auch die restlichen Polizeibeamten aus dem Büro. Einzig Aregger blieb noch etwas länger am Arbeitsplatz sitzen. Er fragte sich abermals, warum ausgerechnet Benhagels immer wieder im Mittelpunkt der Mordserie standen.

Welchen Bezug haben sie zu Parzelli?

Aregger fand einfach keine Antwort auf diese Frage. Er musste hoffen, dass seine Männer ihm bald Antworten lieferten. Weiter dachte er darüber nach, ob man Parzelli nicht doch freilassen sollte und damit der Mordserie ein Ende bereiten könnte. Im Grunde wusste er die Antwort. Sie lautete klar nein! Parzelli führte eine Verbrecherbande an. Allerdings sorgte sich Aregger auch um die

Sicherheit der Bevölkerung. Er wusste, dass es weitere Morde geben würde, sollten nicht schnell Fortschritte in den Ermittlungen erfolgen.

Kapitel 68: Dienstag

Schröder saß vor seinem Laptop, während sein Fernseher lief. Er hatte genau verfolgt, was die Nachrichtensendungen über die Vorfälle im Münster berichtet hatten, wobei er für einmal positiv überrascht war. Die Arbeit der Polizei fand lobende Worte. Es wurde erwähnt, dass die Kriminalisten alles dafür getan hatten, um die Sicherheit der Gäste zu gewährleisten. Fernsehstationen waren in der Regel objektiver und weniger dem Sensationsjournalismus zugeneigt als die Printmedien. Das konnte er einmal mehr feststellen. Die Notizen, die sich Schröder auf seinem Laptop gemacht hatte, waren von größter Bedeutung. Alles, was auf dem Bildschirm zu lesen war, hatte einen Bezug zu den griechischen Göttern. Auch wenn sich nicht alle Internetseiten ganz einig waren, wer alles zu den Hauptgöttern gehörte, war er doch einen wesentlichen Schritt weitergekommen. Es schien nämlich so, als ob dies jene Götter waren, die auf dem Berg Olymp residierten. Dabei handelte es sich um die Geschwister und Kinder des Zeus.

Auf Schröders Bildschirm folgten einige Namen, die rot markiert waren: Hephaistos, Aphrodite, Apollon, Poseidon, Eros und Ares, wobei Eros als vorolympische Gottheit galt.

Danach folgte eine Auflistung der weiteren Hauptgötter: Zeus, Hera, Athene, Hades, Demeter, Artemis, Dionysos und Hermes. Schröder hatte gelesen, dass Hades diesbezüglich etwas speziell war, weil er nicht direkt zu den zwölf Hauptgöttern gehörte, aufgrund seiner wichtigen Stellung aber auch aufgeführt war.

Schröder ging davon aus, dass der nächste Mord nach dem Schema von einem der aufgeführten Götter geschehen würde. Deshalb notierte er neben den Göttern deren Funktion und die entsprechenden Attribute, die den jeweiligen Gott auszeichneten. Nochmals überflog er seine Notizen:

Zeus: *Göttervater, Gott der Erde und des Himmels, Wettergott; Symbole: Blitzbündel oder Zepter, Helm, manchmal Eichenkranz auf dem Kopf*

Hera: *Königin der Götter und Ehefrau von Zeus, Göttin der Ehe, Schwangerschaft und der Liebe; Symbole: Zepter, Diadem, Schleier*

Athene: *Göttin der List, der Planung, der Weisheit, der Politik, Schutzgöttin von Athen; Symbole: Rüstung bestehend aus Helm, Lanze und Schild, Ölbaum, Eule*

Hades: *Totengott und Herrscher über die Unterwelt; Symbole: Füllhorn oder zackige goldene Krone, Zweizack oder Schlüssel*

Demeter: *Göttin der Fruchtbarkeit, der Erde und des Ackerbaus; Symbole: goldener Ährenkranz, Korb mit Pfirsichen, Doppelaxt und Fackel*

Artemis: *Göttin der Jagd und des Mondes, Zwillingsschwester von Apollon; Symbole: Köcher, Pfeil und Bogen*

Dionysos: *Gott des Weines und der Ekstase; Symbole: Weinranken, Weintrauben sowie Panther- oder Rehfell, Weinstock*

Hermes: *Gott der Diebe, des Handels und der Reisenden, Götterbote; Symbole: Flügelschuhe und Flügelkappe, Hermesstab, Reisehut*

Schröder malte sich in seinen Gedanken aus, wie der jeweilige Gott morden würde und was er dafür brauchte.

Ein Mord nach Zeus müsste mit einem Blitz zu tun haben. Schröder konnte sich kein entsprechendes Verbrechen vorstellen. Er versah Zeus mit einem Pfeil nach unten, was signalisieren sollte, dass er an eine Imitation des Göttervaters nicht glaubte. Ein Mord mit einem Zepter konnte er sich auch nicht vorstellen. Also markierte er Hera mit dem gleichen Symbol wie ihren Gatten. Bei Athene war er sich unsicher. Die Abgrenzung zwischen Athene und Ares fiel ihm nicht leicht.

Konnte der Mord im Münster nicht auch nach dem Schema «Athene» abgelaufen sein?

Grundsätzlich spielte es keine Rolle. Sowohl Ares als auch Athene würden wohl mit einem Schwert, Speer oder einer Lanze einen Mord begehen. Er versah Athene mit einem Pfeil nach oben. Hades zu imitieren, bedeutete in Schröders Augen, mit einem Zweizack zu morden. Dies konnte er sich vorstellen, zumal die Täter auch schon einen Dreizack eingesetzt hatten. Ebenfalls denkbar waren Morde nach Demeter mit einer Doppelaxt oder Artemis mit Pfeil und Bogen. An eine Imitation von Dionysos – allenfalls mit einer Weinflasche – oder Hermes glaubte er hingegen nicht.

Als er die Liste beendet hatte, begann er zu stutzen.

Vielleicht ist dies doch die falsche Vorgehensweise. Schließlich tötete man Klaus Benhagel auch mit einer Geige statt mit einer Leier. Die Verbrecher sind womöglich doch unberechenbarer, als wir alle angenommen haben.

Er wollte seine Erkenntnisse soeben telefonisch an Aregger weiterleiten, da stutzte er. Etwas stimmte überhaupt nicht. Als er nochmals intensiver über die Sache nachdachte, fiel es ihm Augenblicke später wie Schuppen von den Augen.

Kapitel 69: Mittwoch

Es war acht Uhr, als Aregger seine Mitarbeiter unfreundlich begrüßte. Er wollte alle möglichst schnell auf den aktuellen Stand bringen. Danach wollte er sich über Schröders Personenschutz unterhalten. In etwas mehr als 24 Stunden lief das Ultimatum ab. Spätestens dann wollten die Verbrecher Schröder eliminieren.

Aregger zweifelte daran, dass ihnen dies gelingen würde. Wenn sie Schröder irgendwo in Sicherheit bringen würden, wäre es gar nicht möglich, ihn zu töten. Vielleicht war das Ganze aber wieder nur ein Ablenkungsmanöver.

Wir tun alles Erdenkliche, um Nick zu beschützen, während Parzellis Leute dies ausnutzen, um zu dieser Zeit ungehindert ein anderes Verbrechen zu begehen. Das wäre wahrlich ein kluger Schachzug.
Auch dies galt es in Areggers Augen zu beachten.

»Ich habe heute Morgen eine Mail erhalten. Dem angehängten Dokument sind aktuelle Informationen zum gestrigen Opfer zu entnehmen«, begann der BKA-Beamte das Gespräch. »Gleich so viel: Es gibt anscheinend keinen Bezug zu den Benhagels.«

»Wir müssen aber auch hier von einer Beziehungstat ausgehen. Auch bei Joshua Kramer und Wilhelm Küster war dies so«, sprach ein großgewachsener Beamter mit tiefer Stimme.

»Ich denke auch, dass das Opfer nicht zufällig ausgewählt worden ist. Widmen wir uns deshalb etwas intensiver der Person. Ich kann euch Folgendes erzählen.« Aregger schaltete den Beamer ein. An der Leinwand war eine Zusammenfassung dessen zu sehen, was er gleich seinen Kollegen mitteilen wollte.

Alle blickten mit Argusaugen nach vorne.

»Das Opfer heißt Adrian Franke. Der Mann war 33 Jahre alt und stammte aus Bad Krozingen, also aus der unmittelbaren Umgebung. Dort arbeitete er als Architekt. Er hatte ein eigenes Geschäft und einen Mitarbeiter. Dieser hat uns Fakten erzählt, die euch sicherlich interessieren werden.«

»Hatte er auch mit Drogen zu tun?«, wollte Vock wissen.

»Nein, hatte er wohl nicht. Bisher haben wir in diese Richtung nichts erfahren. Sein Geschäft lief gut. Kürzlich hat er Pläne für eine Großüberbauung in der Nähe des Freiburger Hauptbahnhofs skizziert und mit diesem Auftrag viel Geld kassiert.«

»Dann könnten wirtschaftliche Interessen ein Motiv sein«, hielt Oswald fest.

»Wäre denkbar. Allerdings passt dies nicht ins Bild aller anderen

Morde. Wir müssen sicherlich noch weiter ermitteln, da uns Frankes Mitarbeiter, Jimmy Hiber, in diesem Zusammenhang etwas Spannendes erzählt hat.«

»Du machst es heute aber spannend.« Weiler hatte das Gefühl, dass man Aregger an diesem Morgen jedes Wort aus der Nase herausziehen musste.

»Er hat zuletzt Drohanrufe erhalten. Das kann Hiber bezeugen, da er den unbekannten Mann ebenfalls zwei Mal am Telefon hatte.«

»Einen Mann?«, fragte Vock nach.

»Eindeutig. Da gibt es keinen Zweifel.«

»Die Morde werden aber doch von einer Frau begangen«, insistierte Oswald.

»Wir haben auch schon männliche DNA gefunden. Außerdem haben wir noch keine Ergebnisse von gestern. Das wird wohl noch etwas dauern, weil sie Mühe haben, verwertbares Material zu finden. Auf jeden Fall müssen wir diesen Drohanrufen nachgehen. Leider ist es uns nicht gelungen, die Anrufe zurückzuverfolgen.«

»Trotz allem denke ich nicht, dass wir das Motiv im geschäftlichen Bereich suchen müssen.« Weiler ging davon aus, dass mehr dahinterstecken musste.

»Aber es ist doch möglich, dass jemand Frankes neues Projekt nicht so toll fand und ihn aus Neid oder wirtschaftlichen Interessen tötete«, erklärte eine junge Polizistin.

»Dafür begeht man doch keinen Mord.« Oswald war mit der Erklärung nicht einverstanden.

»Vielleicht gingen auch irgendwelche Geschäfte im Hintergrund über die Bühne. In diesem Business kann man dies nie gänzlich ausschließen. Fakt ist, dass wir uns mit den Geschäftsbeziehungen des Opfers nochmals genauer auseinandersetzen müssen. Aber auch die private Seite müssen wir durchleuchten. Da gibt es doch die eine oder andere Frau in seinem Leben.«

Alle schauten sich verwundert an. Hatte Aregger tatsächlich von mehreren Frauen gesprochen?

»Franke war eine Art Sonnyboy, der sein Leben genoss und eigentlich nicht auf der Suche nach der Liebe seines Lebens war. Wir haben Jimmy Hiber gefragt, ob er in jüngster Vergangenheit die eine oder andere Frau gesehen habe, die Franke besucht hat. Der Befragte bejahte dies. Natürlich haben wir ihn nach einer Frau mit einem auffälligen Muttermal am Kinn gefragt. Er meinte, es sei durchaus möglich, dass eine seiner Affären dieses Merkmal gehabt haben könnte. Ganz sicher war er sich aber nicht. Das heißt, dass sich Franke vielleicht auch mit dieser ominösen Emilia getroffen haben könnte. Es könnte aber auch jede andere Person gewesen sein, die ihn zur Strecke brachte.«

»Eifersucht als Motiv?«, wollte Weiler wissen.

»Warum nicht? Man weiß ja, wie Frauen ticken. Sie gehen über Leichen, um den Mann ihrer Träume für sich zu haben.«

Für seine letzten Sätze erntete Aregger eine ganze Reihe hämischer Kommentare. Schließlich versuchte er, irgendwie zu einem Schluss zu kommen.

»Geschäftliche und private Beziehungen: Wir müssen beides im Auge behalten. Ich kann mir aber auch gut vorstellen, dass das Motiv letztlich ganz woanders liegt und wir vielleicht doch noch auf etwas Überraschendes stoßen werden.«

Aregger entschied, den Fokus noch auf die Tatwaffe zu legen.

»Was habt ihr über das Schwert in Erfahrung gebracht?«, wollte er von den beiden Beamtinnen wissen, denen er den Auftrag gegeben hatte, diesbezüglich Nachforschungen in die Wege zu leiten.

»Das ist ganz interessant, wird dich aber nicht überraschen.« Die eine Frau antwortete nicht sofort, was Aregger gar nicht passte.

»Ich habe keine Zeit für ein Kaffeekränzchen.« Deutlich gab ihr der BKA-Mann zu verstehen, dass sie nun mit ihren Erkenntnissen herausrücken sollte.

»Beim Schwert handelt es sich um eine Kopis.« Erneut hielt sie kurz inne und blickte in die Runde, merkte aber schnell, dass sie weiter erzählen musste. Niemand schien sich unter einer Kopis etwas vorstellen zu können.

Sie konnte es ihren Kollegen nicht übel nehmen. Bis vor wenigen

Stunden hatte sie auch noch keine Ahnung gehabt. Erst nachdem sie mitten in der Nacht ein Foto der Waffe einem Professor für Antike Geschichte vorgelegt hatte, erfuhr sie mehr Details dazu.

Der Professor, den sie flüchtig kannte, hatte sie trotz später Stunde in seiner Wohnung im Freiburger Stadtteil Littenweiler empfangen. Der Professor war ein Nachtmensch. Bis spät abends saß er jeweils an seinem Wohnzimmertisch und studierte Bücher über die Antike. Deshalb kam ihm der Besuch nicht ungelegen.

»Die Kopis ist ein kurzes Hiebschwert mit einer asymmetrischen Klinge, die nach vorne breiter wird. Die Waffe verbreitete sich früher in vielen Teilen der Welt, da die Gegner der Griechen diese kopierten«, erklärte die eine Beamtin.

»Dann stammt die Waffe ursprünglich also von den Griechen«, wiederholte Vock treffend.

»Da haben die Täter wirklich gut recherchiert«, brachte es Aregger auf den Punkt. Er verzichtete darauf, weiter über die Waffe, die sich in diesem Moment in der kriminaltechnischen Analyse befand, zu sprechen. Man hoffte, auch darauf DNA-Spuren zu finden. Aufgrund der vergangenen Morde war es keineswegs überraschend, dass sich der oder die Täter ausgerechnet für eine griechische Kopis entschieden hatten.

Die Beamten richteten den Fokus schließlich auf Schröders Personenschutz. Man diskutierte, was man alles in Erwägung ziehen konnte, um ihn zu schützen.

Ob Schröder dies wollte oder nicht, war Aregger inzwischen egal, zumal er ihn gar nicht fragen konnte. Schröder war nämlich der laufenden Besprechung ferngeblieben.

Kapitel 70

Ich hätte das ja nie gedacht, aber es fällt mir tatsächlich immer einfacher. Die innere Zerrissenheit, ob wir wohl das Richtige tun, beziehungsweise, ob das die richtige Vorgehensweise ist, das Mor-

den, ist längst verstummt. An ihrer Stelle macht sich eine Sicherheit breit, die mich trägt.

Wie im letzten Brief erwähnt, war ich bereits einmal kurz davor, mein Innerstes jemandem zu zeigen. Ich hätte ihm wirklich alles über mich erzählt. Damit er mich bis in den letzten Winkel meiner Seele kennt und auch sicher die Person liebt, die ich eigentlich bin. Damals hatte ich mir gerade vorgenommen, mich etwas von dir zu lösen. Ich wollte endlich auf eigenen Beinen stehen, mich selbst um mich kümmern, mein Leben selbst in die Hand nehmen. Und dann lernte ich ihn kennen. Er schien perfekt zu ein. Er strahlte Sicherheit aus und gab mir Halt und Ruhe. Mit ihm an meiner Seite konnte ich mir ein eigenständiges Leben vorstellen. Er konnte mich erden. Endlich war ich angekommen. Das wusste ich, obwohl wir uns erst kurze Zeit kannten.

Ich musste ihm sagen, was er für mich bedeutete, dass er mein Lebenselixier war, dass mir mit ihm alles möglich schien, und ich eine nie dagewesene Kraft in mir spürte. Noch nie legte ich meine Gefühle derart offen, noch nie ließ ich jemanden so tief in mich hineinblicken. Ich war so froh, endlich all meine Gedanken und Gefühle in Worte zu fassen, dass ich nicht bemerkte, was in ihm vorging.

Er schaute mich nachdenklich an, verzog keine Miene, und dann huschte ein Lächeln über sein Gesicht. Ich war überglücklich. Sein Lächeln wurde zu einem Lachen und mein Herz hüpfte vor Freude, bis er mir erklärte, dass ihn noch nie eine Frau derart zum Lachen gebracht habe. Da er ja offensichtlich eher auf der Suche nach dem schnellen Abenteuer, nicht der großen Liebe sei, habe bisher keine Frau in seiner Anwesenheit solche Gedanken geäußert.

Obwohl er sich sicher sei, dass die eine oder andere seiner Erobe-rungen genau das dachte, habe keine ihn je damit konfrontiert. Es gäbe doch wirklich solche, die ein Techtelmechtel nicht von einer Beziehung unterscheiden könnten. Solche, die meinten, sie hätten mit ihm die Liebe des Lebens gefunden. Als ob es sowas überhaupt gäbe.

Nun war er es, der so in Fahrt gekommen war, dass er nicht bemerkt hatte, wie still ich geworden war. Bis er mit seinen abfälligen Bemerkungen über verliebte Frauen fertig war, hatte ich mich so weit gefasst, dass ich mir nicht anmerken ließ, wie sehr er mich getroffen hatte. Es gelang mir, mitzuspielen. Wie jämmerlich! Ich tat wirklich so, als ob ich mich mit ihm über den gelungenen Scherz freuen würde. Lieber verriet ich mich selbst, als seinen Hohn und seine Abschätzung über mich ergehen zu lassen.

An diesem Tag verlor ich den Glauben daran, jemals jemanden zu finden, der mich versteht und auch verstehen will. Mir wurde bewusst, dass ich mich mit einem Geständnis dem Gegenüber schutzlos ausliefern würde, ihm grenzenlose Macht über mich geben würde und von da an von dessen Gunst abhängig wäre. Das durfte ich nicht zulassen.

Diese Erkenntnis habe ich Adrian Franke zu verdanken. Trotzdem hasse ich ihn! Er hat mit meinen Gefühlen gespielt, mir das Herz gebrochen und es in seiner Arroganz nicht einmal gemerkt. Ich gab mir Mühe, meine Enttäuschung nicht zu zeigen. Im Gegenteil. Eine Weile spielte ich noch die Geliebte, die vor allem ihren Spaß und ja keine Verbindlichkeiten wollte. Dann, bevor er es tun konnte, servierte ich ihn ab. Ich bräuchte wieder etwas Neues, Spannendes. Mit Genugtuung beobachtete ich, wie er auf seine erste Abfuhr reagierte. Er war sprachlos, war sich sicher, dass er unsere Beziehung definierte. Ach, tat das gut!

Und jetzt rächte ich mich im Namen all derjenigen Frauen, denen er genauso wehgetan hatte. Außerdem ist auf diese Art sichergestellt, dass keine weiteren gebrochenen Herzen auf sein Konto gehen werden. Ich kann sagen, dass ich mit mir im Reinen bin. Ich habe wieder jemanden an meiner Seite.

Zur Tat musst du noch einiges wissen: Kurz nachdem ich mich von Adrian getrennt hatte, schleppte er Caro Benhagel ab. Spannend wie die Dinge zusammenhängen, nicht? Wieder einmal erwies sich der Zufall als verlässlicher Partner bei der Planung unserer großen Abrechnung. Wie ironisch!

Wahrscheinlich hatte sich Caro dieselben Hoffnungen gemacht wie ich, ich weiß es nicht. Ich habe sie auch nie kennengelernt. Nach ihrem Tod habe ich Adrian angerufen.

Wir tauschten ein paar Belanglosigkeiten aus, danach informierte ich ihn über die Trauerfeier. Ich wusste, dass er erscheinen würde, wenn ich ihm eine gemeinsame Nacht in Aussicht stellte. Männer seines Schlags sind so berechenbar! Für die Planung der Tat mussten wir genau wissen, wo Adrian sitzen würde. Auf meinen Vorschlag, dass wir uns in der Kirche in der fünften Bankreihe links treffen, damit wir uns bei all den vielen Leuten auch finden, ging er bedenkenlos ein. Als er im allgemeinen Trubel aus der Kirche flüchten wollte, habe ich ihn im hinteren Bereich erwischt. Er dachte tatsächlich, er könne mir entkommen...

Dass Küster für uns zur Zielscheibe geworden war, dürfte die Polizei inzwischen auf seine Verwandtschaft mit Schröder zurückgeführt haben. Wilhelm Küster war nicht nur Edwina Schröders Bruder, sondern auch Nick Schröders Patenonkel. Die Motive hinter den Morden an Kramer und Franke geben ihnen aber sicherlich schwer zu denken. Die muss ich sogar dir erklären, und du steckst quasi mittendrin.

Meine Konzentration lässt nach, ich muss mich kurz hinlegen und etwas ausruhen.

Kapitel 71: Mittwoch

Er hatte auf die morgendliche Nassrasur verzichtet, hatte sich in Windeseile angezogen und sich sofort in seinen Wagen gesetzt, nachdem ihn sein Handywecker unsanft aus seinem Schlaf gerissen hatte. Sein Ziel war klar. Er wollte seinen Eltern einen Besuch abstatten.

Ich habe erst gestern Abend so richtig realisiert, dass etwas nicht so ist, wie es zu sein scheint. Es hätte mir damals im Münster schon auffallen müssen. Aber aufgrund der Ausnahmesituation achtete

196

ich nicht auf dieses kleine, aber so bedeutende Zeichen. Erst im Nachhinein ließ dieser eine kurze Satz von Hilde Benhagel große Zweifel in mir aufkommen. Ob diese, wie ich vermute, berechtigt sind, werde ich gleich wissen.

Schröder hatte erneut in einem kleinen Hotel in Freiburg übernachtet. Die Fahrt zu seinen Eltern dauerte rund zwanzig Minuten. Als er auf dem Vorplatz des Einfamilienhauses vorfuhr, winkte ihm seine Mutter bereits vom Küchenfenster aus zu. Sofort eilte sie zur Tür und begrüßte ihren Sohn mit einer kräftigen und auffällig langen Umarmung.

»Schön, dass du uns besuchst, Nick.«

Edwina Schröder war vom morgendlichen Besuch überrascht und konnte ihre Anspannung nicht verbergen.

Sie ist alt geworden und dünn. Die Kleider sind ihr viel zu groß. Dabei legte sie doch immer so viel Wert auf ein gepflegtes Erscheinungsbild. Der Tod von Onkel Willi scheint sie sehr mitgenommen zu haben. Man sieht ihr an, dass sie viel geweint hat.

Nun kam auch Otto Schröder zur Tür und begrüßte seinen Sohn mit einem gewohnt kräftigen Händedruck. Er war noch nie ein Mann vieler Worte gewesen, aber heute schwieg er noch mehr als sonst.

Die beiden führten Nick in die Küche, wo ihm Edwina einen Espresso anbot. Dankend lehnte er ab.

Endlich ergriff Edwina das Wort und brach die beklemmende Stille.

»Wie ist es dir in der Gefangenschaft ergangen? Wir haben uns seit deiner Freilassung nicht mehr gesehen. Was ist denn genau passiert? Warum du? Wer war das überhaupt?«

In diesem Moment erkannte Schröder erstmals so richtig, dass die Verbindung zu seinen Eltern seit einem Jahr distanzierter geworden war.

Immerhin hatte er seit Sonntag wieder etwas mehr Kontakt zu den beiden. Edwina Schröder hatte ihren Sohn nach seiner Freilassung mehrmals angerufen und nachgefragt, wie er sich fühle und ob sie etwas für ihn tun könne. Auch hatte sie sich sehr dafür interessiert, ob Nick schon habe in Erfahrung bringen können, wer hinter der ganzen Sache steckte. Ihr Sohn konnte und wollte darüber keine detaillierten Auskünfte geben.

Kurz erzählte Nick von seiner Zeit im Keller, von den Entführern, der Mordserie und den Ereignissen im Freiburger Münster.

»Schrecklich, was meinem Bruder und den Benhagels passiert ist.« Edwina Schröder konnte nicht verbergen, dass ihr auch deren Tod nahe gegangen war.

»Warum zitterst du so?«, fragte Nick seine Mutter.

»Ich habe schlecht geschlafen und bin heute Morgen mit Kopfschmerzen aufgewacht.«

»Ich will es kurz machen. Irgendetwas stimmt nicht.«

»Was meinst du damit?«, wollte Edwina Schröder von ihrem Sohn wissen.

»Das frage ich ja euch. Ich hatte schon immer das Gefühl, dass ihr mir etwas verheimlicht.«

Während Edwina Schröder erblasste, versuchte sich ihr Mann herauszureden.

»Die Gefangenschaft hat dir sicherlich stark zugesetzt. Da kann es vorkommen, dass man an allen und allem zu zweifeln beginnt. Das war eine Extremsituation, in der du dich befunden hast. Ich schlage dir vor, dass du dir nicht mehr den Kopf über Dinge zerbrichst, die nicht von Bedeutung sind.«

»Gestern war ich an der Abdankungsfeier im Freiburger Münster. Vor mir saß Hilde Benhagel. Wisst ihr, was sie mir gesagt hat, als ich sie und ihre Begleiter nach draußen geführt habe? Sie hat mich mit meinem Vornamen angesprochen und mir gesagt, dass ich gut auf mich aufpassen solle.«

Kopfschüttelnd saßen Otto und Edwina Schröder am Tisch, die Blicke gesenkt. Sie konnten ihrem Sohn nicht mehr in die Augen schauen.

»Ihr habt doch etwas!«

»Also, Nick. Hör nun gut zu! Was wir dir jetzt zu sagen haben, wird dich enttäuschen und vielleicht auch schockieren. Es wird dir aber einige Antworten auf Fragen geben, die du dir in den letzten Tagen sicherlich schon gestellt hast.«

Als die beiden ihre Geschichte zu Ende erzählt hatten, hatte Nick Schröder nur ein Kopfschütteln dafür übrig. Er war von seinen Eltern zutiefst enttäuscht. Am liebsten hätte er sie mit ein paar unflätigen Worten bedacht, verzichtete aber darauf, da Edwina Schröder Tage zuvor ihren Bruder Willi verloren hatte.

Immerhin ergibt jetzt alles einen Sinn. Dieses eine Teilchen hat mir noch gefehlt. Jetzt ist das Puzzle vollendet. Aber es zeigt ein schauriges Motiv, eines, das die menschlichen Abgründe widerspiegelt. Ich bin der Ohnmacht nahe, so sehr schockt mich die Beichte meiner Eltern.

Die Geschichte hatte eine Dimension angenommen, die er sich Minuten zuvor nicht in seinen wildesten Träumen hatte ausmalen können.

Kapitel 72: Mittwoch

Aregger donnerte mit der Faust auf den Tisch, als ihm Enrico Parzelli kurz vor Mittag in der JVA Mannheim abermals kühl ins Gesicht lächelte.

»Mir reicht es langsam! Ich habe Ihre Spielchen satt!«

»Was für Spielchen? Mensch ärgere dich nicht?«

Parzelli verstand es ausgezeichnet, den aufgebrachten BKA-Beamten noch wütender zu machen.

»Wie viele Personen sollen noch sterben?«

»Sie haben es in der Hand.«

»Wir werden Sie nicht laufen lassen.«

»Dann kann ich nichts für Sie tun.«

Jemand pochte an die Tür und betrat das Besprechungszimmer, das einzig mit einem Tisch und vier Stühlen ausgestattet war. Die Person stellte sich als Toni Gerolf vor. Aregger kannte den kleinen, grauhaarigen Mann. Immer wenn Kriminelle, deren Situation sehr verzwickt war, einen Anwalt brauchten, kam der sich bereits im Rentenalter befindliche Gerolf zum Zug. Er hatte schon manchen Kriminellen vor einer langen Haftstrafe bewahren können, weshalb auch Parzelli seinen Diensten vertraute.

»Die Sache ist einfach, meine Herren«, begann Gerolf das Gespräch und kramte aus seiner Ledermappe ein paar Aktenblätter hervor. »Wir haben nun sechs Opfer. Draußen mordet irgendwo eine Bestie. Mein Mandant könnte dem Ganzen ein Ende bereiten. Es liegt an der Justiz, ein Exempel zu statuieren.«

»Wie meinen Sie das?«, wollte Aregger wissen.

»Man müsste sich die Frage stellen, ob es nicht legitim wäre, jemanden aus der Haft zu entlassen, wenn man dafür das deutsche Volk vor weiteren Verbrechen beschützen kann. Außerdem werden wir keinen Massenmörder auf die Straße lassen, wenn wir Herrn Parzelli die Freiheit schenken.«

»Wir können doch keinen dicken Fisch aus der Drogenszene wieder auf freien Fuß setzen!«, stellte Aregger empört klar.

»Die Frage lautet doch, ob Sie es verantworten können, wenn es noch weitere Todesopfer gibt. Der Druck wird für die Polizei immer größer. Auch die Medien fordern in der Zwischenzeit die Freilassung von Herrn Parzelli.«

»Wenn Sie den Artikel von diesem Bröker meinen, kann ich Ihnen versichern, dass er nicht die Meinungsmehrheit der Medienschaffenden vertritt. Außerdem haben wir mit ihm gesprochen. Er wird derartige Artikel nicht mehr veröffentlichen.«

»Und was antworten Sie einem besorgten Bürger, wenn dieser seine Ängste äußert und sich nicht mehr auf die Straße traut?«, wollte Gerolf wissen.

Aregger konnte keine zufriedenstellende Antwort geben. Er wusste, dass die Polizei längst nicht mehr alles unter Kontrolle hatte. Man durfte sich schon die Frage stellen, ob es nicht legitim war, eine Person zu begnadigen und so wieder Ruhe im Land einkehren zu lassen. Andererseits würde damit ein negatives Exempel statuiert werden. In Zukunft könnte die Polizei erpressbar werden.

»Sollten wir Herrn Parzelli wirklich freilassen: Wie groß wäre die Gefahr, dass wir ihn bald wieder im Drogenbusiness antreffen würden?«, fragte Aregger.

»Ich habe mich gebessert und habe erkannt, dass ich Fehler gemacht habe. Ich werde mich von allen Rauschmitteln fortan fernhalten«, versprach Parzelli reumütig.

Aregger glaubte ihm kein Wort. Er wusste aber, dass die Zeit gegen ihn arbeitete. Ergebnisse mussten schnellstmöglich her. Also versuchte es der BKA-Beamte mit einem Deal.

»Ich werde schauen, was ich machen kann. Ob Sie freigelassen werden können, entscheide nicht ich, sondern höhere Instanzen. Ich brauche ein paar Tage Zeit, um die nötigen Abklärungen zu treffen. Ich gebe Ihnen bis in einer Woche Bescheid.«

Ein lautes, provokatives Lachen erfüllte den Raum.

»Eine Woche! Eine Woche! Ich gebe Ihnen bis heute Abend, 20 Uhr Zeit. Bis dann kann ich versuchen, den nächsten Mord zu stoppen. Meine Leute haben alles in die Wege geleitet. In rund 24 Stunden ist euer Schröder tot. Vielleicht wird allerdings schon vorher göttliches Blut fließen. Es gibt noch viele griechische Götter, die als Vorlage für einen Mord dienen können. Sie und ich können dies gemeinsam verhindern. Dafür sollte ich aber spätestens heute Abend dieses Gebäude verlassen haben.«

Aregger und sein Gegenüber schauten sich tief in die Augen. Während der Blick des Kriminalbeamten eine gewisse Unsicherheit verriet, wirkte Parzelli entschlossen. Aregger wusste, dass er unter Druck stand. Er musste dringend etwas unternehmen.

Kapitel 73: Mittwoch

Schröder saß auf dem Vorplatz in seinem Wagen und dachte darüber nach, was er wenige Minuten zuvor erfahren hatte. Die ganze Story hätte auch aus einem billigen Roman stammen können.

Die Geschichte hatte 32 Jahre zuvor begonnen. Klaus und Hilde

Benhagel lebten zu dieser Zeit im Markgräflerland südlich von Freiburg in einem kleinen Dorf, in dem jeder den anderen kannte. Während Klaus Benhagel täglich in einem kleinen Handwerksbetrieb schuftete, kümmerte sich Hilde zu Hause mit Leib und Seele um ihre beiden Kinder und den Garten. Das Glück schien vollkommen.

Benhagels hatten nicht nur eine kleine Familie gegründet, sondern erwarben auch ein altes Einfamilienhaus, das sie zu einem schmucken Eigenheim umbauten. Sowohl Klaus als auch Hilde waren Einzelgänger. Sie lebten zurückgezogen etwas abseits des Dorfes. In die Dorfgemeinschaft waren beide wenig integriert. Trotzdem waren sie lange eine zufriedene Familie. Ein einzelnes Ereignis sollte letztlich ihr Schicksal auf tragische Weise beeinflussen.

Eigentlich dachten Hilde und Klaus Benhagel nach dem zweiten Kind, die Familienplanung abgeschlossen zu haben, doch dann war Hilde plötzlich wieder schwanger. Zunächst freuten sich die beiden über die glückliche Botschaft. Als Klaus dann aber von einem auf den anderen Tag seinen Job verlor, begannen in der Familie die Streitigkeiten. Hilde hatte den Eindruck, dass sich ihr Mann zu wenig engagiert um einen neuen Job bemühte und machte ihm Vorwürfe, weil sie Panik hatte, dass das Geld bald nicht mehr reichen könnte.

Während Klaus seiner Frau versprach, etwas intensiver nach einer neuen Arbeitsstelle zu suchen, entschieden sie sich gemeinsam dazu, den Säugling gleich nach der Geburt abzugeben.

Anfänglich dachten sie daran, ihren noch ungeborenen Sohn zur Adoption freizugeben. Als sie aber über Umwege erfuhren, dass sich viele Paare, die kinderlos blieben, so sehr Nachwuchs wünschten, dass sie auch eine Stange Geld für ein Kind bezahlten, begannen sie solche zu suchen. Nach längerer Suche stießen sie auf das Ehepaar Schröder.

Otto und Edwina Schröder hatten damals schon seit vielen Jahren vergeblich versucht, ein Kind zu zeugen. Sie hätten alles dafür getan, um eines Tages Eltern zu werden.

Das Schicksal wollte es, dass Schröders so von einem auf den anderen Tag einen Sohn erhielten und Benhagels nicht nur einen Teil ihrer Familienprobleme loswurden, sondern auch einen ordentlichen Geldbetrag einstreichen konnten.

Das Schicksal hat meine leiblichen und meine Adoptiveltern, sofern man diese so bezeichnen kann, vor mehr als dreißig Jahren zusammengeführt. Diese Begegnung führte nun Jahrzehnte später dazu, dass mein leiblicher Vater und meine beiden Geschwister tot sind.

Schröder realisierte erst jetzt richtig, dass er nicht nur Onkel Willi, sondern viel engere Verwandte bei der Mordserie verloren hatte. Tiefe Trauer erzeugte dieser Umstand in diesem Moment allerdings nicht. Für ihn waren seine leiblichen Eltern und seine Geschwister wie fremde Menschen. Er hatte keine Gefühle für sie. Nun verstand er auch, warum ihm seine «Adoptiveltern» nie die Wahrheit gesagt hatten. Sie hatten sich ein Kind gekauft. Dies zuzugeben, war nicht einfach. Weil der eigene Sohn zudem noch bei der Kriminalpolizei arbeitete, war ein Geständnis ein Ding der Unmöglichkeit.

Irgendwie freute er sich inzwischen auch, dass die Sache nun auf dem Tisch lag. Jetzt verstand er, warum sich seine Eltern immer mehr von ihm distanziert hatten. Otto und Edwina Schröder hatten zugegeben, dass sie ihn zwar lieb hatten, doch irgendwie waren ihre Gefühle ihrer leiblichen Tochter gegenüber doch etwas stärker. Sie schämten sich dafür, konnten aber nichts dagegen machen, so sehr sie sich dies auch wünschten.

Nochmals memorierte Nick Schröder Teile des Gesprächs mit seinen sogenannten «Adoptiveltern». Niemals würde er die Sätze vergessen, die er Minuten zuvor gehört hatte.

»Weißt du, wie sehr wir uns ein Kind gewünscht haben?«, hatte Edwina von Nick wissen wollen.

»Wohl so sehr, dass ihr bereit wart, ein Kind zu kaufen. Zu kaufen! Wenn man das hört, könnte man meinen, wir seien hier auf einem Basar, auf dem man sich statt Gewürzen oder Teppichen ein Kind erwirbt. Das hättet ihr nicht machen dürfen!«

»Meinst du, wir wissen das nicht? Wir haben einen Fehler begangen. Aber unser Wunsch nach einem eigenen Kind war so groß, dass wir alles dafür getan hätten, um Eltern zu sein«, hatte Edwina erklärt.

»Und dann habt ihr völlig überraschend doch euer eigenes Kind gezeugt. Oder ist Jenny auch auf dem Schwarzmarkt erworben worden?«

»Du bist doch nicht auf dem Schwarzmarkt gekauft worden«, hatte Otto entschieden entgegengehalten.

»Wir haben wirklich gedacht, dass wir niemals Kinder kriegen würden. Als ich dann schwanger geworden bin, habe ich mich sehr darüber gefreut. Der Wunsch eines selber gezeugten Kindes ging doch noch in Erfüllung.«

»Dann bin ich nicht euer eigenes Kind?«

»Natürlich bist du das. Aber wir haben uns auch über deine Schwester sehr gefreut«, hatte Edwina ihm darauf geantwortet.

»Sie ist nicht meine Schwester«, hatte Nick daraufhin erklärt.

»Wir haben beide von euch gleich lieb gehabt. Dein Vater und ich sind auf beide sehr stolz.«

»Aber ihr habt im letzten Jahr den Kontakt zu mir abreißen lassen!«

»Das müssen wir zugeben. Das hat auch einen Grund, den wir dir hier und heute gerne erläutern. Das sind wir dir schuldig. Seit deine Schwester Zwillinge gekriegt hat, haben wir uns mehr ihr gewidmet. Das hat aber nicht damit zu tun, dass nicht unser Blut in deinen Adern fließt. Die beiden Kleinen sind so süß. Wir lieben die beiden Mädchen über alles. Durch das Hüten ist unsere Beziehung zu Jenny inniger geworden. Wie du weißt, haben wir seit unserer Pensionierung nach einer neuen Aufgabe gesucht. Diese haben wir nun gefunden«, hatte Edwina Nick erklärt.

Alle drei hatten sich am Ende der brisanten Unterhaltung gemeinsam dazu entschieden, Hilde Benhagel nicht zu erzählen, dass Nick Schröder nun über das Familiengeheimnis Bescheid wusste.

Jetzt erkannte Nick Schröder zumindest, wie die Familien Schrö-

der und Benhagel verknüpft waren. Aber warum sie sterben mussten, konnte er sich immer noch kaum vorstellen. Wollte man sich
an ihm rächen? Und was hatte Onkel Willi mit der Sache zu tun?
Immerhin hatte er aber von seinen «Adoptiveltern» erfahren, dass
sein Onkel von dem Familiengeheimnis wusste.

*Aber wie zum Teufel haben die Verbrecher davon Wind gekriegt?
Wie haben sie dies angestellt? Irgendwie müssen sie Willi zum
Reden gebracht haben.*

Schröder fand keine Antwort auf diese Fragen. Noch nicht.

Kapitel 74: Mittwoch

Vor dem Freiburger Kripogebäude saß Schröder in seinem Wagen
und versuchte, seine wirren Gedanken etwas zu ordnen. Er hatte
keine 24 Stunden mehr, bis seine Zeit angeblich ablief. Was ihn
dann erwartete, wusste er nicht. Er wollte sich nicht ausmalen, wie
sein Ende aussehen würde.

Er wusste, welche Götter übrig blieben, hatte aber keine Ahnung,
auf welchen griechischen Gott er sich fokussieren sollte. Zwar hat-
te er einige Götter als eher unpassend für eine Imitation eingestuft.
Einen entscheidenden Schritt weiter war er aber nicht gekommen.
Deshalb entschied sich Schröder, seine Kollegen über die neuen
Erkenntnisse ins Bild zu setzen. Er öffnete die Wagentür. Im glei-
chen Moment schoss ihm von hinten ein Hund laut bellend entge-
gen. Sofort zog er sein Bein in den Wagen zurück und schlug die
Tür entschlossen zu. Von hinten näherte sich eine junge Frau dem
Fahrzeug und pochte kräftig an die Seitenscheibe.

»Entschuldigen Sie! Mein Labrador ist mir wieder ausgerissen.
Zum Teufel mit ihm!«

Schröder mochte es nicht, wenn man über Tiere so sprach.

»Nicht so schlimm! Es ist nichts passiert.«

»Es hätte aber viel schlimmer kommen können. Johnny hat manchmal solche Phasen. Eigentlich ist er aber kein böses Tier.«

»Ich kann Ihnen versichern, dass mir nichts passiert ist. Also machen Sie sich keinen Kopf.«

Schröder verabschiedete sich von der brünetten Frau, die keine zwanzig Jahre alt war. Er nahm die Treppe ins Visier, der er sich sofort schnellen Schrittes näherte. Er hatte sich definitiv entschieden: Er wollte seinen Kollegen erzählen, dass Benhagels seine Eltern waren. Weiter hatte er beschlossen, zusätzlich für sich und seine Adoptiveltern Polizeischutz anzufordern.

Nachdem er das Gebäude betreten hatte, kam ihm ein Beamter mit einem Hund entgegen. Instinktiv wich Schröder zur Seite aus.

»Er macht Ihnen nichts«, versicherte der junge, durchtrainierte Mann.

Irgendwie bin ich heute besonders schreckhaft. Aber warum auch? Als Kind spielte ich ja auch immer mit dem Hund meines Nachbarn.

Schröder verdrängte den Gedanken. Er war nicht von großer Bedeutung. Auf einem langen Korridor lief er Oswald direkt in die Arme.

»Gibt es etwas Neues?«, wollte dieser wissen. »Ich bin auf dem Sprung zu Frau Benhagel. Ich möchte nochmals ein paar Worte mit ihr wechseln.«

»Ja, in der Tat. Ich glaube, ich habe etwas sehr Wesentliches erfahren, das uns einen großen Schritt weiterbringen könnte.«

Oswald forderte Schröder sofort auf, ihm die womöglich bahnbrechende Neuigkeit zu verraten.

»Ich war heute bei meinen Eltern«, begann er, unterbrach seine Ausführungen aber sofort. Ihm war etwas eingefallen, dem er längst keine Bedeutung mehr zugemessen hatte.

Sollte ich mich nicht irren, habe ich die große Chance, die Verbrecher selber aufzuspüren.

Er hatte keine Lust mehr, mit den anderen Kollegen zusammenzuarbeiten. Es ging nur noch um Emilia, Thanatos und ihn. Er wollte sich allein um die Sache kümmern und diese in Eigenregie zu Ende bringen.

»Meine Eltern haben mir etwas zu einem griechischen Gott erzählt«, log er. »Ich muss diesbezüglich aber noch Abklärungen treffen.«

Auch wenn Oswald die Neuigkeit gerne sofort erfahren hätte, gab er Schröder noch etwas Zeit. Dieser aber hatte gar nicht mehr vor, mit den anderen Polizeibeamten zu kooperieren. Er verfolgte seinen eigenen Plan.

Ich werde mich persönlich an den Verbrechern rächen. Das bin ich meiner leiblichen Familie schuldig. Das Risiko, das ich dabei auf mich nehme, ist groß. Aber ich bin bereit, es einzugehen. Ich will, dass meine Gegner bestraft werden. Die Stunde der Abrechnung ist gekommen.

Kapitel 75

Sie haben es endlich herausgefunden! Bisher konnte sich keiner einen Reim darauf machen, warum die Benhagels und Wilhelm Küster in unser Visier geraten sind. Ehrlich gesagt hat uns auch hier unser lieber Kollege Zufall wieder geholfen.

Eigentlich steht dieser Polizist Schröder im Mittelpunkt der ganzen Racheaktion. Schließlich ist er dafür verantwortlich, dass du hinter Gittern sitzt. Und wie er sich in den Medien feiern ließ und seinen Erfolg genoss, dich eingesperrt zu haben! Da habe ich beschlossen, dass er auch leiden muss. Er soll spüren, wie es ist, wenn man plötzlich das Gefühl hat, hilflos und ausgeliefert zu sein. Jedenfalls wühlten wir in seiner Geschichte, und zwar gründlich. Die Eltern schienen anständige und zurückhaltende Leute zu sein. Aber der Onkel, der war aus anderem Holz geschnitzt. Von jedem Käseblatt ließ sich der selbsternannte Historiker zu allen möglichen Themen interviewen. Es entstand der Eindruck, dass er schier nach Aufmerksamkeit und Zuhörern lechzte. Also setzten wir uns unter einem Vorwand mit dem redseligen Küster in Verbindung. Der einsame alte Mann war durch ein biss-

chen Dekolleté genug abgelenkt, die geschickten Fragen nicht zu erkennen und eine unbedachte Äußerung zu machen. Etwas Augenklimpern und schon war die entlockte Information durch eine weitere Aussage deutlich genug, um ihm ein unschlagbares Angebot zu machen. Bevor er wusste, wie ihm geschah, saß er in der Falle. Wir wussten, dass er Geld sammelte, um endlich seine genealogischen Forschungen veröffentlichen zu können. Er zögerte nur kurz und gab dann das lang gehütete Geheimnis um Nick Schröder preis. Die Anwesenheit einer schönen jungen Frau, die an seinen Lippen hing, und das regelmäßig nachgefüllte Brandyglas ließen ihn jede Zurückhaltung vergessen.

Er hätte ja nicht ausholen müssen, aber je länger er redete, desto mehr belastete er die Benhagels. Dass Hilde, ohne in Tränen auszubrechen, ihr drittes Kind einfach abgeben konnte und am Abend sogar noch in der Oper gesehen wurde, sagt alles. Wie kalt muss man sein, dass man so etwas über das Herz bringt? Ob sie die Eintrittskarte vom Geld erstand, das der Verkauf ihres Kindes eingebracht hatte? Wie egoistisch und emotionslos, ein solches Drama sogar noch festlich zu begehen?

Auch konnte sie doch nicht wissen, was auf ihr Kind zukommen wird. Ihr kleines, schutzloses Neugeborenes hat sie einfach in die Ungewissheit entlassen. Sie kannte diese Schröders nicht einmal! So jemand verdient es nicht, Mutter zu sein!

Diese Frau hat keine Gnade verdient. Sie soll leiden bis zum Schluss. Ich hoffe, dass sie endlich begriffen hat, dass wir ihre Kinder und ihren Mann quasi vor ihren Augen getötet haben, um ihr den größtmöglichen Schmerz zuzufügen.

Wenn sie allerdings den Rest ihrer Familie ebenso wenig geliebt hat wie das unerwünschte Baby, hat diese Taktik nicht funktioniert. Immerhin wird sie langsam aber sicher Angst um sich selber haben. Vielleicht wird sie sich auch endlich Gedanken über ihre abscheuliche Tat machen. Sie soll vor lauter Gewissensbissen nicht mehr schlafen können.

Ich wünsche ihr, dass sie das Gedankenkarussell, in dem sie sich *befindet, wenn sie auch nur ein bisschen Gefühl und Verstand hat, in den Wahnsinn treibt.*

Der alte Küster tat mir irgendwie leid, aber auch er hing in der Sache mit drin. Er hatte diese Schandtat unterstützt und sich dann noch kaufen lassen. Es ist abscheulich, was Menschen alles tun, wenn man ihnen entsprechende Summen bietet. Schon alleine damit hatte er sein Todesurteil unterschrieben. Dass er außerdem wusste oder zumindest hätte erkennen müssen, wer hinter all den Morden steckt, machte ihn für uns zur Gefahr. Und diese Gefahrenquelle mussten wir eliminieren.

Kapitel 76: Mittwoch

»Kommen wir nochmals auf die Frage zurück, ob Sie Wilhelm Küster, Joshua Kramer oder Adrian Franke kennen?« Oswald wollte nicht lange um den heißen Brei herumreden.

»Ich habe Ihren Leuten doch schon gesagt, dass ich weder Herrn Küster noch Herrn Kramer kenne. Tut mir leid.« Hilde Benhagel war inzwischen in die psychiatrische Abteilung des Universitätsklinikums Freiburg verlegt worden. Im Zimmer stand neben Oswald und einem Kollegen auch ein Arzt. Dieser hatte die Polizeibeamten angewiesen, Hilde Benhagel nicht allzu lange zu befragen. Sie war noch sehr schwach.

»Und was ist mit Adrian Franke?«, wollte Oswald wissen.

»Den kenne ich auch nicht. Ist dies das Opfer aus dem Münster?« Oswald bejahte die Frage, während Hilde Benhagel nochmals intensiv darüber nachdachte, ob sie den Namen kannte.

»Was wissen Sie über ihn?«

Nachdem Oswald einiges davon, was sie in Erfahrung gebracht hatten, erzählt hatte, dämmerte es Hilde Benhagel.

»Ich habe den Namen des Mannes definitiv schon gehört.«

Oswald wollte sofort etwas nachfragen, wartete aber in der Hoffnung ab, dass die Patientin von sich aus weitererzählte.

»Es kann sein, dass die Beruhigungsmittel schuld sind, dass sich Frau Benhagel nicht mehr genau daran erinnern kann, woher sie den Namen kennt«, erklärte der anwesende Arzt.

»Kein Problem«, antwortete Oswald. Eigentlich hatte er auf diese Frage eine Antwort erwartet. Schließlich eilte die Zeit.

»Ist Ihnen inzwischen vielleicht eingefallen, warum man es ausgerechnet auf Ihre Familie abgesehen hat?«

»Ich kann mir dies nicht erklären.«

»Und einen Bezug zum entführten Nick Schröder gibt es auch nicht?«

»Ich sehe keinen«, log Hilde Benhagel. »Ich weiß auch nicht, wer einen Grund gehabt haben könnte, die Trauerfeier zu sabotieren.«

»Vielleicht ging es im Münster gar nicht mehr um Ihre Familie. Es kann sein, dass längst jemand anderes ins Visier der Täter geraten ist.«

Oswald erkannte, dass Hilde ins Leere blickte. Sie schien etwas auf dem Herzen zu haben.

»Ich glaube, ich weiß, woher ich den Namen Franke kenne.«

Hilde Benhagel schien sich über ihre plötzliche Erkenntnis zu freuen.

»Meine Tochter...«

Sie verstummte.

Mein Gott, bin ich blöd. Eigentlich will ich doch von uns ablenken. Diese Beruhigungsmittel nehmen mir die Selbstkontrolle. Wenn ich das durchziehen will, brauche ich einen klaren Kopf.

»Was ist mit Ihrer Tochter?«

Hilde Benhagel schwieg.

»Ich… ich…. Ich dachte wirklich, ich wüsste es wieder. Aber es ist mir schon wieder entfallen. Ich weiß nicht mehr, was ich sagen wollte. Mein Gehirn ist so benebelt.«

Oswald erkannte, dass Hilde etwas verbarg. Aber er wusste, dass sie ihm diesbezüglich keine weiteren Auskünfte geben würde. Also wechselte er das Thema.

»Ihnen ist im Münster auch niemand aufgefallen, den Sie aus der

Vergangenheit kannten, den Sie aber nicht an der Trauerfeier erwartet hatten?«

»Auch da kann ich Ihnen leider nicht weiterhelfen. Ich saß ja ganz vorne.«

»Dieser Fall ist absolut verwirrend. Da macht nichts Sinn. Auch wissen wir weiterhin nicht, warum die Täter griechische Götter imitieren.«

»Vielleicht ist dieser Vermieter in Griechenland schuld.«

Einen Versuch ist es wert. Die Polizei soll den ruhig noch etwas genauer unter die Lupe nehmen.

»Den haben wir überprüft. Ebenso seine Kontakte hier in Deutschland. Im Moment ist dies keine heiße Spur mehr. Und Sie haben wirklich keine Ahnung, warum griechische Götter nachgeahmt werden?«, insistierte Oswald abermals.

»Leider nein.«

Und das ist nicht einmal eine Lüge. Ich weiß es wirklich nicht.

Oswald verließ das Zimmer, nachdem er sich von Hilde Benhagel freundlich verabschiedet hatte. Draußen ging er das Gespräch in Gedanken nochmals durch. Dass ihm Hilde Benhagel etwas verheimlichte, war ihm klar.

Es musste eine Beziehung zwischen Franke und Caro geben. Oswald entschied, nochmals bei Frankes Mitarbeiter vorbeizuschauen.

Kapitel 77: Mittwoch

Es war jene Bemerkung der jungen Frau mit dem Labrador, wonach sich ihr Hund zum Teufel scheren sollte, die Schröder einfiel, als er am Nachmittag mit Oswald gesprochen hatte. Er erinnerte sich daran, dass ihn die Entführerin gefragt hatte, ob er Hunde mochte. Diese Frage erschien ihm zum damaligen Zeitpunkt total deplatziert. Allerdings ging er davon aus, dass sie eine gewisse Wichtigkeit hatte.

Die Frage von Emilia kann doch kein Zufall gewesen sein. Es muss einen Bezug zwischen Hunden und griechischen Göttern geben.
Schnell erinnerte sich Schröder daran, dass es einen Gott gab, der von einem Hund begleitet wurde, nämlich Hades.
Schröder wusste, dass dieser auch ein Bruder von Zeus war. Auf den meisten Abbildungen erschien Hades mit dem Höllenhund Kerberos, der den Eingang zum Totenreich bewachte. Also hatte sich Schröder zum Ziel gesetzt, herauszufinden, ob jemand in letzter Zeit einen Hund erworben hatte, der mit Kerberos eine gewisse Ähnlichkeit hatte.
Er muss ja nicht gerade mehrere Köpfe besitzen.
Schröder hatte noch nicht in Erfahrung gebracht, welche Hunderasse der mythologischen Kreatur am nächsten kam, zumal dieser drei Köpfe besaß und jeder Kopf rein theoretisch auch eine andere Hundeart darstellen konnte. Insgeheim hoffte er deshalb, dass sich auch die Entführer die gleichen Fragen wie er gestellt und sich womöglich an einen Tiermarkt für Hunde gewandt hatten. Im Internet fand er eine größere Anzahl von Geschäften, die Hunde zum Verkauf anboten. Schröder suchte drei Adressen, die im Einzugsgebiet von Freiburg lagen.
Er musste sich beeilen. Schließlich würden die Tierheime und Tiermärkte ihre Türen spätestens um 19 Uhr wieder schließen. Er blickte auf die Zeitangabe auf seinem Laptop. Es war kurz vor 17 Uhr. Er wählte die erste Nummer. Sie stammte von einem Tiermarkt mitten in der Freiburger Altstadt. Eine freundliche Stimme hieß ihn willkommen. Schröder begrüßte die Frau und kam gleich zur Sache.
»Ich interessiere mich für eine ganz besondere Art eines Hundes.«
»Wir haben viele verschiedene Rassen im Angebot«, erklärte die Frau.
Schröder störte sich an der Formulierung.
Den Hunden wird keine Wertschätzung entgegengebracht. Wie kann man von einem Angebot sprechen? Fehlt nur noch, dass sie mir erklärt, dass es heute zwei Tiere zum Preis von einem gibt.

Er wusste aber nur zu gut, dass das Geschäft so lief. Folglich führte er die Diskussion weiter.

»Ich möchte einen Hund kaufen, der Ähnlichkeit zu Kerberos hat.«

»Kerber was?«, wollte die Frau wissen.

»Ich meine den Höllenhund aus der griechischen Mythologie.«

»Kenne ich leider nicht«, hielt die Frau, die etwas unwirsch wirkte, entgegen.

»Und Sie wissen auch nicht, ob sich jemand nach dieser Art von Hunden erkundigt hat? Vielleicht hat eine Kollegin von Ihnen einen entsprechenden Anruf entgegengenommen?«

»Erstens bin ich diejenige, die das Telefon bedient. Zweitens hätten mich meine Kollegen sicherlich darüber informiert, wenn jemand nach einem solchen Hund gefragt hätte. Wer kauft denn schon freiwillig einen Hund, der in Verbindung mit dem Teufel steht?«

»Nicht mit dem Teufel, sondern mit Hades, einem griechischen Gott«, berichtete Schröder, der aber gleich erkannte, dass er hier nicht weiterkam.

»Vergessen Sie es!«, antwortete Schröder schroff. Es tat ihm in diesem Moment leid, dass er sich so abweisend der Frau gegenüber ausgedrückt hatte. Schließlich hatte sie ihm helfen wollen. Er verabschiedete sich dezent freundlich und wählte sodann die Nummer eines Tierheims in Endingen.

Der Auszubildende, der den Anruf entgegennahm, hatte alle Hände voll zu tun. Entsprechend konnte er sich nicht gleich mit Schröder und dessen Anliegen befassen. Nachdem er aber den Kunden, den er noch hatte bedienen müssen, zur Tür geführt hatte, widmete er sich dem Anrufer.

»Schröder vom Bundeskriminalamt.« Um auf die Bedeutung des Anrufs hinzuweisen, entschied sich Schröder, gleich Klartext zu reden. »Ich möchte wissen, ob sich in letzter Zeit jemand nach einer besonderen Art von Hund erkundigt hat.«

Moritz Lutz, der auf Diskretion großen Wert legte, wollte zuerst nicht antworten. Da aber die Polizei am anderen Ende der Leitung war, entschied er sich, die Frage zu beantworten.

»Glauben Sie mir: Da kommen jeden Tag Leute mit speziellen Anliegen zu uns. Erst neulich hat sich jemand nach einem Hund erkundigt, der Scooby-Doo am ähnlichsten ist. Er fragte sogar, ob wir in der Lage wären, den Hund orange zu färben. Wie Sie sehen, gibt es viele kranke Leute auf dieser Welt. Entsprechend erhalten wir immer wieder bizarre Anfragen. Lassie wird auch oft gewünscht.«

»Da können einem einige Hunde wirklich nur leidtun. Es gibt eigenartige Menschen!«

»Aber es gibt auch solche, die sich liebevoll nach Hunden erkundigen und denen das Wohl der Tiere wirklich am Herzen liegt. Da könnte ich Ihnen auch einiges dazu erzählen.«

»Mich interessiert aber die andere Frage mehr. Hat Sie jemand über Kerberos ausgefragt?«, wollte Schröder wissen.

»Über den Höllenhund?«

»Sie kennen ihn?«

»Nicht persönlich«, antwortete Lutz amüsiert, wurde dann aber wieder ernst. »Bis vor kurzem war er mir kein Begriff. Der Geschichtsunterricht war nicht so meine Sache. Ich hatte einen Fensterplatz.« Lutz lachte kurz, wurde aber von Schröder sofort unterbrochen.

»Was haben Sie der Person geantwortet?«

»Was sollte ich denn sagen? Nachdem mir der Anrufer verraten hatte, dass es sich dabei um ein dreiköpfiges Tier handelte, habe ich ihm geantwortet, dass wir diese Art noch nicht im Sortiment hätten.«

»Sie wissen aber nicht, wie die Person heißt, die Sie nach Kerberos gefragt hat?«

»Sie haben Glück. Ich notiere mir stets den Namen des Anrufers, wenn ich ein Gespräch annehme. Deshalb könnte ich Ihnen den entsprechenden Namen wohl nennen.«

»Damit würden Sie mir einen großen Dienst erweisen.«

Wenig später war Schröder im Besitz eines Namens. Ob er damit weiterkommen würde, wusste er nicht. Es war aber die einzige Chance, die ihm blieb.

Kapitel 78: Mittwoch

Nachdem er mehrfach vergeblich versucht hatte, Aregger zu erreichen, gelang es ihm am Abend doch noch.

»Parzelli möchte, dass wir ihn freilassen. Er tut so, als ob er im Hintergrund die Fäden ziehen würde und entscheiden könne, wann die Mordserie ein Ende hat.«

Oswald hörte kurz zu, entschied sich dann aber doch, den BKA-Mann zu unterbrechen, nachdem dieser immer mehr Details vom Gespräch mit Parzelli zu erzählen begann.

»Ich habe auch Neuigkeiten, die dich auf jeden Fall interessieren werden. Du hast mir gesagt, ich solle nochmals bei Hilde Benhagel vorbeischauen.«

»Und, hat sie dieses Mal etwas mehr erzählt als sonst?«

»Zuerst lief das Gespräch nicht so gut. Es war wie immer. Sie mimte die Ahnungslose. Schnell aber verstrickte sie sich in Widersprüche. Plötzlich merkte sie an, dass ihre Tochter doch etwas mit Franke zu tun hatte. Ich hoffte, dass sie ihr Schweigen nun brechen würde. Allerdings kam es anders. Sie zog es vor, in diesem Zusammenhang nichts mehr zu erzählen.«

»Dann sind wir keinen Schritt weiter.«

Oswald lächelte verlegen.

»Oh doch! Das sind wir!«

Er genoss die Situation und ließ die Katze nicht sofort aus dem Sack. Endlich konnte er Aregger beweisen, dass auch er in der Lage war, wichtige Erkenntnisse zu präsentieren.

»Sie kennt ihn also doch?«

»Sie nicht. Aber ihre Tochter kannte ihn. Nach dem Gespräch im Krankenhaus bin ich nochmals in Frankes Firma gefahren und habe dem Mitarbeiter ein Foto von Caro gezeigt. Er hat sie sofort erkannt.«

»Ich kann mir vorstellen, in welche Richtung es laufen wird.«

»Sie hatte eine Affäre mit ihm«, sagte Oswald.

»Wie lange ist das her?«

»Nicht sehr lange. Sie haben sich vor etwas mehr als einem Monat in einem Café hier in Freiburg kennengelernt. Caro hat ihn sogar ihren Eltern vorgestellt.«

»Ist ja spannend!«

»Die beiden haben wohl einige Nächte zusammen verbracht. Anscheinend hat sich Caro in ihn verliebt. Am Anfang tat Franke so, als ob aus den beiden etwas werden könnte. Er bat Caro, ihm etwas Zeit zu geben. Nach ein paar Wochen hatte er ihr dann gesagt, dass er keine Gefühle für sie entwickelt habe. Für Caro brach eine Welt zusammen.«

»Das hat dir der Mitarbeiter alles erzählt? Er ist aber gut über Frankes Privatleben informiert«, wunderte sich Aregger.

»Die beiden verstanden sich auch neben der Arbeit gut, sprachen auch über Privates. Deshalb wusste er auch, dass Mirko Benhagel erst kürzlich Franke angerufen und ihm gedroht hatte. Es war angeblich von einer Abreibung die Rede.«

»Dann gibt es da durchaus eine interessante Parallele zwischen den Personen. Mirko Benhagel und Adrian Franke könnten sich also ebenfalls gekannt haben.«

»Ob diese aber tatsächlich aufeinandertrafen, darüber wusste Hilde Benhagel nicht Bescheid.«

»Der Fall wird immer mysteriöser. Ich verstehe überhaupt nicht, was das alles mit Parzelli zu tun hat. Es kann nicht nur daran gelegen haben, dass Nick Parzelli hinter Gitter gebracht hat. Wir sind so ahnungslos wie zu Beginn unserer Ermittlungen.«

»Es scheint so, dass alle Personen irgendwie in die Sache verstrickt sind. Irgendwo muss es einen gemeinsamen Nenner geben. Diesen erkennen wir immer noch nicht. Uns bleibt nicht viel Zeit. In ein paar Stunden soll Nick getötet werden. Leider ist er von der Bildfläche verschwunden. Er meldet sich nicht mehr«, stellte Oswald fest.

»Ich werde mich persönlich darum kümmern, dass er wieder auftaucht. Irgendwo muss er ja sein. Es ist in seinem Interesse, dass wir ihn finden. Eine weitere Leiche darf es nicht geben.«

Kapitel 79: Mittwoch

Sohn Lukas lag bereits im Bett, als Dirk Weiler seine Stuttgarter Wohnung betrat. Seine Frau saß vor dem Fernseher und schaute sich eine Doku-Soap über Teenie-Mütter an. Als er eintrat, würdigte Julia ihren Ehemann zunächst keines Blickes. Dieser wusste sofort, dass sie verärgert war. Er konnte es ihr auch nicht verübeln. Auch plagte ihn ein schlechtes Gewissen.

»Wie war es bei der Arbeit?«, wollte Julia dann doch wissen, nachdem zunächst ein erdrückendes Schweigen den Raum beherrscht hatte.

»Wir arbeiten immer noch an dieser Mordserie. Ich hoffe, dass wir bald Ergebnisse vorweisen können. Aber irgendwie stecken die Ermittlungen fest. Das Ganze zerrt an unseren Nerven. Wir stehen extrem unter Druck, da wir Resultate liefern müssen! Ganz Deutschland hat Angst, da niemand weiß, wann die Täter wieder zuschlagen werden.«

»Ich würde mich auch freuen, wenn diese Sache ein Ende hat und ich meinen Mann wieder mehr zu Gesicht bekomme.«

»Was soll das nun heißen?«

»Ich sehe dich kaum noch!«

»Tut mir echt leid. Aber dieser Fall ist einmalig in der deutschen Kriminalgeschichte. Da muss man hin und wieder die eine oder andere Extraschicht schieben.«

»Zumindest die Nächte könntest du aber hier verbringen«, stellte Julia klar.

»Das macht doch keinen Sinn!«

»Ist es nicht sehr langweilig, die Abende alleine im Hotelzimmer zu verbringen?«

Nun meldete sich wieder sein schlechtes Gewissen.

Soll ich meiner Frau erzählen, dass es Nächte gegeben hat, in denen ich gar nicht im Hotel gewesen bin, sondern bei einer Arbeitskollegin übernachtet habe. Macht es gar Sinn, meine Affäre zu gestehen?

In Zeitschriften hatte er öfters gelesen, dass die Wahrheit früher oder später sowieso ans Tageslicht käme. Julia hatte inzwischen den Fernseher ausgeschaltet und strafte ihren Mann mit einer Nichtbeachtung, die ihn besonders quälte. Aber er hatte es verdient, dass seine Frau ihn nun so behandelte.

Als er sich zu Julia auf das erst kürzlich erworbene Ledersofa setzen wollte, läutete sein Handy. Ein Blick auf das Display verriet ihm, dass er das Gespräch nicht im Wohnzimmer entgegennehmen konnte. Also begab er sich eiligst in sein Büro.

»Ich habe dir doch gesagt, dass du mich nicht mehr anrufen sollst«, protestierte er in leisem Ton. Er wollte nicht, dass seine Frau etwas von dem Anruf mitbekam.

»Ich musste deine Stimme hören. Du fehlst mir.«

»Wir haben das doch geklärt. Wir können uns nicht mehr treffen.«

»Vermisst du mich denn nicht?«

Weiler musste für einen Moment nachdenken.

Natürlich vermisse ich sie. Aber ist es wirklich Liebe? Oder ist es der Reiz des Verbotenen, der die Sache so spannend macht? Kann aus einer Affäre Liebe entstehen? Vielleicht genieße ich es auch nur, von einer attraktiven Frau umgarnt zu werden. Und attraktiv ist Iris ohne Zweifel.

»Wir klären das ein anderes Mal. Meine Frau sitzt im Wohnzimmer und könnte jederzeit in das Büro hineinplatzen. Dies will ich unter allen Umständen verhindern.«

»Dann sprechen wir morgen miteinander?«

»Das können wir machen, sofern wir uns über den Weg laufen.« Weiler beendete das Gespräch, nachdem er sich förmlich von Vock verabschiedet hatte.

Nochmals dachte er über die gemeinsame Nacht nach. Es war am Samstag gewesen, als Vock und Weiler zusammen den Abend verbracht hatten. Man unterhielt sich zuerst über die Arbeit, ehe das Private plötzlich im Mittelpunkt stand. Vock sprach darüber, wann sie das letzte Mal so richtig verliebt gewesen war. Es war inzwischen zwei Jahre her, seit ihre letzte Beziehung in die Brüche gegangen war. Sie hatte ihren damaligen Freund in einer Kneipe in Freiburg kennengelernt. Alex Arnold und Iris Vock hatten sich zwar auf Anhieb sympathisch gefunden, aber kamen nicht gleich zusammen. Nach einigen Treffen, in denen sie jeweils gemeinsam im Bett landeten, entschieden sie sich, eine Partnerschaft einzugehen. Schließlich zogen sie zusammen. Zwei Jahre ging alles gut, bis sich der Bankangestellte plötzlich von einer Seite zeigte, die Vock bis zu diesem Zeitpunkt nicht gekannt hatte. Arnold begann, Vock zu überprüfen, kontrollierte ihr Handy und verfolgte sie in ihrer Freizeit. Als er ihr während eines Gesprächs mit einem Arbeitskollegen eine Szene machte und laufende Ermittlungen deshalb beinahe zum Stillstand gekommen waren, entschied sie, sich von ihm zu trennen. Seither war sie keine Beziehung mehr eingegangen. Stattdessen genoss sie die Vorzüge des Singlelebens und die dadurch resultierenden Freiheiten.

Dirk Weiler sollte zunächst nur eine weitere Affäre sein. Doch irgendwie fühlte sie sich auf eine wundersame Weise von ihm angezogen, obwohl er überhaupt nicht in ihr Beuteschema passte. Verheiratete Männer waren eigentlich tabu. Zudem hatte Weiler sogar ein Kind.

Während Vock alleine in ihrer Wohnung in der Nähe des Bertholdbrunnens saß und melancholisch Richtung Fenster blickte, gesellte sich Weiler wieder zu seiner Frau. Er setzte sich neben sie.

»Und wer war es?«, wollte Julia wissen.

»Nur eine Arbeitskollegin.«

»Was wollte sie?«

»Gibt das nun ein Kreuzverhör?«

»Man darf ja wohl noch fragen.«

»Wie gesagt: Es war nur eine Arbeitskollegin, die etwas zum Fall wissen wollte«, log er.

Wieder fühlte er sich schlecht. Aber er konnte Julia nichts sagen. Zumindest nicht zum jetzigen Zeitpunkt.

Kapitel 80: Mittwoch

Schröder parkte seinen Wagen auf dem großen Gelände, das an diesem Abend wie ausgestorben wirkte. Längst hatte sich die Arbeiterschaft in ihren wohlverdienten Feierabend verabschiedet. Außer ein paar Unternehmern, die sich noch pendenten Aufgaben widmeten und in ihren Büros saßen, waren keine Personen mehr da. Über 500 Firmen hatten an diesem Ort ihren Sitz. Von kleineren Handwerksbetrieben bis zu landesweit agierenden Unternehmen war hier, in dem Industriequartier nördlich von Freiburg, alles zu finden.

Schröder hatte sich im Internet umfassend über das 300 Hektar große, verkehrstechnisch gut gelegene Gewerbegebiet informiert. Er wusste, dass es ein wichtiges Forschungs- und Wissenschaftszentrum war. Zum Gebiet zählten auch die Freiburger Messe und die Technische Universität. Ganz in der Nähe waren also vier Tage zuvor sein Onkel und Joshua Kramer getötet worden.

Der BKA-Mann musste beim Lesen immer wieder an das Silicon-Valley in Kalifornien denken. Vernetzung und Kooperation wurden auch hier groß geschrieben. Dem Aspekt der Nachhaltigkeit sollte das älteste Freiburger Industriegebiet – im Rahmen des Konzepts «Green City Freiburg» – ebenfalls gerecht werden.

Schröder blickte in die tiefschwarze Nacht, die aufgrund der dicken Wolkenschicht nicht einmal durch das Mondlicht erhellt wurde. Er brauchte deshalb einen Moment, bis er sich in der Gegend zurechtfand. Der BKA-Mann wandte sich in Richtung einer abgelegenen Lagerhalle. Hier irgendwo würde es morgen soweit sein. Für Schröder gab es keinen Zweifel. An diesen Ort hatten ihn seine Recherchen hingeführt.

Nachdem er von dem Mitarbeiter des Tierheims den Namen von Ron Schindler erhalten hatte, initiierte er sofort eine Handyortung. *Wie naiv Schindler doch ist? Seinen richtigen Namen anzugeben, war dämlich. Man sollte sich seiner Sache niemals zu sicher sein! Wie konnte er aber auch ahnen, dass ich genau in diesem Tierheim anrufen und mich nach einer Person mit einem bizarren Wunsch erkundigen würde?*

Als Mitglied des BKA war es für ihn kein Problem, eine Handyortung durchführen zu lassen. Nach einigen Minuten hatte er das Resultat. Ron Schindlers Gerät wurde hier, irgendwo auf diesem Industrieareal geortet.

Die Lagerhalle, die vor ihm lag, war riesig. Auf dem Dach erkannte er die von Neonlampen erzeugte Schrift des Firmenlogos. Er las den Namen Albrecht, wusste aber nicht, was die besagte Firma herstellte. Es war ihm in diesem Moment auch nicht sonderlich wichtig, dies zu wissen.

Irgendetwas sagt mir, dass ich mich in diesem Gebäude mal umschauen sollte.

Langsam näherte er sich einer Tür. Der Bewegungsmelder verrichtete seine Arbeit, und einige Lampen schalteten sich ein. Schröder ließ sich durch die Helligkeit nicht verunsichern und drückte auf die Klinke. Die Tür war verschlossen. Er schlich weiter und konnte weitere Türen ausmachen. Auch diese konnte er nicht öffnen. Der einfachste Weg, um ins Gebäude zu gelangen, fiel also weg. Schröder musste sich etwas anderes einfallen lassen. Doch diese Gedanken musste er auf später verschieben.

Hinter sich hatte er plötzlich das Licht einer Taschenlampe erkannt, das auf den Boden gerichtet war. Er versteckte sich hinter einer großen Mülltonne, in deren Innern sich Reste von Karton und Styropor befanden. Der Lichtstrahl bewegte sich dem Boden, dann dem unteren Teil der Außenfassade entlang. Nach wenigen Augenblicken war das Licht wieder verschwunden.

Als sich Schröder davonschleichen wollte, erkannte er, dass er auf einer Art Metallgitter gestanden hatte.

Bietet dieses eine Einstiegsmöglichkeit?

Er bückte sich und zog vehement an den Metallstangen, die sogleich nachgaben. Problemlos hatte er sie aus ihrer Verankerung gelöst. Mit der Taschenlampe an seinem Handy leuchtete er den Schacht aus. Er war wohl rund einen Meter breit, wobei er die Tie-

221

fe auf zwei Meter schätzte. Vorsichtig stieg er hinein und ließ sich in die Tiefe fallen.

Augenblicke später schlug er auf dem Boden auf. Der Schacht war wirklich nicht tief. Sogleich entdeckte er ein Fenster, das wohl ins Innere des Gebäudes führte. Schröder trat kräftig dagegen, und das Glas zerbrach in tausend Teile. Wieder leuchtete er den Raum aus. Das Fenster lag nicht zu hoch, so dass er mit einem weiteren Sprung den Boden erreichte. Als er sich umblickte, konnte er dank den eingeschalteten Lichtern viele Hubstapler und noch mehr Holzpalette mit riesigen Verpackungskartons erkennen. Schröder hatte nur ein Ziel: Er war auf der Suche nach einem Raum, an dem er am folgenden Tag hingerichtet werden sollte.

Die Hölle ist im Gegensatz dazu ein Paradies.

So lautete die Botschaft in seiner Hosentasche.

Glaube ich der Nachricht der Entführer, dann muss ich mich nach einem Raum im Untergeschoss umsehen. Vielleicht werde ich jenen zu sehen bekommen, in dem ich einige Tage in Gefangenschaft verbracht habe.

Unweit von ihm erkannte er eine Tür. Schröder versuchte sein Glück. Sie ließ sich tatsächlich öffnen, und er trat in einen dunklen Zwischenraum. Er nahm die Treppe am anderen Ende, die ihn nach unten führte. Im Dunkeln fühlte er sich nicht wohl, und für einen Moment dachte er daran, umzudrehen.

Den Rückweg einzuschlagen, bringt nichts! Ich muss wissen, was hier unten ist.

Zögernd ging er weiter. Wenig später erreichte er das erste Untergeschoss. Der Eingang, den er dort entdeckte, war ebenso geschlossen wie jener ein Stockwerk weiter unten. Er musste seine Suche also fortsetzen. Weiter tastete er sich die dunkle Treppe hinab. Vor Schröder lag ein langer, schmaler Korridor, der von einer provisorisch angebrachten Lampe, wie sie auf Baustellen anzutreffen waren, matt erleuchtet wurde.

Vorsichtig schlich er den Korridor entlang, seine Dienstwaffe inzwischen in den Händen haltend. Schröder konnte nicht wissen, ob

Ron Schindler und seine Leute noch immer hier waren. Alle Türen, auf die er im Korridor stieß, waren verschlossen. Schließlich blieb nur noch eine letzte übrig. Er drückte die Klinke vorsichtig nach unten. Die Tür ließ sich tatsächlich öffnen. Er trat ein.

Es war definitiv nicht der Ort, an dem er gefangen gewesen war. Aber er erkannte etwas, das ihm bestätigte, dass er gefunden hatte, wonach er gesucht hatte. Ein Blick an die Wand, die er mit seiner Handy-Taschenlampe beleuchtete, ließ ihn für einen Moment erschaudern. Auf dem Verputz befand sich eine Zeichnung von Hades und seinem Höllenhund Kerberos. Die Farbe war noch frisch. Seine Gegner hatten die Zeichnung wohl erst einige Stunden zuvor an die Wand gemalt. Hier also wollten sie Schröder in wenigen Stunden beseitigen.

Nicht mit mir, sagte sich der Polizeibeamte, der nicht gewillt war, an diesem Ort das Zeitliche zu segnen.

Ihr habt euch definitiv mit der falschen Person angelegt. Ich werde euch hier unten festnehmen. Dann wandert ihr für Jahrzehnte ins Gefängnis.

Nochmals schaute sich Schröder mithilfe der Taschenlampe auf seinem Handy im Raum um. Er prägte sich alle Gegenstände ein. Als er alles gesehen hatte, verließ er den Keller wieder. Noch ein paar Stunden Schlaf wollte er sich gönnen, bevor es zum großen Finale kommen würde.

Kapitel 81: Mittwoch

Es war inzwischen fast 21 Uhr. Im Büro der Sonderkommission herrschte Hochbetrieb. Aregger, der sich nach Oswalds Anruf sofort zur Dienststelle aufgemacht hatte, ging rastlos umher. Es fiel ihm schwer, seine wirren Gedanken zu ordnen. Der Fall bot zwar viele Ansatzpunkte, aber wirklich weiter kamen sie mit den gewonnenen Erkenntnissen nicht.

»Wir müssen einerseits herausfinden, welchen griechischen Gott die Täter als Nächstes imitieren werden. Andererseits stelle ich mir eine weitere ganz wesentliche Frage.«

Die Polizisten schauten alle hoch und blickten Aregger an, der weiterhin ziellos durch das Büro irrte.

»Warum gerade griechische Götter? Es gibt ja verschiedene Beispiele für Serientäter wie diesen hier. Erinnert euch an den Film ,Seven' mit Brad Pitt und Morgan Freeman als ermittelnde Beamte. Dort mordet der Täter nach dem Motto der sieben Todsünden.«

»Sieben Todsünden?«, wollte eine Polizeibeamtin wissen.

»Hochmut, Geiz, Wollust, Zorn, Völlerei, Neid, Faulheit«, erklärte Aregger.

»Ich kenne den Film«, sprach Vock. »Am Ende tötet Brad Pitt in seiner Rolle als Detektiv Mills den Täter aus Zorn und vollendet sozusagen das Werk des Täters. Davor hat der Gesuchte sechs Morde begangen und dabei stets Bezug auf eine der Todsünden genommen.«

»Haben wir es mit einem ähnlichen Täter zu tun?«, fragte Aregger in die Runde.

»Das ist nur ein Film«, hielt ein Mann entgegen.

»Vielleicht. Unser Täter könnte auch einen Film nachahmen. Vielleicht hat er den einen oder anderen Psychothriller zu viel geschaut. Außerdem gab es auch in der Realität Serientäter, die bewusst Zeichen gesetzt haben. Ich erinnere euch an den Zodiac-Killer in den USA. Das Erkennungsmerkmal seiner Morde waren Tierkreiszeichen. Er hat mindestens fünf Menschen auf dem Gewissen. Zwei Personen sind schwer verletzt worden. Man hat ihn bis heute nicht gefasst.«

»Das Problem im vorliegenden Fall liegt darin, dass es hunderte griechische Götter gibt. Im vorhin erwähnten Film ,Seven' blieben am Ende nur zwei Todsünden übrig, so dass es möglich war, die Ideen des Täters nachzuvollziehen. In unserem Fall sehe ich leider wenig Chancen«, brachte es Polizeipsychologe Ammacher auf den Punkt.

»Aber es muss doch einen Bezug zur Antike und den griechischen

Göttern geben. Es gibt wirklich keinen Grund zu denken, dass dieser Bezug zufällig ist«, ärgerte sich Aregger. Auch er stand zusehends unter Druck. Schließlich wurden von ihm Ermittlungserfolge erwartet.

Kaum hatte sich der BKA-Beamte an seinen Computer gesetzt, klingelte sein Handy. Normalerweise nahm er um diese Uhrzeit Anrufe auf seinem Mobiltelefon gar nicht erst entgegen. Da er aber auf einen anonymen Hinweis hoffte, hatte er sich vorgenommen, trotzdem mit der Person am anderen Ende der Leitung zu sprechen. Noch ehe er etwas sagen konnte, hauchte eine tiefe Stimme immer wieder die zwei gleichen Worte in das Telefon.

Rache… Zorn… Rache…

»Wer sind Sie? Hier ist Aregger vom BKA.« Vergeblich versuchte er, den Anrufer in ein Gespräch zu verwickeln. Stattdessen musste er im Zwei-Sekunden-Rhythmus immer wieder die beiden gleichen Wörter zur Kenntnis nehmen. Nach dreißig Sekunden beendete der Unbekannte das Gespräch.

Sofort wandte sich Aregger an seine Leute: »Ich will wissen, woher der Anruf stammt. Nehmt eine Handyortung vor. Die Nummer haben wir. Dann muss ich alles über die Wörter Rache und Zorn erfahren. Nennt mir jedes Detail. Jetzt kriegen wir diese…«

Bevor er zu einem unflätigen Wort greifen konnte, unterbrach ihn Ammacher.

»Dass die Verbrecher Rache wollen, haben sie uns schon mehrfach verdeutlicht. Dies hat uns auch Nick Schröder mitgeteilt. Wir haben nun aber mit dem Begriff Zorn einen neuen Anhaltspunkt erhalten. Zorn dürfte wohl darauf zielen, dass wir Parzelli bisher nicht aus der Haft entlassen haben. Der Begriff signalisiert vielleicht, dass ihnen etwas zuwiderläuft, dass sie sich ungerecht behandelt fühlen. Lassen sie sich von ihren Gefühlen übermannen, machen sie vielleicht Fehler. Das ist unsere Chance.«

Der anonyme Anrufer warf das Handy von einer Fußgängerbrücke in die Dreisam. Niemand würde ihm auf die Schliche kommen. Dafür hatte er mit der Entsorgung dieses Geräts gesorgt.

Kapitel 82

Vor ein paar Monaten, als ich aus gesundheitlichen Gründen zwei Wochen nicht arbeiten konnte, hatte ich viel Zeit zum Nachdenken. Vor allem über meine Familie.

Du weißt, dass ich Einzelgängerin bin. Ich habe keine richtigen Freunde und zu meiner Familie habe ich wenig Kontakt. Sie haben mich nie verstanden.

Meinen Vater habe ich geliebt. Er war mein Held. Ich verehrte ihn, obwohl ich wusste, dass er mich offensichtlich höchstens einigermaßen mochte. Ich war, egal in welchem Bereich, nie gut genug, nicht lieb genug, ordentlich, hübsch, nett oder klug. Immer wurde mir nur vorgehalten, was ich nicht konnte und was ich nicht war. Ich entsprach nicht seinen Erwartungen. Ich habe ihn nur enttäuscht.

Papa liebte die griechische Mythologie über alles. Um ihm zu gefallen, las ich alles, was ich zu diesem Thema in die Finger kriegen konnte. Je mehr ich las, desto spannender fand auch ich diese heldenhaften Geschichten. Diese Welt war so anders als die meine. Und ich merkte, wie sie mehr und mehr zu einer Art Parallelwelt für mich wurde. Bald schon kannte ich mich mindestens so gut aus wie mein Vater. Und zum ersten Mal sah ich ihn staunen. Ich erkannte so etwas wie Stolz in seinen Augen. Achtung und Respekt, wenn auch nur vor meinem Wissen. Liebe konnte ich mir auch auf diese Weise nicht erkaufen.

Bei dir habe ich endlich diese Art von Familie gefunden, wie ich sie aus Büchern und Filmen kenne. Ich dachte immer, das seien alles verklärte Darstellungen. Dass es wirklich Familien gibt, in welchen man sich gegenseitig bedingungslos liebt, vor allem die Eltern ihre Kinder, erkannte ich erst als erwachsene Frau.

In deiner Nähe fühle ich mich so aufgehoben, so geborgen und sicher. Du kannst mir das Gefühl vermitteln, dass mir nichts passieren kann. Dass alles, egal wie schlimm es auch scheinen mag, wieder gut wird. Diese Sicherheit sollten doch alle Kinder von klein auf zu spüren bekommen. Die Liebe der Eltern zu ihren Kindern ist das Wichtigste überhaupt. Sie macht doch eine Familie aus!

Es hat mich total aus der Bahn geworfen, als sie dich festgenommen haben. Mir wurde der Boden unter den Füßen weggezogen, ohne dass ich mich wehren konnte oder durfte. Ich brauchte dringend Ruhe, um meine Gedanken zu sortieren, um mir zu überlegen, wie ich ohne dich überleben und im Alltag bestehen kann.

Als wir begannen, uns Gedanken darüber zu machen, wie wir deine Freilassung erwirken könnten, hatte sich bereits eine unglaubliche Wut in mir aufgestaut. Dieser Schröder sollte am eigenen Leib erfahren, was es heißt, wenn einem die Familie weggenommen wird. Wenn man entwurzelt wird und plötzlich so allein und verlassen ist. Damals wusste ich ja noch nicht, dass er bereits entwurzelt worden war.

Nachdem ich über ihn Bescheid wusste, entschied ich mich, wohl aus einem Anflug von Mitgefühl oder Nächstenliebe, ihm seine neue Familie zu lassen. Einmal alles verlieren reicht. Außerdem ist er zumindest in dieser Hinsicht unschuldig. Diejenigen aber, die in Kauf genommen hatten, dass er vielleicht ohne jegliche Liebe aufwuchs, die sollen dafür büßen.

Ja, ich weiß, er hatte Glück. Und wahrscheinlich wächst man besser dort auf, wo man geliebt wird, auch wenn das nicht bei den leiblichen Eltern ist. Das weiß ich aus eigener Erfahrung. Trotzdem hatte ich das Gefühl, Schröders intakte Familie beschützen zu müssen. Die Benhagels hingegen sollten leiden, und zwar richtig.

Kapitel 83: Donnerstag

Als Schröder kurz vor zwölf auf dem Industrieareal eintraf, herrschte dort mehr Betrieb als am Vortag. Männer und Frauen in ihrer Arbeitsmontur gingen in großer Hast an ihm vorbei. Alle wollten rechtzeitig in der Kantine sein, um einen der vordersten Plätze in der Warteschlange zu ergattern.

Eine Stunde zuvor war der Anruf bei ihm eingegangen, den er erwartet hatte. Emilia hatte ihm den Ort und die Uhrzeit genannt, an dem sie sich treffen wollten.

Warum vereinbaren sie ausgerechnet mittags ein Treffen mit mir? Wenn sie mich beseitigen wollen, wäre es doch einfacher, dies in der Nacht zu tun. Und warum wählen sie ausgerechnet diesen Ort hier, an dem auch um die Mittagszeit so viele Menschen da sind?

Schröder konnte es sich nicht erklären.

Wie vereinbart wartete er vor dem Eingangstor zur Firma Albrecht. Es war inzwischen zehn nach zwölf, und noch hatte sich niemand bei ihm gemeldet. Er verharrte weiter in der sengenden Hitze. Als er sich schon damit abgefunden hatte, dass er von niemandem mehr etwas hören würde, klingelte sein Handy. Der Anrufer kam gleich zur Sache.

»Fahren Sie Richtung Flugplatz, dann zu IKEA. Überqueren Sie dort die Kreuzung und nehmen Sie dann die Markwaldstraße. Ich werde Sie nach einigen hundert Metern dort erwarten. Und nochmals: Kommen Sie alleine!«

Schröder gab dem unbekannten Anrufer zu verstehen, dass er die Anweisungen verstanden hatte. Schließlich kehrte er zu seinem Wagen zurück und fuhr los.

Er wusste, dass nicht mehr alles nach Plan lief. Aber die Chance, in Eigenregie die Verbrecher zu stellen, wollte er sich nicht entgehen lassen. Er konnte die Sache an dieser Stelle nicht abbrechen. Bald würde er sein Ziel erreicht haben.

Auf der Landstraße herrschte um die Mittagszeit nicht viel Verkehr.

Dass sie mich an diesen Ort lotsen, damit habe ich nicht gerechnet.

Von Weitem konnte er schemenhaft eine Person erkennen. Als er sich dieser näherte, stellte er fest, dass er sie schon einmal gesehen hatte.

Schröder parkte seinen Wagen neben der Straße und stieg aus.

»Wir kennen uns aus Mallorca«, begann der Mann das Gespräch.

»Ihr Gesicht kommt mir durchaus bekannt vor. Ich habe Sie gleich wieder erkannt«, antwortete Schröder.

»Sie dürfen mich Ron nennen.«

»Nett, dass ich endlich einen Namen erfahre. Ich nehme auch an, dass Sie manchmal unter dem Decknamen Thanatos verkehren.«

»Sehr selten. Als wir mit Joshua Kramer in Kontakt getreten waren, verwendeten wir diesen Namen. Ansonsten bin ich ganz einfach Ron.«

»Ihre Partnerin nennt sich Emilia?«

»Ja, wir kennen uns schon einige Zeit. Aber wir sind nicht hier, um über Emilia und mich zu sprechen.«

»Ich interessiere mich brennend dafür, warum Sie diese Morde begehen. Sie haben meine ganze Familie ausgelöscht.«

»Nein, Ihre Mutter und einige Verwandten leben noch. Und Ihnen haben wir auch nichts angetan. Es überrascht uns übrigens, dass Sie alleine gekommen sind. Gemäß meinen Komplizen sind Sie tatsächlich ohne Polizei hier aufgetaucht. Wir haben Sie absichtlich an diese Stelle gelotst, da wir hier die Möglichkeit hatten zu schauen, ob Sie von jemandem begleitet werden. Dürfen wir Sie bitten, uns Ihr Handy zu überreichen? Wir wollen verhindern, dass dieses geortet wird.«

Kommentarlos überreichte Schröder seinem einstigen Entführer das Gerät. Dieser warf es in ein Feld.

»Warum sind Sie überhaupt hier aufgetaucht? Jeder normal denkende Mensch hätte sich niemals in diese Gefahrensituation begeben.«

Schröder wusste, dass Ron recht hatte. Allerdings war er zu allem bereit und nahm deshalb auch seinen eigenen Tod in Kauf.

»Ich werde Sie hinter Gitter bringen! Sie haben meine Familie auf dem Gewissen. Dafür werden Sie büßen!«

Ron beorderte Schröder in dessen Auto. Er stieg hinten ein und hieß den BKA-Mann, loszufahren. Die Fahrt führte an den gleichen Ort zurück, von dem Schröder gekommen war. Nach wenigen Minuten hielt das Fahrzeug wieder auf dem Parkplatz im Industriegebiet an.

»Darf ich Sie bitten, mich zu begleiten?«

Eigentlich machte Ron einen ähnlich netten Eindruck wie damals im Biergarten auf Mallorca. Wie ein kaltblütiger Mörder wirkte er in diesem Moment überhaupt nicht.

»Zum Eingang dort drüben.«

Schröder gehorchte. Auf direktem Weg ging er auf die Tür zu. Als sie angekommen waren, bat Ron seine Begleitung, diese zu öffnen. »Das Unternehmen ist in Konkurs gegangen, weshalb das Gebäude nun verwaist ist. Ich habe hier eine Weile gearbeitet und bin deshalb im Besitz dieses Schlüssels.« Ron überreichte diesen Schröder, der damit die Tür öffnete. Dann trat er in die große Halle, in der er sich am Vortag schon befunden hatte. Kaum hatte Schröder das Gebäude betreten, spürte er den Lauf von Rons Pistole an seinem Rücken.

»Und jetzt gehen Sie in diese Richtung!«

Den Eingang, den sein Widersacher nun ins Visier nahm, kannte Schröder ebenfalls noch vom Vorabend. Er hatte recht. Im Keller sollte er also hingerichtet werden.

Jetzt galt es, kühlen Kopf zu bewahren und zum Gegenstoß anzusetzen. Schröder drehte sich um und schlug Ron die Waffe aus der Hand. Diese schlitterte einige Meter über den Boden. Sofort stürzte sich Ron auf seinen Widersacher. Dieser holte zu einem Gegenschlag aus. Schröders Faust donnerte in Rons Gesicht, worauf dieser ins Straucheln kam und hinfiel. Der Polizeibeamte trat mit dem rechten Fuß auf Rons Brust, so dass sich dieser nicht mehr aufrappeln konnte.

»Und nun werde ich diktieren, wie es weitergeht.« Ron wirkte benommen. »Jetzt fordere ich einige Antworten von Ihnen. Erstens möchte ich wissen, ob Sie die Morde begangen haben.«

»Ja, das habe ich. Es war ganz allein mein Werk«, antwortete Ron kurz und trocken.

»Und warum ausgerechnet meine Familie?«

»Das wissen Sie ja bestens. Sie haben Parzelli hinter Gitter gebracht.«

»Woher wissen Sie, dass Benhagels meine leiblichen Eltern sind? Das habe ich bis gestern nicht einmal selber gewusst.«

»Ihr Onkel Willi war so freundlich, uns dies mitzuteilen. Er war redselig, wenn man ihm etwas Geld gab.«

»Die Polizei weiß, dass Sie nur der Komplize waren. Das haben DNA-Spuren an den Tatorten eindeutig ergeben. Ich nehme an, es handelte sich jeweils um Emilias DNA.«

»Ich weiß nichts von einer Komplizin«, log Ron abermals.

»Sie wissen genau, von wem ich spreche!«

»Von mir! Heben Sie die Hände hoch!«

Schröder hatte nicht bemerkt, dass von hinten eine Person erschienen war. Er schaute in ein Gesicht, dessen Züge ihm bekannt vorkamen.

»Gestatten, dass ich mich vorstelle? Ich heiße Emilia Parzelli.«

»Parzelli?«

»Enricos Nichte«, hielt sie Schröder trocken entgegen.

»Dann haben Sie alle Menschen auf dem Gewissen? Wir hatten keine Kenntnis davon, dass Parzelli eine Nichte hat.«

»Die Polizei weiß eben auch nicht alles.«

»Bevor ich Sie festnehme, möchte ich kurz noch über die Morde sprechen, die Sie begangen haben.«

Emilia konnte sich ein provokantes Lachen nicht verkneifen.

»Sie wollen mich verhaften? Ich glaube nicht, dass Sie imstande sind, dies zu tun!«

Während die beiden miteinander sprachen, kam Ron langsam wieder zu sich. Sofort fasste er sich an die Stirn, an der eine blutende Wunde klaffte. Fluchend nahm er seine Verletzung zur Kenntnis, während ihn Emilia zu beruhigen versuchte.

»Bald wird anderes Blut fließen. Bringen wir Herrn Schröder in den Keller und eröffnen dort den Höllentanz.«

»Wieso sprechen Sie von einem Höllentanz?«

»Nach Parzellis Festnahme haben Sie sich für Ihre geniale Ermittlungsarbeit gerühmt. Nun haben wir Ihnen die Chance gegeben, Ihre kriminalistische Genialität unter Beweis zu stellen. Sie haben auf der ganzen Linie versagt. Das sollen die Medien nun auch erfahren. Wir spielen mit der Polizei, geben Ihnen gar Hinweise darauf, wer wir sind und wie wir morden. Aber niemand ist in der Lage, uns zu stoppen. Wir werden weitere Taten vollbringen, bis mein Onkel frei ist. Koste es, was es wolle!«

»Sie haben mir nie die Chance gegeben, herauszufinden, wer Sie sind und was Sie vorhaben«, konterte Schröder keck.

»Erinnern Sie sich daran, dass wir Sie während der Gefangenschaft gefragt haben, ob Sie Hunde mögen? Ein Indiz dafür, dass bei Ihrer Ermordung ein Hund im Spiel sein würde.«

Nun meldete sich auch Ron zu Wort: »Wir werden der Presse gegenüber sämtliche Details unserer Arbeit preisgeben und ihr damit verdeutlichen, dass wir die Zügel fest in der Hand halten.«

Schröder antwortete nicht. Das Verbrecherpaar wusste, dass die Situation für ihr Opfer aussichtslos war.

Als sie die Tür erreicht hatten, wiesen sie Schröder an, die Treppe nach unten zu nehmen. Es ging in Richtung Unterwelt.

Anscheinend hatte sich Schröder verzockt. Dass Emilia so unvermittelt erschienen war, damit hatte er nun wahrlich nicht gerechnet.

Einige Augenblicke später stand er vor der bereits bekannten, massiven Holztür zum Raum, in dem er gleich getötet werden sollte. Drinnen warteten Hades und sein Begleiter Kerberos. Er stand am Eingang zur Hölle.

Kapitel 84: Donnerstag

Ungeduldig schlich Aregger von Büro zu Büro und fragte seine Männer und Frauen, ob sie schon etwas Wesentliches herausgefunden hatten.

»Leider nicht«, antwortete Vock, die sich ebenso an der Suche beteiligte wie viele andere Kollegen. Noch aber hatten sie keine Spur von Nick Schröder.

»Er kann doch nicht von der Bildfläche verschwunden sein. Wann habt ihr ihn zum letzten Mal gesehen?«, wollte der BKA-Beamte von den Mitgliedern der SoKo wissen.

Die Antworten konnten eindeutiger nicht sein. Der letzte Kontakt zu Schröder war fast 24 Stunden her.

»Ich kann nur hoffen, dass er noch lebt.« Aregger ging einige Schritte vorwärts, blieb dann unvermittelt stehen und donnerte seine Faust gegen ein Bild, das sich aus seiner Verankerung löste und sofort auf den Boden knallte. Das Landschaftsporträt, das den Schluchsee von seiner schönsten Seite gezeigt hatte, lag in Einzelteile zerschmettert am Boden. Ein Fluchen hallte durch den Raum. Aregger ließ seinem Ärger freien Lauf.

»Verdammt nochmal! Ich habe Nick gesagt, dass wir ihm Polizeischutz zukommen lassen wollen. Er hat darauf verzichtet!«

»Wie geht's nun weiter?«, wollte einer der Anwesenden wissen.

»Eine Ortung von Nicks Handy habe ich in die Wege geleitet. Das Resultat sollte demnächst hier sein. Ich hoffe nur, dass uns diese Handyortung mehr weiterhilft als jene von gestern. Die unbekannte Person, die uns angerufen hat, konnten wir leider nicht finden.« Aregger hielt kurz inne. Dann setzte er seine Ausführungen fort.

»Ich frage mich immer noch, ob wir nicht etwas übersehen haben, das uns weiterbringt.«

Niemand konnte Aregger weiterhelfen. Im Grunde hatte er dies von seinen Leuten auch nicht erwartet. Wollte er Ergebnisse erzielen, musste er das Heft des Handelns selber in den Händen halten. Er entschied, sich draußen etwas die Beine zu vertreten. Als er den Raum soeben verlassen wollte, stürmte eine Frau mit langen blonden Haaren herein.

»Wo ist mein Mann?«

»Beruhigen Sie sich!« Aregger versuchte, die Unbekannte zu besänftigen.

»Wer sind Sie?«, wollte ein Kriminalbeamter von der Frau wissen.

»Julia Weiler.«

Vock wusste sofort, was der Besuch zu bedeuten hatte.

»Wo ist mein Mann? Und wo finde ich das Flittchen, das eine Affäre mit ihm hat?«

»Nochmals! Beruhigen Sie sich!«, forderte Aregger.

Noch wusste sie nicht, dass ihr Mann nicht im Büro erschienen war. Auch die Mitglieder der SoKo hatten dies noch nicht realisiert. Es kam immer wieder vor, dass die Kriminalisten Außentermine wahrnahmen und deshalb erst im Verlaufe des Tages ins Büro kamen.

»Ihr Mann ist noch nicht da«, antwortete Aregger kurz. Er hatte kein Interesse daran, mit hysterischen Ehefrauen sprechen zu müssen.

»Dann ist er bei seiner Affäre.«

»Er hat eine Affäre?«, wunderte sich der SoKo-Chef.

»Ich bin mir da relativ sicher. Er hat gestern Abend mit seiner Liebhaberin telefoniert. Deshalb bin ich nun da. Ich habe mir diese Nacht lange den Kopf darüber zerbrochen, was ich tun soll. Ich bin zum Entschluss gekommen, dass ich mit der Anruferin von gestern sprechen muss. Dies möchte ich nun tun. Wo ist sie?«

Die meisten Beamten wussten, worauf sich Julia Weiler bezog. Verlegen blickten sie Richtung Vock, die sofort erkannte, dass sie von den meisten angestarrt wurde.

»Ich habe keine Affäre mit Dirk!« Vock holte zum Gegenschlag aus.

»Dann sind Sie es, die mit meinem Mann ins Bett gehen?«

»Das ist totaler Blödsinn. Sie führen sich wie eine Furie auf!« Vock wollte soeben zum verbalen Gegenschlag ausholen, entschied sich nun aber doch, darauf zu verzichten. Es gab keinen Grund, sich vor Weilers Ehefrau zu rechtfertigen. »Denken Sie, was Sie wollen. Ich weiß, dass Ihre Anschuldigungen nicht stimmen.«

Bevor Julia Weiler ihre angebliche Konkurrentin in die Mangel nehmen konnte, wurde sie von einer umsichtigen Beamtin in ein angrenzendes Besprechungszimmer geführt.

Der sonst so taffen Vock war anzusehen, dass ihr die Situation mehr als unangenehm war.

Oh Gott, wie peinlich! Damit habe ich nun wirklich nicht gerechnet. Ich fühle mich total ertappt.

»Im Moment interessiert mich mehr, wo sich Nick und Dirk befinden«, entgegnete Aregger, der keine große Lust hatte, Beziehungsprobleme in seinen Räumlichkeiten diskutieren zu müssen.

»Dirk hat gestern gesagt, dass er nochmals bei Hilde Benhagel vorbeischauen würde«, sprach ein Mann, der ganz hinten im Raum saß.

»Dann klärt dies ab! Wir müssen die beiden sofort finden. Was Nick betrifft, haben wir keine Zeit mehr. Er könnte schon tot sein.«

In diesem Moment ertönte der Ton von Areggers Handy.

»Verstehe!« Es folgte eine Pause. »Das ist ein Ansatz! Wir werden uns sofort auf den Weg machen.«

Kaum hatte er das Gespräch beendet, bat er um die volle Aufmerksamkeit.

»Ich habe soeben das Ergebnis der Handyortung erfahren. Wir wissen jetzt, wo sich das Handy von Nick befindet. Hoffen wir, dass er noch im Besitz des Geräts ist. Dann haben wir nämlich realistische Chancen, ihn in diesem Gebiet aufzuspüren.«

Sogleich beorderte Aregger einen Großteil seiner Männer an den besagten Ort. Die wenigen, die nicht für diesen Einsatz vorgesehen waren, sollten zum Krankenhaus fahren und prüfen, ob Weiler dort war.

Aregger und seine Männer wussten, dass jede Sekunde über Leben und Tod entscheiden konnte.

Kapitel 85: Donnerstag

Schröder und seine beiden Begleiter betraten den Raum.

»Sprechen wir ein wenig miteinander«, forderte Ron Schindler den BKA-Beamten auf.

»Mir ist nicht nach einem Kaffeekränzchen«, sagte Schröder ruhig.

»Keine Angst. Einen Kaffee offerieren wir Ihnen nicht.«

»Sie wollen mich hier umbringen?«

»Vielleicht. Noch gibt es eine Chance, heil aus der Sache herauszukommen.«

Während die beiden miteinander sprachen, beobachtete Emilia mit Argusaugen, dass Schröder keine unangebrachten Bewegungen machte.

»Jetzt rufen Sie Ihren Vorgesetzten an und fragen nach, ob Enrico frei ist.«

»Das würde ich ja tun. Aber Sie haben mir mein Handy abgenommen.«

»Nehmen Sie dieses.«

Ron Schindler kannte Areggers Nummer. Am Vortag hatte er ihn bereits telefonisch kontaktiert. Ron schaltete den Lautsprechermodus ein und übergab Schröder das Gerät.

Prompt nahm Aregger das Gespräch entgegen. Ehe dieser etwas von sich geben konnte, hatte Schröder bereits die Initiative übernommen.

»Zwei Freunde hier möchten gerne wissen, ob Parzelli nun frei gekommen ist.«

Aregger hatte die Stimme sofort erkannt.

»Wo bist du?«

»Das tut nichts zur Sache. Ich werde gleich tot sein, wenn Parzelli nicht frei kommt.«

»Verdammt nochmal! Du weißt doch, dass wir ihn nicht aus der Haft entlassen können.«

»Damit habt ihr nun mein Todesurteil unterschrieben.«

»Wo bist du?«

Ron nahm Schröder das Handy wieder weg und schaltete es aus.

»Dann war es das wohl.«

Schröder wirkte gefasst, so als ob er die letzten Sekunden seines Lebens in Würde erleben wollte. Er sah keinen Grund, lange darüber zu sinnieren, warum es so weit gekommen war.

»Sie haben noch einen Moment zu leben«, antwortete Emilia aus dem Hintergrund und riss Schröder aus seinen Gedanken. »Wir möchten Ihnen doch noch die Gelegenheit geben, das Mordschema zu entschlüsseln.«

»Griechische Götter! Das hatten wir schon.«

»Sie enttäuschen mich, Herr Schröder. Ich meine natürlich diesen Ort hier.«

»Wenn Sie mich so fragen, würde ich sagen, dass wir es mit Hades zu tun haben. Sie haben mir auch einen Hinweis hinterlassen, als Sie mich neulich gefragt haben, ob ich Hunde mag. Dies bezog sich dann wohl auf Kerberos, den Höllenhund. Dann werde ich also hier in der Hölle verenden.«

»Es ist dies unsere Rache, nämlich Rache dafür, dass Sie uns verspottet haben und Rache dafür, dass mein geliebter Onkel in Gefangenschaft sitzt. Unser Zorn richtet sich gegen Sie, Ihre Arbeitskollegen, gegen den Rechtsstaat. Wir werden weiter morden, bis Enrico frei ist. Möchten Sie der Nachwelt noch eine Botschaft hinterlassen?«

»Ihr seid so jämmerliche Waschlappen! Schaut euch doch mal gegenseitig an, welch trauriges Bild ihr abgebt. Euer Plan war so durchsichtig. Gleich hole ich zum Gegenschlag aus.«

»Was erzählen Sie hier für einen Mist? Es gibt keine Rettung! Emilia, mach ihn kalt!«

Emilia nahm die Waffe und zielte auf Schröders Kopf. Sie legte den Finger an den Abzug. Nochmals blickte sie Schröder mit zornigem Blick an.

»Ich werde dich zerstören, ich will dich leiden sehen. Du hast meinen Onkel hinter Gitter gebracht. Dafür wirst du mit deinem Leben büßen.«

Dann knallte es! Emilia taumelte kurz und sank dann zu Boden. Sie rührte sich nicht mehr.

Ron wusste nicht, wie ihm geschah. Er zog seine Waffe hervor und drehte sich um.

Wenige Sekundenbruchteile später drückte Weiler erneut ab. Die Kugel traf Ron in den Oberkörper. Auch er begann zu taumeln. Dann fiel er bewusstlos zu Boden.

Ron und Emilia hatten nicht bemerkt, dass Schröder nicht alleine im Raum gewesen war.

»Gut gemacht, Dirk! Du hast mir das Leben gerettet.«

»Ich habe zwei Menschen getötet.«

Weiler blickte auf die beiden Leichen, die in einer Blutlache lagen.

»Das war Notwehr. Du musstest so handeln.«

»Ich weiß. Sie hätten dich erschossen. Lass uns von diesem Ort verschwinden. Ich kann Hades, Kerberos und die beiden Leichen nicht mehr sehen.«

»Ja, geh mal vor. Ich komme gleich nach.«

Weiler verließ den Raum, während Schröder sich hinkniete und Emilia direkt ins Gesicht sah.

Hoffentlich mussten meine Familienmitglieder bei den Taten ebenfalls nur kurz leiden. Jeder kriegt, was er verdient. Schmort in der Hölle! Ich hoffe, Hades' Höllenhund zerfleischt euch!

Danach verschwand auch Schröder aus dem Raum. Er bat Weiler, Aregger anzurufen. Der LKA-Mann nahm sein Handy und wählte die Nummer.

Kapitel 86: Donnerstag

Vier Stunden vorher: Schröder wartete in einem kleinen Café nahe des Schwabentors in der Freiburger Altstadt auf seinen Gast. Unruhig fasste er sich immer wieder ans rechte Ohrläppchen und zerrte leicht daran. Es war etwas, das er immer dann tat, wenn er sich unsicher fühlte. Noch wusste er nicht, ob die Person, die er herbestellt hatte, bei seinem Plan mitspielen würde. Um kurz nach neun trat Weiler in das kleine Lokal ein. Seine Haare waren zerzaust, so dass Schröder davon ausging, dass Weiler eine kurze Nacht hinter sich hatte.

»Wieso lässt du mich um diese Uhrzeit hier antanzen?«, wollte Weiler wissen, noch bevor er sich auf einen der freien Stühle gesetzt hatte. »Ist ja unmenschlich früh wieder!«

»Setz dich hin und bestell dir zuerst einen Kaffee, damit du wach wirst.«

»Vergiss es! Ich bin wach. Deshalb verzichte ich gerne darauf.«

»Ich weiß jetzt, wer die Täter sind«, begann Schröder.

»Wirklich? Woher denn?«

»Wenn ich es dir doch sage! Ich habe gestern etwas recherchiert und bin dann auf eine Person gestoßen, die ich für einen der Täter halte. Aber das Ganze kann ich dir später noch erzählen. Wir werden wahrscheinlich noch etwas zusammen unterwegs sein.«

Weiler wusste noch immer nicht, worauf sich sein Arbeitskollege bezog. Er glaubte weiterhin, dass sie gleich ins Büro fahren und dort weiter ermitteln würden. Deshalb überraschte ihn die Art, wie Schröder mit ihm sprach.

»Ich weiß echt nicht, was du von mir erwartest«, hielt Weiler entgegen.

»Das werde ich dir später noch erklären. Zuerst möchte ich dir zu deinem Fang gratulieren. Da hast du dir aber eine Perle angeln können.«

Langsam dämmerte es ihm, worauf Schröder hinauswollte. Noch mimte Weiler aber den Ahnungslosen.

»Sag schon, was du von mir willst!«, antwortete Weiler schroff.

»Was läuft da zwischen dir und Iris?«, brachte es Schröder auf den Punkt.

»Wir sind gute Kollegen, die hin und wieder auch privat etwas Zeit miteinander verbringen.«

»Zeit, die ihr auch gemeinsam in ihrem Bett verbringt. Habe ich recht?«

»Wie kommst du auf diese irrsinnige Idee? Du siehst wohl Gespenster.«

Weilers Versuch einer Rechtfertigung war mehr schlecht als recht. Dies war ihm bewusst. Hätte er gewusst, was ihn im Café erwartete, hätte er sich eine etwas überzeugendere Verteidigungsstrategie zurechtgelegt. Nun war er aber gänzlich auf dem falschen Fuß erwischt worden. Ihm blieb nichts übrig, als Klartext zu reden.

»Iris und ich hatten eine Affäre. Aber wir haben diese bereits wieder beendet.«

»Was es nicht besser macht.«

Schröder hatte kein Recht, sich als Moralapostel aufzuspielen. Er war schließlich auch kein Kind von Traurigkeit. Aber da so viel auf dem Spiel stand, musste Schröder seine Prinzipien beiseitelegen und weiter nachhaken.

»Weiß deine Frau Bescheid, dass du dich mit einer Arbeitskollegin vergnügst?«

»Die Sache ist beendet. Es war ein einmaliger Ausrutscher. Und außerdem geht es dich nichts an, mit wem ich mich privat treffe.«

»Stimmt. Ich werde deiner Frau nichts sagen. Du könntest mir dafür aber auch einen Gefallen machen.«

Weiler entschied, sich Schröders Worte anzuhören. Nachdem dieser seine Ausführungen beendet hatte, bat Weiler um eine kurze Bedenkzeit.

Wenig später begann Schröder sogleich mit den Instruktionen. Er legte ein A4-Blatt auf den Tisch, das mehrere Skizzen umfasste. Schritt für Schritt weihte er seinen Kollegen in den Plan ein. Als Schröder zu Ende erklärt hatte, stellte er Weiler die entscheidende Frage.

»Kann ich auf deine Hilfe zählen?«

Weiler dachte nochmals nach, antwortete dann kurz und trocken:

»In Ordnung, ich bin dabei!«

Schließlich verließen sie das Café. Beide wussten, was sie zu tun hatten.

Kapitel 87: Donnerstag

Als Schröder und Weiler vorfuhren, wartete schon eine Schar Journalisten vor dem Gebäude der Kriminalpolizeidirektion. Die beiden zwängten sich an den Medienvertretern vorbei und traten ins Gebäude ein. Im Sitzungszimmer wurden sie von Aregger bereits erwartet.

»Zum Glück ist euch nichts passiert!«

»Wir hatten viele Schutzengel«, antwortete Schröder kurz und setzte sich auf einen der freien Stühle am Besprechungstisch. Auch Weiler nahm dort Platz.

»Dann erzählt mal!«, forderte ein Polizeibeamter die beiden auf.

»Soll ich beginnen?«, fragte Schröder seinen Kollegen, worauf dieser nickend zustimmte.

»Als ich gestern etwas recherchierte, fiel mir ein, dass mir meine Entführer einen verschlüsselten Hinweis hinterlassen hatten. Ich möchte euch in diesem Zusammenhang nicht mit Details langweilen. Auf jeden Fall stieß ich gestern nach einigen Nachforschungen auf den Namen des Mannes, der mich entführt hatte. Es handelte sich dabei um Ron Schindler, den Freund von Parzellis Nichte Emilia. Heute erhielt ich von Ron einen Anruf. Er bat mich, ins Freiburger Industriequartier Nord zu kommen. Über Umwege gelangte ich in den Keller einer stillgelegten Fabrik. Dort wollte mich Emilia erschießen. Zum Glück hatte ich Dirk dabei, der mich gerettet hat. Ohne ihn wäre ich jetzt tot. Er hat aus Notwehr Emilia und Ron erschossen. Die beiden Leichen liegen im Kellergeschoss der Firma Albrecht.«

»Warum warst du dabei, Dirk?«, wollte Aregger wissen.

»Das ist eine lange Geschichte«, seufzte Weiler.

»Ihr hättet keinen Alleingang starten dürfen. Beinahe wärt ihr umgekommen. Das Ganze wird noch ein Nachspiel haben«, reklamierte Aregger, der insgeheim aber auch froh war, dass der Fall damit bald abgeschlossen werden konnte.

»Es war eine Sache zwischen Emilia, Ron und mir. Ihr versteht dies alles noch nicht. Klaus und Hilde Benhagel sind meine Eltern.«
Allen stockte der Atem. Damit hatte nun wirklich niemand gerechnet.

»Dann hat uns Frau Benhagel fortwährend einen Bären aufgebunden. Sie hat das nie erwähnt. Wir haben sie immer wieder gefragt, ob es ein Geheimnis gebe, von dem wir wissen müssten. Sie hat es aber stets verneint«, erklärte Aregger.

»Es war wohl nicht so einfach für sie, dies zu offenbaren. Ich kann sie auf der einen Seite verstehen, weil die Sache nun über

241

drei Jahrzehnte her ist und sie vielleicht damit abgeschlossen hatte. Vielleicht war sie mit sich im Reinen. Auf der anderen Seite bin ich sehr enttäuscht und auch wütend, alles erst jetzt erfahren zu haben.«

Schröder erzählte weiter, was er über das Familiengeheimnis wusste.

»Außerdem haben es die Verbrecher auf mich abgesehen. Sie machten mich dafür verantwortlich, dass Enrico Parzelli hinter Gitter sitzt. Deshalb wollte ich die Sache alleine durchziehen. Es gab schon genügend Tote.«

»Dann hast du nun zusammen mit Dirk deine Eltern und Geschwister gerächt«, bilanzierte Aregger.

»Das würde ich so nicht sagen. Ich habe aus Notwehr auf Parzellis Nichte und Ron geschossen. Das war also keine Rache. Ich musste sofort schießen, sonst würde Nick heute nicht mehr hier sein«, verteidigte sich Weiler.

Jeder im Raum wusste, dass die Getöteten es so verdient hatten. Deshalb fragte man sich nicht, ob die Version der beiden der Wahrheit entsprach.

»Dann hat nun alles ein gutes Ende genommen und Friede kehrt wieder ein«, schloss Aregger die Ausführungen zum Tatgeschehen. »Wir werden heute Abend eine Pressekonferenz einberufen. Enrico Parzelli werden wir morgen aufsuchen und ihn in Kenntnis setzen, dass seine Nichte tot ist. Er wird darüber wenig erfreut sein. Zudem werden wir klarstellen, dass sein Plan, eine Entlassung zu erwirken, gründlich gescheitert ist.«

Als sämtliche Fragen geklärt waren, entließ Aregger alle Beamten in den wohlverdienten Feierabend. Seine Leute hatten in den letzten Tagen zahlreiche Überstunden geleistet. Nun sollten sie für ein paar Stunden zur Ruhe kommen. Er selber hatte noch die Pressekonferenz vorzubereiten.

Innerlich freute er sich sogar etwas darauf.

Ich kann der breiten Öffentlichkeit bekannt geben, dass die Mordserie ein Ende genommen hat. Es ist meine Chance, mich in der

Öffentlichkeit zu profilieren. Ich habe es geschafft! Meine Männer haben vor allem aufgrund meiner Anweisungen die Täter zur Strecke gebracht.

Aregger war stolz auf sich. Schröder wollte er es selber überlassen, ob er den Journalisten Rede und Antwort stehen wollte. Deshalb bat er ihn kurz zu einem Gespräch unter vier Augen.

»Möchtest du heute Abend dabei sein?«

»Nein, lasst mich aus der Sache heraus. Ich brauche etwas Ruhe und vor allem Zeit, um den Verlust meines leiblichen Vaters und meiner beiden Geschwister zu verarbeiten. Auch wenn ich sie nicht gekannt habe, belastet mich ihr Tod. Meine Adoptiveltern und Hilde möchte ich heute auch noch anrufen und ihnen sagen, dass nun alles vorbei ist.«

»Mach das. Ich kann verstehen, dass dies wichtiger ist, als irgendwelchen Medienvertretern die ganze Story nochmals erzählen zu müssen. Nimm dir ein paar Tage frei und erhole dich. Wir haben den Fall gelöst. Etwas ganz anderes noch: Was läuft da zwischen Iris und Dirk? Heute war Weilers Frau hier und machte eine riesige Szene!«

»Ich glaube nicht, dass Iris und Dirk etwas miteinander haben«, antwortete Schröder und lächelte vor sich hin.

»Geht uns auch nichts an! Eine eifersüchtige Frau, die ins Büro stürmt, habe ich aber bis heute auch noch nicht erlebt. Das muss ich zugeben.«

Die beiden verabschiedeten sich, und Schröder forderte ein Taxi an. Bevor er sich etwas aufs Ohr legen konnte, musste er seinen Wagen abholen. Dieser stand immer noch im Freiburger Industriequartier, in das er von den Verbrechern Stunden zuvor gelotst worden war.

Glücklich saß zum gleichen Zeitpunkt Ralf Bröker in seiner Wohnung und starrte auf den Newsticker im Fernsehen, der vom Tod von Parzellis Nichte und einem unbekannten Mann berichtete. Vielleicht kam er doch noch mit einem blauen Auge davon.

Von den Kriminellen schien keine Gefahr mehr auszugehen, und von der Schmiergeldaffäre hatte vielleicht auch noch niemand Notiz genommen. Also konnte er am gleichen Abend auch guten Mutes die Pressekonferenz besuchen.

Kapitel 88: Freitag

Genussvoll biss er an diesem sonnigen Morgen in ein Croissant. Areggers Zufriedenheit war ihm anzusehen. So wie das Wetter war auch seine Laune. Er stand auf der Seite der Gewinner.

»Die Pressekonferenz lief wie geplant.«

Er warf ein paar Zeitungen auf den Tisch.

»Ihr könnt sie nachher lesen. Es wird positiv über unsere Arbeit berichtet.«

Auch Schröder warf einen hastigen Blick auf die Titelblätter. Gleich in der ersten Schlagzeile stand groß sein Name.

»Musste das sein?«, fragte Schröder Aregger.

»Wir konnten deinen Namen nicht verheimlichen. Alle wollten wissen, wer die Verbrecher ausfindig gemacht hat. Deshalb fällt dein Name heute immer wieder im Blätterwald.«

Unzufrieden blickte sich Schröder im Raum um. Auch wenn er es war, der das Verbrecherduo aufgespürt hatte, fühlte er sich nicht als Held.

Mein Kollege Dirk wurde wegen mir zum Mörder. Das habe ich nicht gewollt.

Deshalb wollte er von den Lobeshymnen in den Medien an diesem Morgen auch nichts wissen. Außerdem hatte er noch nicht vergessen, was letztes Mal passiert war, nachdem er in den Medien als großer Held gefeiert worden war. Es war dies der Beginn der Mordserie, an deren Ende er seine Geschwister und seinen leiblichen Vater verloren hatte.

»Was gibt es sonst Neues?«, wollte Weiler wissen, der an diesem Morgen ebenfalls im Büro aufgetaucht war. Die Nacht hatte er in einem Freiburger Hotel verbracht.

»Dieser Bröker war gestern wieder da und fiel durch seine provokativen Fragen auf. Der Mann ist wirklich ein Ärgernis.«

»Lass den doch machen, Stefan. Es läuft doch alles rund. Wir haben den Fall gelöst. Nur das zählt!«, wies Oswald Areggers Bedenken zurück.

»Die Medienschaffenden erwarten noch eine Antwort auf die Frage, warum ausgerechnet griechische Götter imitiert wurden«, fügte Aregger an. Er wurde das Gefühl nicht los, dass Oswald diesen Fall längst abgeschlossen hatte.

»Stimmt, das fragen wir uns immer noch. Eine Antwort werden wir von Emilia und Ron leider nicht mehr erhalten. Vielleicht beantwortet uns Enrico Parzelli diese Frage. Jetzt kann er auspacken. Seine Leute sind ja tot«, erklärte Oswald.

»Ich war heute Morgen noch bei Hilde«, berichtete Schröder. »Sie fühlt sich von Tag zu Tag besser. Bald wird sie aus dem Krankenhaus entlassen werden. Wichtig wird sein, dass sie weiterhin psychologisch betreut werden wird. Sie muss die Verluste von so vielen Familienmitgliedern erst einmal verarbeiten.«

»Immerhin hat sie einen Sohn gewonnen«, stellte Weiler fest.

»Wir müssen uns auch erst noch kennenlernen. Allerdings brauche ich nun etwas Abstand. Ich werde heute Abend noch nach Mallorca fliegen.«

»So ganz alleine?« Vock schien sichtlich überrascht darüber zu sein, dass Schröder ausgerechnet jetzt verreisen wollte.

»Ich war auch das letzte Mal alleine da. Ich brauche eigentlich keine Begleitung, da ich erst einmal etwas abschalten möchte. Will ich jemanden kennenlernen, dann gelingt dies auf Mallorca relativ schnell. In meinem letzten Urlaub habe ich dort Ron Schindler getroffen. Außerdem wird mich so spontan sicherlich niemand begleiten.«

»Ich schon!«

Alle blickten Vock an.

Schröder dachte kurz nach und musterte aus dem Augenwinkel Weiler, der etwas irritiert zu sein schien.

Soll ich Iris mitnehmen? Sucht sie nach Dirk bereits wieder ein neues Abenteuer?

Das konnte er auf der einen Seite im Moment überhaupt nicht gebrauchen. Außerdem wollte er Weiler nicht verärgern. Schließlich hatte er ihm das Leben gerettet. Auf der anderen Seite hätte er mit Vock eine Frau dabei, mit der er über seinen Gemütszustand und seine Sorgen sprechen konnte. Wenn ihn in seinem Leben etwas belastete, wandte er sich stets ans weibliche Geschlecht. Seine Kollegen hatten meist kein Gespür für die Situation.

»Ich muss zwar noch das eine oder andere abklären«, sagte Schröder schließlich und meinte damit, dass er noch das Einverständnis von Weiler einholen musste. »Aber ja, warum eigentlich nicht?«

Zufrieden konstatierte Vock Schröders Worte. Sie unterließ es aber gleichzeitig nicht, Weiler zu beobachten, dem die Sache zu missfallen schien. Sie dachte daran, dass er seine Chance bei ihr gehabt hatte. Sie konnte ihn auf diese Art sogar etwas eifersüchtig machen, was sie in diesem Moment sichtlich genoss.

Danach löste sich die Gruppe wieder auf, und Schröder ging in den Toilettenraum. Dort traf er auf Weiler, der ihm gefolgt war.

»Was willst du von Iris? Hast du ein Auge auf sie geworfen?«

»Beruhige dich, Dirk. Es war nicht meine Idee, dass sie mich begleitet. Sie braucht wohl auch eine Auszeit nach dem ganzen Trubel hier.«

»Du weißt, dass mir Iris viel bedeutet.«

»Das ist mir klar. Aber du hast auch eine Frau.«

»Es ist alles so schwierig. Gib mir bitte Zeit. Ich muss mir Gedanken machen, wie es weitergehen wird. Solange lässt du bitte die Finger von ihr.«

»Du hast mein Ehrenwort! Iris ist zwar eine attraktive Frau. Aber ich stehe da mehr auf die kleine Asiatin von nebenan. Du weißt, welche ich meine!«

»Diese aus dem China-Imbiss?«

»Ja, genau diese!«

Die beiden mussten lachen. Weiler wusste zwar, dass Schröder die

Sache mit der Asiatin nicht ernst gemeint hatte. Er war sich aber auch sicher, dass dieser nichts von Vock wollte. Das beruhigte ihn fürs Erste.

Kapitel 89: Freitag

In Areggers Dienstwagen fuhren der BKA-Beamte, Ammacher und Weiler Richtung Mannheim. Am Nachmittag stand der Besuch bei Parzelli auf dem Programm. Der Kopf des ehemaligen Drogenrings saß nun schon etwas mehr als drei Monate in der dortigen JVA.

»Wir werden ihm nicht gleich als Erstes sagen, dass seine Nichte tot ist«, erklärte Aregger das Vorgehen. »Mal schauen, was er von sich aus alles erzählt.«

»Warum die Benhagels ins Visier der Täter geraten sind, wissen wir inzwischen. Auch Wilhelm Küsters Tod und jener von Joshua Kramer leuchten mir ein. Warum aber Adrian Franke getötet worden ist, ist unklar. Weiter bleibt die Frage offen, ob wir nun alle Komplizen festgenommen haben. Dass Emilia und Ron an den Taten beteiligt waren, haben wir inzwischen erfahren. Dies bestätigen auch die übereinstimmenden weiblichen DNA-Spuren an den Tatorten. Ob neben den beiden noch weitere Personen für die Mordserie verantwortlich sind, wissen wir nicht mit Sicherheit. Im Freiburger Münster fanden sich noch keine verwertbaren genetischen Spuren, die uns weiterbringen. Die Spurensicherung arbeitet aber noch daran. Vielleicht hat es an der Tatwaffe oder an der Leiche doch noch eine DNA-Spur«, resümierte Weiler.

»Mich interessiert weiterhin, warum bei den Morden griechische Götter nachgeahmt wurden. Dafür haben wir bisher keine Erklärung.« Aregger stellte sich diese Frage zum x-ten Mal.

»Auf diese Frage will auch ich eine Antwort!« Weiler wollte auf jeden Fall erfahren, was es damit auf sich hatte.

Kurz nach 15 Uhr erreichten sie die Justizvollzugsanstalt. Vom

Autobahnkreuz Mannheim hatten sie nicht lange gebraucht, um am Zielort einzutreffen.

Wenig später traten sie in ein Besprechungszimmer, wo Parzelli bereits, begleitet von zwei Wärtern, wartete. Der Gefangene hatte einen Dreitagebart und machte einen ungepflegten Eindruck.

»Wir sind von der Polizei. Wir haben uns neulich bereits unterhalten können.« Aregger stellte seine beiden Begleiter kurz vor.

»Schön, dass Sie mich wieder besuchen.« Parzelli lächelte sanft vor sich hin.

»Sind Sie glücklich, uns zu sehen?«, begann Ammacher das Gespräch.

»Ich nehme an, dass Sie nicht nur gekommen sind, um mir guten Tag zu sagen.«

»Das sind wir in der Tat nicht«, antwortete Aregger sofort.

Wieder musste Parzelli leicht schmunzeln.

»Sie scheinen sich zu freuen«, stellte Ammacher erneut fest. Er wollte, dass Parzelli als Erstes die Gesprächsinitiative übernahm.

»Ich denke, dass Sie mir gleich sagen werden, dass ich ein freier Mann bin.«

»Wie kommen Sie auf diese unsinnige Idee?«, fragte ihn Weiler genervt.

»Die Mordserie, die ich von hier aus orchestriere, wird weitergehen. Ich nehme an, dass Nick Schröder nun auch tot ist. Und dieser Bröker hat in der Zeitung geschrieben, dass so lange Blut fließen wird, bis ich wieder auf freiem Fuß bin.«

»Bröker haben wir uns zur Brust genommen und ihm klipp und klar mitgeteilt, dass er mit dieser Art von Berichterstattung aufhören soll. Er wird nichts mehr von Ihnen und Ihrem Syndikat schreiben.« Aregger entschied sich, die Karten auf den Tisch zu legen. »Es gab in der Tat weitere Tote. Ihre Nichte und deren Freund leben nicht mehr.«

Parzellis Miene wurde finster. Er erbleichte zusehends.

»Sie verbreiten eine Lüge! Meine Nichte hat alles im Griff!«

»Nicht mehr«, fügte der BKA-Beamte an. »Es ist uns gelungen, die beiden aufzuspüren. Ein Polizeibeamter hat die beiden erschossen. Es war Notwehr.«

»Das kann nicht sein!«

»Doch. Ihre Nichte starb im Untergeschoss einer Fabrikhalle in Freiburg«, erklärte Ammacher dem Gefangenen.

»Ihr verdammten Bullen! Zum Glück habe ich noch weitere Personen, die sich für diese Tat rächen werden.«

»Haben Sie nicht! Es ist aus mit den Hydras! Die identischen DNA-Spuren an den Tatorten stammten alle von einer Frau. Wir gehen davon aus, dass es sich dabei um die DNA Ihrer Nichte handelt. Also hat die Mordserie nun ein Ende gefunden.«

Parzelli wusste nicht, wie ihm geschah. Minuten zuvor stand er noch auf der Siegerstraße. Nun schien er alles verloren zu haben.

»Ich möchte in meine Zelle zurück.«

Aregger hakte nach: »Wir wollen wissen, warum griechische Götter im Zentrum der Morde stehen.«

»Das werden Sie bald erfahren. Unser Werk ist noch nicht zu Ende. Nein! Jetzt fängt alles erst an. Gottes Zorn wird euch alle richten. Ihr werdet euch wünschen, niemals mit uns in Kontakt getreten zu sein.«

Zornig blickte Parzelli die drei Besucher an, stand danach auf und hieß die Wächter, ihn in seine Zelle zurückzubringen.

»Was meinst du? Blufft er oder hat er noch heiße Eisen im Feuer?« Aregger wandte sich Ammacher zu. Der Polizeipsychologe überlegte kurz, ehe er sich zu einer Antwort durchrang.

»Vielleicht ist es seine letzte Chance, uns weiszumachen, dass er noch immer alles im Griff hat. Mein Gefühl sagt mir, dass er lügt und wir nichts mehr zu befürchten haben.«

Weiler stimmte dieser Aussage zu.

Sie verließen das Besprechungszimmer. Auf dem Weg zum Parkplatz klingelte Areggers Handy. Eine Frau der Spurensicherung war am anderen Ende der Leitung.

Das Gespräch dauerte keine dreißig Sekunden.

»Jetzt haben wir definitiv ein großes Problem!«

Kapitel 90: Samstag

Vom Flughafen in Palma an die Playa hatte die Taxifahrt nur wenige Minuten gedauert. Schröder hatte am Vortag in einem kleinen Zweisternehotel zwei Zimmer gebucht. Am späten Nachmittag stand bereits der Flug an. Auf die Schnelle gab es kein besseres Angebot, als in diesem heruntergekommenen Hotel mitten in El Arenal zu übernachten. Normalerweise war es ihm zuwider, die Nächte in einer Absteige wie dieser zu verbringen. Das Zimmer verfügte nicht einmal über eine Klimaanlage, was bei dreißig Grad Außentemperatur einen riesigen Minuspunkt darstellte. Zudem war das Durchschnittsalter der Gäste hier besonders tief, weil die Zimmer auch nicht viel kosteten.

An diesem Morgen saßen Nick Schröder und Iris Vock schon kurz nach neun an der Poolbar und genehmigten sich einen ersten Drink. Der Gin Tonic schmeckte Schröder überhaupt nicht. Aber was wollte er in diesem Hotel schon erwarten?

»Auf das Ende der Mordserie, auf unseren Urlaub und natürlich auch auf dich. Zweimal ist es dir nun gelungen, Verbrecher zu stoppen. Du hast das Land wieder sicher gemacht.« Vock lobte Schröder über den Klee.

»Das zweite Mal fanden aber viele Menschen den Tod. Zu viele. Ich habe versagt.«

»Du hast zwei Mörder zur Strecke gebracht. Die Nation wird dir dankbar sein.«

»Vielleicht werde ich es mit ein wenig Abstand auch so sehen. Jedenfalls lassen wir es uns jetzt gut gehen. Sprechen wir nicht mehr über die Arbeit, sondern genießen die Zeit hier an der Playa.«

»Das machen wir!«

»Bist du das erste Mal hier?«

»Ja. Eigentlich ist das nicht so mein Ding hier. Ich fahre lieber in die Berge. Ich kann mich einfach besser erholen, wenn ich Ruhe habe und nicht allzu viele Menschen um mich herum sind. Aber so ein paar Tage Strand haben auch ihren Reiz.«

Vock zog ihr T-Shirt aus. Schröder kam nicht umhin, ihren durchtrainierten Körper zu mustern. Der Bikini stand ihr ausgezeichnet.

»Hattest du eigentlich etwas mit Dirk?«

»Wir haben eine Nacht zusammen verbracht. Mehr nicht!«

»Du wolltest mehr von ihm?«

»Die Nacht mit ihm war toll. Als Affäre war er sicherlich brauchbar. Als fester Partner kam er für mich aber nicht in Frage. Schließlich ist er verheiratet.«

»Das heißt nichts!«

Vock stimmte dieser Aussage nickend zu. Für guten Sex ließ man diesen Umstand gerne außer Acht.

»Aregger hat etwas davon erzählt, dass Dirks Frau im Büro war.«

»Sie stürmte wie eine Furie herein und tobte herum. Sie war auf der Suche nach Dirks Affäre. Sie meinte wohl mich.«

Schröder musste schmunzeln. In Gedanken versuchte er sich auszumalen, wie sich die Sache abgespielt hatte.

»Aber lassen wir das! Noch einen Drink? Ich lade dich ein.«

»Sehr nett von dir.«

Beide schauten sich lächelnd an. Vock war wirklich eine attraktive Frau. Dies fiel Schröder in diesem Moment nicht zum ersten Mal auf.

Sie stand auf und ging langsam Richtung Bar. Für einen Moment nervte er sich darüber, dass er Weiler versprochen hatte, die Finger von ihr zu lassen. Dies würde in den kommenden Tagen und vor allem in den Nächten nicht so einfach werden.

Schließlich kehrte Vock mit zwei Campari Orange zurück.

»Erzähl mal von deiner Ex-Freundin.« Vock wollte mehr Informationen aus Schröders Privatleben.

»Da gibt's nicht viel zu sagen. Wir passten einfach nicht zusammen. Ilenia war eher der Kuscheltyp, der sich gerne Schnulzen im Fernsehen anschaute. Wie ich bin, weißt du ja.«

»Weiß ich das? Ich denke, dass wir erst in der Kennenlernphase sind. Aber der erste Eindruck ist sehr positiv.«

»Das kann ich nur bestätigen.«

Die beiden kippten den Longdrink hinunter und sprangen kurz in den kleinen Pool, der kaum eine Abkühlung bot. Schließlich beschlossen die beiden, sich in den Zimmern etwas zu erholen.

Vock verabschiedete sich mit einer herzlichen Umarmung von Schröder. Dann machte sie sich in ihr Zimmer auf. Dort öffnete sie ihren Koffer und zog ein Utensil hervor, das sie im untersten Bereich sicher verstaut hatte.

In seinem Zimmer widmete sich Schröder nochmals dem Fall. Es fiel ihm schwer, sich komplett von der Arbeit zu distanzieren. Um nicht gestört zu werden, schaltete er sein neues Handy aus. Er hatte weder Lust, mit seinen Arbeitskollegen zu kommunizieren noch sich mit den Medien herumschlagen zu müssen.

Dann zog er einen Stapel Aktenkopien aus seinem Koffer hervor, den er am Vortag aus dem Büro mitgenommen hatte. Zu den Morden wollte er jedes Detail wissen. Hier hatte er Ruhe und alle Zeit der Welt, um die entsprechenden Unterlagen zu studieren. Er war in die Arbeit vertieft, als es an seiner Tür klopfte.

Kapitel 91: Samstag

In den Büros der Freiburger Kripo herrschte die ganze Nacht Hochbetrieb. Aregger konnte noch immer nicht glauben, was er gestern erfahren hatte. Am Morgen ließ er alle anwesenden Polizeikräfte nochmals zusammenkommen.

»Ich möchte die aktuelle Situation zusammenfassen. Gestern erreichte mich ein Anruf aus dem Institut für Rechtsmedizin. Dort wurden die DNA-Spuren der Tatorte mit jenen der beiden Getöteten verglichen. Auch im Münster ist es nun gelungen, verwertbares DNA-Material am Schwert zu finden. Die Untersuchung dauerte leider etwas länger, als man zuerst gedacht hatte.«

Aregger hielt kurz inne und schaute in die Runde. Er wollte, dass nun alle gut zuhörten.

»Nochmals für alle: Die DNA-Spur der Frau an den verschiedenen

Tatorten ist mit jener von Emilia identisch. Damit ist auch wissenschaftlich erwiesen, dass sie an den Taten beteiligt war. Das wäre alles schön und gut, wenn man nicht auf dem Schwert, der Tatwaffe im Freiburger Münster, eine andere DNA-Spur gefunden hätte. Diese stammt ebenfalls von einer Frau. Leider haben wir keinen Treffer in unserer Datenbank.«

»Dann läuft da draußen irgendwo noch ein Monster herum. Tote darf es keine mehr geben«, erklärte Oswald mit Nachdruck.

»Das weiß ich auch! Wir müssen schnellstmöglich herausfinden, welcher griechische Gott als Nächstes imitiert wird. Außerdem bleibt weiterhin offen, weshalb es ausgerechnet griechische sind. Die Antwort auf diese Frage ist vielleicht der Schlüssel zur endgültigen Lösung des Falls.«

»Vielleicht gibt es so mehr Möglichkeiten, die Morde zu begehen, als wenn römische Götter im Zentrum stehen würden. Eine monotheistische Religion wie das Christentum kann diesbezüglich nicht nachgeahmt werden. Auch der Islam und das Judentum scheiden aus. Die Hindus verehren hingegen mehrere Götter. Aber diese sind hierzulande eher unbekannt«, erklärte Oswald.

»Unsere Tätergruppe muss jemanden in seinen Reihen haben, der sich mit der Materie auskennt. Ich glaube nicht, dass Parzelli selber bestimmt hat, dass griechische Götter im Zentrum stehen sollten. Eine Person muss sich mit ihnen, speziell jenen aus der Antike ausgiebig beschäftigt haben. Leider lernt heute praktisch jeder Schüler diese im Unterricht kennen, so dass fast jeder als Täter in Frage kommt. Auch im Internet findet man extrem viel Material zu diesem Thema«, fügte Aregger an.

»Wir haben es hier aber mit einer Person oder mehreren Personen zu tun, die über etwas mehr Wissen verfügen als ein einfacher Schüler«, stellte Oswald klar.

Niemand hatte gegen diese Meinung etwas einzuwenden.

»Du sagtest, die neue DNA-Spur stammt von einer Frau?«, fragte ein Polizist.

»Dies hat das Labor so bestätigt.«

»Ich frage mich, was eine Frau antreibt, eine solche Tat zu begehen.«

»Das Gleiche wie einen Mann, Stefan«, antwortete Ammacher, der ebenfalls anwesend war. »Alle Taten zeugen von einer niedrigen Hemmschwelle. Menschenleben besitzen keinen Wert. Es geht um Rache. Wir müssen uns deshalb fragen, wer sonst noch ein starkes Bedürfnis hat, dass Parzelli aus dem Gefängnis kommt und sich demnach auch dafür rächen will, dass er dort sitzt.«

»Das einstige Verbrechersyndikat ist groß. Wir wissen aber aus früheren Befragungen, dass viele Enrico Parzelli fallen gelassen haben, nachdem dieser eingebuchtet worden ist. Rachegefühle dürften nur Parzellis engste Vertraute haben. Und da gibt es Emilia, Ron und eine oder vielleicht auch mehrere uns im Moment noch unbekannte Personen«, erklärte Oswald.

»Gibt es einen Gott, der mit Zorn zu tun hat?«, fragte ein Polizist unsicher.

»Ich kenne nur Gottes Zorn aus der Bibel. Er versinnbildlicht Gottes Eingreifen gegen die Sünde«, warf Oswald in die Runde.

Ammacher zeigte sich überrascht: »Da ist aber jemand bibelfest.«

»Und wie sieht es mit den Rachegöttern bei den alten Griechen aus?«, wollte Weiler wissen.

Sofort machte sich ein Beamter am Computer zu schaffen.

»Anteros. Er rächt verschmähte Liebe.«

»Es geht nicht um Liebe!« Aregger war mit der Antwort nicht zufrieden.

»Ich habe mal ein Semester Geschichte studiert«, begann eine junge Polizistin schüchtern. »Dabei habe ich auch eine Vorlesung zur Antike besucht. Wir haben damals auch über Euripides...«

»Aha. Schön. Und wer bitte bist du? Kennst du den Fall überhaupt?« Aregger konnte nicht verbergen, dass er keine Lust hatte, von einer jungen Polizistin belehrt zu werden.

»Ich heiße Nathalie Gerke und denke, dass ich einige wichtige Informationen zum Thema habe.«

»Dann mal los! Fahr weiter! Aber komm bitte direkt zur Sache!«

Aregger war nun doch gespannt, was noch folgen würde. Er hoffte auf die Information, die den endgültigen Durchbruch brachte.

»Euripides war einer der großen Tragödiendichter in der Antike. Eine der Geschichten widmete er Medea. Diese folgte auf der Jagd nach dem Goldenen Vlies ihrem Ehemann Iason. Dabei musste sie feststellen, dass dieser sie betrog. Aus Rache tötete sie mittels eines mit Gift getränkten Gewandes Iasons Geliebte und deren Vater, König Kreon. Auch vor der Tötung ihrer eigenen Söhne schreckte sie nicht zurück. Sie erduldete ihr Leid nicht und rächte sich auf diese schreckliche Weise dafür, dass sie von ihrem Mann betrogen worden war.«

»Hm, sind wir also doch wieder bei der verschmähten Liebe«, dachte Aregger laut. »Können wir wirklich sicher sein, dass die Morde nicht auf dieses Motiv zurückzuführen sind? Wir müssen das unbedingt prüfen!«

»Ich sehe da schon eine gewisse Parallele«, meldete sich Gerke zögerlich. »Hilde Benhagel hat durch die Verbrechen sowohl ihren Ehemann als auch ihre beiden Kinder verloren. Wer weiß, vielleicht hat Klaus Benhagel seine Frau betrogen? Vielleicht haben wir nicht genug tief gebohrt?«

»Na klar, und jemand hat ihr zuliebe diesen Racheakt auf sich genommen? Oder glaubst du etwa allen Ernstes, dass Hilde Benhagel zu solchen Taten fähig wäre? Die Frau scheint mir viel zu träge, körperlich und mental«, warf Aregger zynisch ein.

»Aber«, setzte Gerke inzwischen selbstsicherer zu einem weiteren Erklärungsversuch an, »Kramers Tod hat irgendwie auch mit verschmähter Liebe zu tun. Diese Prostituierte sah in ihm nicht den Traummann, den er gerne gewesen wäre. Das verleitete ihn zu Gewalt ihr gegenüber. Franke ließ anscheinend nichts anbrennen, wenn es um Frauen ging. Die große Liebe suchte er aber nicht. Das passt doch auch!«

Die junge Polizistin hatte sich richtig in Fahrt geredet und blickte nun abwartend in die Runde.

»Und Küster, soll der etwa auch ein Weiberheld gewesen sein?«

Aregger konnte nicht verbergen, dass er diese Erklärungsversuche nicht ernst nahm.

»Können wir das denn ausschließen? Es könnte ja auch sein, dass es sich nicht nur um verschmähte romantische Liebe dreht, sondern um verschmähte Liebe generell.« Gerke gab nicht auf. »Hätte Küster seine Familie inklusive Nick geliebt, hätte er sie nicht verraten. Und er hätte vor all den Jahren dieses herzlose Geschäft nicht gutgeheißen.«

»Oder aber es geht wirklich um Rache generell. Die Verbrecher nannten kürzlich am Telefon immer wieder die Wörter Rache und Zorn«, erklärte Aregger den anwesenden Beamten.

»Ich habe da eine weitere Idee.« Alle blickten Gerke gespannt an. Diese fuhr fort: »Es gibt in der griechischen Antike drei Rachegöttinnen, die auch Schutzgöttinnen sind. Sie agieren vor allem dann, wenn es zu Mord oder Verbrechen an Eltern oder älteren Menschen kommt. Sie heißen Alekto, Megaira und Tisiphone, was 'die Unaufhörliche', 'der neidische Zorn' und 'die den Mord Rächende' bedeutet.«

»Ich bin wirklich beeindruckt von deinem Wissen.« Aregger kam nicht umhin, der jungen Polizistin ein Lob auszusprechen. Diese fuhr fort.

»Bei den Römern heißen die Erinnyen übrigens Furien.«

»Was hast du soeben gesagt?« Weiler, der nur bruchstückhaft der Diskussion gefolgt war, schien plötzlich hellwach. »Furien hast du gesagt? Wie hießen die drei Furien bei den Griechen noch gleich?«

»Du meinst die Erinnyen? Alekto, Megaira und Tisiphone.«

»Gebt mir sofort Nicks neue Nummer! Sein altes Handy hat er ja den Verbrechern überlassen. Ich meine, dass er sich inzwischen ein neues Gerät gekauft hat. Ich muss ihm dringend etwas sagen.«

»Warum willst du ihn anrufen?«, fragte Aregger gespannt und fügte an: »Er hat die neue Nummer noch niemandem mitgeteilt.«

»Dann können wir nur noch beten!« Weiler wusste, dass Schröder in großer Gefahr steckte.

Kapitel 92: Einige Wochen vorher

Es war Anfang Juni, als Iris Vock und ein Kollege zu einem Einsatz in einer Wohnung in einem Mehrfamilienhaus in Freiburg gerufen worden waren. Anscheinend hatte es einen Streit gegeben. So jedenfalls hatte es in der Meldung geheißen, die sie kurz zuvor erreicht hatte. Als die beiden vor dem Haus vorfuhren, wurden sie bereits von einem Mann und einer Frau erwartet.

»Ich möchte, dass sich dieser Mann nicht mehr bei mir blicken lässt.«

Die Frau, die Anfang dreißig war, schien erbost zu sein.

»Wenn du möchtest, dass ich gehe, dann verschwinde ich sofort. Du hältst mich ja zurück.«

»Jetzt stellen Sie sich bitte kurz vor«, sprach Vock zur Frau.

»Ich heiße Brigitte Kerber. Und das hier ist ein einfältiger Playboy.«

Der Mann, den Kerber meinte, war außerordentlich attraktiv. Er war mit Sicherheit einen Meter neunzig groß, hatte dunkle, mit Haargel frisierte Haare und einen Dreitagebart. In seinem modischen schwarzen Anzug wirkte er elegant. Als Frau konnte Vock Kerbers Aufregung verstehen, sollte dieser sie gerade verlassen haben.

»Darf ich Sie bitten, mir Ihren Namen zu nennen?« Vocks Kollege wollte wissen, mit wem er es noch zu tun hatte.

»Ich bin Adrian Franke. Leider haben Frau Kerber und ich die letzte Nacht zusammen verbracht. Es war ein Fehler.«

»Du nennst mich einen Fehler?«

»Die Nacht war ein Fehler. Hör mir doch bitte richtig zu!«

Vock und ihr Kollege erkannten schnell, dass es hier nicht viel zu machen gab. Letztlich ging es nur darum, dass Franke seine Sachen packte und die Wohnung der Frau verließ.

Dies geschah dann auch. Trotz allem blieb es für Vock nicht ein alltäglicher Einsatz. Franke hatte etwas an sich, das ihr gefiel. Da es im Rahmen eines Einsatzes üblich war, die Personalien und die

Telefonnummer aufzunehmen, war es ihr möglich, Franke unter einem Vorwand nochmals aufs Revier zu beordern. Dieser tat, was ihm befohlen worden war. Einen Tag darauf stand Franke in Vocks Büro.

Schnell hatte er erkannt, dass die Polizistin Interesse an ihm bekundete. Sie verabredeten sich in einem Brauhauskeller in der Nähe der Freiburger Markthalle auf ein Bier. Franke konnte nicht anders: Eine Polizistin fehlte ihm in seiner «Trophäensammlung», wie er seine weiblichen Eroberungen nannte, noch.

Doch auch an Vock verlor der attraktive Frauenheld schon bald sein Interesse, und nach drei gemeinsamen Nächten servierte er sie schließlich unter einem wenig plausiblen Vorwand ab.

Mehr als drei Nächte halte ich es mit Frauen nicht aus. Ich bin der klassische Jäger und Sammler.

Franke hatte schnell genug von seiner Eroberung.

Noch immer konnte sich Vock an den Anruf erinnern, in dem dieser ihr eröffnete, dass sie getrennte Wege gehen sollten. Es war an einem regnerischen Abend Mitte Juni. Sie war gerade dabei, ihr Abendessen zuzubereiten.

»Hallo Iris, schön dass ich dich erreiche. Du, hör einmal...«

Es folgte eine kurze Pause.

»Wie du weißt, habe ich geschäftlich im Moment viel um die Ohren. Dieser Neubau in der Nähe des Bahnhofs nimmt mich sehr in Anspruch.«

»Was willst du mir sagen? Komm zur Sache, Adrian.«

»Ich kann dir leider nicht so viel Zeit schenken, wie du es verdienst.«

»Du willst jetzt aber nicht sagen, dass wir uns trennen sollen?«

»Nein, eigentlich nicht. Aber meine Geschäfte nehmen wirklich viel Zeit in Anspruch. Und ich möchte nicht, dass du abends alleine zu Hause sitzt, während ich Überstunden mache.«

»Ich habe dich verstanden. Ich hätte es wissen sollen. Du bist und warst schon immer ein Playboy. Meine Vorgängerin hatte also recht.«

Dann legte Vock auf. Sie war sauer, gekränkt und enttäuscht. Die Trennung wollte sie so nicht akzeptieren. Franke würde seine Strafe erhalten. Für Vock war die Sache noch nicht beendet.

In Wahrheit hatte Franke schon eine neue Frau an der Angel. Doch auch mit ihr sollte er es nicht lange aushalten. Caro Benhagel wurde ebenso schnell verlassen wie alle anderen Frauen vor ihr.

Kapitel 93: Samstag

Vock hatte sich inzwischen ihrer Kleider entledigt und stand nackt vor Schröder. Sie sah wirklich toll aus. Der BKA-Beamte saß verdutzt auf seinem Bett.

»Wir sollten das nicht tun.«

»Was nicht tun?«, fragte Vock etwas provokativ.

»Du bist zwar optisch absolut mein Typ, aber ich kann das nicht.«
Sie näherte sich ihm und setzte sich auf seinen Schoss. Für einen Moment dachte Schröder daran, sie zurückzustoßen. Er vermied es aber. Stattdessen ließ er die Nähe zu.

Vock beugte sich weiter Richtung Schröder und begann sanft, seinen Hals zu küssen. Schließlich drückte sie ihn heftig auf das Bett. Dann stand sie auf, wühlte in der mitgebrachten Strandtasche herum und zog Kabelbinder heraus.

»Was soll das? Auf solche Spiele stehe ich nicht!«

»Probiere es doch mal aus!«

Wenig später war Schröder an Händen und Füßen gefesselt.

»Und jetzt sprechen wir etwas miteinander.«

Was will Iris von mir? Gibt das jetzt ein Kreuzverhör? Bin ich der Verbrecher, der gefesselt der Polizistin Auskünfte erteilen muss? Ich mag diese Art von Rollenspiel nicht!

Schröder entschied dennoch, mitzuspielen.

»Du willst reden? Worüber denn?«

»Über den Mordfall. Über deine Rolle diesbezüglich.«

»Lass uns nicht über die Arbeit sprechen.«

»Doch, das sollten wir! Es gibt nämlich etwas, das du wissen musst.«

Schröder hatte keine Ahnung, was Vock von ihm wollte.

»Ich verstehe dich wirklich nicht.«

»Vielleicht ist dir zu Ohren gekommen, dass mich meine Schwestern Meg nennen.«

»Nein, das wusste ich nicht. Was willst du mir eigentlich damit sagen? Ich verstehe wirklich nichts. Und befreie mich doch bitte von diesen Kabelbindern.«

»Das werde ich nicht tun. Allerdings erläutere ich dir gerne, wer sich hinter dem Namen Meg oder eben Megaira verbirgt.«

Schröder hörte sich Vocks Ausführungen interessiert an. Als diese ihren Monolog beendet hatte, schüttelte Schröder ungläubig seinen Kopf.

»Das ist krank!«

»Ich muss dir noch das eine oder andere erzählen. Ich habe den Mord im Münster begangen. Niemand hat im allgemeinen Tumult etwas gemerkt. Ihr ward alle so naiv. Nur weil man an den früheren Tatorten jeweils die gleiche DNA gefunden hat, glaubet ihr, dass diese auch im Münster gefunden werden würde. Enrico Parzelli und ich sind Freunde. Er hat mich wie seine eigene Tochter behandelt. Ich räche mich gleich in Apates Namen für all jene, die du hinter Gitter gebracht hast oder für deren Tod du verantwortlich bist!«

»Apate?«

»Du wirst sie gleich kennenlernen.«

Während sie die letzten Vorbereitungen für den Mord traf, erzählte sie dem Gefesselten alle weiteren Details zur genannten Göttin.

»Die griechische Göttin Apate steht für die Personifizierung der Täuschung oder für die Verblendung. Ihr Name passt doch gut zu mir. Nicht wahr? Ich habe euch alle getäuscht. Auch meinen Vater, der mich immer unterschätzt hat. Beim griechischen Dichter Hesiod wird Apate vaterlos geboren. Noch so gerne wäre ich ohne meinen Vater aufgewachsen. Aber man kann sich seine Familie leider nicht aussuchen. Bei Cicero ist Apate die Tochter der Nyx, also der Nacht und des Erebos, der Finsternis. Apate ist auch die Göttin der Hinterlist. Hinterlistig bin ich, oh ja! Ich bin die Hinterlist in Person. Ich ließ mir lange nicht anmerken, wie es mir wirklich geht. Meinem Vater gegenüber gab ich mich eher demütig, aber selbst wusste ich viel mehr über die griechischen Götter als er selbst. Ich konnte alle täuschen, weil man mir körperlich nicht viel zutraute. Der Kampfsport aber machte mich stärker. Meine Schwestern ahnten wohl von meiner Erkrankung, weil ich schon als Kind gut abschalten und in die Welt der Götter abtauchen konnte. Ich habe zum Selbstschutz eine zweite Persönlichkeit entwickelt. Tut mir echt leid, dass es so lief. Wir hätten im Bett sicherlich viel Spaß miteinander gehabt.«

Sie zog sich wieder an und streifte schließlich Handschuhe über. Dann kramte sie ein Messer aus ihrer Strandtasche hervor.

»Und wen imitieren wir nun? Ein Mord in Apates Namen?«, wollte Schröder wissen.

»Nein. Ich bevorzuge die klassische Variante. Ein gezielter Messerstich wird deinem Leben ein Ende bereiten.«

»Das passt nicht in deinen Plan.« Schröder erkannte, dass Vock langsam die Kontrolle über ihr Werk verlor. Noch hoffte er, dass sie aufgeben würde, zumal bis anhin jeder Mord dem Schema der griechischen Götter entsprach.

»Du willst mich provozieren. Nein, es wird dir nicht gelingen. Du bist wie mein Vater. Auch er hat mich provoziert, meinen Willen geprüft. Ich... Es muss ein Ende haben. Aber der Plan... Er muss doch eingehalten werden. Alles muss doch seine Ordnung haben. Ich... Hauptsache du bist tot, Nick.«

Sie schien sich wieder gefangen zu haben. Sie beugte sich über den Gefesselten und drückte das Messer gegen seine Kehle. Schröder spürte einen leichten Druck der Klinge.

Dieses Mal wird es mir nicht mehr gelingen, heil aus der Sache herauszukommen. Dieses Biest wird mich in diesem Zimmer gleich ins Jenseits befördern. Widerstand ist zwecklos. Mein Ende ist nah.

Vock drückte mit dem Messer etwas fester gegen die Kehle. Plötzlich knallte die Tür auf, und ein Mann sprang in den Raum. Sofort erkannte er die Gefahr und schlug Vock die Stehlampe über den Kopf. Die Polizistin taumelte kurz, fiel aber nicht nieder. Stattdessen nahm sie die Vase auf dem Tisch und warf sie in Richtung des Eingedrungenen. Nur knapp verfehlte diese dessen Kopf. Mit vollem Elan warf sich der Mann auf Vock, die daraufhin das Gleichgewicht verlor und hinfiel. Unglücklich schlug sie dabei mit dem Kopf auf dem Boden auf. Sofort verlor sie das Bewusstsein.

»Wer sind Sie? Wie kommen Sie in mein Zimmer?«

»Das ist eine lange Geschichte. Ich werde Sie von den Kabelbindern befreien. Gerne werde ich Ihnen später erläutern, warum ich hier bin.«

Schröder tat, was ihm der Mann vorgeschlagen hatte. Dann rief er seine Kollegen in Freiburg an und erzählte ihnen kurz und knapp, was vorgefallen war.

»Wie kann ich Ihnen danken?«, fragte Schröder den Unbekannten.

»Gar nicht! Ich habe zuletzt eine große Dummheit begangen. Nun hoffe ich, dass ich damit meinen Fehler wieder gutgemacht habe.«

Kapitel 94: Sonntag

Der Ausflug nach Mallorca hatte dieses Mal keine 48 Stunden gedauert. Am frühen Sonntagmorgen hatte er den ersten Easyjet-Flug von Palma an den Euroairport in Basel genommen, von wo es mit dem Taxi nach Freiburg ging. Er teilte sich den Wagen mit Ralf Bröker. Gemeinsam betraten sie die Kripo-Räumlichkeiten. Sie wurden von Aregger und den anderen SoKo-Mitgliedern bereits erwartet.

»Und wieder einmal wären wir nun hier«, begrüßte Schröder alle. Aregger wies seine Kollegen an, sich zu setzen.

»Du bist einfach nicht zerstörbar. Unkraut scheint tatsächlich nicht zu vergehen.« Aregger entschied sich für einen amüsanten Spruch.

»Ich habe einmal mehr Glück gehabt. Ralf Bröker hat mich gerettet. Ohne ihn wäre ich heute nicht mehr hier.«

»Dann hat uns der liebe Herr Bröker doch noch einen Dienst erwiesen.« Aregger machte keinen Hehl daraus, dass er den Journalisten immer noch nicht mochte.

»Ich weiß, dass ich einen Fehler gemacht habe, als ich so löblich über Parzelli berichtet habe. Es war blöd von mir. Gerne entschuldige ich mich hier nochmals.«

Aregger verzichtete darauf, ihm etwas entgegenzuhalten. Vielmehr forderte er Schröder auf, detailliert von den Vorkommnissen zu berichten.

Schröder tat dies und verwies dabei auch auf Brökers Rettungsaktion. Letzterer erhielt die Chance, seine Rolle in der ganzen Angelegenheit zu erläutern.

»Am Freitag habe ich zufällig erfahren, dass Nick Schröder plante, nach Mallorca zu fliegen. Die Information stammte übrigens aus Polizeikreisen.«

»Ach ne! Das wird für den Informanten noch ein Nachspiel haben«, bemerkte Aregger bissig.

Bröker setzte seine Ausführungen fort: »Ich hoffte auf eine Exklusivstory. Nick Schröder hatte signalisiert, dass er für Interviews nicht zur Verfügung stünde.«

»Und dann folgten Sie ihm auf die Insel?«, wollte Oswald wissen.

»Ich saß im selben Flugzeug. Schröder und auch Iris Vock kannten mich nicht gut. Also war es nicht schwierig, die beiden zu verfolgen. Ich wies den Taxifahrer an, ihnen dicht auf den Fersen zu bleiben. So wusste ich bald, wo sie die Nächte verbringen würden.«

»Haben Sie das gleiche Hotel bezogen?«, erkundigte sich Aregger.

»Das konnte ich nicht! Es war ausgebucht. Ich fand noch ein Zimmer in einem Hostel. Gestern Morgen begab ich mich dann wieder in Schröders Hotel, wo ich ihn an der Bar mit Iris Vock entdeckte. Schließlich verzogen sich die beiden auf ihre Zimmer. Nach rund einer halben Stunde klopfte Vock dann an Schröders Tür. Dieser öffnete sogleich, und sie trat hinein.«

»Wie ging es dann weiter? Wie kamen Sie ins Zimmer?«, wollte Aregger wissen.

»Sie werden mich jetzt für verrückt halten. Aber ich wartete auf dem Flur und lauschte an der Tür. Deshalb konnte ich den Dialog der beiden bestens mitverfolgen. Das Hotel war generell sehr hellhörig. Als ich erfuhr, dass Vock Schröder beseitigen wollte, eilte ich an die Rezeption und besorgte mir einen Schlüssel. Ich gab an, dass ich in diesem Zimmer wohnen würde. Die Damen und Herren an der Rezeption sind immer so leichtgläubig. So war es mir möglich, den Raum zu betreten. Ich nahm den erstbesten Gegenstand, eine Stehlampe, und schlug Vock nieder.«

»Sind solche Observierungen bei Journalisten üblich?«, fragte Oswald etwas irritiert.

»Wie gesagt witterte ich eine große Geschichte. Schließlich hat Nick Schröder gleich zwei Mal Verbrecher stellen können. Ein Exklusivinterview hätte sich gut verkaufen lassen. Ebenso eine heiße Bettgeschichte oder ein peinliches Partybild...«

»Dann wäre also die Rolle von Herrn Bröker geklärt«, fasste Aregger zusammen und verabschiedete sich danach vom Journalisten. Er unterließ es aber, diesem zu danken. Stattdessen mahnte er ihn nochmals, zukünftig solche Aktionen zu unterlassen.

»Wie seid ihr eigentlich darauf gekommen, dass Iris in die Sache verstrickt sein musste?« Auch Schröder hatte nun noch einige Fragen.

»Als ich neulich mit Iris unterwegs war«, begann Weiler zu erklären, »trafen wir kurz ihre Schwester. Diese nannte Iris Meg. Damals war mir nicht klar, dass Meg eine Abkürzung für Megaira ist. Ich erinnerte mich erst wieder daran, als Nathalie von den Erinnyen sprach. Iris hat zuletzt auch mehrmals das Wort Furien gebraucht. Schließlich heißt ihr Kater Argus. Plötzlich ergab alles einen Sinn. Leider konnten wir dich nicht mehr warnen, da du uns deine neue Handynummer nicht hinterlegt hattest. Und Iris konnten wir ja nicht anrufen. Deshalb kontaktierten wir die Guardia Civil. Es dauerte aufgrund von Sprachproblemen sehr lange, bis wir ihnen unser Anliegen erläutert hatten. Vielleicht hatten sie auch keinen Bock auf uns, da sie am Ballermann mit betrunkenen Touristen oder den vielen Prostituierten alle Hände voll zu tun haben. Letztlich war dies aber auch nicht mehr wichtig, weil wir deinen genauen Aufenthaltsort ohnehin nicht gekannt haben. Du hast uns nicht gesagt, welches Hotel du gebucht hast. Natürlich hätten wir Möglichkeiten gehabt, diese Adresse ausfindig zu machen. Allerdings hätte dies einige Zeit in Anspruch genommen.«

»Haben wir nun wirklich alle Hintermänner?« Oswald wirkte noch immer beunruhigt.

»Ich denke, dass die Sache nun ein Ende hat. Die DNA-Spuren von den Tatorten sind ausgewertet. Diese stammen von den drei uns bekannten Personen«, stellte Aregger klar.

»Was passiert jetzt mit Iris?«, wollte Schröder wissen.

»Die spanischen Behörden werden sie in den nächsten Tagen ausliefern. Dann wird ihr in naher Zukunft der Prozess gemacht. Sie wird für ihre Taten ins Gefängnis wandern, und dies für sehr lange Zeit«, erklärte Aregger.

Danach verabschiedete er alle und wünschte eine gute Erholung.

Am Ende blieben Schröder und Weiler im Büro zurück.

»Tut mir leid wegen Iris.«

»Kein Problem! Jetzt kann ich mich wieder Julia widmen. Ich hoffe, dass sie mir meinen Fehltritt verzeiht.«

»Das braucht vielleicht etwas Zeit.«

»Hättest du das von Iris erwartet?«, wollte Weiler von Schröder doch noch wissen.

»Auf keinen Fall! Es gab keine Anzeichen dafür, dass sie zu einer solchen Tat fähig sein würde.«

Niedergeschlagen schlich Weiler aus dem Büro. Er wusste, dass er nun eine verständnisvolle Frau brauchte, die ihm seinen Seitensprung verzieh. Sonst war seine Ehe am Ende.

Schröder blieb noch etwas im Büro und genoss die seltene Stille. Danach verließ auch er den Raum. Er hatte sich abermals entschieden, für ein paar Tage wegzufahren. Von Mallorca hatte er vorerst die Schnauze voll. Er wollte sich nun etwas Ruhe gönnen. Dafür gab es für ihn keinen besseren Ort als irgendein kleines, familiäres Hotel im Schwarzwald.

Kapitel 95

Lieber Enrico.

Es ist aus. Wir haben das Spiel verloren. Eigentlich ist alles schief gelaufen, was schief laufen konnte. Emilia und Ron leben nicht mehr! Sie, meine verlässlichen Verbündeten. Die einzigen Menschen, denen ich mich – abgesehen von dir natürlich – anvertrauen konnte, die mich und meinen Antrieb für all diese Taten verstanden haben.

Ich hänge in der Luft. Habe keinerlei Rückhalt mehr. Ich bin ganz und gar alleine. Und du, der wichtigste Mensch für mich, derjenige, der mich erden kann und mich so nimmt, wie ich bin, wirst wohl für den Rest deines Lebens eingesperrt bleiben. Alles haben sie mir genommen. Und das nur, weil ich für dich gekämpft habe. Für dich und für mich. Für uns. Denn ich brauche dich mehr als alles andere!

Es macht mich rasend vor Wut und gleichzeitig bin ich unendlich traurig. Bis zuletzt war ich überzeugt, dass wir unsere Ziele erreichen würden, dass wir es schaffen, dich aus dem Gefängnis zu befreien. Vielleicht waren wir etwas zu siegessicher und haben Schröder unterschätzt.

Wer konnte schon ahnen, dass es ihm gelingen würde, uns mit seinem perfiden Plan auffliegen zu lassen? Mit allem Möglichen habe ich gerechnet, alle erdenklichen Szenarien durchgespielt, um vorbereitet zu sein. Ich war zu wenig gründlich.

Vielleicht haben mir die starken Medikamente das Gehirn vernebelt. Ich war so sicher, dass ich allen überlegen bin, dass mich niemand durchschauen kann. Wahrscheinlich war ich deshalb zu unvorsichtig.

Ich hätte es wissen sollen: Nick ist ein Genie. Obwohl ich immer glaubte, über gute Menschenkenntnis zu verfügen, habe ich nicht bemerkt, welch hinterhältiges Spiel er spielte. Vielleicht war ich abgelenkt. Ich habe nämlich in den letzten Tagen leise Gefühle für ihn entwickelt. Das hat mir gerade noch gefehlt!

Ich wusste, dass ich diese Gefühle auf keinen Fall zulassen durfte, weil ich ein Ziel verfolgte und alle Energie dafür einsetzen musste: Ich wollte dich wieder an meiner Seite haben. Deshalb war ich bereit, Nick für dich zu opfern. Du weißt, ich hätte alles für dich getan. Für dich gehe ich nun ins Gefängnis und werde wohl auch lange dort bleiben müssen. Wenn wir doch nur zusammen sein könnten, von mir aus auch hinter Gittern!

Ich würde dir so gerne persönlich von unseren Erfolgen berichten. Vieles ist nämlich genau so aufgegangen, wie ich es in akribischer Vorarbeit geplant hatte. Manchmal befand ich mich geradezu in einem tranceartigen Zustand. Und jeder Schritt, der uns gelungen war, beflügelte mich regelrecht. Ja, ich merke, dass meine Gedanken wieder wirr sind. Jetzt schreibe ich dir plötzlich von Erfolgen. Es fällt mir gerade schwer, meine Gedanken zu ordnen.

Ich bin müde, durcheinander. Einerseits bin ich erleichtert und total euphorisch, weil alles vorbei ist. Gleichzeitig könnte ich mir nichts Schlimmeres vorstellen als die momentane Situation. Aber du verstehst mich. Auch wenn ich dir nie erzählt habe, welche Diagnose der Arzt damals gestellt hatte, bin ich sicher, dass du Bescheid weißt. Ich bin für dich ein offenes Buch. Und falls ich dich in dieser Hinsicht überschätze, bin ich überzeugt davon, dass du den lieben Herrn Doktor irgendwie dazu hättest bringen können, dir meine Akte zu überlassen. Schizophrenie! Nicht ich, dachte ich damals. Das darf nicht wahr sein! Gerade ich. Ich war doch immer so stolz auf meine kombinatorischen Fähigkeiten, auf meinen scharfen Verstand, meinen untrüglichen Instinkt. Ich, ein psychisches Wrack. Unvorstellbar!

Ich lernte im Laufe der Zeit, mit der Krankheit zu leben. Ich musste! Du warst mein Halt. Dein unerschütterliches Vertrauen in mich hat mich immer wieder gestärkt. Mir Hoffnung gegeben. Dank dir und auch für dich hatte ich die Krankheit unter Kontrolle, trotz der Wahnvorstellungen, der Denkstörungen und des Realitätsverlustes, unter denen ich immer wieder gelitten habe. Seit du nicht mehr da bist, geht es mir schlechter. Die Symptome haben wieder zugenommen, und das zermürbt mich. Alleine scheine ich in diesem Kampf chancenlos zu sein.

Wenn es so etwas wie einen Auslöser für den Ausbruch dieser Krankheit gibt, dann war das wohl die Sache mit meinem Vater. Um ihm zu gefallen, habe ich mich in die Parallelwelt der griechischen Mythologie geflüchtet. Dort kenne ich mich aus, und mit meinem umfassenden Wissen habe ich mir die so sehr ersehnte Zuneigung erkauft. Das jedenfalls dachte ich damals. Mehr als ein bisschen Anerkennung erhielt ich nie von ihm. Aber es reichte, um mich eine Zeit lang vor Übergriffen zu schützen.

Ja, ohne meinen Vater wäre ich nicht diejenige geworden, die ich heute bin. Du warst nicht der einzige, der wusste, was mein Vater mir angetan hatte. Aber der einzige, der es wissen wollte. Wir haben zwar nie darüber gesprochen, aber ich weiß, dass du mich vor ihm gerettet hast.

Ich gehe davon aus, dass das, was im Polizeibericht über seinen Unfall zu lesen ist, nicht die ganze Wahrheit ist. Klar, niemand stellt Fragen, wenn ein Alkoholiker früh morgens beim Brötchenholen von einem Auto erfasst wird. Niemand bezweifelt, dass der Autofahrer dem plötzlich auf die Straße torkelnden Mann nicht mehr ausweichen konnte.

Als ich zusammen mit deiner Nichte Emilia und ihrem Freund Ron deine Befreiung zu planen begann, wurde schnell klar, dass sich hier die Gelegenheit bot, die griechischen Götter zur Hilfe zu nehmen. Ich muss zugeben, dass es Spaß machte zu überlegen, welche Tatwaffen und welche Tatorte sich eignen würden.

Und dann gelang es uns immer wieder, falsche Fährten zu legen. Die DNA-Spur im Freiburger Münster stammte von der Besitzerin der Waffe. Ich habe der Frau, einer Waffennärrin, die ich nur vom

Sehen her kannte, das Schwert aus ihrem Gartenhäuschen entwendet. Und dann erst noch eine Kopis! Das passte ganz gut. Die Frau ahnte wohl nicht einmal, dass ihr das kurze Schwert fehlte und dass ihre DNA nun in den Polizeiakten vermerkt war. Wir wollten mit der neuen genetischen Spur der Polizei zeigen, dass mehr Leute hinter der Sache steckten, als diese zunächst angenommen hatte. Deshalb hofften wir auch, dass die DNA der Frau gefunden werden würde.

Die Sache im Münster war ohnehin sehr heikel. Ich musste höchst konzentriert sein und die Tat bis ins kleinste Detail planen. Dass ich in zivil die Messe besuchen konnte, kam meinem Plan durchaus entgegen. In einem Rucksack führte ich nämlich eine Ersatzbluse und eine Ersatzjeans mit. Ich musste damit rechnen, dass ich mein Opfer derart verwunden würde, dass das Blut nur so aus der Wunde herausspritzen würde. Dem war auch so. Im allgemeinen Tumult und dem ganzen Rauch, der sich schnell im ganzen Kircheninnern ausbreitete, konnte ich in einer Ecke unerkannt meine Bluse wechseln. Natürlich hatte ich beim Kauf darauf geachtet, dass sie keine Knöpfe hatte. Der Wechsel meiner Kleidung musste in Windeseile erfolgen. Auch die Farbwahl nahm ich beim Kauf bewusst vor. Auf meiner dunkelblauen Jeans und der schwarzen Bluse waren Blutspritzer nicht gut erkennbar. Nachdem ich die neue Bluse angezogen hatte, half ich mit, die Spuren am Tatort zu sichern. So hatte ich auch die Möglichkeit, allfällige Spuren, die mich belasteten, zu vernichten. Du siehst, ich habe an alles gedacht.

Alle Morde sollten der Polizei zu denken geben, und doch musste unbedingt die Möglichkeit bestehen, dass ein schlauer Kopf das Schema erkennen kann.

Meine ganze Misere hatte irgendwie mit diesen Göttern begonnen, so empfinde ich das jedenfalls, und nun sollte sie mit ihnen beendet werden. Beim Endstreich sollte ihr Glanz zum letzten Mal spürbar werden. Mir schwebte danach ein neues, unbelastetes Leben vor. Dazu müsste ich alles hinter mir lassen. Einen Schlussstrich ziehen.

Dass das alles reines Wunschdenken und fern aller Realität ist, war mir in meinem Wahn nicht wirklich bewusst. Das ist jetzt aber auch nicht mehr wichtig.

Wahrscheinlich werden wir uns niemals wiedersehen. Das Schicksal hat es nicht gewollt, dass wir uns nochmals sprechen können. Wie gerne würde ich in diesem Moment in dein vertrautes Gesicht blicken, dir tief in deine Augen schauen und mich an deiner Seite geborgen fühlen. Wie gerne würde ich dir für alles danken, was du für mich getan hast. Du hast mich gerettet! Aber ich konnte dich nicht retten und habe dadurch mein Leben verspielt.

Ein Weiterleben macht unter den gegebenen Umständen keinen Sinn mehr. Vielleicht wäre es besser, wenn ich dem Leben hier auf Erden ein Ende setzen würde. Ohne ein konkretes Ziel lohnt es sich nicht, weiterzuleben.

In ewiger Liebe und Dankbarkeit, deine Iris.

Epilog: Viele Jahre zuvor

Einmal mehr wurde das neunjährige Mädchen misshandelt. Ihr Vater hatte sie zunächst heftig am Arm gefasst und verpasste ihr dann eine schallende Ohrfeige. Iris begann zu weinen. Erneut war sie ohne Grund von ihrem Vater tätlich angegangen worden. Ihre Mutter stand auch dieses Mal wieder tatenlos daneben und schaute dem Treiben zu. Sie hatte nicht den Mut, sich gegen ihren Ehemann aufzulehnen. Zu aggressiv war er, wenn er getrunken hatte. Und das war auch an diesem Tag wieder der Fall gewesen. Schon morgens hatte Heiner Vock in der Kneipe nebenan einige Gläser Bier getrunken. Seit er seine Arbeit verloren hatte, tat er dies regelmäßig, sehr zum Leidwesen seiner Familie.

»Du hast es nicht anders verdient, Medea!«

»Nenn mich nicht so! Ich heiße Iris.«

»Du bist meine Medea!«

»Nur weil du dich für die Antike interessierst, jedes Buch zum Thema liest und dich so mächtig wie Zeus fühlst, heißt das nicht, dass ich mich damit ebenfalls auseinandersetzen muss. Außerdem hasse ich den Namen Medea. Ich heiße Iris! Iris! Iris!«

»Was du möchtest, interessiert mich nicht.«

»Deshalb hasse ich dich ja auch!«

Iris schaute ihre Mutter und die beiden anderen Schwestern an, die wortlos das Geschehen verfolgt hatten. Sie hoffte immer wieder, von ihnen Hilfe zu erhalten. Vergeblich! Es war heute nicht anders als sonst, die Situation war aussichtslos. Dieses Mal würde sie die Erniedrigungen aber nicht einfach mehr so hinnehmen. Sie hatte sich entschieden: Es musste etwas passieren.

Meine Eltern sind gestorben für mich. Dich, Papa, werde ich eines Tages für alles bestrafen, was du mir angetan hast. Ich weiß: Jeden holt die Vergangenheit einmal ein. Auch dich. Du wirst für alles büßen müssen. Die griechischen Götter werden dir noch zum Verhängnis werden. Glaube mir! Meinen beiden Schwestern vergebe ich. Alekto und Tisiphone sind noch zu jung, als dass ich von ihnen

Unterstützung erwarten darf. Immerhin haben wir diesen Bund geschlossen, der uns zusammenschweißt. Wir haben gesagt, dass wir uns einst gegen diese Misshandlungen rächen werden. Wir werden einst die Erinnyen sein. Dank Papa kennen wir deren Geschichte bestens. Für mich ist klar, dass ich irgendwann als Rachegöttin Megaira gegen Papas Verfehlungen vorgehen werde. Irgendwann.
Dann rannte sie aus dem Wohnzimmer, zog Jacke und Schuhe an und verließ die Wohnung.

Als sie den Gehsteig erreicht hatte, mischte sie sich in die Menschenmenge. Hier fühlte sie sich sicher, auf der Straße konnte sie in die Anonymität der Großstadt abtauchen. Ziellos irrte sie durch die Gassen, bis sie plötzlich auf einen Mann traf, der sie unvermittelt ansprach.

»Du siehst unglücklich aus. Wie heißt du denn, mein Kind?«

Ich will wegrennen, alleine sein. Doch suche ich gleichzeitig auch Halt, jemanden, dem ich meine Sorgen anvertrauen kann. Ich brauche jemanden, der zu mir hält, der mich akzeptiert, wie ich bin. Ich brauche einen Gegenpol zu meinem Vater, den ich hasse. Also entschließe ich mich, dir eine Chance zu geben.

»Ich heiße Iris.«

»Nett, dich kennenzulernen. Ich bin Enrico.«

Es war das erste Treffen der beiden, aber nicht das letzte. Fortan blieben sie in Kontakt. Immer, wenn es ihr schlecht ging, konnte sie sich bei Enrico Parzelli melden. Stets hatte er ein offenes Ohr für ihre Anliegen. Er half ihr, wenn sie mal wieder geschlagen wurde. Parzelli wurde zu einem Ersatzvater für sie.

Iris Vock war klar, dass sie sich eines Tages bei ihm für die Hilfe bedanken würde. Irgendwann würde sich eine Möglichkeit dafür bieten. Da war sie sich sicher.

Mein Dank

«Götterrache» wäre ohne die Hilfe verschiedener Personen
gar nie erschienen.

Ein großer Dank gebührt zunächst neben dem diversum-Verlag,
der mir die Veröffentlichung meines Krimis ermöglicht hat,
auch dem Verlagsvertreter Joe Fuchs für die Vermittlung
meines Werkes im Buchhandel.
Nur dank ihm fand «Götterrache» den Weg in die Bücherregale.

Danken möchte ich meiner Co-Autorin Denise Jost-Cueni für die
spannenden Zwischenkapitel aus der Sicht von Iris Vock, die
Korrektur meines Manuskripts sowie die Mitarbeit am
Lehrmaterial, das zum Buch erhältlich ist.

Merci sage ich auch Christine Althaus für ihre wertvolle
Lektoratsarbeit und die wissenschaftliche Mitarbeit am Lehrmittel
sowie Chantal Humair für die Hilfe beim
Bereitstellen von Arbeitsmaterial zum Buch.

Ein weiteres herzliches Danke geht an Hans und Dominique
Leemann für das finale Gegenlesen und die Korrektur des Textes.

Weiter möchte ich auch meiner ganzen Familie danken,
insbesondere meiner Frau Katharina
für ihr Verständnis für meine Schreibpassion
sowie meinem Vater Urs, der leider die Veröffentlichung meines
Werkes nicht mehr hat miterleben dürfen. Er stand mir stets für
allerlei sprachliche Fragen zur Verfügung.

Mythos – eine rasante Verfolgungsjagd durch die Schweiz

Die Geschichte der Schweiz birgt ein schockierendes Geheimnis, das seit Jahrhunderten gut gehütet und von einem Geheimbund bewacht im Verborgenen schlummert. Als Museumskurator Werner Mangold zufällig auf brisante Schriftstücke stösst, wird er zur Zielscheibe einer kriminellen Vereinigung, die im Untergrund agiert. Kurz bevor er umgebracht wird, gelingt es ihm noch, seinen Freund Steven Weber über den Fund in Kenntnis zu setzen. Nach und nach gelingt es diesem, die einzelnen Puzzleteile an einigen der historischsten Orte der Schweiz zusammenzusetzen. Was er dabei erfährt, lässt ihn erschaudern: Das Böse lauert überall. Ihm bleibt nicht viel Zeit, denn er weiss, dass nicht nur sein Leben, sondern die Zukunft des ganzen Staates auf dem Spiel steht.

www.diversumverlag.ch

Eine bewegende Reise zu Dir selbst

Völlig ausgebrannt und überarbeitet trifft David zu einem Ayurveda-Urlaub auf der tropischen Insel Sri Lanka ein. Bereits am ersten Tag begegnet er der charmanten und geheimnisvollen Urlauberin Jeanne du Moulin. Diese und andere Begegnungen konfrontieren David mit einer jenseitigen Welt, welche die Sicht der Dinge auf sein bisheriges Leben komplett verändert. Auf der Suche nach Wahrheit und Selbstfindung wird der Aufenthalt anstrengend, teilweise schmerzvoll und endet schließlich mit einem Befreiungsschlag.

In seinem spirituellen Roman nimmt der erfolgreiche Autor Joerg Kressig den Leser mit auf eine fesselnde Reise voller Erkenntnisse und Inspirationen.

www.gigerverlag.ch

diversum

diversum -Verlag
Marketing Joerg Kressig AG
Stallikerstrasse 8
8906 Bonstetten

www.diversumverlag.ch